# スリー・カード・マーダー

J・L・ブラックハースト

被害者は、2月5日、火曜日の午後4時5分に空から降ってきた。喉には無惨な切り傷。落下してきたと思われたその男のフラット5階、バルコニーのある部屋は無人で、しかも玄関ドアは内側から釘と板で封じられていた。この不可解な密室殺人に臨むのは、サセックス警察のテス・フォックス警部補。彼女はしかし、被害者の名を知って愕然とする。その男は15年前、妹セアラを救うために罪を犯したあの夜の関係者だった。詐欺師として自分と正反対の世界で生きる異母妹を救うために……。意外な展開を見せる事件に姉妹が挑む、新シリーズ開幕！

## 登場人物

テス・フォックス……………サセックス警察重大犯罪班の警部補
ジェローム・モーガン………サセックス警察重大犯罪班の部長刑事
ファーラ・ナシル……………サセックス警察重大犯罪班の部長刑事
オズワルド……………………サセックス警察重大犯罪班の主任警部
ジェフ・ウォーカー…………サセックス警察重大犯罪班の警部補
ショーン・ミッチェル………被害者。自動車修理工場勤務
カラム・ロジャーズ…………ミッチェルの旧友
ダレン・レーン………………ドラッグ密売人。故人
セアラ・ジェイコブズ………詐欺師。テスの異母妹
フランク・ジェイコブズ……詐欺師。テスとセアラの父
リリー・ジェイコブズ………フランクの妻。故人
アラン・〝マック〟・アダムズ……フランクの詐欺〝ファミリー〟のメンバー
ウェス・カーター……………フランクの詐欺〝ファミリー〟のメンバー
ゲイブ…………………………フランクの詐欺〝ファミリー〟のメンバー

ミリー・ダイアモンド……………ロジャーズの恋人
クリス・ハート…………………テスの元婚約者

# スリー・カード・マーダー

J・L・ブラックハースト
三　角　和　代　訳

創元推理文庫

THREE CARD MURDER

by

J. L. Blackhurst



This book is published in Japan
by TOKYO SOGENSHA Co., Ltd.
Japanese translation published by arrangement with
J.L. Blackhurst c/o Watson, Little Limited
through The English Agency (Japan) Ltd.

# スリー・カード・マーダー

レンおじいちゃんに
わたしたちはあなたの笑顔と
いたずら心を恋しく思っているよ

# プロローグ

**ブリキ缶横町**(ティンカン・アレー)と、ブライトン・パレス桟橋(ピア)の入り口にあるあざやかな緑の看板が呼びこんでいた。**三発、二ポンド。**下の砂浜で遊ぶ子供たちの楽しそうにはしゃぐ声、揚げパン、綿菓子、潮風の甘いにおいのおかげで、その看板は〝今日はあなたのラッキーな日！〟だと約束しているように感じられる。

さまざまな色の特大のぬいぐるみがてっぺんに並ぶ陳列棚を背に、黒っぽいドレッドヘアの女が熟練したすばやい手つきで輝く缶を積みなおしている。薄手のデニムのデイジー・デュークス（ドラマの主人公由来のとても短いショートパンツ）と、渦巻く文字でジニーというニックネームが刺繍(ししゅう)された赤い袖なしのトップス姿だ。ジニーの肌は日焼けしてココナッツのにおいがした。

「さあ、きみたち。無料で試しに投げてみない？」彼女は魅力全開にした笑顔を三人の十代の少年グループに向けて誘った。ボタンをいちばん上までとめたポロシャツに、ロールアップした膝丈のハーフパンツといういでたちで、髪をジェルでなでつけた若者たちは、こう言われて近づいた。

「でかいテディベアが取れても、どうすりゃいいの？」最初の少年がきついサウス・ロンドンなまりで訊ねた。

女は腕を台について身を乗りだした。胸のふくらみが強調される。「彼女にあげるとか」くちびるにほほえみを漂わせたまま提案した。ガムをふくらませてピンクの風船を作ってから、バチンと破裂させる。

「彼女なんかいないし」

「じゃあ、彼氏に」女は速攻で切り返した。それまでの柔らかな口調は、もっと生意気なお色気ドタバタ映画風に冷やかす感じになり、ほかのふたりの少年が笑い声をあげた。

「そういうのなんか、いないってば」彼は頬を赤くしてぶつぶつ言った。

「きみのようなカッコイイ子が？　きっと言い寄られても振ってばかりなんだろうね」彼女は客引き商売をうまく演じていて、少年たちもそれを承知のうえで相手をしている。汗ばむ夏の午後、彼らはそのためにこの海沿いの通りまで足を運んだのであり、それがここにいる人みんな――綿菓子やアイスクリームを手に、桟橋をそぞろ歩くたくさんの観光客の目的でもある。典型的なイギリスの海辺での体験。ひとり残らず、無駄使いするための金を持っている。彼女はこのグループからだけで、楽々と三十ポンドは稼げるだろう。最後には、この内気な少年になにか景品を取らせてやってもいいくらいだ。「じゃあ、やってみる？　無料で試せるよ」

少年が友人たちを見ると、彼らはうなずいてはげますように彼を前に押しだした。ほかの観光客がふたりほど、見物しようと足をとめた――では、絶対に少年たちのひとりには勝たせよう。

彼女はお手玉を三つ手渡した。黄、赤、青だ。露店の奥に立つと、缶を指さす。「がんばって、勇者さん」少年はオリンピック選手が柔軟体操をしているように肩をほぐした。腕を引いて最初のお手玉を缶めがけて投げる。

ほかのふたつのお手玉は必要なかった。積んだ缶の山はすべて、小気味いいガシャンという音をたててからガラガラと地面に落ち、見物していた者たちがワーッと騒いだ。ジニーは歓声をあげながら手をたたいて何度も飛びあがった。

「すごい!」彼女はそう言ってまた缶を積みなおす。「簡単にやってのけたね。むずかしくないって言ったでしょ、腕がたしかなら」

少年が一回ぶんの代金を支払ったとき、彼女はダークブロンドの若い女が露店の隅で見物人にまぎれこんだことに気づいた。うつむいたその視線は携帯にくぎづけだが、あの女がなりゆきを観察していたことはまちがいない。一年のあいだ、女は姿を見せなかった。それがなぜ、ここに?

少年がふたたびお手玉を投げた。最初のときと同じように狙い通り軌道はまっすぐだったが、今回、地面に落ちたのは上の三つの缶だけだった。見物人がどよめいた。二個目のお手玉は、台に残る三つの缶を動かしたが、ひとつも落ちなかった。少年が最後の玉を投げるより早く、例のダークブロンドの女が携帯から顔をあげ、彼の腕をつかんでなにやら耳打ちした。露店の奥にいる女は歯ぎしりをした。
「ちょっと、彼女になんて言われたの？」そう訊く声からは、コメディ風の軽快なところが消えていた。少年は顔をしかめた。
「そこの缶を床に落ちてる缶と入れ替えろって」台に残る三つの缶を指さした。

店番の女は首を振る。「全部の缶を落とすゲームなんだから。最後の玉を投げてしまったらどう？　きみなら、最後の玉でたぶん落とせるよ」

彼女は自分が負けたことがわかっていた。

少年は首を振る。「入れ替えないと、あの人に言われたことを全部話すよ。警察にも話しちゃうかも」

眉間にしわを寄せながら、彼女は缶を床に落ちた三つと入れ替えた。少年は狙いをつけ、最後の玉で三つの缶をすべて落とした。見物人が歓声をあげると、少年はにやりとした。
「そこのをもらうよ、ありがと」彼が指さしたのは特大の緑のライオンだった。ジニーはそれを引っ張りおろし、怒りをにじませつつ手渡した。少年はラッキーな助言をくれた女を振り返り、華麗にお辞儀をすると、彼女にライオンを差しだした。「あなたに」

女はにこりとしてぬいぐるみを受けとると、ジニーに眉をあげてみせた。見物人たちはちりぢりに去っていった。彼らはショーが終わったことはよくわかっていたが、なにがあったのか知る由もなかった。ただし、ライオンを抱きしめてティンカン・アレーの露店をじろじろ見ているダークブロンドの女は別だ。

「わざわざご苦労なことで」ジニーは露店の台をまたぐと、表のスツールに腰を下ろした。「あの子たちを釣りあげたところだったのに。で、ここでなにしてるわけ？　父さんがいなくて、あんたラッキーだよ。妹をチクってるのを見られなくてすんだんだから」

女は肩をすくめた。「これを見せたくて」ポケットからなにかを取りだして突きつけると、ジニーの顔は曇った。

「じゃあ、噂は本当なんだ。だったら、なんでわざわざもどってきた？」

「あなたに直接伝えたかったから。でも、とっくに知っていると察するべきだったわね。父さんはどう思っているの？」

「どう思ってると思う？」ジニーはスツールから飛び降り、露店のシャッターを閉める。「すべてはあんたが自分で選んだこと。あたしたちはみんな、それを受け入れて生きるだけ」まびさしを作って日射しをさえぎった。「残念だよ。あたしたち、あんたといると楽しかったのに」

「ごめんなさい。謝っても意味がないでしょうけれど」

「そうだね」

ダークブロンドの女は戸締まりされたティンカン・アレーを指さした。「あなたの好みからすると、ちょっと小商いすぎる気がするけれど」

〝ジニー〟は首を振った。「ここはあたしの露店じゃない。オーナーは休暇中で、あたしはちょっと遊んでただけ」緑の特大のライオンを見て、眉をくいっとあげてみせた。「ということは客観的には、あんたはそのぬいぐるみを盗んだってことになるわけよ。おまわりさん」

# 1

最初の遺体は、二月五日、火曜日の午後四時五分に空から降ってきて、その数秒後にグローヴ・ヒルで7番のバスを待っていた女の足元に着地した。緊急通報999の通信係との会話のあいだずっと、エミリー・ジャスパーと名乗った女はひどく取り乱し、むせび泣きとしどろもどろで早口のフランス語を交互に繰り返したので、その結果、救急隊と警察は当初、自殺現場に向かったつもりだった。彼らにとって、ブライトンのフラットが並ぶこの界隈の自殺現場に臨むのは初めてではなかった。絶望を訴える落書きとドラッグの過剰摂取で有名な一帯だ。しかし、救急隊は死者の両手がゆるくしばられ、喉は残酷に掻き切られて首がもげそうなほどになっていたのを目のあたりにしてひどく驚いた。殺人として署に急報し、これがサセックス警察の重大犯罪班所属、テス・フォックス警部補のピカピカのデスクにまわってきた。彼女は部下から慣例で警部と呼ばれているが、「補」という部分を自他ともに意識していた。

テス・フォックス警部は通信指令センターからの連絡が終わる前に立ちあがり、直属の部下であるジェローム・モーガン部長刑事の鼻先でメモした紙切れを振った。

「ブライトンのグローヴ・ヒルで事件。殺人の疑い」テスはフックからジャケットを取った。二月の夕方は海に近づけば近づくほど寒さがきびしくなる。手早く着込むと、長いブロンドのポニーテールをねじって団子にまとめたものの、いかめしく見えすぎるかもしれないと思いなおし、ポニーテールにもどした。ジェロームのほうは、勤務時間の最後の一時間はヒマそうだと考えてだらだらモードに入った後だった。腕を伸ばして携帯電話を持っていたが、ここで顔に近づけ、テスの警部補としての最初の殺人事件よりもはるかに重要なことを解き明かそうとするように、画面に目を凝らした。

「この点々のなかに隠された絵ってやつが見えたことあります？　いまいましいキリンなんか、子供の頃にも見えなかったけど、いまでも見えない。おれのなにがおかしいんでしょう？」

「さっさと立って」テスはボールペンで彼の肩をつついた。「オズワルドはまだオフィスにいるの？」

「帰りましたよ」ジェロームは自分たちの主任警部について答えた。「ジャニスがあたらしい車をほしがってるそうで。展示場でいちばん高いのを買われないためには、付き添うしかないと」テスは無言で上司の妻に感謝しながら部屋を歩きまわり、次にどう動くべきか思案した。オズワルドが不在ならば、自分が現場の捜査のトップとなれる。三カ月前の暫定的な昇進以来、ずっと待っていた機会、すなわち自分は正式な警部にふさわしいと証明するチャンスだ。いまオズワルドに連絡すれば、ほかの者を呼んで事件を担当させるだろう――もっと経験のある者を。テスは決心した。

「彼には車から連絡する。現場に着く直前にね。ほら行くわよ、ジェローム」

ジェロームは乗り気ではない表情で、よっこらしょとデスクから立ちあがった。「仰せのままに、ボス。コーヒーを淹れる時間はあります？」

「いいえ、あるわけないでしょ」テスはふたたびポニーテールをねじって団子にまとめると、ドアに向かった。ジェロームにやる気を出させるのは、子供に通学の支度をさせるようなものだ。「ほら行きますよ」

ジェロームは大げさにため息を漏らした。「被害者はもう死んでるんだから、おれがちょっとカフェインを摂取してもなにも変わらないのに」

「じゃあこれでどう。あなたに運転させてあげる。好きなだけスピードを出していい。動いてくれるなら」

ジェロームはにんまりして、袖をまくりあげるふりをした。「だったら、いつものしけた車じゃないやつで」

テスも笑った。「あなたが手配できるものならなんでも。好きなようにして」

二十分後。高層集合住宅やヴィクトリア様式の家が木立のあいだに現れはじめ、本部のあるルイスはどんどん後退していく。ハンドルを切るごとにブライトンという都会の中心部へと入っていった。頭が痛くなり、ブライトン・パレス・ピアのジェットコースターに乗っているみたいに、胃がきりきりしていた。緊張？　なんてことだろう、初めての経験だ。テス・フォックスは緊張したことがない。吐き気がするのは車のスピードのせいでもあるが――爆走はジェロームの大好物だ。そもそも彼がF1レーサーにならず警察に入ったのは、運転が荒っぽすぎるからではないかと、テスはなかば信じている。

「白人男性、四十代初め、喉におそらくは死因となった傷。現場の責任者は建物を封鎖し、これからの指示をあおぐためにこちらの到着を待っている。鑑識の責任者も現場へ移動中」彼女は通信指令センターからのメモを読みあげ、ジェロームの反応を探った。「家庭内の事件のように思える？」

ジェロームは片眉をあげただけで、道路から視線を外さなかった。彼の出しているスピードを考えると、まったくありがたいことだ。「そうは思えないな。妻が夫の喉を切り裂き、窓から突き落とした家庭内の事件に最後にかかわったのはいつです？　むしろ――」

「そこからは言わないで」テスはボールペンの先を彼に向けた。「組織犯罪だなんて。警部補として最初の事件を、重大組織犯罪班に渡すつもりはないから」

彼は肩をすくめ、覆面パトカーには重苦しい沈黙が降りてきた。警部補になったテスの初めての殺人事件がたんなる家庭内殺人か、あるいはその逆に振り切れた重大な組織犯罪なら、絶望するとまではいわないが、大いに失望することにはなる。

「家庭内殺人でなければ、ウォーカーはみずから捜査する機会を逃したことに怒り狂うな」と、ジェローム。

「わかってる」テスはにやりとした。「がっかりするわよね。彼が昇進するまたとないチャンスになったでしょうし」

「陰湿な殺人の知らせを聞いて、こんなにはしゃいでいる声は初めて聞きましたよ」

テスはぎくりとした。「ふう、わかってる。わたしは人でなし。でもね、このチャンスのために必死で働いてきたのよ、ジェローム」

「心配いりません」と彼は請け合った。ある日出勤したら、彼が顔にその言葉のタトゥーを入れているところを想像した。ジェロームほど心配と縁遠い人はほかにいない。「昇進するのはあなただって、おれたちみんなわかってますよ、ボス」

返事はしなかった。本音を言えば、ジェロームの評価に賛成だったが、それを声に出して、運命を左右したくない。そのかわりに小さくほほえんだ。「あなたの口から主任警部の耳元でささやいて」窓の外の高台を見やった。ピザ屋、コンビニ、それから門も庭もない家で埋まっている。おそらくかつてはきれいな真っ白だったのだろうが、いまでは年老いて白髪になりかけた歩哨が並んでいるようだ。

「やれやれ、わたしはここが大嫌い。おばあちゃんになりかけた関節炎のバレリーナみたいよ。かつての栄光を捨て切れないの」

「ええー、おれは大好きですけど」ジェロームは同調せず、光の速度でまたもやコーナーを曲がりながら、ハンドルを人差し指でたたいた。「お袋と親父は夏になると週末のたびに、おれたちをここに連れてきてくれた。ハノーヴァー地区におばのこういう家があって、人生の半分はプレストン・パークで無責任ないとこたちと酒を飲んでだらだらしたり、パンチとジュディの人形劇を演じてる男を質問攻めにしたりして過ごしたな。あの薄気味悪いパンチとジュディの人形は、イタリア生まれだって知ってました？」

「それは知らなかった」

「パンチはプルチネロと呼ばれてた。そしてワニのキャラクターはもともと悪魔だった。ちょっとダークな感じですね」

「でも、ジュディを小突きまわして、赤ん坊を落っことす流れには通じる。イギリス版がどうしていまみたいになったか考えるとおもしろいわね」テスはぶつぶつと言った。

ジェロームの話はこうした興味深く他愛ないトリヴィアが満載だった。彼のような男は初めてだ。最初は彼との仕事はやりづらかった。イケメンすぎるのだ。ダークブラウンの顔、高価なオーダーメイドのシャツ越しにはっきりと見える筋肉、そのほほえみはベッドに誘うだけではなく、その後、こちらに朝食まで作らせるようなものだ。しかもきゅんとしてしまうことに、彼はいつも、いいにおいがしている。顔合わせのとき、下着モデルのような男とどう働けばいいのか、さっぱり見当がつかなかった。けれど、幸運にも彼はこれっぽっちもテスに気がないようで、彼が話すたびにテスの頰が郵便ポストのように染まるのが収まってくると、気負いのない友情がふたりを結びつけた。そのうちわかったのは、モーガン部長刑事は矛盾が複雑にからんだ人物ということだ。女たらしで、敬意を払って女たちを扱うのだが、関係が真剣なものになりかけたとたん、彼はそれを断ち切って逃げてしまう。ジョーク好きでおどけているが、よくぞ知っていると思えるような雑学をひょいと披露することもでき、パブでクイズ大会があるときはつねに優勝予想のいちばん人気だった。けれど、なによりも、ジェロームはいい警官で誠実な友だ。

「どうやら到着したようだ」ジェロームが前方を指さした。明滅する青と赤の光がどの窓にも反射し、猟奇的なサーカスのショーのように通りは照らされていた。一台のパトカーが横向きで封鎖する道路は高層住宅が延々と建ちならび、だいぶ先で小道になったあたりではヴィクトリア様式のテラスハウスが空を縁どっている。

テスは現場を観察した。十一階建てのフラット、中央に階段室、各階のその脇にバルコニー。表に面しているのは二十二室。裏側にもっと部屋があるのか？ 武装警官たちがエントランスを守っていたが、テスはすぐに責任者を見分けた。黒髪をごく短くした小柄な筋肉質の男で、無線に命令を叫んでいる。両肩に小さな王冠の刺繍(ししゅう)がほどこされ、警視とわかった。

薄汚れたトラックスーツ姿の十代の者たち、ベビーカーを押した若い女性たち、Ａ4サイズのファイルを抱えてリュックを背負った数人の学生たちといった住人が別々にかたまり、警察の現場保全テープの向こうでなにが起きているのか覗こうと騒いでいる。お年寄りは室内にとどまっているようだ。ブライトンの二月は骨まで凍えるし、夕方はあっという間に過ぎていく。ただし、それでも部屋の窓辺に立たずにはいられないのか、カーテンをちょっとめくるどころか、よく見えるようにしっかり開けてある。幸運なことに、遺体は鑑識のテントのなかにあり、好奇の目からは隠されていた。

ジェロームは車をパトカーに近づけて窓を開け、運転席の巡査に警察手帳を振ってみせた。

巡査はうなずき、パトカーを縦にとめなおした。ジェロームは巡査が車を寄せ切るのを待たず、BMWをねじこませ、鑑識のバンのうしろにとめた。わざわざ、まっすぐとめようともしなかった。武装緊急対応班の責任者の警視のほうが階級は上だが、ここはもう自分たちの犯罪現場だ。

テスは警察手帳を掲げながら警視に近づいた。「フォックス警部補、モーガン部長刑事」自信にあふれたてきぱきとした口調で告げながら時計に視線を走らせ、時間がないことをほのめかした。みるみる迫っている闇との戦いになるが、そもそも人間には勝てない戦いだ。

彼は差しだされた手を握った。「ターコ警視。建物の無事が確認できるまでは、入れない」

テスは顔をしかめた。「犯人がまだ建物内にいる可能性があると考えてるのですか？」バルコニーから誰かを放り投げた後で、ぐずぐずしている犯人はめったにいない。「逃げるチャンスはたっぷりあったはずですが」

「いま付近のエリアを捜索しているところだよ。哀れな被害者が地面にたたきつけられたとたん、何事かと付近のフラットからも住人たちがぞろぞろ出てきたんだ。全員をしかるべき場所にもどすのが、われわれがまずやるべき仕事だった」この意見にはトゲがあった。ジェロームとテスが、厄介な仕事がすべて終わってから現れたことに憤っているのはあきらかだ。「当然、犯人はそのあいだに逃げることはできただろう。この建物の管理人から、未確定ながら被害者の身元の確認は取れていて、どの部屋の人物か見当はついている。この管理人は去年、犯罪が何度も起きた後に防犯カメラを設置していてね。わたしたちで午後三時から現在までの映像をたしかめた。その部屋がある廊下には誰もいなかったし、建物を離れた者もいなかった。現在、各部屋の捜索をおこなっているところだ。エントランスと、被害者の部屋からの脱出経路はすべて確認した」彼は五階のバルコニーを指さした。「被害者に続いて犯人がバルコニーから伝いおりたのでないかぎり、奴はまだこの建物内にいる」

彼の手にした無線機がガガーと鳴った。「報告しろ」ターコが吠える。

「警視、廊下の安全は確保しました。各部屋の捜索は終わり、住人には部屋にとどまるよう勧告しています。問題の部屋に踏みこむ準備が整いました」

テスは武装した警官たちでいっぱいの廊下を思い描いた。ひとり残らず、アドレナリンが身体中をめぐっていることだろう。息を呑み、内部がどうなっているのか少しでも手がかりを得ようと無線に耳を澄ました。警官たちと一緒に建物のなかにいたかった。犯罪現場のもっと近くに。

「カウントダウンはなしだ。一気に突入するぞ」警視の無線が強制突入のタイミングを計っている。

「突入！」

「突入します、警視。警官だ！　こっちは武装している！　開けろ！」

間が空く。テスは先ほど警視が指さしたバルコニーを見あげ、人影がないか目を凝らした。

数秒後、耳をつんざくドーンという音がして、武装警官が部屋になだれこんだことが伝わった。

誰かが悲鳴をあげた。テスは警視を見た。いまの悲鳴が問題の部屋のなかからしたのか、その上のバルコニーから身を乗りだしている女たちのひとりのものか、わからない。一同が無線機を見つめていると、またもや、そこからいくつもの声がわめいたので、飛びあがった。

「突入しました、繰り返します、ボス。突入しました。銃撃はなく、死傷者もありません」

警視は空中に拳を突きだした。「犯人を捕まえたか?」

沈黙。雑音が響いてから、無線機はさらに黙りこんだ。テスは思わず近づき、待機した。犯人は逮捕されたのだろうか?

無線がまたもや復活した。「いいえ、警視。この部屋には誰もいません」

テスは毒づいた。警視にくってかかる。「あなたのチームは防犯カメラを確認したんじゃなかったんですか?」

警視もテスと同じように混乱しているようだ。

「確認したさ。言った通り、午後三時以降、部屋の前の廊下を歩いた者はいなかった」

テスはバルコニーを見あげた。ガラス戸に武装警官がひとりいる。フラットのほかの住人がそれぞれの部屋から警官に叫びはじめた。何事なのか教えろと要求する者、外出させろと要求する者。たそがれどきが近づき、一分一秒が過ぎるごとに、この捜査の失敗の危険が高まっているとわかる。

「そんなのあり得ません。部屋をまちがえているんですよ。捜索をすっかりやりなおします」

午後四時五十九分、すでに曇って小雨がぱらついている二月夕方の暦上の日没時間、テス・

フォックス警部は犯罪現場テントの入り口を押し開けて入った。横たわった被害者にかかるよう設営されたテントだ。武装緊急対応班はモートンハースト四二二号室にはたしかに誰もいないと結論づけ、再度ほかの部屋の確認を続けている。テスは呼び出しを受けた検死官がケイ・ラングリーだと見てとり、深呼吸をした。すばらしいことで。

ケイ・ラングリーはショートカットの銀髪を逆立て、射抜くような青い目をした小柄な女で、マスクを引きおろすと、手をあげて挨拶した。ケイとそのパートナーのベスは、テスの元婚約者クリスの幼なじみだ。四人で楽しい友情を築いていたのだが、それもテスが怖じ気づいて婚約を破棄するまでの話だった。それ以来、彼女たちとのあいだは控えめに言って、ぎこちない。最後に四人でつるんだときのことを思いだした。ベスと一緒にソファベッドを準備するのに苦労したっけ。四人とも夜中の三時まで起きて、犯罪プロファイリングの長所について議論したのだ。テスはプロファイラーの味方で、ケイとクリスは頑固な反対派だった。カメラマンのベスは中立で、冴えた審判役をつとめた。ベスはケイの情熱的な感情表現を知り尽くしていて、そんな彼女に対応する術を完璧にわかっているという印象を受けた。正直言えば、クリスがいなくて寂しいのと同じくらい、ケイやベスとの友情が恋しい。実際クリスのことも恋しかった。結婚したい男ではなかったかもしれないが、彼はいい人で、よき友だった。破局以来、一度といわずに、自分はまちがった判断をしたのだろうかと考えあぐねたものだ。ひとりぼっちでいるより、まちがった男と一緒にいるほうがよかったんだろうか。もっとも、こんなことを考えて、今日の仕事の妨げにするつもりなどなかった。うずうずしていた。なんとしてでも認められたい。この仕事をするために生まれついたのだから。

「テス、また会えてうれしい」ケイはそう言って近づいてくると、手袋をした手を振った。

「ハグしない理由はおわかりでしょうけど」

まわりの誰から見ても、これはいたって普通の同僚同士の親しげな会話だ。テスにとっては、これほど身がすくむ挨拶をされたことはなかったが。大声でののしるケイのほうがどれだけよかっただろう。ふたりのあいだに遺体があっても、そんな彼女を目にしたなら、たちどころにほっとできただろうに。

「わたしも会えてうれしい」テスは咳払いした。「死因は?」返事はわかっていると思いつつ訊ねた。

スポットライトで照らされた遺体は、テーブルの猟奇的な中央飾りのようだった。手脚を広げて地面に横たわり、首が不自然な角度にゆがんで、血が胸と下の歩道を染めている。片膝が外側にねじれ、もう片方は内側を向いていた。喉の太く赤黒い傷は、悪魔のほほえみのように両端がはねあがっている。

「これは正式な検死ではないからね、フォックス警部」ケイはテスの予想通りの注意をうながした。「まずあきらかに注目すべき点は二カ所。喉が致命傷だろうけれど、落下の衝撃が命取りだった可能性も捨て切れない。ほかにも傷がないか、もっとくわしく調べる必要がある。どちらが実際の死因か、突きとめるのは困難を極めそうね。出血は大量、それだけは言える。頭部はまだ袋詰めできそうにない——血が乾いてなくて」

「それはつまり？」

「どちらもほぼ同時に起こったということ」彼女は親指で喉を掻き切る仕草と、崖から突き落とされるような仕草をした。

テスはくちびるをかんだ。「どちらにしても喉の傷で死ぬのに、バルコニーからわざわざ突き落としたのはなぜ？」

ケイは黙ったままだった。これもまた、もうふたりは友人ではないと、ほのめかす行動だ。かつては一緒になってあれこれ推測してくれたものだ。テスはふいに、婚約を破棄してからこれ以上ないほどの孤独を感じた。ケイとベスはクリスの友人だったのであり、テスの同僚たちはクリスの同僚でもあった。テスに家族は母親しかいないが、母親との関係は緊張しているとしか表現できない。

沈黙を破ってケイが言う。「手首をしばっていたロープはもう証拠袋に入れたの。きつくは結ばれず、巻かれただけだった。被害者はロープをほどこうとしていたように見える。あと少しだったのに突き落とされて、ほどき切れなかったってところかな」

「ほかには？　身元を確認できるアザなんかは？」

「このタトゥーだけ」ケイが答える。彼女が男の固くなった腕を持ちあげると、テスは青白い手首の図柄と間近に対面することになった。のちにテス・フォックス警部補は、初めての大事件が彼女自身にとっての悪夢そのものとなったのは、まさにこの瞬間だと述懐することになる。

## 2

テスは背後のフラットの外壁にもたれ、倒れまいとした。背中に引っかかる粗い煉瓦と、意識を支えてくれる寒さに感謝した。しっかりしないとだめだ。でも、そんなことを言ったって、どうすればいいんだろう。被害者の手首のタトゥーを目にした瞬間から、水中にいるみたいになにもかもが遅く、鈍くなったように感じる。ケイとどう別れたかもさだかではない。ぼんやりと記憶にあるのは、よろめきながらテントを後にしてから、数十人の警官たちの前で膝から崩れないようにしたこと。テスは悲鳴をあげることも、取り乱すことも、逃げることもなく、どうにか彼らにさまざまな任務をあたえ、一時間後に自分の車の前に集合するよう指示した。やがてその時間となっても、なにかに集中することはむずかしいままだった。視界は焦点が合ったかと思えばまたぶれ、顔がほてった。

テス、彼だとは決まってないから。自分にそう言い聞かせる。まだなにも確実なことはわからない。ヘマするんじゃないの。支えがほしくて前かがみになると両手を膝につき、気持ちを安定させる呼吸をいくつかして、目を閉じ、ゆっくりと10からカウントダウンした。1にたどり着いたとき、目を開けてそれで終わりにしよう。現場に集中し、感情はいっさい持ちこまない。ただ、数を数えるあいだはなにも質問されたくなかった。それができたら、どこでも考えをうまくまとめられるはずだ。

3……2……1。息を大きく吐いて。

チームの者たちが車のまわりに集まり、さらなる指示を待っているところへ近づいた。ボンネットに腰を下ろし、全員に近づくよう合図する。「みんな、調子はどう？」

ジェロームがあきらかにこう言いたそうな目で彼女を見た。あなたこそ調子はどう？　と。テスはかすかにうなずいてみせ、彼を納得させられたことを祈った。たぶん、ほてった顔と震える手は初めて事件を指揮する緊張のせいにできるだろう。屋外で、暗いなか、犯罪現場でブリーフィングをおこなうのは理想的ではないが、フラットに立ち入ることができるようになればまたここに来るのだから、いったん署へもどるのは理にかなっていないと思えた。部下たちは、ほい、だとか、めっちゃご機嫌です、とつぶやいて挨拶を返してくれたが、テレビで楽しんでいたドラマの《コロネーション・ストリート》や子供たちの寝かしつけから引っ張りだされて、うんざりしていることは疑いようがない。それにこの殺人事件が解決されるまで、あるいはせめてこれ以上はなんの危険もないと市民に安心させられるまでは、ブライトン署が第二の我が家となることはわかっているのだ。テスは腕時計に視線を走らせた。午後七時三十分。片手をあげ、震えがとまっているのを見てほっとした。

「みんな、こんなふうに夜を過ごしたくないのはわかっているけれど、被害者もこんなふうに過ごしたくなかったことは心にとめておいて」犯罪現場テントのほうは見ないようにして、なかになにがあるのか——あるいは誰がいるのか——忘れようとした。集まった者たちの大半は恥じた表情になるだけの分別は持ち合わせていた。

武装緊急対応班は依然として、現場の安全確保を徹底すべく、警官や鑑識を入れる前に、建物内のすべての部屋をくまなく捜索していた。テスは一刻も早く室内を見たかった。遺体を目にしたいまでは、ますますその気持ちは強まっている。見る前は、最初の殺人事件をできるだけ迅速かつあざやかに解決したいだけだった。それがいまでは、問題の部屋でほかになにが見つかるのか、自分と被害者を結びつけるものがあるのか、知る必要が生じていた。

テスは震え、思わず上着の袖に手を引きいれた。

目の前には少なくとも二十人の警官がいて、ほとんどは重大犯罪班の刑事だった。彼らがテスの目となり耳となるのだが、ファーラ・ナシル部長刑事が集団のいちばん前にジェロームと並んでいるのを見てうれしくなった。勤務時間が終わってずいぶん経つのに、ファーラの身なりは見事だった。長い黒髪をほつれひとつないポニーテールにまとめ、メイクもまだ完璧だ。デザイナーブランドの黒縁メガネが、癖のある個性をかもしだし、そのうえ十六歳ぐらいに見せている。実際、ファーラの若々しいルックスはチームのためになることが少なくなかった。人は彼女を見くだすのだが、それは絶対にしてはいけないミスだ。頭の回転が速く、このチームの半数を合わせたよりIQが高い。ファーラは重大犯罪班の全員と同様にクリスのことを知っていたが、ジェロームと同じく特に親しいようではなかった。クリスが去ってからくわわった刑事もいるから、目の前にいるなかで、おそらくテスが視界に入るのもいやだという人間はひとにぎりしかいない。最高の展開ではないけれど、もっと悪いものになった可能性もあった。

ウォーカー警部も目の前に立っていたかもしれないのだ。

「みんな残業してくれて感謝してる。手早くすませるから」テスの声は震えてもいなかった。きっとこの危機を乗り越えられる。最前列にいるブライトン署の初々(ういうい)しい巡査にうなずいてみせた。彼の年齢と、数時間前に歩道から人体の組織をこすりとらねばならなかった事実を考えると、敬服するほど落ち着き払っていて、テスよりよほど冷静だ。「最初に現場に到着したのはあなたのようね？」

彼は短い赤毛をかきあげ、そうだとうなずいてからウェールズなまりで言った。「キャンベル・ヒース巡査です。通信指令センターから、自殺が起きたもんで、救急車が向かっておるという連絡を受けました。ぼくたちはここに到着すると、人混みを下がらせて救急車が通れるようにしました。野次馬は現場を見ようと、突き飛ばしあっておったんです」悲しそうに首を振る。「下劣な連中のやることにはいつもびっくりだ。ぼくは野次馬の視界をふさぐよう救急車をとめさせ、相棒とぼくで野次馬を三回、救急車の向こうに移動させました」

「通報したのは誰？」

「フランス人女性のエミリー・ジャスパーです。とても上手に英語を話しますが、かなり動揺していたので、供述の半分はフランス語になりましたね。チャイルドマインダー（イギリスにおける家庭保育の国家資格）の面接に行く途中だったそうです。半時間前に帰宅させました。彼女のくわしい供述書と連絡先はぼくが持ってます。とにかくひどく取り乱しておりました」

「ふしぎではないわね。それで、ここに到着してなにがあったの？」

ヒース巡査は相棒が車内で携帯電話の画面をスクロールしているパトカーを見た。ため息をつく。「救急隊員は一目見て、この男性が死亡しているのは確実で、おそらく落下したことで死亡したのじゃない、喉が切られておるからと言ったんです。ぼくは通信指令センターに連絡し、できるだけ急いであなたたちを呼ぶよう頼み、ターコ警視に、あなたたちが到着するまで現場の指揮を取るよう頼みました」

テスは時計を見て、現時点までの一連の連絡を内心急いで振り返った。「すばやい仕事よ、上出来。キャンベルと言ったわね？」

彼はうなずいた。

「あなたはうまくさばいてくれた、ありがとう。重大犯罪班と働いてみたい？」

キャンベルはうれしそうにうなずいた。

「あなたを今回の特別捜査班に入れることができるか確認してみるから。ジェローム、被害者の身元についてわかったことをわたしたちに教えて」

ジェロームは一同を振り返った。「建物の管理人によると、被害者はショーン・ミッチェル、四十一歳、白人男性、ひとり暮らし。賃貸申込書のコピーが手元にあり、職場はブライトン市中心街の自動車修理工場と記載されてる。身元保証人はオーナーのルカ・マンシーニという人物。電話番号はここにある」

テスは被害者の名を聞いて、なにも顔に出すまいとした。ショーン・ミッチェル。では、本当に彼なんだ。頭に血が昇り、一瞬めまいに襲われた。気絶しないの、しっかりして。誰かがテスをつついて、水のペットボトルを差しだした。テスが顔をあげると、ファーラのダークブラウンの目と目が合った。彼女ははげますようにほほえんでいた。ペットボトルを受けとると、こんな瞬間にどれだけ感謝したかきちんと伝えようとした。

「ありがとう」そう言い、キャップをひねり開けて水を飲んだ。すばらしく冷えているとはいえなかったが、気分を持ちなおすくらいにはじゅうぶんで、身を乗りだしてジェロームが差しだす付箋を見て、名前と電話番号を急いでメモすることはできた。気を引き締めなければ。ファーラにどれだけ焦っているか伝わったのならば、ほかの者にだってわかったかもしれない。ここにいる全員が束になっても、ファーラの鋭さにはかなわないと思ってはいるが。それでも、あれこれ質問されることだけはごめんだ。「わかった。被害者がまだそこで働いていたのか、働いていた場合、最後に出勤したのはいつだったか確認を取って。彼にガールフレンド、またはボーイフレンドがいたかどうかも。普段の行動についてできるかぎり調べて情報を知らせてほしい。特に昨夜と今日について。次は?」

「わたしはミッチェルと同じ階の三部屋の住人に話を聞きました」ファーラが切りだす。「ほかの階の住人については、巡査たちに供述を取らせています」

「それで、同じ階の人たちはなんと?」

「彼はまともなタイプではなかったと話していますね。三人とも、ドラッグの密売人だと思うと言っています。ひとりは彼のことで何度も警察に通報したのですが、なにも手を打ってもらえなかったそうです。別の人の話では、何週間も見かけないので引っ越したと思っていたけれど、昨日の午後五時頃、彼の部屋でたたく音が聞こえたとのこと」

「たたくって誰かと揉めてたのかしら?」

「いいえ」ファーラが首を振ると、ポニーテールが弾んだ。「ハンマーを使っているような音だったとか。まるで誰かがなにかを修理しているみたいに。その話をした人は、だからミッチェルが引っ越したと思ったそうなんです。彼がここに暮らしているあいだ、なにかを直すことなどまったくやらなかったから」

「わかった。ほかには?」

「大きなことがひとつ」ファーラは新品同様に見えるメモ帳をめくった。「隣の住人が本日の午後三時五十分頃にたたく音を聞いています。ハンマーの音ではなく、ドアをノックするような音で、まるで何者かが押し入ろうとするみたいに、とても激しかったそうです。男たちの叫び声もしたと」

「男たち? 複数だったの?」テスはほっとして落ち着きを取りもどしてきた。ショーン・ミッチェルの部屋に押し入ろうとする男たちの集団を目撃している人がいれば、この殺人が自分に結びつけられることはあり得ない。ドラッグ密売人が不幸な最期を迎えた単純な事件だ。

「ええ。でも、数分後にドアの外に出てみると、誰もいなかったそうです。ショーンの部屋からの音だったか、断言できないとのこと。この建物は古くて隙間風が入るので、どうやら、あらゆるたぐいの音が聞こえるようなんです。下の階の音だったということもじゅうぶんあり得ると」

「了解。それは防犯カメラで確認できるはずね」テスは言った。一時間以上ぶりに、足が大地にしっかりついている気がする。むしろ、これは自分にとっていい結果に終わるかもしれない。ショーン・ミッチェルが死んだのは悪いことではなかったのだから。「よくやったわ、ファーラ。これがドラッグがらみの事件だとわかれば、少なくとも一般市民の不安も和らぐ。それにミッチェルが小物の密売人だったならば、重大組織犯罪班にじゃまされないですむから、そうであることを祈りましょう」

「あっ」ファーラがまた手をあげた。「向かいの部屋の女性が、二週間前に妹が彼を訪ねてきたと話していますから、家族がいたことはわかっています。なんとか探しださないといけませんけど。賃貸申込書には家族について記載がなかったので」

「わかった、ありがとう」テスはチームの者たちが少しざわついていることに気づいた。数人が顔を見合わせている。「なに?」テスは鋭く言った。「さあ、言ってみて」彼らはなにを知っているんだろう?

「犯人がどうやって逃げたかわからないというのは、本当ですか?」そう言った警官はとまどっているようだが、それをいえば全員が答えを待っている。「どの防犯カメラにも映っていないというのは?」

テスはため息をついた。質問が被害者の身元や過去についてではなかったことに、愚かにも安堵した。「犯人がどうやって逃げたのかは、まだわかってない。でも、ねえ、できればその点はこれ以上、議論したくないのよ。防犯カメラの映像は精査のためにテクノロジー班に送られた。なんらかの編集がくわえられている場合を考えてのことよ――映画によくあるトリックだけど、現実にはそんなことはあり得ないとわかってはいるけれどね。いまのところ、わたしたちの仕事は犯人が誰なのかに集中すること。これからの数時間がどれだけ重要か、念を押す必要はないわね。わたしたちの主な仕事は、被害者についてできるだけ多くのことを探りだし、彼の首を掻き切ったうえにバルコニーから突き落としたのは誰か、そして理由はなぜなのか知ること」テスは自信を持って話した。他人には、いまにも倒れそうになっていることなどわかるまい。「誰かこの付近のすべての防犯カメラのリストを作って」巡査がひとり手をあげ、テスは彼を指さした。「すばらしい、ありがとう。ファーラ、あなたには犯人が脱出に使えそうな経路を見つけだしてほしい。付近にとまっていたすべての車について調べ、近くにいるすべての人から、被害者が落下した直後に、急いで移動していた人物を目撃していないか話を聞いて。血にまみれて空中でナイフを振りまわしていた人がいれば好ましいわね。できれば、防犯カメラの映像の確認までお願いしたい。署にもどったら、事件調書のまとめをお願いするから、誰かに被害者の手首に結ばれていたロープについて、どこで購入されたものか、なにで切断されたのか、調べさせておいて。ジェローム、武装緊急対応班がどうなっているか確認してくれる？　そろそろフラットに入りたい」

奇跡的なタイミングでターコ警視がぐんぐんと近づいてきて、フラットを指さした。「わたしのチームが危険なしと報告してきた。きみのところの鑑識を入れていいぞ」

テスは深呼吸をした。これからの仕事に向けて気を引き締めていると見えただろう。ジェロームを振り返り、眉をあげた。「すばやい仕事ね。あなたが動くのも見えなかったくらい。一緒に来ない？」

3

敷居をまたぐ前なのに、そのにおいに襲われた。

「ひどい」テスはあえいで一歩下がった。「この部屋には誰もいないはずじゃ？　ほかに遺体がないか確認したの？」

「第二の遺体はないよ」鑑識のひとりが請け合った。「ここに誰が住んでいたにしろ、掃除が大好きではなかったようだな」

いまのは年間最優秀控えめな表現大賞の有力候補だった。部屋は狭くて暗かったが、明かりがないことに目が慣れてくると、においの発生源がどこか見てとれた。左手にある簡易キッチンで、汚れを殻のようにまとった碗のたぐいがシンクに重ねられ、茶色の水で満たされている。腐った食べ物の悪臭が片隅のあふれたゴミ箱から漂っていた。食べかけのピザの箱やポットヌードルの容器が、観葉植物のようにあちらこちらに散らばっている。いくつものラガービールの缶の上にはもみ消された吸い殻が山をなしていた。数十年ぶんの煙草のにおい。壁は黄色く変色している。壁紙の隅はどこもはがれ、湿気によるシミが、かつてはそこにあったのだろう壁紙の柄をすべて消していた。ショーン・ミッチェルはこれまで長年のあいだ、ずっとこの環境で暮らしていたのか？　このみすぼらしい生活のはてに殺害されたことは、あの厭わしい小男にはふさわしい結末だと思わずにいられなかった。被害者が誰であっても偏見を持たず正義に集中しなければいけないが、ささやかな満足感を覚えてしまった。鑑識のふたりがすでに室内に入っていて、ひとりはサンプルを採取し、もうひとりは写真を撮っていた。ターコ警視、テス、ジェロームまで入ると、狭苦しくなりそうだ。

テスが敷居をまたぎ、最初に気づいたのは、ドア枠の内側に釘でとめられた、割れた板だった。

「待って、彼はドアを板でふさいでいたの？」

「これが前日、隣人が聞いたハンマーでたたく音の正体に違いないな」ジェロームが言う。

「だったら、ほかの隣人が声を聞いた男たちはどうやって押し入ったと？」

「たぶん、押し入ってない」ジェロームは手袋をした手で、割れた板をなでた。「たぶん、殺したのはその男たちじゃなかったんだ」

「その男たちのはずなのよ」テスはつぶやいた。テスの人生はこれがドラッグがらみの犯罪かどうかにかかっている。

「昨日防犯カメラが故障したそうだ」ターコ警視が板の割られた玄関先に姿を見せて言った。「午後四時三十分頃だ。犯人はそのときに部屋に入ったんじゃないか。目撃者の話からすると、ミッチェルがドアをふさぎはじめる直前だろう。一緒に板を打ちつけたのなら、そいつは彼が信頼していた人間だったということになるな」

「ふたりの人間がこの悪臭に耐えてここにとどまっていられたということですか？」テスは鼻にしわを寄せた。

「あなたたちが探しているのは、嗅覚を持たない犯人かもしれないよ」鑑識の技師が言う。

「におい以外は、そりゃあきれいなもので。内頸静脈が掻き切られた割には、ということだがね。被害者がだらしなく暮らしていたことはあきらかで、見ての通り十人の警官がドアから突入し、駅のように歩きまわったせいで、めちゃくちゃになったという感じだ」ターコがむっとしたものの、口をはさむことはなかった。「被害者が喉を切られていると聞いて、全体がもっと血まみれだと予想していたんだが」

「わたしもよ」テスも認めた。いざ寝室をたしかめようとして、技師の肩越しにあるものが目にとまった。机の上の壁に貼られたチラシだ。壁のほかの部分がむきだしなおかげで目立った。どぎついピンクのロゴ――どこにいてもテスなら見分けるだろうロゴで飾られていたからだ。しかも、ダーツの矢でとめてある。

現場の状況が、スリー・フラミンゴと十五年前のあの夜から事件を遠ざけてくれることを祈るなんてなんと愚かだったのか。

「ボス、聞いてますか？」

「ごめんなさい、なに？」注意をすばやくジェロームにもどした。心配そうな目を向けられている。

「犯人は自分で防水シートを持ちこみ、持ち去ったのかも、と言ったんですよ」ジェロームは繰り返した。

「ごめん」テスは首を振った。「考えごとをしてた」今度は、鑑識の責任者が証拠として押収しようと決める前に、どうやって壁からあの紙切れをはがそうかと悩んでいた。おそらく犯罪現場の写真に収まっているだけでもまずいのだが、それでもこの捜査の指揮を取っているのはテスだから、まだなんとかできる。いまのところは。「その可能性もあるわね」ジェロームに返事をした。「建物の安全確認にほぼ一時間かかったから、掃除をするじゅうぶんな時間はあった」

「ただし、掃除をするだけの時間があったとしても、どうやって外に出たんだね?」ターコが訊ねる。

「防犯カメラをやり過ごすことさえできれば――手口はわからないけれど――別の部屋に忍びこむか、野次馬のなかにまぎれるのは簡単だったはず」

「ドアは内側から板でふさがれていたのに?」ジェロームが静かに言った。

「うるさい」彼が正しいことを認める精一杯の譲歩だった。

「シンクの下の物入れに、コカインの包みが四つあったよ」技師が口をはさんだ。「この部屋にあるのはそれだけじゃない。コーヒーテーブルにはＬＳＤ。寝室には特定できないなんらかの錠剤が」

「予想通りね」と、テス。

「寝室は特におかしなところはないね。衣類はすべてワードローブから引っ張りだし、部屋中に投げだされたようだが、これが重要なことなのか、この男がだらしないのか、はっきりしない。犯人がドラッグを探していたかもしれないと、念のためにあらゆるものの指紋を採取したんだがね。探していたとしたら、キッチンの誰でもわかるあの隠し場所を見逃していることになる」

「犯人は証拠を隠滅していたのかもしれない」テスは言った。「彼と一緒にいたのが女だったならば、自分の服を絶対に寝室に残さないようにしていたとか」

「なくはないね」と、技師。「ひょっとしたら、彼は……」彼は喉の傷を閉じるまねをした。「出血をとめるものを探していたのかもしれない。血まみれの服が大型ゴミ容器や工事廃棄物コンテナに捨てられていないか、周辺を探してみるといい。そうだ、こいつを見てくれ」

技師はテスにカメラを差しだした。画面には小さな黒いゴミ箱の写真が表示されている。テスはあたりを見まわし、片隅の机の下にあるそのゴミ箱に目をとめた。「あそこにあるゴミ箱？　写真にある文字はどこに消えたの？」

「ルミノール反応でしか見えないんだ。ここだよ」技師は足元の黒いバッグからライトを取りだしてテスに渡した。「ゴミ箱を照らしてみて」

テスは部屋を横切り、擦り切れた不潔なカーペットにしゃがんだ。こんなところに直接膝をつくのは気が進まなかったが。ライトをつけてゴミ箱を照らした。「C？　それにA？　これは血？　なにが書いてあったにしても、はっきり読めないわね」

技師は肩をすくめた。「検査結果がもどってくるまでは、なんとも言えないよ。だが、わたしたちもCAだと見当をつけた。なにかピンと来るものがあるかね？」

テスは考えすぎていた。CAはどんな意味だってあり得る。これがカラム・ロジャーズと結びつくとはかぎらない。それにたとえそうだとしても――被害者を殺害したのはカラムという人間だったかもしれない。十五年前、彼らは秘密など持たない間柄だったが、どちらも短気な人間だった。「被害者の名前はショーン・ミッチェル」間が空きすぎたと気づいてそう言った。「彼がメッセージを残そうとしたのならば、犯人のイニシャルを書いたとか……？」

「ダイイング・メッセージを残すなら、机の下のゴミ箱に残すかね？　それに、なぜフルネームで書かない？」

「あなたがわたしに答えをくれると思っていたのに。質問ばかりするんじゃなくて」

技師はまた肩をすくめた。「答えを見つけるのはあなたの仕事だ。証拠を見つけるのがわたしの仕事でね。幸運を祈るよ。結果が出たら連絡する」

初動捜査にあたった者たちがこの部屋全体を調べていたが、テスは人が隠れられるくらいの空間をすべて調べなおした。ワードローブ、ベッドの下、キッチンの戸棚。赤ん坊しか入れない分電盤のボックスまでも。

「意味ないですって」ジェロームはバスタブのエプロンまで引き剥がそうとするテスを見て文句を言った。「おれたちが到着してからずっと、四二一号室のドアの前には人がいた。ドアを破った後に、誰か逃げだせたわけがない」

「でも、犯人はどこかの時点で逃げたのよ。犯人はまだここにいると言いたいのなら別だけど？」エプロンが外れた勢いで、テスはうしろへ飛ばされ、うめき声をあげた。バスタブの下の空間は空っぽで、パイプと蜘蛛の巣があるだけだ。

「まさか床板もはがすつもりとか？」

「必要ならば。あれはどう？」玄関ドアの上の通気口を指さした。「あそこから人は抜けだせる？」

ジェロームは眉をあげ、テスの頭のてっぺんから足の先までながめた。「あなたの細いケツでもあそこは抜けられないな。被害者が撃たれたんであれば、あの通気口からやったというのはあり得たでしょうが、凝り性の犯人が棒につけたナイフを差しこんで、なんとか被害者の喉を切って、その棒で彼をバルコニーから突き落としたなんて考えは……」

「言いたいことはわかった。だったら、あなたのとっておきのアイデアはどんなもの？」

「うん、こんなのはどうです……」ジェロームはドアに近づいた。「ドアをノックする音。被害者はドアを開け、すぐに犯人のCAなんたらと顔を合わせる。そいつは手を伸ばして」拳をシュッと突きだす動きをした。「喉を掻き切る。被害者はどうにか犯人の鼻先でドアを閉めて鍵をかけるが、助けが必要だ。でしょ？　それでバルコニーに向かい、扉を開け、どこかほかの部屋のバルコニーに伝っていけないかと期待するものの、外は暗くなりかけ、彼は死にかけているから、手を滑らせて落下し」ジェロームは腕を振りまわし、落下しながら逆さになる人間を表現した。「地面にたたきつけられる」

テスは眉をひそめた。「血を使って犯人のイニシャルをゴミ箱に書き、部屋の血痕を拭き取り、玄関ドアを板でふさいだ後で？」

「ちぇっ」ジェロームはにやりとした。「防犯カメラを忘れちゃだめですよ。ここのドアに直接向けられたものではないけれど、廊下には誰も映っていない。だったら、ただひとつの出入り口はバルコニーだ」

テスは長く汚いカーテンでよく見えないフランス窓にぶらりと近づいた。カーテンを引くと、ガラス戸は少しひらかれていた。外のバルコニーも室内と同じように汚いが、血痕はない。テスは指摘した。「喉を切り裂かれたならば、どうしてもっと血が出ていないの？」

「さっきも話に出たように、犯人は立ち去る前にほとんどの血痕を掃除したとか」と、ジェローム。

テスは眉をあげた。「ここが掃除されたようにあなたには見える？　しっかりと？　一度でも？　それに誰かが血痕を拭き取ったとしても、一緒に汚れもいくらかは掃除することになったはずよ」

「一本取られた」ジェロームがうなずく。「でも、死亡推定時刻がはっきりするまでは、被害者が何時に喉を切られたのか、全然わからないわけですよ。バルコニーから突き落とされる一時間前かもしれない――犯人は被害者の出血がとまるまでバスタブに放置し、シーツでくるんでから、バスタブを漂白し、ミッチェルをバルコニーに運んで滑り落とした。ジャジャーン、華麗なる推理」

「そして犯人は虚空に姿を消したと」テスはつぶやきながら、ケイが被害者の血はまだ乾いていないと言っていたことを思いだしていた。地面に落下した後に血まみれになるほど、心臓はまだ鼓動していた。鑑識はすべてにルミノール反応の検査をしているが、掃除された痕など出てこなかった。喉を切り裂かれれば、大事（おおごと）になり、始末も簡単ではない。ひどく血まみれになるものだ。とはいえ、バルコニーにもたれていたときに喉を切られた可能性もある。それならば、ちょっとこじつけめいているが、部屋のなかに血痕を残さずにすむ。けれど、もう喉を切ったのにどうしてバルコニーから突き落とす？　手にかけた者の死は確実に保証されていたのに。グランド・フィナーレの必要なんか全然ない。

「すぐに被害者を発見させたかったのね」テスはひとりごとを言った。ジェロームはバルコニー越しに、隣人の部屋を見ていた。バルコニーは横がせいぜい六フィート（約一・八メートル）で奥行きが三フィート（約〇・九メートル）、鉢植えをいくつか置くのがやっとだが、隣のバルコニーには小さな横桟（よこざん）伝いに行こうと思えば行ける。

「なぜ？」彼は訊ねた。

「わからないけれど、必要のない派手なことをする理由はそれしかない。そうでなければ、ここで失血死させなかったのはどうして？　被害者と面識があったのだったら、人が訪ねてこないことや、不規則なシフトで従業員が姿を見せないのもめずらしくない職場で働いていたことは知っていたでしょう。彼がいないと誰かが気づいて通報する頃には、一週間は経っていそうよ」

「となると？」

テスはあたりを見まわした。「わからない。でも、ここで失血死させなかったということは、犯人は被害者を発見させたかったのよ。警察をすぐにここへ呼び寄せたかった」

「なるほど。そして犯人自身もバルコニーを乗り越え、ほかの部屋へ逃げたと。それしか経路がないから。あなたとおれのどちらが、隣の部屋のバルコニーへよじ登ってみます？」ジェロームが訊ねる。

「この高さでそんなことをするのは、おバカに決まってる。だから、あなたがやって」と、テス。「まじめな話――犯人はそうやって逃げたのではないわね。死体が空から降ってきたら、あなたなら真っ先にどうする？」

「見あげる？」

「その通り。ミッチェルが足元に落ちてきた瞬間、人は彼がどこから飛び降りたのかと見あげるものだと思わない？　目にするのは、犯人がターザンみたいにバルコニーからぶら下がって身体を揺らしているところ？　うーん、違うわね。犯人は大急ぎでバルコニーから姿を消すために移動したはずよ。でも、ほんの数歩、室内へ下がるだけでもそれはやれる。五階で横移動するのはナンセンスよ。見つかってしまうもの」

ジェロームはため息をついた。「じゃあ、犯人はバルコニーを乗り越えず、玄関からも出ていかず、室内にも隠れなかった――エントランスを見張っていた警官の目をかすめて、こっそり逃げたのでなければ。その警官は、血まみれの人物が目の前をぶらりと通り過ぎ、目出し帽をちょいと傾けて挨拶すればやっと気づくくらいには有能だって、おれたちは仮定してるわけですが。そうなると、残る可能性は？」

「勘弁してほしい」テスは壁を殴りながらつぶやいた。「板で封じられたドアと姿を消している犯人が残る」

# 4

二〇一八年、地方自治体が宇宙船と《ドクター・フー》のターディスをかけあわせたように見える改修をしたブライトン署はつややかな灰色と青の建物で、なかは広々とした白くて仕切りのないオフィスの集まりであり、ここが当面はテスの本拠地となる。清潔でモダン、かつての二倍の広さを誇るが、特別捜査本部は相変わらずコーヒーと絶望のにおいがした。部屋の壁の上半分はまるまるガラス窓になっていて、それを見るたびにテスは、ここに足を踏み入れたらじつは全員が腰から下は裸ではと想像してしまう。奥の壁は特大のホワイトボードに占領されていた。今日はスチール製のストレッチャーに乗せられた死者の写真が貼ってある。喉を横切るどす黒い傷跡。その上にショーン・ミッチェルという名が、その下には被害者についての情報のすべてが黒いマーカーで書いてあり、確認ずみが左、すんでいないものは右に分けられている。未確認リストはこのようになっていた。

被害者　ショーン・ミッチェル
マンシーニ自動車修理工場勤務
四十代初め
ひとり暮らし
ドラッグに関連

確認ずみリストのところに誰かが――たぶんジェロームが――〈被害者は確実に死亡〉と有益なことを走り書きしていた。ホワイトボードにはフラットの平面図が貼られ、出入りできるすべてのルートが矢印で示されている。

テスがやってきたとき、彼女のチームはすでに部屋の中央の会議テーブルをかこんで集まり、書類やメモ帳の隙間にコーヒーカップやペイストリーを置き、想像とは違ってズボンを穿いていた。ジェロームがテーブルの角に座り、ファーラのほうに身を乗りだして彼女が書いたなにかを読んでいる。刑事二名が携帯電話をひどく熱心に見ているから、乳房かサッカーにかかわることに違いない。そしてテーブルの端に座っているのは、目下の昇進のライバルであるジェフ・ウォーカー警部補で、極めて薄い事件調書をひらかずに前に置いていた。勘弁して。

「ここでなにをしているの？」テスはうんざりしてため息をつきながら訊ねた。証拠袋からなんとか抜きとって自分のブリーフケースに入れたあのチラシのことが、心に重くのしかかっている。犯罪現場からものを持ちだすことは、発覚した場合、たとえダイレクトメールやダーツのように重要とは思えないものであっても、警官生命の終わりを意味する。だったら、どうしてあんな愚かなことをしてしまったんだろう？　スリー・フラミンゴのチラシにどんな意味があるのか、テスにどう関係するのか知る人などいないのに。深く考えていなかった。パニックになっていたからだが、ここでは自制心を取りもどさないとならない。ウォーカーにまとわりつかれたら迷惑だ。

ジェフ・ウォーカーは椅子にもたれると両手をあげ、無邪気な表情を作った。テスにはとてつもなく殴りたくなる顔に、満足いく程度に後退している生え際。そしてテスの意見では、彼はまったくの人でなしでもあった。さらに気にいらないのは、重大犯罪班のほかの者たちにはじつに愉快な男だとまちがいなく思われていることだ。彼はテスの元婚約者クリスのことをとても高く買っていて、本当に誰とでも心から絆を結べるその人当たりのよさを気に入っていた。いまでは中年となってしっかりと過去のものになりつつあるのに、ウォーカーは自分のことをまだ〝若い連中のひとり〟だと見なしていて、クリスはその感情を受け入れてくれていたのだ。あきらかにたるんだ腹をシャツのなかで引っこめているけれど、週に四回ジムに通っていると嘯(うそぶ)いている彼の髪は、ジャスト・フォー・メンで染めたに決まっている。

「そいつはどういう挨拶なんだよ？」彼は無邪気を装(よそお)って訊ねた。「おれの講習がどうだったか訊くつもりはないのか？」

「また平等と多様性の再教育だったんでしょ？」テスは答えた。

ジェフはショックを受けたふりをして心臓のあたりをつかみ、テスはジェロームが隠れてにやりとしていることに目をとめた。

「実際はCOPで、おれの警部としての資格について話しあっていた」

テスはぼんやりとうなずいた。いつもならば、彼が警察大学（カレッジ・オブ・ポリシング）で誰と話をしたのか自問し、自分も人脈を作るべきか考えただろうが――ウォーカーが人脈作りで使うのは百戦錬磨のおべっかだ――いまはもっと大きな心配事のために、ショーン・ミッチェルを殺害したのは誰か見つけだすために集まっているのだ。より重要なのは、彼の死がまったくの偶然なのか、なにかメッセージのたぐいなのかということ。密室、姿を消した犯人、テスの過去から現れた顔――この件の裏に存在しそうな人物はひとりだけ。テスは自分がまちがっていることを祈った。

「それはあなたがわたしの特別捜査本部にいる説明にならない」テスはそう言い、彼が望む反応など見せてやるものかと決意した。「食堂に行く途中で迷子になった？」

「オズワルド主任警部が子守のためにおれを送ったんじゃないかと心配なのかな？」ウォーカーはしたり顔で笑った。「興味があったからここにいるだけだ。透明人間が被害者の喉をかっさばいて、壁を抜けて逃げた――おれのかかわったどの事件も顔負けだ。あんたがどんな事件を手に入れてしまったのか、たしかめてやろうと思ったのさ」

テスはきつい目つきで部屋にいる者たちをながめた。〝透明〟という言葉がすでにサセックス警察に届いているのはどうしてなのか。もっとも、自分のチームのメンバーを責めるのは不当だ。現場にはほかにもたくさんいた。救急隊員、初動にあたった武装緊急対応班、鑑識。そのなかの誰だって、ウォーカーやほかの重大犯罪班の人間にべらべらしゃべった可能性がある。もちろん、オズワルド主任警部もすべての情報を手に入れることができた。その彼がウォーカーとパブでくつろいだおしゃべりをしたのかもしれない。

「おれがここにいても問題じゃないよな?」ウォーカーが訊ねる。彼がここにいるのを望まない正当な理由など、テスにないことはわかっていながら。彼はテスの上司ではない。同じ犯罪捜査班の仲間だ。彼がこのブリーフィングにいてはならない理由などまったくないのだ。ウォーカーから肩越しに観察されなくても、この事件が複雑きわまりないことを除けば。

「もちろん、問題じゃない」テスは嘘をついた。そして声を張りあげた。「さて、早速始めましょうか?」

ほかの者たちはテスを振り返った。まるでテスがライバルとかわしていた一言一句に耳を澄ましてなどいなかったように。

「さあ、誰から話したい? ファーラ?」

ファーラはメモの束を手にした。テスはファーラを捜査記録の担当にしたのは正しいとわかっていた。彼女ほどまとめる力のある人はいない。テス自身よりも優れているくらいだ。「戸別の聞き込みはまったく成果なしでした。誰もなにも見ていないとは、このことです。だからと言って、近くに誰もいなかったわけでもないんです。向かいの建物に住む女性は前庭で自転車のタイヤ修理をしていました。バルコニーでの騒ぎは聞こえなかったし、急いでフラットを後にする人物も見ていません。彼女は衝突音と女性の叫び声を聞いていますーー被害者が地面にたたきつけられたときです。その前にも直後にも、怪しいことはなにもなかったと」

「おれはマンシーニ修理工場に電話をしました」ジェロームが切りだす。「ショーン・ミッチェルという人物のことなど、聞いたこともないと言われましたよ。オーナーのルカ・マンシーニは十年前に死亡し、いまは息子が経営を。身元照会先は偽のものだったわけだ」

「わかった。では、ショーン・ミッチェルは無職だった可能性が高いのに、それでもどうやら家賃を払えていたと」テスはため息を吐いた。「誰かいい知らせはない？」

「頼まれていた付近の防犯カメラのリストができました」

「すばらしい」

ジェロームは渋い顔をした。

「どうしたの？」テスはうめいて、上機嫌の表情を隠せていないウォーカーを強く意識した。

「ええと、このマップにすべての防犯カメラの印を入れたんですよ」彼はテーブル越しにマップをテスのほうへ滑らせた。「そうしたら、ここにあるやつ」彼はひとつの赤い点を指さす。

「このフラットの出入り口にまっすぐ向けられたやつなんですが」

「それが悪い知らせなのはなぜ？」

「犯行時刻の映像を見たんですよ。誰もーー」

「待って、当てるから。本当に誰もこの建物から出入りしていない、かしら？」

「まあ、そういうことで。残念です、ボス。正確には誰もというわけじゃなく、十代の子供がふたり、それに幼児を連れた女がひとりはいたんだが、おれたちが探してるのはあの人たちじゃないのは絶対なんで。犯人がどれだけあそこにいたのかわかってないから、すべてコピーして二十四時間前までの映像を送るよう頼みました。でも……」

「でも、わたしたちが現場に到着したとき、犯人があそこにいなかったことはわかっている」テスは後を引き取った。「つまり、犯人はあの建物から出るほかの方法を見つけたということ。そうかもしれない。でも犯人は同じフラットに暮らしていて自分の部屋にもどっただけの可能性もある。ただし、ショーンが内側からドアを板でふさいだ一方、廊下の防犯カメラも部屋を後にする者をとらえていないわね」

「その件ですけど」ファーラが声をあげた。「テクノロジー班から連絡がありました。あの映像は手をくわえられていなかったそうです。前日の故障は三十分ほどだったと確認されました。カメラに映らず室内に入るにはじゅうぶんです。ただし、これが容疑者の仕業(しわざ)だとすれば、カメラを故障させ、二十四時間もあの部屋にとどまってから、被害者を殺害したということになります」

「それはありそうにないわね。本件が結局は家庭内の事件だったら別だけど。パートナーがいたとか。そこはまだなにも確認が取れないの?」

刑事のひとりが手をあげた。「彼の前科を調べました。何年も前のドラッグ、反社会的行動、ちょっとした暴力の記録がありましたが、最近はなにもなしです。彼の部屋についてはなにかをたたく音の苦情があげられていますが、同じ階のほかの二軒である可能性もあります――苦情をあげた人もどこからした音か断定できていません。被害者の近親者として母親があがっていますが、二〇一七年に死亡していますね。話を聞けそうな知人のリストは手に入れましたが、恋人の存在はわかっていません」

カラム・ロジャーズもそのリストに載っているんだろうか、これだけの歳月が経ってから、彼と顔を合わせねばならないのだろうか。顔を見分けられる心配はいらないが。カラム・ロジャーズはあの夜、セアラの対処で忙しかったのだ。テスを見ていない。彼はセアラの対処で忙しかったのだ。

セアラ。ほかに誰が、これ以上の驚きに出くわす前に、セアラと話をしなければならないとわかっていた。だが、昨夜以来、セアラ・ジェイコブズは誰よりも会いたくない相手だった。

「フォックス、いいか?」

じつのところ、テスがこの瞬間に誰よりも会いたくない人物がやってきた。オズワルド主任警部だ。

ジェロームがかたまった。彼は開けられたばかりのオフィスのドアに背を向けているから、上司にはジェロームの口が〝うわ、やばい〟という風にねじれたのが見えなかったが、テスにはそれがよく見えた。では、これはテスの思いこみではないのだ――オズワルドはおかんむりの口ぶりだった。オズワルドは若干、旧式なところがあるけれど、たいていはまずまずの上司だ。ただし、妻のジャニスと喧嘩をしたときは、オフィス全体にそれが伝わって、みな彼を避ける。ウォーカーでさえも主任警部の口調にはそわそわして見えた。

テスはチームの者たちを残して急いで部屋を横切った。

「ドアを閉めてくれ」オズワルドはドアを指さしてから、突然ぴたりと動きをとめてテスを見おろした。彼はテスよりたっぷり一フィート（約三十センチ）は上背があり、豊かなダークブラウンの髪と濃い茶色の目をしている。ジェロームのようにとびきりホットな男ではないが、魅力があった。四十代後半で、いつも高級な服装と香水のにおいで身を包み、容認発音（超エリート層が話す標準英語）のアクセントで話す。「きみがドアを閉めるのが不快でないならばだが？　同席者がいたほうが好ましいかね？」

「その、いいえ、主任警部。大丈夫だと思います」と、テス。「なにも問題ありませんか？」

「わたしはここが気に入らない、フォックス。本部の自分のオフィスがいちばんだ。なにもかもがわたしの置いたもので、誰もデスクにいまいましいものを残していかないからな」彼はダークブラウンの髪をかきあげながら、あざやかな色のリーフレットをテスに突きだした。〈職場のセクシャルハラスメント。いかに気づくか。いかに対処するか。いかに起こさないようにするか〉という文字が、太い黄色のレタリングで表紙をでかでかと飾っている。「ブライトンではきみの要望に、もっとセンシティブにならねばいけないらしい。だから訊ねよう。きみが望むことはあるかね？」

「ありません。いまのところ、まったく大丈夫です」テスは今回、笑みを押し隠そうともしなかった。では、彼がおかんむりになった原因はこれか。これほどストレスを受けた上司を見たことがない。自分の妻や女性の上司であるトランター警視以外の女の要望を気にかけねばならないと思うのは、あきらかに負担なのだ。

「よろしい。わたしは二十分後にトランターとミーティングだが、彼女はわたしたちが容疑者を確保していない理由を知りたがるだろうからな」

「まだ捜査を始めてわずかですよ、主任警部」と、テス。「ただし、聞き込みで、わたしたちはじゅうぶんな成果をあげることになると感じています」

「よろしい」オズワルドはうなずき、テスの言ったことは事実上、容疑者を確保したも同じだという意味と喜んで受け入れた。「わたしはきみのために戦い、きみがこのチャンスを手にできるようにしたのだ、テス。だから、きみは警部補になった。正式な警部への昇進がこの事件にかかっているのは言うまでもないな」

「わかっています、主任警部。失望はさせません」テスはうんざりした。失望はさせません、、、、、、、、なんなの、テス、《プライベート・ライアン》じゃあるまいし。

オズワルドは眉をあげた。「オリジナルなジョークも練習しておけ、フォックス。わたしは多忙で、もっと政治的に正しくなろうとしているのだからな。下がっていい、話は終わりだ」

「ありがとうございます、主任警部」

〝正式な警部への昇進がこの事件にかかっているのは言うまでもないな〟――テスはほんの数時間前には、昇進のチャンスしか頭になかったことが信じられなかった。オズワルド主任警部に、いまではこの事件にますますかけるしかなくなったことなど言えるはずがない。ショーン・ミッチェルの殺害犯を見つけられなければ、テスの全人生が危機にさらされる。ショーン・ミッチェルの死がテスにとってどれだけ意味があるのか、知っているのはただひとり。十四年前、パレス・ピアでのあの日以来、会っていない人物。特大の緑のライオンを抱きしめるテスを置いて妹が歩き去ったあの日だ。セアラ。好もうが好むまいが、ブライトン一の女詐欺師を探しださねばならないようだ。

## 5

セアラ・ジェイコブズはダークブラウンの目をノース・ストリートの角にくぎづけにして、標的が現れるのを待っていた。二週間にわたって監視してきたが、彼はいつもより十分近く遅れている。本日の標的はラース・フリードマン。マルチ商法の詐欺をおこなう三人組のひとりで、これはトップにいる者だけが金持ちになれる詐欺だ。もっともこの〝年寄りの女〟はフリードマンと仲間たちの標的ではない。それどころか、この〝年寄りの女〟は彼にひと泡吹かせようとしている。

カモメが頭上で鋭く鳴き、セアラはまたもや向かいの時計をちらりと見やった。今日のこの通りは比較的静かで、灰色の空にうっすら霧雨といったところだ。ブライトンはまだ、テラスハウスを飾るグラフィティで埋められた壁の写真を撮る、あざやかな色のTシャツを着た観光客にかこまれていなかった。店の入り口にひそんでいるセアラの前を、勤め人やベビーカーを押す母親たちがぽつぽつとだが途切れることなく通るだけだ。誰もこちらを見ない。セアラは杖をついて休んでいる老女であり、ほとんどの人にとって見えない存在になっている。目元の長い白髪をふうっと吹き、安堵（あんど）のため息が出そうになった。角を曲がってきた彼が見えた。いよいよだ。

顔を見て彼だと確認する必要はなかった。雲の切れ間から射す日光がヘアジェルをきらめかせ、たちどころに彼だとわかった。いつものスマートな灰色のスーツにサーモンピンクのネクタイは、本人が考えているような洗練されたビジネスマンというより、案内係か中古車のセールスマンに見える。誰だって、人が彼に金を渡すほど信頼されるのはなぜだろうと思うはずだ。けれど、セアラはその理由を知っている。この男は夢を売っていた。夢はみんな買いたがる。

あざやかな色の箱を持つ手に力が入り、ざわざわと期待が高まって胸を満たした。もうこういうちまちました信用詐欺をしなくていいことはわかっている。父親の組織はとても円滑にまわって安定期に入っているから、セアラは第一線に立たないでよかった。でも、デスクを前に腰を下ろし、ほかの者にすべてのリスクを負う命令を下すなんてなにがおもしろい？　金のためにこれをしているんじゃない。まさにこの瞬間感じている気持ちのためにやっている。

十代の少女がセアラのいる入り口に寄ってきた。リュックのなかから音楽が響いている――最近ヒットしたファミリー向け映画のいらつくサウンドトラックだ。セアラは無言で毒づいた。少女は膝を突いてリュックのなかを探りはじめた。

「ごめんなさい」彼女はセアラを見あげて謝った。「必要なときに見つからないんですよね。

もう学習して、リュックのこっちじゃなくて反対側か、ジャケットのポケットかどこかに入れたと思うでしょ。ほんとにわたしはどうしようもないおバカね」

セアラは無視して、早く去ってくれることを祈った。騙すのが誰よりむずかしいのは、偶然の目撃者だ。この少女がまずい瞬間にセアラに注意を向ければ、アクシデントがまさに起ころうとするときを見ることになり、偶然ではないとわかってしまう。

近づいてくるフリードマンのずる賢いネズミのような目は、いまだ彼の携帯電話に向けられたままで、空いた手で無意識にサーモンピンクのネクタイをなでていた。それでも、頭のてっぺんに二組目の目がついているかのように、楽々と歩行者のあいだを縫って歩いている。

いまだ。

セアラは歩く支えとしているかのように杖をつかみ、足を引きずって通りに出た。ふたりのあいだの距離が縮まると、通りの反対側の動きが目にとまった。

ずっと見なかった顔。

その女は乾いた血の色のフォード・モンデオに寄りかかっていた。視線はキツネを不安がるウサギのように通りの左右へすばやく動いている。ダークブロンドの髪はきっちりポニーテールにまとめられ、カジュアルな雰囲気とはほど遠い。セアラはレザー・ジャケットとジーンズ姿でこれほどリラックスしていない人間は見たことがなかった。それでも女はかわいかった。そして今日のセアラが誰よりも会いたくない人間でもあった。

この予想外の展開にパニックを起こす暇はない。フリードマンはまっすぐセアラの前にやってくるところだ。あと五歩、四歩、三歩……

「あっ!」セアラは金切り声をあげ、スーツ姿の男の通り道にまっすぐ進み、彼の全身の勢いが自分にぶつかるようにした。セアラの両腕はうしろへ飛びはね、片手から杖が、もう片方から箱が飛んだ。箱は地面に落ち、ガラスの割れる、胸の悪くなるようなガシャンという音をたてた。セアラはその隣に座りこんだ。白髪とボリュームのあるスカートの塊(かたまり)だ。カツラは、ずれなかった。

「うわ、しまった!」フリードマンは仰天して、足元にうずくまる老女を見おろした。

「本当に申し訳ない! 大丈夫ですか?」彼は携帯電話をポケットに押しこみ、さっとセアラの隣にしゃがんだ。

「あたしは大丈……まあ」視線は台なしになった包みに向け、がっかりして顔をくしゃくしゃにさせた。「あたしの花瓶が……おやまあ」セアラはふたたびうめき、彼を横目で見た。「贈り物だったんですよ。孫娘への結婚のプレゼントにと。やりすぎないよう注意しなければ。貯金をはたいて、何百ポンドもしたの! それがこうなってしまいましたよ」

フリードマンは箱を拾いあげ、割れたガラスの音に顔をしかめた。「なんてことだ」彼はつぶやいた。「数百ポンド? 本当に?」

「あなたのようなお若いビジネスマンには、安い贈り物が割れた音に聞こえるとは思いますけどね」と、セアラは両手で顔を覆った。「でも、全財産をつぎこんだんです。夫が死んで以来……」彼女は途中で話をやめ、声をあげて泣きはじめた。居合わせた人のひとりが大きな舌打ちをして、フリードマンはまたもやすくみあがった。

「弁償すべきよ」ひとりの女が言った。「あなたが彼女にぶつかったんだから。おばあさん、大丈夫ですか？　わたし、優秀な苦情の専門家(クレイム・アドバイザー)を知っていますよ」

ビンゴ。サクラを仕込んでも、これ以上の願ってもないタイミングは望めなかっただろう。彼は釣り針に引っかかった。この魚を釣りあげるときだ。「あら、いえいえ。これは事故だったんですからね、結局は。最近ではみんなよそ見ばかりで。苦情専門の弁護士と、あなた言われましたかね？」

彼の頬は赤くなった。ああ、この仕事が大好き。うまくいったときは、一流のオーケストラが奏(かな)でるコンチェルトのようだ。一拍でもしくじれば曲の残りはだめになるが、セアラはそんなヘマはしなかった。自分がこの仕事を手放さないことはわかっている。いくら父親がこの稼業の細かな部分の勉強にもっと時間をかけ、単発のペテンや仕掛けにちょっかいを出すのはやめたほうがいいと主張しても。楽器もできなければ、オーケストラの指揮は取れないからだ。

フリードマンは杖を拾い、前かがみになってセアラの肘をつかむと立たせた。「いや、その必要はない、花瓶の弁償はしますよ。本当ですから。わたしが悪かった。弁護士を頼む必要はないので……」

されるがままに立ちあがると、セアラはテスに視線を走らせた。まだ道の向かいの覆面パトカーにもたれている。彼女は通りの先のクイーンズ・ロードのほうを見ているが、背後から上背があって怪しい見た目の男がさっと近づくと、テスを見つめながら片手でジャケットの内側を探った。ナイフを取りだそうとしてる？　それとも銃？　テスはどんな面倒に巻きこまれたんだろう？　セアラは凶器がきらりと光るのを見て、なにも考えずに反応した。

「だめ！」叫んで、フリードマンを押しのけた。見かけより四十歳は若い人物のスピードと機敏さで道の真ん中へ駆けだし、ロングスカートをなびかせ、豊満な胸は上へ下へとたたきつけられた。片方のおっぱいがブラウスの下から飛んでいき、迫ってくる車の通り道に落ちた。

セアラはもう一度テスに警告を叫ぶ時間はないとわかっていたから、ただひとつできそうなことをやった。男に身体を投げだし、壁にぶつかるかのように脇から衝突し、その足元に丸まって着地した。衝撃で男は横向きに倒れかけた。

「なんだよ？」のっぽで筋肉質、そりあげた頭の男はセアラを見おろした。手にはジャケットから取りだしたばかりの携帯電話。「どういうつもりなんだ？」

「ごめんなさい、あたし……」セアラは口ごもった。「てっきり……」

「どうかしてるよ」男はそう言って首を振りながら歩き去った。

セアラが顔をあげると、テス・フォックスの顔がすぐそこにあり、無意識にすでに両手をつかんで立たせようとしていた。

「セアラ？」

ああ、まいった。きっと愉快な格好になってるはず。セアラはそう考えながら、自分の胸を見おろした。片側は豊かで、もう片方はたいら。まるで胸の片方が爆発したみたいだ。吹き飛んだ胸が道路の中央に横たわっているのが見える。白髪まじりのカツラがずれてしまい、顔に垂れていた。しわもにじんでしまっただろうか。あれを描くことで何歳も老けたのに。

「彼女を逃がすな！」

フリードマンの響き渡る声が通りの向こうからセアラを追ってきた。ああ、信じらんない！

彼はセアラの壊れた荷物を抱えているが、いまは蓋が外され、なかの割れたガラスの山が見えている——あきらかに花瓶とは似ても似つかぬガラスだ。最悪ったら最悪。

テスはセアラの腕をがっちり握ったまま、引っ張りあげて立たせた。「いったい何事なの？」

彼女はセアラとフリードマンを交互に見た。

「その女はわたしから数百ポンドを騙しとろうとしたんだ！」

テスは顔を曇らせた。「まさかそんなはずはないわよね？」からかうような口調だ。

セアラはうめいた。フリードマンが真実を語っていることは、どちらの女にもあきらかだった。

「彼がなんの話をしてるのか、わからない」セアラは言った。「劇の通し稽古に向かう途中、この男があたしにぶつかってきて、持っていた箱をたたきおとしたの。彼は弁償をすると申しでて、あたしはその寛大な申し出を断った。そのとき、壁みたいな男がナイフを手にあんたのほうに近づくのが見えて、あんたの命を救うために往来の激しい車道を走って渡った。それをいま後悔しはじめてるところ」息を殺して最後のところを言いたした。

セアラはいまの話にフリードマンは一言も異論をはさめないとわかっていた。道を横断するとき、彼の金を受けとっていなかったのだから。ありがたいことに。

「じゃあ、あなたはポケットからスマホを取りだす男からわたしを救ったの？」

セアラはびくりとした。「ナイフに見えたんだって、誓うから。とにかく、そこは大事じゃないよ。大事なのはあたしが正しいことをしてたってこと」

「あなたがそんな気持ちになるなんて、かなりめずらしいことよね、セアラ」と、テス。

セアラは顔をしかめた。「もういいよ、テス。また会えてよかった。今度は十四年も空けないようにしようか？」セアラは立ち去ろうと背を向けた。

フリードマンはふたりの女を見ていたが混乱した表情で、なにが起こったのか理解できていないようだった。

「セアラ、待って」テスが呼びかけた。「あなた、これを落としたわよ」テスは地面にかがむと、歩道からiPhoneを拾いあげた。

セアラは凍りついた。やばい、あれを盗んだことを忘れてた。昔からの習慣、盗めるものはなんでも盗め。

「それはわたしのだ！」フリードマンが叫び、自分のあちらこちらのポケットをたしかめた。

「そしてこれはあなたの衣装から落ちたものだったわね？」テスはセアラに眉をひそめて訊ねた。

「見たこともないよ」セアラは肩をすくめた。「彼が自分で落としたんじゃなくて？」戦いは負けだったが、白旗を振るつもりはなかった。

「そういうことなら」テスはため息を漏らした。「あなたを逮捕します。さあ、うしろを向いて」

セアラはなにが起こっているのか信じられなかった。「冗談でしょ？　あんたの命を救ったのに！」

これはよくない。全然よくない。二十分のあいだに、父親の掟の二十個ほどを破ったようだ。ペテンを放棄し、警官の命を救おうとして、変装がばれ、逮捕されてしまった。

セアラはため息をついて両手を伸ばし、テスに手錠をかけられ、モンデオのほうへと導かれた。

「窃盗の容疑であなたを逮捕します。あなたは黙っていることもできますが……」

セアラはこのセリフなら知り尽くしていた。ほかの家庭が主の祈りを唱えるように、自分の権利を唱えながら大人になったのだ。しかし、本物の警官から、しかも母親違いの姉から聞かされるのはこれが初めてだった。

6

テスはバックミラーにちらりと視線を走らせ、逮捕者を見定めながら、なんとなく警察署の方角へ車を進めた。職場に異母妹を本当に連れていくつもりなどなかった。これからしようとする会話からはなおさら。

セアラはこの上なくひどい見た目だった。念入りにほどこされたしわは顔から消え、ダークブラウンの髪がヘアネットから妙な角度に突きでていて、ゲリラのかかしみたいになっている。カツラはいまでは汚れた老猫のように膝に載っている。自分が十何年も前に誕生日のプレゼントにあげたネックレスをまだセアラがつけているのに気づき、テスはなにかにグサリと刺された気分になった。ネックレスにぶら下がるのは、インターロックの指輪に誕生石をはめこんだもの――十一月のシトリン。セアラはテスが見ているのに気づき、ダークブラウンの目を細めた。「この窃盗を起訴できないのはわかってるよね、テス。あんたは知らないかもしれないけど、フランクの近頃の弁護士は凄腕のウェイン・カストロだから。それに、あたしはあんたのいまいましい命を救おうとしたんだよ」彼女は顔をしかめた。

テスはほほえんだ。「感激してるわよ、本当に。これだけ時間が過ぎても、あなたがまだわたしのことを気にしてくれて。そしてあなたは正しい。この窃盗はおそらく起訴できない。カストロはものの数分でたたきつぶすでしょうね。でも、あなたの指紋を警察のデータベースにくわえられるという不都合を想像してみて。まだ、わたしたち警察はそんな喜びを味わったことがないはずよね」

セアラは口をひらいたものの、また閉じた。怒り狂った表情だ。

「いつからサセックスにもどってたわけ？」

テスは深々と息を吸った。重大犯罪班に異動となったとき、セアラとその家族にふたたび出会う機会があろうことはわかっていた。そんなリスクを取ったのはなぜかとセアラは訝っているはずだ。「五年近く前。たいていはサリー州で仕事をしていたけれど、数カ月前、ここの警部補になったのよ」

ウインカーを左に出し、空っぽの駐車場に車を入れた。

「なにしてるわけ？」セアラが訊ねた。

車をとめ、エンジンを切った。「ゆうべ、殺人事件の現場に行ったの」

「それがあんたの仕事よね？」

「そうだけど。でも、この事件は普通のものとは少し違っていた。密室、喉の派手な傷、空から降ってきた遺体。あなたの好みにぴったりじゃないこと？」

セアラは肩をすくめた。「あたしはイリュージョンをやるの、殺人じゃなくて。ただし、いまのは巧みなトリックが使われていそう。あんたのために、あたしに謎を解いてほしいの？あたしもあんたのみたいに素敵な刑事バッジをもらえる？」

「うぬぼれないで」テスはぴしゃりと言った。疎遠になっていた異母妹とほんの数分一緒にいただけでいらいらして、すでに脈拍が速くなっている。テスが最後にセアラと会ったのは十四年前だが、妹のことはいつも頭の片隅にあった。永遠に別々の道を進もうとした試みも、こうしてあっさり解消となってしまった。ああした大きな出来事を置き去りにはできないのだと承知しておくべきだった。ふたりがわけあう秘密はつねに、結局はふたりをもとの状態にもどそうとしていて、どうしても避け切れず、こうしてまたもやトラブルに巻きこまれる。

ふたりなら、ひとりが死ねば秘密は守れる。そんなことわざをテスは思い浮かべた。ただし、今回死んだのはショーン・ミッチェルだった。

セアラはいつも冗談ばかり口にし、なにかを真剣に受けとることがなかった。彼女にとって人生はキャバレーであり、テスはそんな彼女がうらやましくもあり、腹立たしくもあった。

「警官であるには、謎解きへの執着だけではだめなの」テスは言う。

「あたしの助けがいらないんだったら、さっきはどうしてあんな見え透いた芝居を打ったわけ？」セアラが訊ねる。「あれで七百ポンドがふいになったんだから。面倒なことをするよね、あたしがスイカ落とし（メロン・ドロップ）をやっていたその場所で偽のナイフ襲撃なんて、あたしの知性をコケにしてる。あんたには普通の人みたいに、コケにできる彼氏はいないの？　それにこれだけ時間が経ってからあたしを探しだしたのはなんで？」

テスは繰りだされる質問を無視した。「あれが偽のナイフ襲撃だとどうしてわかるの？」

セアラは鼻を鳴らした。「あたしがサセックス警察からお手柄の勲章をもらうんじゃなくて、あんたのパトカーの後部座席に座ってる事実からわかるでしょ？　プラス、あんたが使ってたあのへっぽこ俳優のこともあるし。あたしはたしかにナイフを見たから、彼はあたしに勘違いしたと思わせるためにナイフと携帯電話を入れ替えた。もちろん、その頃にはもう彼に身体を投げだしてたけど——文句は言ってないよ、彼はすごくホットだから。あんたはあたしをこの車の後部座席に乗せたかっただけで、例の携帯電話を盗んだことであたしを起訴するつもりはないって、あんたもあたしもわかってる。地面に落ちてたんだから、あの電話はどこから現れたのでもおかしくない。だから、あたしをここまで連れてきてまでしたかった質問をすれば？」

「あなたはいつも口が達者だった」テスはジャケットのポケットから携帯電話を取りだして画

面をスクロールしていくと、犯罪現場で撮影されたショーン・ミッチェルのタトゥーの写真をさらに自分で撮ったものを掲げた。オリジナルほど鮮明ではないが、それでもどんな模様かははっきりしている。「これがわかる？」

セアラは身を乗りだした。その顔に浮かぶ恐怖の表情を見ても、テスは満足感など覚えなかった。セアラの右手がとっさに左腕にやられ、守るように支える様子を見て、妹の袖の下にある傷跡をまざまざと思いだしてしまった。その傷をつけたのは、ショーン・ミッチェル、ダレン・レーン、カラム・ロジャーズ。ＣＡ……

「これって……？」

「被害者のもの」テスは本当に知りたいことは訊かなかった。〝あなたが彼を殺したの？〟とは。そのことをはっきりさせるために、写真を見たときのセアラの表情を見たかったのだが、妹の反応を目撃したいまでさえも、よくわからなかった。結局、十四年あれば人は変わる。セアラ・ジェイコブズについて本当はよく知りもしないのだ。

「絶対に彼？」セアラはささやいた。自信満々のからかうような口調の形跡はすっかり消えていた。また十代にもどったように見える。テスが最後にちょっとだけ会った、遊園地の露店のアシスタントのふりをしていた十八歳のときに。「彼は本当に死んだ？」

テスはうなずいた。「彼であることにはかなり自信がある。もっとも、近親者を見つけるまでは正式に身元確認はできたとはいえないけれど。これを彼の部屋で見つけたの。これで壁に貼ってあった」

スリー・フラミンゴ・バーのチラシと、壁にとめるために使われていたダーツの入った袋を手渡した。

セアラは少し目を見ひらいた。「同じダーツだと思う？　例の――」

「わからない」テスは急いでそう言い、妹を黙らせた。その言葉を聞かされる必要はない。

セアラは目を閉じて息を吐いた。気を強く持って鎧(よろい)を取りもどそうとしているようだ。「そうね、彼が死んでも気の毒なんて思わない。でも、あたしは殺してない」セアラはそう言い、テスに袋を返した。その声はふたたび強いものになっていた。「それから、これにどんな意味があるのかもわかんない――嘘いつわりなく。あたしの人生にまたあの男を登場させたくなんかなかったもの、テス。誓って本当だよ」

彼女は嘘つきの詐欺師だが、テスは信じた。もはやセアラの人となりを知っているとは言えないから、人を殺すことができるかどうか不明ということになるだろうが、セアラが犯罪現場にスリー・フラミンゴと直接結びつくものを残すとはとても思えなかった。そんなこと、意味が通らない。

「だったら、こんなことをしそうな人に心当たりは……？」テスはバックミラー越しにセアラに眉をあげてみせた。「あの夜起こったことを誰かに話した？」

セアラは首を振った。「話すわけないよ、テス、まさかね。ほかにミッチェルに恨みを持つ人を知っていても、どのみち、あんたには教えない。あたしは密告者じゃないし、スマホの窃盗容疑では、あたしに話をさせるには不足だよ。指紋は焼いてしまえばいいし。さっきも言った通り、彼が死んでも気にしないから。ずっと前に死んで当然だった男だよ」

テスはため息を漏らした。「あなたに告げ口をしろと頼んでいるんじゃないのよ、セアラ。これがわたしたちにとって、どれだけ危険なことかわからない？ 警察が彼の過去を掘り返し、彼を亡き者にしたがっていた人を見つければ……わたしたちは容疑者リストのトップにおどり出る。それに、もしも彼と結びついた、もうひとつの……」テスはその言葉を自分の口から告げることはできなかった。

「どうしてそんな可能性が？」と、セアラ。「十五年前のことだよ。あの夜、あたしたちがあのナイトクラブにいたことは誰も知らないし、あのゴロツキたちとあたしたちを結びつけるものもない。あんた誇大妄想に取り憑かれてるよ、テス。あたしを警察署へ連れていけば、すぐに仕事に取りかかれるんじゃない？ 警察にあまり長居をすると、発疹が出るんだけど」

テスはいらいらして叫びたいところだった。「これがどれだけ重要かわかってる？」きつい口調になった。「あなたにとっては、なにもかも冗談なの？ これがばれれば、ふたりとも刑務所に入ることになる。警官は刑務所では歓迎されないし、こざかしい大口たたきもそれは同じだから。こうした謎を解き明かすのはわたしの得意な仕事じゃない。わたしひとりじゃむり。ひとりだけでは解けない」

テスはおそろしいことに、自分が泣きそうになっていると気づいた。ショーン・ミッチェルを見て以来、心のなかで高まっていたプレッシャーが限界へと自分を押しやっていた。最後にミッチェルと会ったとき自分のしたことを忘れようと、努力を重ねてきた。警察でこれだけの歳月を過ごし、被害者のために正義を執行し、殺人の罪ほろぼしをしてきたけれど、すべてがあのタトゥーを、そしてなんの罪もないように見えるチラシのスリー・フラミンゴ・バーのロゴを見て消しとんだ。

セアラは目を逸らした。テスが感情を見せたので、いたたまれなくなったようだ。テスは驚かなかった。セアラが三歳のときに彼女の母親は癌で死亡し、彼女は父親のフランク・ジェイコブズ、それに彼の配下の悪党と詐欺師からなる間に合わせの家族に育てられた。テスが父親と妹に初めて会ったとき、セアラは十七歳になっていた。その頃には、セアラの態度は鎧のようになっていた。いつもうまいことを言い、ふまじめな口調で本当に感じていることを隠すのだ。

セアラがなにも言わないので、テスは切り札を出した。「こんなことは起こらなかったはずよ、わたしの言うことを聞いてさえいれば――」

「ああー、上等だよ!」セアラは両手を投げだすお手上げの仕草をした。「それを言われるって予想しとくべきだった」彼女は人差し指をテスに突きつける。「十五年経つのに、いまだに〝言ったでしょ〟を会話に入れてくるなんて。あの夜、あんたはあたしを追ってくる必要はなかったよね。あんたが自分で決めたこと」

テスは口をひらいて話そうとした。だが、なんと言えばいいかわからず、自分が救おうとした妹をあっけに取られて見つめるだけだった。「じゃあ、あの夜、わたしが現れたことにこれっぽっちも感謝さえしてないってこと?」

「感謝してるに決まってるよ、テス」セアラは荒っぽく言った。「あんたは男を殺して、あたしの命を救ってくれた。あんたがどれだけ犠牲を払ったかわかってるし、あたしは永遠に感謝しつづける。でも、あたしはついてきてくれって頼まなかったんだから、あんたに借りがあるってことにはならないよ」

「あなたの人生はそればかりなのね？」テスは首を振った。「誰が誰に借りがあるか、目的達成の手段として使えるのは誰か、自分にとっていちばん利用できるのは誰か。偉大なるジェイコブズ一家――いまいましい海賊一味と同じで、自分のことだけが大事。泥棒のあいだには仁義はないと言うけれど、あなたたちは揃いも揃って――」

「あんたに侮辱されて黙ってられるか！」セアラは怒って顔が真っ赤になっていた。テスは痛いところを突いた。いたく心を傷つけたのだ。セアラと家族が忠誠心をどれだけ大切にしているかは知っている。彼らの人生には総じてモラルというものがひどく欠けているから、彼らがしたがうのは本当に一家の掟しかない。「あんたはモラルでもなんでも守っていればいいよ、あたしは家族を守る。その後ずっとしあわせに暮らしたのは誰か、後になればわかるよね？」

「そう言うけれど、あなたは逮捕されて手錠もかけられ、まだパトカーの後部座席に閉じこめられているんだから」テスは嚙みつくように言った。「わたしが言い分を伝え終わるまでは、残念ながらそのままね」

「もう限界」セアラは両手をあげた。つい先ほどまでかかっていた手錠は完全に外れている。それ以上はなにも言わず、パトカーの後部座席のドアを開けて降りると、たたきつけて閉め、ぽかんと口を開けて後ろ姿を見つめるテスをひとり残した。

# 7

セアラは砂利に足音を鳴らしながら、ブライトン郊外の廃屋となった倉庫に近づいた。またもやちらりと振り返る――たしかめるのは三分間で三回目だ――けれど、ここまで尾行してきた者はいなかった。ため息を漏らした。父親から用心しろといつも教えられてきた。結局は意識することが自分たちの仕事の鍵。でも、ここまでの被害妄想に悩まされたことはなかった。くそったれのテス、こんなふうにビビらせて。ショーン・ミッチェルのタトゥーの写真を思い浮かべると、室内に入りたくてたまらなくなり、足取りを早めた。あの男のこと、そして彼とその友人たちが自分になにをしたかということについて、あまりにも長く考えてきた。彼の死は思いがけない幸運だ。ついに彼をかたづけてくれた人物とは、それが誰であっても、会って握手したいところだ。

目の前にそびえ立つ荒れ果てた建物は大きかった。正確には六百平方フィート（約五十六平方メートル）の三フロアで、二階ぶんだけが地上に見えている。割れた窓には適当に板がぶら下がっているように見えるが、じつのところ、この場所はアズカバン刑務所よりセキュリティが厳重だ。好奇の目を逃れるために板でふさがれた窓の奥は、厚さ二インチ（五センチ）の鋼鉄で、錆(さ)びた古いドアには警報システムと人感センサーが取りつけてある。チャイムは雨風にさらされた黄色いプラスチックのカバーが垂れさがってワイヤー類がむきだしになったままだが、リング（家庭用防犯システムのメーカー）が我が物とするためならば殺しも厭わないほどの映像監視システムが隠されている。セアラはチャイムを押した。あっという間に指紋がスキャンされ、顔が認識ソフトウェアにかけられていることもわかっている。なにも起こらなかった。わざとなにも起こらないようにしている。ここにいるべきではない者を思いとどまらせるための、さらなるワンクッションだ。ここは何年も放置されたように見えた。

普段より長く感じた後で——被害妄想が強すぎ?——自動錠の聞き慣れたカチリという音がして、内側へとドアを開けることができた。

いつものように、埃が喉に飛びこんできた。足音を響かせ、広い空っぽのスペースを急いで横切り、倉庫らしく床に散らばる錆びたパイプをまたいでいく。窓の内側には落書きされた鎧戸がはまっているが、これもやはり鋼鉄の守りをごまかすためだ。かつて〈関係者以外、立入禁止〉と警告していた色あせてペンキのはげた標識の下に、木製のドア。これを押し開け、その先の荷物用エレベーターに乗ると、内部の指紋スキャナーに親指を押し当て、エレベーターが下りるのを待った。

地下の空間は上階とはまるきり違って見えた。セアラを出迎えたのは、真っ白な壁とまばゆい照明だ。地上との対比に目が慣れるまで、いつも何度かまばたきをすることになる。地下は静けさとはほど遠かった。このスペースはフロア全体が仕切りのないオフィスのような作りで、あらゆるスペースが人であふれていた。まるで利用者がなにかをキメてテンションがハイになっているレンタル・オフィスのウィー・ワークだ。セアラは路上イカサマ師のひとりが愛弟子(まなでし)にスリー・カード・モンテ（三枚のカードから特定の一枚の位置をあてさせるギャンブル）を教えている場面を見やった。通り過ぎるとき、彼はセアラに片手をあげ、指でつまんで隠している一枚のカードを見せてきた。反対側では、贋造師のひとりが顕微鏡を覗きながら、ピンセットでつまんだ偽物のルビーを裏返している。部屋の片隅にあるプリンターがドライ・クリーニングの受取証を印刷していた。カモを正しく選んで、ちょくちょくドライ・クリーニング店をローテーションすれば、一カ月で数千ポンド稼げる詐欺だ。別の片隅には、割れたガラスの入った、あざやかな色の紙で包装された箱が積みあげられている。チームは今日、市内の異なる場所でさらに三つのメロン・ドロップをおこなっていた。セアラのほどまずいことになったペテンはないだろうが。

それぞれのデスクを通り過ぎるたびに、みんな顔をあげ、セアラの従業員たちは挨拶を返した。まあ、正確には父親の従業員だが、フランクとセアラは仕事のこととなれば、同一人物のようなものだと誰もが承知していた。ふたりはクルーから平等な敬意を持って扱われている。セアラは一度と言わずに足をとめ、格別に大きな詐欺の戦利品を評価したり、釣り銭をごまかすためのもっともいい方法についての質問に答えたりした。フランクが責任者で、クルーがおこなっているすべての詐欺、どんな盗品でも適切に売買できる場所を知っているが、セアラにも腕前をキープしたまま事業のすべてを把握させたがった。もしも彼になにかあれば、後を継げるようにだ。死か、もっと悪くすれば服役した場合に備えて。

「セアラ、ちょっと」真っ赤なタートルネックのセーターを着た中年男がこちらへと手招きした。彼は数百年前のものに見える色あせた書類の前に腰を下ろし、手のひらで何度も禿頭をなでていた。動揺すると出る癖だ。

「どうしたの、マーク?」そう訊ねて書類に目を凝らした。

「古代モルモンの書だ。だが、じゅうぶんに染みこむインクが手に入らないんだよ。査定されたらほんの数分でばれてしまう」

「あたしからフランクに言っておくね」彼女は約束した。「なにか手を考えてくれるよ。レディ・チョックリーの遺言書を偽造したインク専門家がいるから、彼が助けられるはず」

マークはにやりとした。「ありがとう、セアラ」

クルーの頂点であるフランク・ジェイコブズは隅のダークブルーのソファに腰を下ろしていた。ここは彼がオフィスと呼ぶ場所だが、セアラは独身貴族部屋といったほうがあたっているといつも言っていた。壁かけのワイドテレビ。そのすぐ下にはソフトドリンク(フランクは敷地内でアルコールを許可していない)、軽食、たいていマックおじさんが作った料理の残り物でいっぱいの冷蔵庫。今日はニンニクとタマネギのような香りがした。フランクの黒っぽい目は娘を見ると輝き、ハンサムな顔に笑みが浮かんだ。白いものがちらほらと混じるダークブラウンの髪と、カントリークラブでの日焼けから、父親はどう見ても魅力的でカリスマ性のあるビジネスマンに見えるとセアラはわかっていた。

「なにかいいにおいがする」バッグを床に置いて父親の向かいにどさりと腰を下ろし、コーヒーテーブルに足を乗せたい衝動にあらがった。今日は危機一髪だった。テスの命を救おうとノース・ストリートを突っ切って以来、脈が有酸素運動モードになっていて、あれからそのことばかり考えてる。それにしても、テスはあたしを誰だと思ってるんだろう、あんなふうに捕まえようとしてくるなんて？　おとり捜査かなにかだったに決まってる。父さんに意見を訊いてもいいが、〝もうひとりの〟娘についてふれただけですぐに会話をやめてしまうだろう。十五年前にテスが戸口に現れたとき、とても喜んでいたのに。セアラの母親と結婚する前の束の間の関係で生まれた子だ。家族は父親にとって世界を意味し、テスをあれほどあっさりと自分たちの家族に迎え入れたからこそ、たった半年後にテスが自分たちを捨てて警察に志願したことは父親を静かに打ちのめした。ここで重要なのは、テスが去ることになった裏にどんな理由があるのかフランクはまったく知らず、もし知られたらセアラは大いにこまるということだ。あれはセアラの失敗だった――自分のせいで姉妹が面倒に巻きこまれてダレンが死ぬことになった。父親からはっきりとあの三人には近づくなと釘を刺された後だったのに。

　でも、いまテスに手を貸せば、その二倍の面倒に巻きこまれることになる。まずい、ひょっとして父親に聞かれたらいけないから、ぶつぶつ声に出して考えることもやめたほうがいいみたいだ……父親のテスに対する感情を考えると、バクチ（スリーカード・モンテ）を打っただけと言う暇もなく勘当されるだろう。「マックおじさんがまた料理してたの？」

「うーん」父親はうなって、片眉をつりあげた。ふたりともその意味はわかっていた――父親の親友かつ恩師はなにか心配事があるのだ。ここにいる全員にそれぞれの気晴らし方法がある。マックおじさんのそれは大勢に食べさせることだ。おじさんが半年がかりの賭け金詐欺の結果を待っていたときのことを覚えている。みんなして王様のように食事をした。さまざまなストレス対処方法があるものの、この方法ならみんな食べさせてもらえる。

噂話で本人を目覚めさせてしまったみたいに、アラン・〝マック〟・アダムズが肩にティータオルをかけて食堂から現れた。父親の話では、マックおじさんは生まれながらのイカサマ師で、こんな腕のいい泥棒はめったにいないという。マックおじさんと握手をしたら、彼が歩き去るときには自分の指を数えたほうがいいらしい。

「今日はどうだった？」父親はコーヒーを飲みながら言った。セアラはマグカップの縁越しに見つめられているとわかった。「仕事に出ていたと思ったが」

セアラは肩をすくめ、できるだけさりげなく振る舞おうとしたが、父親に嘘をつくのはバカげたことだとわかっていた。自分がうしろめたく感じるからではなく、嘘をつくことが父親の職業だからだ。大嘘がメシの種だ。フランク・ジェイコブズを超える嘘つきに出会ったことがない。まさに、その手の本に載っているすべてのトリックを知っている。父親はピーター・コレットの『うなずく人ほど、うわの空』を読みこんで標準評価試験(SATS)の問題みたいにセアラにクイズを出したものだ。けれど、父親を騙そうとするのは愚かだとわかっていても、詐欺に失敗したと話すなどあり得ない。がっかりした表情を見るなんて耐えられなかった。

「簡単な仕事だったよ」そう答えた。「彼は問題なく、しぶしぶ金を出した」

セアラは帰り道に銀行から引きだした七百ポンドをバッグから取りだし、テーブルに投げた。フランクはほほえんだ。「おまえがいまだにこうしたささやかな詐欺にかかわる理由がわからないな、セアラ。だが、認めよう、おまえはこいつがうまいと」

　これを聞いて得意になった。ごくささいな褒め言葉でもうれしいから、嘘をついたことは後悔してない。たとえ、どうやれば嘘をつきとおせるのかわからなくても。セアラがいまだにメロン・ドロップ、霊能者としてのコールド・リーディング（下準備なしで観察によって相手のことを読み取り信用させる）、街中でのイカサマ、早業（はやわざ）すり替えを続けている理由をフランクが理解できないのは、父親にとって詐欺は目的達成の手段だからだ。金を稼ぎ、たいていは大企業に一泡吹かせる手段。セアラは長期にわたる詐欺にあまり関心がない。そちらはほぼ送金機関と投資銀行家がかかわってくる詐欺で、一味に大金を稼がせてくれるのはこうしたものなのだが。セアラは詐欺のパフォーマンスとしての一面のほうが好きで、変装してほかの誰かになり、最後にはなにが本物でどれが偽物か誰もわからなくなるようなイリュージョンや手品のトリックを演じる。祭りの楽しみのようなものだと思うことがあった。

「セアラ？」

　ウェス・カーターがドアからオフィスに首を突っこんだ。ウェスはテクノロジー担当だ。二十七歳でセアラより五歳年下、くたりとした真っ黒な髪が抜けるような青い目にしょっちゅう落ちかかる彼は、十代の少女がコンピュータオタクとして夢見るそのままの姿だ。セアラのつつましい見解では、彼はこの家族（ファミリー）における最重要人物であり、そのことはフランクに絶えず念を押している。フランクにはウェスの利益の取り分を増やすようつねに説得していた。セアラが思うに、ウェスはフランクその人に匹敵する一味の土台となるべき人物であり、どれだけ彼が重要か、彼にどれだけ金を払う価値があると思っているか伝えているのだ。彼にじゅうぶんな分け前をあたえなければ、よその誰かがそれをやって引き抜くだろう。ウェスはノートパソコンで魔法をかけることができるから、彼の忠誠心がよそに移るような事態になれば、自分たちはこまったことになる。「なんでこんなに長くかかったんだ？」

どきりとした。ウェスの悪意のない言葉で面倒なことになってしまいそう。セアラは口をひらいて、怒ったふりをした。

「あたしの時間の使いかたに文句言ってんの？」と返した。「少なくともあたしは部屋に閉じこもって《ゼルダの伝説》で遊んでなかったし。誰かは仕事をしないとならないんだからね」

このからかいは親しみのこもったもので、ウェスは不機嫌なふりをした。

「仕事はしてたよ」彼はぼやいた。「すばやくかたづけて、遊ぶ時間を作った。それにゼルダだって？　きみが最後になにかゲームをやったのはいつなんだよ、一九九九年？」

セアラはにっこりした。「あたしの人生はキャバレーなの、友よ。ゲームをしてる時間はない」ウェスに近づいてハグすると、彼は頭のてっぺんにキスをした。ウェスはセアラにとって弟にもっとも近い存在だ。「仕事の話と言えば、ラスコの詐欺にかかわってる連中がウェブサイトの更新が必要だって。オウムが使えないから、タコを使うつもりだって」

ウェスは眉をひそめた。「例の試合結果を予言するタコみたいな？」彼は鼻を鳴らした。「信じる人でもいるっていうの」

セアラは肩をすくめた。「一万ポンド巻きあげるつもりだから、信じたほうがしあわせだよ。ああ、それからあたし、来月リヴァプールでおこなわれる画廊オープンの招待状が必要なんだけど。招待客リストにハッキングできる？」

「詳細をスラックで伝えてくれよ、やっておくから」ウェスは約束した。やってくれることはわかっていた。彼は自分に必要不可欠な存在だ。セアラは立ちあがり、彼の頬にキスした。

「食事まで残りなさい、ウェス」フランクが指示した。ウェスはノートパソコンの前で時間を使いすぎるから、無理強（じ）いしないと、食べるのさえ忘れることがあるのだ。「ゲイブもやってくるし、マックもいる。ファミリーでディナーにする時間だ」

セアラは眉間にしわを寄せながら父親を見た。クルーは贋造師、イリュージョニスト、俳優、ストリート・マジシャン、そのほかあらゆるたぐいの詐欺師で成り立っているが、〝ファミリー〟に含まれるのはフランクのトップチームだけだ。もちろんセアラ、それから十三歳のときにフランクの難攻不落のはずのセキュリティ・システムをハッキングして以来、フランクが里親がわりをしているウェス、マックおじさん、そしてゲイブ。常識はずれに芝居がかってやかましく本人が語るところによると、彼は誇張ではなくフランクに命を助けられた人だが、助けられた経緯をあきらかにしたことはなかった。特殊効果の担当で、一味の衣装と変身の責任者だ。詐欺師（コン・アーティスト）のなかの〝アーティスト〟だ。倉庫の最上階はまるまる、彼の衣装と人工装具のコレクション置き場にあてられている。セアラは自分が彼のお気に入りの着せ替え人形だとわかっていた。フランクやマックに対して彼ができることはあまりなく、きらびやかなスーツか労働者の作業着を用意するぐらいだが、セアラは十代の少年からブライトン・ピアでパフォーマンスを見せるピエロまで、なんにでもなれた。衣装と視覚効果はゲイブが情熱を捧げる対象だった。セルフリッジ百貨店のシャーロット・ティルブリーのカウンターにあるよりたくさんの化粧品を持っている。

「セアラ！」ゲイブがいつものように騒がしく派手にフランクのオフィスにやってきた。キャドベリー・チョコレートの包み紙みたいな紫のブレザーは黒い下襟つきで、薄いピンクのシャツにタイトなブラックジーンズというでたちだ。「おいおい、ゲイブ。わたしたちは目立たないようにしているのに、きみはエルトン・ジョンのようななりでおでましか」フランクが不満をこぼす。「ギラギラ光るリムジンで到着か？」

ゲイブはむっとした表情をフランクに向けるふりをしてから、ふたたびセアラに視線をもどし、大げさに心臓のあたりを指さした。「胸はどこにやった？」

ウェスが吹きだしてから、急いで咳に変えてごまかした。

セアラは顔をしかめて胸の前で腕組みした。「どこで必要とされてるのよ、ゲイブ？」セアラは言い返した。「胸についてはこんな格言があるよね、ひとにぎり以上はむだだって」

ゲイブはケラケラと笑った。「おやおや、ハニー。わたしが命を危険にさらして、お父さんの前できみのふくらみのことを話すとでも？　違うよ、スイーティー、わたしが話しているのは、垂れたばあさんの胸のことだ。きみが持ち帰ったバッグのなかに入ってなかったよ」

作り物のおっぱいが車道に飛び、やってくる車にぺしゃんこにされた図が頭をさっとよぎった。「バッグに突っこんでもどしたと思ったけれど」嘘をついた。「ひょっとしたら、落としたのかも。廃棄物コンテナのうしろで着替えたの」

「今後はもっと注意しないとだめだよ」ゲイブはうめいた。「あの乳房はケイティ・プライスのと同じくらいコストがかかってる。とにかく、彼女の最初のセットくらいは」

「ごめんなさい、ゲイブ」と、セアラ。「次はグランドに部屋を取って着替えるから」

ゲイブはふくれっつらをしたが、すぐにほほえんだ。彼がセアラに本気で怒ったことはなく、セアラもそれがわかっていた。「誰もわたしに用事がなければ、上に行くよ」彼が立ち去ろうとすると、フランクは顔を曇らせた。

「残って食事をしていかないのか、ゲイブ?」

ゲイブは身震いした。「犯罪の話のこれだけ近くにいるのがどれだけいやか、わかってるだろう、フランク。恐怖症が出てしまうよ」

セアラはほほえみ、どの恐怖症なのか訊ねたい衝動を抑えた。ゲイブは一日に二回はなにかの恐怖症が出ると言いたがるけれど、彼のお気に入りの恐怖症は犯罪活動だった。クレジットカードのスキミング機器や万引きのことを持ちだすだけで、彼は気付け薬に手を伸ばす。彼が実際の詐欺にかかわるのを断ったことは本当に残念だ——これだけカラフルな格好をして、どんなふうにも変身できる能力があるのだから、完璧な目くらまし役になっただろう。

「なあ、セアラ。盛りつけを手伝ってくれるか?」マックが大声で訊ね、キッチンにあごをしやくった。

「もちろん」だが、彼に続いて誰もいない食堂に入ると、彼は詰め寄ってきた。

「なにがあった？」彼の青い目が顔を探る。

「なにもないよ」セアラはささやき声で言い返すと、ひらいたドアのほうをちらりと見た。

「さっき言ったように、金は手に入れたし、なんの心配事もない」

マックおじさんがうなずくと、少し長すぎる白髪が顔に落ちかかった。彼はセアラと血のつながったおじさんではない。ウェスが本物の弟ではなく、ゲイブも親戚でもなんでもないのと同じだ。それでも、彼らが家族であることにかわりはない。マックはセアラが生まれる前から、父親の腹心の友だった。ふたりはとても親しくて、マックはまるで、セアラが本当の意味では持てたことがない母親のようなものだった。母親が六十歳で、身長六・二フィート（約百九十センチ）のイカサマ師で、天使のように料理をして、悪魔そのもののような自信を持つスキルをいくつも持っているのなら。

「ああ、そう言ってるのは聞いたよ」マックの声は穏やかだった。「ただ、どうして嘘をついているのかと思っただけさ」

セアラはうめいた。むかつく。「父さんには言わないで」急いでそう頼んだ。「なにがあったかはどうでもいいんだけど、ちょっとまずいことになって」

「捕まったのか？」

「いいえ、そういうわけじゃない。心配することはなにもないから」マックにとってはそうかもしれないが、セアラの場合は話が違った。テスについて、そして彼女がふたたび姿を見せてどんな厄介事が起こるかについて、考えるのをやめられない。

マックはうなずいた。「いいだろう。きみの秘密は守る。ただ、お父さんに見つかったら、自力でなんとかすることになるぞ」

「わからないんだよね」セアラはマックがスパゲッティ・ボロネーゼを皿に盛るのを手伝いながら言った。「あたしが嘘をついてるっておじさんがわかったなら、どうして父さんはわからなかったんだろう？　嘘を見抜く達人なのにね？」

マックはほほえんだ。「本当にわからないのか？　そこが彼のアキレスのかかとなのさ。いつの日か彼はこまったことになるぞといつも忠告している弱点だ」

「それはなに？」セアラは混乱して訊ねた。セアラが知るかぎりでは、父親に弱点なんかない。

「きみさ、セアラ。フランクのただひとつの弱みはきみなんだ」

## 8

チョコレート・パウダーがマグカップのなかでちっぽけな渦を巻く。テスは意識が飛んだような状態でミニキッチンに突っ立ち、ホットミルクをかき混ぜていた。ストレスのために頭痛がして、誰もいないフラットに帰宅したいまでも、考えをまとめるのに苦労している。今日、起こったことについて話せる人はいない。セアラだけが真実を知っているものの、妹本人が朗らかに語ったように、警官を相手にしている暇はないそうだ。テスは家族よりモラルを取って、自分の生きる道を選んだ。そのせいでどんなに孤独になるかわかっていたら、違う選択をしただろうか？

まったく、どうしていまになって？　これだけの歳月が流れた後で、あのくそったれのショーン・ミッチェルが人生に現れることになった理由は？　もちろん、セアラと同じで彼が死んだことは残念ではない。ほかの者が捜査する事件でくたばってくれたらよかったのにと思うだけだ。

偶然ではない、ない、と頭の奥で小さな声がつぶやく。あのチラシ、そしてダーツ……誰かが知っている。どうしてもセアラが人殺しだとは信じられなかったし、心のどこかで、これだけの時間が流れた後でも、妹が面と向かってあれほど簡単に嘘をつけるはずがないとも思う。でも、セアラでないとしたら、誰が？　最近テスが警部補になったこと、それからあの日ウォーカーが署にいなくて事件を引き受けられなかったことを知っている誰か。そこまで綿密に計画されていたんだろうか？　それに、あんな芝居がかった形でテスに知らせた理由は？　内側から板でふさがれたドア、ワードローブから引っ張りだされた服、壁をすり抜けて歩ける目に見えない人物。たたく音と叫び声――あれは本当にミッチェルの部屋の外で起きたことだったのか？　それとも、これもまた偶然？

チョコレートがマグカップのなかで溶けると、上にホイップクリームをたっぷり載せ、ひとつかみのマシュマロを放りこんだ。これがテスにとってのウイスキーのボトルであり、処方薬であった。同僚の一部とは違って、この仕事の心を削る部分について、精神に変化をもたらす物質をとったり、酒を飲んで忘れたりして対処したことはなかった。そんなことはしない、自分の行動――人を殺したこと――に対する罰は覚えておくことなのだから。薬に手を出さず、しらふでいて、すべての過ちを覚えておくこと。たぶん、だからこそショーン・ミッチェルはいまになって姿を現した。自分のしたことをついに忘れはじめ、罪ほろぼしはできたと感じるようになっていたから。今夜の眠りを深めるためのものなんか飲まない。きっと悪夢が訪れ、あの暗く空っぽのナイトクラブにもどることだろう。テスは布巾をつかんでこぼれたチョコレート・パウダーを調理台から拭き取り、空っぽの洗濯かごに布巾を投げ入れた。

セアラはいまどうしているだろう？　今日の午後、姉に会ったとフランクに話しただろうか？　そんなことはなさそうだ。十五年前、セアラはなにがあったのか誰にも言わないと誓ったが、あれは本当だろうか。ひょっとしたら、あの子には恋人が、ひょっとしたら夫すらいるかもしれない。セアラとその家族が大きなテーブルをかこんで座っているところを想像した。自分もそこにいたかもしれない。誰もテスを追いださなかった。それどころか、半年もあのファミリーのみんなと変わらぬ仲間だった。テスは、クリスとの関係にこれほど惹かれたのは、彼がジェイコブズ一家のすべてと正反対だったからだと、手遅れになる寸前に気づいた。クリスは、テスが彼らと同じではなく正常だと自分に証明するための手段だった。けれどいよいよ結婚間近になると、あんなに純粋で、テスの過去を知らない人と結婚してしまうことはできなかった。こうしていま、テスの隣には誰もいない。完全にひとりきりだ。

セアラにパートナーはいそうにないが、そうとは断言できない。フランクはつねに、家族に近づく人間にはとても用心深かった。最初のデートを終える前から、父親が相手について調査していては、交際を始めるのは困難だ（セアラは実際に一度、調査されている現場をとっつかまえたことがあると話していた。彼女とマーティンという少年がブライトン・ピアにいるところを、クルーのひとりが見張っている姿を目にしたのだ）。けれど、もしセアラが恋人を信頼して秘密を打ち明けたとしたら、それがショーン・ミッチェルに起きたことの原因にはなり得る。ねじまがった愛情表現として。

電子レンジがチンと音をたて、テスはひとり用のパスタ・ベイクを引っ張りだした。湯気を漂わせながら、中身をボウルに移す。こうすれば、プラスチック容器のまま食べるより気のめいる感じが少しだけ減る。これを数歩で居間に運び、典型的なオールドミスが盛り合わせ冷食を食べていますの図が完成した。寝室がひとつのフラットは垢抜けた響きを得るために〈チチェスターのオープンプランのアパートメント〉と広告されるものだが、本当はただ狭いだけだった。玄関からキッチンと居間が、そして寝室と浴室に通じるドアが丸見えだ。シリアル・キラーがテスを狙ってやってきても、ここに隠れる場所などない。

テスはソファの尻の形の跡――いつかここで死ぬのかもしれないと気に病むようになってきた定位置――に腰を下ろし、テレビのスイッチを入れた。もう犯罪ドラマを見るのは耐えられなかった。本当の捜査ではそんなことは起こるはずがないと、テレビにずっと叫びつづけてしまう。メロドラマに興味は引かれないから、たいていの時間は結局《フレンズ》の再放送を見て、おたがいの家に出入りして冷蔵庫から勝手にものを食べるところで本当に成熟した友情を築けるのかなどと考えることになる。この番組を人間関係の指標にして大人になった者がどうしたら深刻な問題も抱えずに人生を切り抜けられるのか、まったく理解を超えている。

三日ぶんたまった郵便物を手にして、めくりはじめた。請求書、請求書、ダイレクトメール……

最後のダイレクトメールを見て胸が締めつけられた。黒地に毒々しいピンクのロゴ。あのナイトクラブそのものと同じように毒々しい。これは郵便物の束のいちばん下にあった。ほかの郵便物とは別にやってきたもの？　直に届けられたのだろうか？　スリー・フラミンゴは何年も前に閉店となったから、このチラシを送った者が誰であっても、これを見つけだすか、本物そっくりのものを作るにはかなりの手間がかかったはずだ。

なにを意味するのか把握できず、テスは反射的に立ちあがって窓の外を見た。誰かが見張っている？　外には誰もいなかった。とにかく人影は見えない。

スリー・フラミンゴ。あの場所のことなんか耳にしなければよかったと、テスはつくづく思わずにいられなかった。フランクはセアラに三人の男――あの夜、姉妹が出会ったカラム・ロジャーズ、ショーン・ミッチェル、ダレン・レーン――には近づくなと忠告していた。けれど、十七歳の妹は自分が無敵だと思っていた。抜群の詐欺師であることはまちがいなく、フランクの頭の回転の速さを受け継いでいるものの、それだけでは足りなかった。あのナイトクラブは三人のなかの最年長であるダレン・レーンの経営で、テスはセアラに行かないでと頼みこんだが、セアラは状況は自分がいちばんよくわかっていると考えた。十七歳なら、誰でもそうじゃない？　もっとも、誰もが生きるか死ぬかの状況におちいることはないし、テスもセアラの人生を救うために自分自分の人生を台なしにした。あの夜、自分がしたこと、人の命を奪うという衝撃から抜けだせたことがなく、人生のあらゆる領域に病気のように広がる秘密を抱えて生きるしかなくなった。レーンが死んでしまった瞬間、自分はもう二度と同じ人間にはもどれないと悟った。それこそ、テスがセアラとは二度と会いたくも話したくもないとはっきり思った理由の一部だった。いままでは。

チラシを真ん中から破り、何度もそれを繰り返して、最後にちっぽけな紙片になるまで裂いた。自分の家のゴミ箱に入れるのさえいやだったから、階段を三階ぶん下り、フラットのドアを開けた。

外は夜になっていて、人々の生活が光で際立つようになっていた。通り沿いの住人たちは外の世界に対してカーテンを閉めはじめていた。閉めていない家は照らされ、彼らの生活は路上公演かなにかのように陳列されている。向かいでは、名前を思いだせない女がソファで新生児（これまた名前を思いだせない）に母乳をあたえ、片手で赤ん坊の頭を支えながら、もう片方の手ではテレビのリモコンでぼんやりとチャンネルを変えている。夫——だめだ、彼の名前も記憶から抜け落ちている——が部屋にやってくると、彼女はリモコンを置いて彼が差しだす水のグラスを受けとった。彼はカーテンを閉めようと部屋を横切り、テスは覗いていたと気づかれる前に目を逸らした。

テスはもう数歩通りに出て、靴下まで染みこむ雨も気にせず、自宅の表側の壁の外にある側溝にチラシの紙吹雪を押しこんだ。紙片は排水の上を流れていったが、背を向けて家にもどり、食べる気の失せた夕食の残りを捨てても、まだそれから嘲笑されているようだった。今夜は食べることも、眠ることもできないだろう。

## 9

携帯電話が鳴る音で、セアラはキングサイズのベッドでの深い眠りから引っ張りだされた。長らく音信不通だった家族がクルーを乗っ取りたがるというとても刺激的な夢を見ていたので、目覚めて最初に思ったのは、結局その先がどうなるのかわからなかったといういらだちだった。けれどそんな憤慨も長くは続かなかった。ベッドの隣の棚に置いた携帯電話を顔の前に掲げると、発信元はマックおじさんだったからだ。心臓がどきどきいいはじめた。マックがちょっと挨拶するために電話をかけてきたことなどない。なにか悪いことに違いない。羽毛のふとんをつかんで起きあがり、寝室の外でなにか物音はしないかと耳を澄ました。静まり返っている。朝の十時三十分。かなり寝過ごしてしまったみたいだ。父親は今日どこかに行くと話していたっけ？　それとも、聞いたけれど忘れてしまったか？

「マック、あなた大丈夫?」挨拶のようにそう訊ねた。声が思ったよりきつくなった。おなじみの不安がまた浮上してくる。いつか父親に何事かが起こり、自分はひとりぼっちになるというあれだ。まあ、自分がひとりきりになることはない。もちろんマックも、ウェスとゲイブもいるからだ。でも、彼らの誰もフランクにはなれない。

「元気だよ。あの、お父さんは家にいるか?」

さりげない口調にセアラは騙されなかった。耳元から電話を外し、ふたたび耳を澄ました。家からはなんの音もしないが、それはたいした意味を持たない。セアラとフランクはブライトンでも特に広い家で暮らしている。「父さんの物音はしないけれど、たしかめさせて。仕事場にはいない?」

マックはためらった。「いや、彼は今朝、人と会う約束があったんだが、どこに行くのかわたしには言わなかった。いまごろは帰宅したんじゃないかと思っただけさ」

セアラはベッドから滑りでてガウンを着た。バルコニーやキッチンを探し、パタパタと足音をたてて廊下を進み、父親の書斎に向かった。寝室のドアは閉まっていて、ノックしたが、返事はなかった。

「家にはいないよ」セアラはすばやく頭を働かせた。昨日、殺人事件のことでテスが自分に会いにきて、マックはやたらと気を揉み、大量に料理していた。今度は父親がひそかに誰かと会い、姿を消した……「あたしは心配すべきなの、マック? 父さんはこまったことになってる?」

本当に訊きたかったのは、〝父さんは十五年前になにがあったか知ってる？　だから、父さんはショーン・ミッチェルを殺したの？〟だった。けれど焦って余計なことを言えば、答えより質問のほうがたくさん飛んでくる。それに、もし自分の考えが合っていたら、父親は思っていたような人間じゃなかったということになる。

「いいや」マックはそう答えたが、少しだけ返しが早すぎてセアラは気に入らなかった。父親もマックもセアラが隠し事をどれだけいやがるか知ってる。自分はもう子供ではないと繰り返し証明し、この数年はこれまでで最大規模の詐欺のいくつかを計画した。それでも、自分には明かされていないことが水面下でおこなわれていると感じるときが少なからずある。それがむかついてたまらなかった。「おそらく彼は財産管理の話しあいをしているだけだろう。退屈な用事でわざわざわたしに断りを入れるとはかぎらないからな」

「父さんがこまったことになってるのなら、そう言ってよ。父さんがどこに行ったのか、誰と会っているのか、あたしは知りたい。あたし……」セアラは深呼吸をした。「昨日、テスに会ったんだ」

「テスに会っただと？」マックは予想通り、ショックを受けたようだった。彼らがテスの名を口にすることなどついぞなかった。「どんな経緯で？　どこで？」

「事件の捜査でブライトンにいたの。グローヴ・ヒルで殺された男。メロン・ドロップのとき、彼女に出くわして」

「そして彼女はきみだと見抜いたのか？　ゲイブは腕が落ちつつあるな」

「彼女はあたしを探してたの。事件について情報がないか知りたがってた」

「なぜ、きみが殺人事件の情報を持っていると？　彼女はきみがかかわっていると思っているのか？」

「いや、そういうんじゃないよ」セアラは急いで安心させた。「彼女はこの手の事件には素人同然なの。手伝ってほしがってた。心配しないで、あたしたちは警察を助けたりしないって言っといたから。ただね、これだけ何年も経ってからテスが姿を現したタイミングで、父さんがあたしたちに言わず、こっそり人に会いに出かけたのはなぜか考えちゃって……」

「自分の父親が裏切り者じゃないかと考えているのか？」口調がきつくなるのはマックの番だった。

「違うに決まってる！」そのほのめかしは、父親を人殺しと呼ぶよりたちが悪かった。父親があの男を殺したのならば、相応の理由があったことになる。そんな理由なんか絶対にない。

「おかしな偶然だと思っただけ」

「ああ、そうだな」マックは考えこんだ。「彼女がきみを探しにきたとき、なにか別の意図がなかったことはたしかか？」

セアラは頬が燃えるようになったのを、電話越しに悟られはしないかと思った。話したほうがいい？　彼は家族だ。助けてくれるだろうし、理解もしてくれるだろう。十五年前のことを思いだした。あの屈辱……だめだ、めぐりあわせさえよければ、家族に知られずに丸く収められるから、自分でなんとかしなければ。

一階で物音がしてびくりとした。「あっ。もどってきたみたい」片手で電話を覆った。「父さん？　父さんなの？」一段抜かしで階段を下りたが、ドアの下に郵便物が落ちているだけだった。

「彼なのか？」マックが電話で訊ねる。「セアラ？　そこに誰がいるんだ？」

「誰もいなかった」がっかりして答えた。「郵便が届いただけ」

セアラが電話を耳と肩ではさみ、郵便物を拾いあげ、そのままテーブルに放り投げようとしたとき、スリー・フラミンゴのあざやかなピンクのロゴが見えた。昨日テスに見せられたものだ。二日間で二回目。閉店して何年にもなるナイトクラブのチラシ。あのクラブこそ、セアラがケンプタウン――かつてはブライトンでお気に入りのひとつだった場所――を何年も避けていた理由だった。ついにクラブの看板が引き剝がされ、一階は流行のコーヒーショップに、二階は小さなオフィスがいくつも入居し、不快な過去の気配がなくなるまでの話だ。ようやく最近になって実際になかに足を踏み入れることができ、建物の構造がすっかり変わったと知った。イモムシが蝶になったみたいに。セアラは偶然を信じることだってあるが、このチラシについては絶対に違う。

テスがこれを送ってきた？　これは忘れないためのもの？　警告？

テスじゃないのなら――こんなのは彼女のやりかたとは全然思えなかった――ほかの誰かがダレン・レーンの殺人について知っていることになる。テスが誰かに話すなんて思えないし、セアラも絶対に話してない。自分がスリー・フラミンゴにかかわりがあることだって誰も知らないくらいだ。店に足を踏み入れたのはあの夜だけ。あの男たちに詐欺のコツを教えるふりをして、逆に数千ポンドを騙しとる計画だった。初めてのソロでの詐欺で、身の丈以上のことをやろうとしてた。レーンは完璧なカモであり――そして最悪の部類の犯罪者でもあった。あの三人はドラッグを利用して従業員たちを支配していた。ドラッグで依存症にしてから、そもそも何年かかっても完済できない借金を支払わせるために働かせた。セアラは絶対に奴らをとめてやると決意し、実際に成し遂げた。けれど、支払った対価は姉を失うことだった。テスは罪の意識と折り合いをつけることができなかった。警察に入ったのは彼女にとって贖い(あがな)の追求のようなものだと、セアラは最初からわかっていた。そこが姉妹の決定的に違うところだった。セアラはあのろくでなしの死によって一瞬だって眠れなくなったことがない。もしもときをもどしてテスのかわりにレーンを殺して、彼女を罪の意識から救えるならば、そうするのに。

あの夜、テスがクラブまで尾行してこなければ、セアラは自分が死んだか、もっと悪いことになっていたと知っていた。ダレン・レーンが彼らを騙そうとした彼女への仕返しとして、これからなにをするつもりか、こと細かく耳元でささやいてきたからだ。頬にあたる彼の息の熱さ、彼が飲んでいたビールのにおいがいまでも感じられるくらいだ。その記憶で吐き気を覚えたけれど、気を強く持たなくては。これは父親がかかわってくるんだから。フランクがショーン・ミッチェルの死に関係しているのならば、刑務所送りにされないようテスの助けがまた必要になる。

「セアラ？　だんまりだな？」マックの声が静寂を破った。セアラは郵便物をコーヒーテーブルに置くと、窓に近づいてブラインドのあいだから外を見た。テスに会ってからつきまとう妄想を振り払えない。しかし、ブライトン・マリーナときれいなトルコ石の碧（あお）の海という完璧な景色が見えるだけだった。

「うん、大丈夫だよ、マック。ねえ、父さんから連絡があったら知らせてよ？　あたしも知らせるから。今朝は雑用があるんだけど、電話はつながる。それから父さんには、あたしたちをこんなに心配させたことへの上等な言い訳を準備しておけって言っといて。じゃあ、あとで」

そして彼の返事を待たず、電話を切った。こうなるのは人生で二回目のことだが、どうすればいいのかさっぱりわからない。いや、実際はやるべきことならわかってる。ただとにかく、どうしてもやりたくないだけ。殺人の捜査にかかわるなんて、警察署に実際入るのと同じくらい奴らに近づくことになる。それにジェイコブズ家の者として、警察の近くはいたい場所じゃない。けれど、ずっと昔の事件について父親がなにか知ったのならば、そしてそれを正そうとして厄介事に巻きこまれたのならば、セアラはほかにどうしようもない。助けが必要だが、それをテスに告げることになるのはむかつく。

## 10

テスはショーン・ミッチェルの部屋の壁をたたき、空洞らしき音がしないか耳を澄ました。

鑑識が偽の壁や秘密の隠れ場所や隠された抜け道はないかと、この部屋をすでに調べたことはわかっているが、ここから逃げる方法があるはずなのだ。ミッチェル殺しの犯人は下の階の年配女性と共犯で、床にハッチのようなものを作っていたとか。もっとも、テスの知る情報からは、その線の先はミッチェル殺しの犯人はその年配女性ということになる。いまある手がかりはその程度だ。

「こんなことしなけりゃよかったと思ってるとか？」

テスはニューカッスルあたりのきついなまりで話しかけられ、びくりとした。振り返ると、背後に鑑識の技師が立っていた。脱出経路の捜索に夢中になっていて、この部屋にほかの人間がいたと気づいてもいなかった。それに、鑑識は昨日作業を終えたと思っていた――誰かが現場の出入りは自由になったと話していたのではなかったっけ？　お願いだから、わたしが現場の証拠を踏みにじったなんて言わないでと内心祈った。自分の運はその程度なのかもしれない。重大犯罪班に入って五年だが、自分の担当した事件をだめにしただけなんて。

「なにをしなければよかったと？」なにかにふれたところを、この技師に見られただろうか。百パーセント自分はもう終わりだ。

技師は肩をすくめてブリーチしたブロンドの房をマスクのうしろへ押しやった。「こんだけ平凡な話なのに、わざわざ現場に来るなんてさ」

「平凡？」テスは正しく聞き取れたのか自信が持てずに繰り返した。「わたしはなにか見逃している？　この事件のどこが平凡だと？　犯人はまさに虚空に消えたのに」

「ふっふーん。たーーーいくつ。まあ、どんなふうに実行されたのか探りだせば、すぐに平凡だって思うようになるよ。最高のペテンはいつもそう。でもじっくり考えて、さあ」

「じっくり考える?」テスは嚙みつくように言った。最高のペテンはいつもそう? ちょっと待って……「いったいあなたは……?」

技師は口元からマスクを引きおろし、にやりと笑ってウインクをした。「あたしに会いたかった?」

テスは凍りついた。「いったいここでなにしてるのよ?」あきれた。犯罪現場で犯罪者の異母妹と一緒のところを誰かに見られたら……顔をしかめ、怒り狂った。「あなたの髪、いまはブロンドなの? 警官になりすますのは犯罪だって知らない?」

「でも、鑑識の技師になりすますのは犯罪じゃない。そこは調べておくべきだったね」セアラは現場を見まわした。「で、まだ、どういうことか探りだしてないんだ?」

「探りだしてないし、それはあなたも同じなんだから謎を解いたふりはしないで。ここになんの用なの、セアラ?」テスは目元をこすった。これは自分がヘマをした。セアラを探しだしておいて、この事態にかかわってこないなどと期待してはいけなかった。「誰がこんなことをしたのか突きとめる手がかりになりそうな情報があるの?」テスは昨日ドアから押しこまれていたチラシについて、もう少しで訊ねそうになったが、思いとどまった。昔の彼女は信頼できなかったのだから、それから変わったとは考えづらい。そこは覚えておかなくては。セアラ・ジェイコブズとその家族は信頼できない。

セアラはとまどった様子だ。「あたしの助けがいるんだと思ったけど。だから、あたしを探しにきたんだよね？」

テスはため息を漏らした。「普通は人になにか知らないか訊ねたら情報をくれて、わたしの犯罪現場に乱入してこないものよ。ところで、その鑑識の作業着はどこで手に入れたの？」

「オフィスの害虫駆除用のもの。あんたたちも、文字を刺繍で入れるとか考えたほうがいいよ。せめてあたしたちにひとつは課題をくれてもいいんじゃない。で、あいつがどうやって死んだのか知りたいの、知りたくないの？」

テスは妹をかかわらせたことを本気で後悔し、首を振った。でも、ここに来てしまったのだし、鑑識は現場を手放した後だ。セアラにどんな妨害ができると？

「ねえ」テスはあくまでも本題に徹して言った。「あなたはここにいてはだめ。会いにいったのは、ミッチェルの死について知っていることがないか訊くためであって、鑑識官になりすまし、この事件をゲームみたいに遊んでもらうためじゃない。ゲームじゃないの。これは現実の人生。現実の世界。あなたもほかの人みたいに現実に向き合ってもらわないと」

「それは〝そうよ、知りたい。セアラ、どうかわたしを助けて〟ってこと？」

テスはため息をついた。「いいでしょう。見てまわっていいわ。家主が今日ここを掃除したがっているから、最後のチャンスになる」

「いいね！」セアラは片手をあげてハイタッチしようとした。テスが無視すると、セアラはふくれっつらをこしらえた。「そう、わかったよ。あたしたちはまだそこまで仲良くないって」

「わたしがあなたなら静かにする。わたしが考えを変える前に」テスはぼそりと言った。

「その通りにするよ、パートナー」

「あなたはわたしの――」

「ごめんね、ボス。静かにして耳を傾けるから。七時までに解決できるかな、ウーバーイーツの予約注文をしてるから」

「〝パートナー〟だの〝ボス〟だのくだらないことはやめて。あなたはこの事件の関係者じゃない。ざっとここを見てみるだけなんだから。そう言えば……」セアラがテスに話しかける前、写真を撮るため使っていたカメラを寄こせと手を伸ばした。

セアラはため息を漏らしてカメラを手渡した。たいした問題じゃない。五分前にSDカードを取り替えておいたから。「くわしいことを教えてくれる？」

テスはためらったが、セアラとそのクルーは口が堅いということはよく知っている。これまでわかった情報をざっと説明した。ゴミ箱のイニシャルの話になると、セアラは目を輝かせた。

「ほーっ、犯人から警察への秘密のメッセージ？」

テスは天を仰いだ。「探偵小説の読みすぎ。現実では、犯人は壁に警察へのメッセージを残さないから。絶対にゴミ箱には残さない」

「うーん、でも誰かがここに残したんだよね」セアラは机の下から這いでた。「それに、この机は最近動かされてる。カーペットのへこみを見て。押しもどされたとき、最初と同じ位置にもどされなかった。何者かが机を動かしそうな理由は？」

テスはふうっと息を漏らした。「探偵小説じゃなくても、何者かが机を動かす理由は数え切れないくらいあるわよ。掃除機をかけるとき、被害者が動かしたかもしれないし……」

セアラは眉をあげ、芝居がかってあたりを見まわした。

「わかった、掃除機の線はないかも」テスは認めた。「でも、言いたいことはわかるでしょう。あなたが好きな物語では、探偵はそうしたことに目をとめて、これは事件でどういう意味を持つか考えるけれど、わたしの世界では、DNAの証拠、目撃者の証言、殺人の凶器といったものが必要なの。机がちょっと動かされたカーペットのへこみでは……」

「わかった、よーくわかったから。あんたにはもっと手堅い証拠が必要だって。でも、あたしはこの机にも注目しておく」

「どうぞお好きに。バルコニーを見たい？」

「そうだね。あたしを凶器のもとに案内してよ」

バルコニーのタイルはかつては白だったのだろうが、いまはその名残もほとんどなく、汚れで滑りやすくなっていた。埃は乾いて足跡のようなものはほぼ残っていないが、バルコニーの端へ続く踏みにじられた跡があった。古い陶器の植木鉢がフランス窓から離れた端っこで横倒しになっていたが、それ以外はなにもない。

「そこ、雨樋がちょっと宙ぶらりんになってる」そう言い、セアラは端から身を乗りだした。

「切られたように見えるよ」

「勘弁して、セアラ。下りて」テスは急いで妹の隣にやってくると、彼女が指さすところを見あげた。そしてセアラの鑑識作業着をぐっとつかんだ。「DNAや指紋といったお決まりのものがないか、全部拭き取り検査はしてるから。ここにはなにも有益なものがなかった」

「ただし、折れた雨樋のパイプは別だよね」セアラが切り返す。彼女の脚がわずかにぐらつき、テスの心臓はどきりと鳴った。

「もうずっと前から折れていたのかもしれないでしょ。この部屋のほかのありさまを見てよ。下りて」

セアラは床を指さした。「でも、バルコニーにはずっと雨漏りしていた形跡がないし、雨樋はひねられて右を向いてる。雨樋が前から外れていたらバルコニーはもっと濡れて、埃もこんなに積もらないはず。最後に大雨だったのはいつだっけ？」

テスは考えた。「先週の木曜日だと思う。それにどんな違いがあると……ああ、もう、お願いだから、その横桟（よこざん）に立たないで」

「安心して、その植木鉢をこっちに」セアラはバルコニーに飛び降り、振り返って、テスが引き寄せた空っぽの陶器の植木鉢をひっくり返した。すると、調べていた雨樋のパイプにちょうど届きそうな高さとなった。「あんたのスマホを貸して」セアラは指示を出し、わずかにうしろに身体を反らし、うまく身体のバランスを取る。「ライトがいるの。それにカメラも」

テスは携帯電話のライトをオンにして、セアラに渡した。「落とさないでよ」と警告した。

セアラは目一杯、雨樋に手を伸ばし、何度かカシャカシャと写真を撮ってから機器をもどしてきた。彼女は植木鉢から飛び降りると、テスの手から携帯電話を受けとり、ズームアップしたうえで顔に近づけて写真をじっくり見た。突然、背筋をまっすぐにしてから、訊ねた。「非常階段は調べた?」

「調べたけれど、たいして役には立たなかった。廊下からしか行けないし、防犯カメラから、誰も通っていないとわかってるもの。その雨樋がどうかした?」

「壊されてる。わざと壊したように見えるけれど、どうしてかは、わからないな。あんたが言うように、なにもかもが手がかりになるわけじゃないし。この部屋を見たかぎりでは、ここから出入りするあきらかなルートはひとつだけだよ。それは玄関」

テスはいらだちを声に出すまいとした。「ブライトンでわざわざあなたを探しまわる前に、犯人が玄関から堂々と逃げたかどうか確認しなかったと思う? それは不可能よ」

セアラはほほえんだ。「不可能じゃないよ。それどころか、犯人が玄関から堂々と逃げたんでなければ、次の詐欺の分け前半分をかけてもいい」

テスは眉をひそめた。「へええ、古いiPhoneの半分ね。すばらしい。どうやってそれを説明するつもり?」

「防犯カメラにアクセスする必要があるんだけど」

「あり得ない。わたしたちでそっちは調べたと言ったじゃ――」

「そうだけど、あんたたちは探すべきものがなにかわかってなかった」

テスはうめき声を抑えこむのに必死だった。セアラ・ジェイコブズにどれだけいらいらさせられるか、どうして忘れていたんだろう? それとも、ふたりは法的に対極の世界にいることがはっきりしただけ？　妹を警察署に近づけることさえできない。セアラとその家族は信頼できないと、傷ついたレコードみたいに自分に言い聞かせた。

でも、彼女なら真相を見抜けるとしたら？　セアラは賢い。イリュージョンや早業となれば、セアラは十五年前からすでに一流だった。犯人がどうやって逃げたかという謎を彼女が解けるのならば、テスはこの事件の解決に一歩近づいて、たぶんキャリアを守れる。

セアラはすでにテスが黙っていることを承認と受けとり、偽の鑑識の作業着を脱ぎはじめていた。

「警察署に行く途中で図書館に寄れる？」そう訊ねた。

テスは眉をあげた。「返却期限を過ぎてる本でもあるの？」

「札つきの犯罪者人生だからね。ギリギリで生きるのが好みなんだ」

フラットが建ちならぶ一画の通り、ショーン・ミッチェルの遺体が落下した場所から数歩の位置で、テスが電話をかける時間を利用し、セアラは自分も電話をかけることにした。これは見事なミステリだ。あの部屋は完全に密室で、ただひとつの出入りできる経路は防犯カメラがとらえていた。大きな鏡をうまいこと取りつけて廊下の反対側の行き止まりを反射して映してもいなかったし、突き刺した長い刃を回収できる暖炉もなかった。バルコニーから飛び降りるには高すぎるし、最上階ではないので屋根に逃げるハッチもない。通気口から下りていったヘビもいなかった。首を大きく横に切り裂かれ、五階のバルコニーから、透明人間によって放り投げられた男がいるだけ。こんなことをやってのけられる人がいるならば、それはフランクであり、セアラはこれまでのところ、父親がかかわっているという自分の仮説を証明も否定もできていなかったが、とにかく父親がここまでやる理由はどうやっても思いつけない。

「ウェス？　頼みがあるんだ。図書館の本にSDカードをはさんでおくから。ディクスン・カーの『魔女の隠れ家』。それを回収してデッド・ドロップのひとつに置いてほしい」

ウェスはいつものように動揺しなかった。何事にも慌てることがない。セアラはファイアウォールが強固だと証明されたときの、やんわりしたいらだちを超える強い感情を出すウェスを見たことがなかった。

「異常はないかい？」

「もちろんだよ」彼が後からもっと質問してくるとわかっていたが、頼んだことはやってくれるはずだ。ふたりはいつもコソコソして大人たちからものを隠していたから、スパイ映画もどきに〝情報交換場所（デッド・ドロップ）〟というアイデアを思いついた。フランクやマックに知られることなく受け渡しする必要がある場合など、おたがいのためにものを隠しておく、ブライトンのあちらこちらにある場所だ。だが、前提となる約束があった――おたがいに秘密はなし。だからセアラはいま、そのルールを破ろうとしていた。

「わかった、いいよ。ツインズに置いておく」

「ありがと」セアラはテスに片手をあげた。テスは先に通話を終え、通りの向かい側で腕時計をコツコツとたたいていた。セアラはショーン・ミッチェルのフラットに歩きでやってきたから、ふたりはテスの車で——セアラの頼みで図書館を経由して——警察署にもどることになる。

「もう切るね」

「ええと」ウェスは自信がなさそうな口調だ。「気をつけろよとか、そういうことを言わないとだめかな？」

セアラはほほえんだ。「言ってもいいよ。マックならそう言うと思う」

「だったら、気をつけろよ。それから、きみの父さんにこの件を知られたら、どうなるかわからないからな」

「あたしがなにをしているのか、全然知らないくせに」

「それでも、なんとなく、あの人は反対しそうだってわかるんだよな」

11

「図書館からなにを持ちだすのか話すつもりはある？」ハンドルを握るテスが、横目でセアラを見ると、彼女はバッグをあさっていた。「ちょっと、だめだめ。ここではだめだから」

セアラは煙草をくちびるに運びかけて手をとめた。「えっ？」

「パトカーでは吸えないの」

「もう、そんなに小うるさいこと言わない。パトカーでヘロインは注射できないよ。でも、喫煙は法律違反じゃないもの」

「いまは一九九九年じゃない。公共の場所で喫煙はできないの。それには仕事用の車両も含まれる」

セアラはうめき、足をあげて助手席であぐらをかいて座った。テスは足をシートから下ろせと言いたい衝動にあらがった。「いつもそんないい子ちゃんでいるのは疲れない？　誰かにくたばれと言いたくなったり、へべれけになって近所の車輪つきゴミ出し箱に吐いたりしたくなったことはないわけ？」

テスは歯ぎしりをした。この十五年間でなにか悪いことをした？」「なによ、仕事用の車両で煙草を吸えば、わたしの人生がぐっとよくなったとでも思う？　灰皿みたいなにおいをさせて職務に臨めば、始終ご機嫌でいられるとでも？」

セアラは鼻を鳴らした。ポケットからライターをつかみだして煙草に火をつけると、窓を開けた。「それだけじゃ、だめだろうけど」

「火を消さないと、車をとめるから」テスは忠告した。

「ふう、落ち着いてよ、ママ」

「子供っぽいことをしないで」テスは顔をしかめて、運転席の窓も開けた。

「最近の人生について話してよ」セアラは話題を変えたが、煙草の火は消さなかった。「彼氏はいるわけ？」

「いない」

「彼女は？」

「それもいない。話すのはやめて。わたしたちは友達じゃないんだから」

「そりゃ知らなかった」セアラは深々と煙草を吸い、窓の外に煙を吹きだした。「どっちにしても、あたしは友達を増やさないでいいし。だいいちあたしを探してとこっちから頼んだんじゃないからね」

「わたしも、昇進の決め手となる事件が、自分の殺した男の親友が殺された事件になるようにも頼まなかった。あなたのためにしたことだった」テスは辛辣(しんらつ)に言い返した。「でも、現実はこう。それにあなたは今度のことをまるで真剣にとらえていないと思う。あなたの頭のなかがどうなっているのかわからないけれど、ショーン・ミッチェルの死がわたしたちのしたことに関連付けられたら――」

「あんたのしたこと、だよ」セアラが訂正した。テスが爆発寸前になってにらみをきかせると、セアラは口にチャックをするまねをした。

テスはため息をついた。「いいでしょう、わたしのしたことよ……そう、それがばれたらわたしのキャリアは終わり。人生が終わる。これだけの歳月、被害者のために正義に奉仕して、償(つぐな)おうとしてきたのに、それが全部むだになる」

ふたりとも黙って車を走らせていると、ついにセアラが口をひらいた。声は真剣なものになっていた。「あのときのことを、まだ心底うしろめたく思ってるんだね？　あたしたち一家から離れたときに償いをするって言っていたこと、全部本気だったんだ？」

テスはうなずき、下くちびるをかんだ。「あのとき言ったでしょう、いいことをするために警察に入るつもりだって。あなたがどうして罪の意識を持たないのか理解できない。わたしは人の命を奪ったのよ」

「あんたが彼を生かすことを選んでたら、彼はあたしを殺してたんだよ」セアラが思いださせた。「たぶん、あんたのことも。あたしに言わせれば、あんたは正義の天秤のバランスを保った。ひとつの命を奪い、ひとつの命を救って。あんたは世界を釣り合わせた」

テスは弱々しくほほえんだ。「あなたみたいに人生を見通せたらよかったけれど。なにもかもあなたにとっては簡単に見えるのね？　ルールを守らなくていいからうらやましいわ」

「冗談きついよ？」と、セアラ。「あたしの人生はルールばっかり。捨てることのできないものを所有するな。家族以外の者に愛着を持つな。盗んだものはいっさい手元に置くな、居場所はつねに誰かに伝えろ……そしてなにより重要なのは？」彼女はテスを見やり、テスがうなずくと、ふたりして声を合わせた。「逮捕されたら、あなたは黙っていることもできる」

「その点だけは、同意できるね」と、セアラ。

「家族以外の者に愛着を持つなと言ったよね？　じゃあ、まだ恋人はいないの？」

セアラはためらった。それから肩をすくめた。

「一度、男ができたんだ。あんたが去った後のこと。彼の名はジェファーソンだった。でも、うまくいくはずがないよね？　あたしが何者か本当のことを話さないかぎりは。話したところで、このめずらしい職種のせいで、あたしが捨てられるのは――」

「ものは言いようね」テスは鼻を鳴らした。

セアラはにらみつけたが、言い返さなかった。「それか、彼が家族にくわわるか。あのときは、彼に話を切りだせる心の準備ができてなかったんだよ、わかる？」

テスは眉をあげた。「詐欺師は世界一の仕事だと思ったけれど？」

「そうだよ。あたしにとっては。でも、ジェファーソンはすごく……すごくいい人すぎて」

「でも、あなたのお父さんはお母さんと結婚したじゃないの」テスは指摘した。

「あたしたちの父さんね。あたしの母親が巡回ショーの余興師だったのを覚えてる？　祭りと共に旅まわりする家庭で育った。うぶな町暮らしの人じゃなかったんだよ」

テスはセアラに言われて、はっきり思いだした。ジェイコブズ一家と過ごした時期は長くはなく、フランク・ジェイコブズと初めて会ってから立ち去るまでの半年ほどだったが、彼らにはとても惹かれるところがあった。セアラが巡回ショーの余興師の娘であることは納得がいく。人生に対する見通しがまるで異なっていて、じつに自由奔放だ。ブライトンに腰を落ち着けているただひとつの理由は、フランクのもとを離れると思うとぞっとするからに違いない。

「母親は外の社会とは違うルールにしたがって生きるのに慣れっこだった」セアラが話を続ける。「詐欺の才能は父さんじゃなくて母親譲りのところが大きいと思うんだ。父さんは子供の頃についてちゃんと話してくれたことはないけど、母さんと出会うまではかなり普通だった印象なんだよね」

「さっきから聞いてると、あなたはかなり孤独な人生を送っているみたいに思える」テスは感想を述べた。

セアラは受け流した。「あたしには家族がいる。絶対にひとりじゃないよ」

テスは首を振った。「それは孤独じゃないのと同じ意味にはならない」

「そういうあんたは？」セアラはテスを見て眉をあげながら訊ねた。「あんたのカップはしあわせと仲間であふれてるわけ？」

テスは鼻を鳴らした。「あいたたた」

「あたしたちのことが全然恋しくならない？」

皮肉な切り返しが口から飛びでそうになったけれど、セアラは真剣だと気づいた。傷ついたような口調でさえあった。しかし、これはただの質問とは少し違い、妹と再会したいまではどこまでもややこしくなりうる質問だった。もちろん、彼らのことが恋しいからだ。家族と長くは過ごさなかったが、仲間入りしてみてすぐに受け入れられたと感じた。そんな彼らとの絆を断つことも最初はなんとも思わなかった。人の命を奪うしかなくなった直後に抱いた恐怖心のためだったが、あの出来事のおそろしさがだいぶ遠いものになったいまでは……もう家族とのつながりなど望まないふりをするのは、さほど簡単ではなくなった。ここでありがたいことに、図書館が見えて、質問をはぐらかすことができた。

「ほら、到着」

セアラは大げさにため息をつき、テスはセアラがまだ手にしている煙草に辛辣な視線を向けた。「図書館でもそれを吸うつもり？」

「なに言ってんの。まさか」セアラはドアを開け、煙草を側溝に投げ捨てた。「あたしに敬意ってものがないと思ってる?」

テスはセアラをジュビリー図書館で降ろし、ジョン・ストリートの警察署で四十分後に落ちあう約束をした。セアラはそれだけあれば、テスが車をとめ、署内のどこかに、あまり揉め事を起こすことなくセアラが入れる場所を見つけられると考えたのだ。警察で働きながら、これだけ大きな秘密を抱えているとは、テスは毎日どれだけ不安なことだろう。秘密とは殺人のことだけではない。本当はテスが何者で父親は誰かということもだ。

「ここでは誰とも話さないこと」セアラがやってくると、テスはびっくり箱のように飛びだしてきて警告した。ドアのすぐ内側で到着をずっと待っていたのはあきらかだ。「軽口をたたかないこと。なにも盗まないこと。誰ひとり騙してはだめ。これは下調べの機会じゃない。この部屋を使えるから」テスは〈関係者のみ〉と書かれたドアを開け、セアラを招き入れた。書類棚と変わらないぐらいの広さしかなく、デスクがひとつ、パソコンがひとつ、骨董品もののプリンターがひとつあるだけだった。

「ええー、特別捜査本部に招いてくれないいんだ?」セアラはテスに続いて部屋に足を踏み入れながら、廊下の配置を頭に入れた。「見聞を広げる大旅行を期待してたのに。まあここには初めて来たから、その点は大いに感謝だけど」テスに会釈してみせると、しかめつらをいただいた。「酔っ払ったおバカちゃんたちが留置場に投げこまれて酔い覚ましに寝る場所っていうより、オフィスビルに見える」

「銀行家たちの金を奪う詐欺を仕掛けつづけていれば、そのうち残りの場所もたっぷり見学する時間ができるはずよ。長く積み重ねられるキャリアとは言えないから」

それをフランクに言ってみれば、とぶつけたくなったが、セアラはくちびるの内側をかみ、意地悪な言葉に胸に収めた。これまでのところセアラのキャリアはたいへんな利益をもたらしている。実入りの悪い月でも、クルー全体で二十五万ポンド以上の儲けが出ている。テスが払わねばならないような、わずらわしい法律にしたがった税金は一文も払っていない。

「だって、それがあたしの得意なことだから。女の子は食べてかないといけないもんね」

テスは眉をひそめた。「そのためには盗みをしないとならないと？　あなたってどういう人なのよ、アラジン？　どうかと思うけど」

「ディズニーを知ってるなんて、あたしの心がどれだけ温かくなったか、あんたには見当もつかないよ」

「わたしにだって子供時代はあったの。フェイギン（ディケンズ『オリバー・ツイスト』の窃盗団親玉）に育てられなかったからといって、幼かった頃はないってことにはならないでしょ」

「あんたがもどるなら歓迎されるって、わかってるよね」セアラは静かに言った。

「防犯カメラの映像はここにある」テスは彼女を無視して言った。「わたしはコーヒーを淹れてくるから」

テスはセアラの隣にコーヒーを置き、肩越しに画面を見た。

「天のひらめきはまだ？」

画面は被害者の部屋に警官たちが突入する瞬間でとまっていた。セアラはメモ帳にその状況と時刻を走り書きしている。

「なにをしているの？」テスは訊ねた。「なにか見つけた？」

「まだたしかじゃない。あんたの助けがいる」セアラはテスを見あげた。「この瞬間こそが、犯人がどうやって気づかれずにドアから出ていったか、説明できる場面なのはまちがいないんだけど」

「説明して」

セアラは椅子をくるりとまわし、テスと向き合った。画面を指さす。「まず、イリュージョンの手法が使われてること。ミスディレクションだよ。この事件で最大の煙幕が現れたのはいつ？」

「被害者が歩道に落下したとき」テスは自分は冴えていると感じながら答えた。「すべての注目が通りに向かったときね」

「外れ」セアラが答え、テスはがっかりした表情になった。「あたしたちの探す男――失礼、女かもね――は賢い。彼あるいは彼女は、表にいて被害者を目撃するのが何人だろうが、カメラに映らずに逃げだす問題はクリアする必要があるとわかっていたはずだよ。室内に入るために細工したんだから、犯人がカメラの存在を知ってたことはたしか。そのために犯人は殺人の二十四時間前に故障させた。でも、部屋の内部からもう一度、同じことはできない。それで、カメラを役立たずにするためにもっと大きな目くらましをやらないとならなかった。バルコニーから落ちる被害者はカメラに影響をあたえられない。ほかにそれができそうなのは？」

「警察が突入するまではなにも起きなかった」

「その通りだよ」セアラはウェスのためにＳＤカードを隠した後に図書館で借りた本を取りだし、テスに渡した。

「『三つの棺』か」テスはタイトルを読み、手にした本を裏返した。「映画で見たような。透明になれる男の話でしょ？」

「外れ。たしかにその映画は透明人間になる男の話だった（『インビジブル』原題 *Hollow Man*）。この小説は透明人間に思える殺人犯についての話。ジョン・ディクスン・カーは密室ミステリの代表作家のひとりと見なされてるんだ。そしてこの本のなかで彼――というか主人公のギディオン・フェル博士――は一章まるごとを割いて、密室ミステリと、密室トリックについてくわしく語ってる。彼は自分がどれだけ賢いか見せつけるためだけにそういうことをしたんだけどね。ともあれカーはこの作品で不可能犯罪の真の巨匠としての地位を確固たるものにしたんだ」セアラはテスから本を返してもらうと、ぱらぱらとめくった。「ここを見て。探してた男は平原の真ん中で馬上から消えた奇術師についての会話にくわわってる。フェル博士は平原から離れてもいなかったっていうくだりだよ。男は上からはおった紙の服を引きちぎって脱ぎ、馬を飛び降りて平原にいるほかの人間にまじっただけだった。トリックを仕掛ける前に誰も裏方の数を数えていないかぎりは、男に気づかないままになる」セアラは画面を指さした。「早業（はやわざ）が見破られないよう、大きな目くらましを作ることが大事なんだよね」彼女は画面に突きつけた指を振る。「これは典型的な消失トリックだよ。すべてのマジシャンが使うもの。十人の裏方に自分をかこませるの。消失の時間が訪れたら、パパッ！　煙がマジシャンを隠し、観客に見られないうちに裏方たちにまぎれる。十一人になったと気づく人がいる？　いや、気づかない。ミスディレクション初級編」

「でも、犯人には十人も裏方はいなかった。あの場にいた人間は警察の者だけ」

「そこが肝なんだよ。裏方は自分たちが裏方だと知っておく必要はない。みんな同じに見える――それか制服を着てる――かぎりは、そして誰もおたがいに出入りを気にとめていなければ。封鎖中に玄関を見張る警官の前は、警官の制服を着ていれば通り抜けられたはず。全員に見られているのに、誰にも気づかれずに」

「いまいましい奴」テスは鋭い声でささやいた。

「賢くていまいましい奴だよ」セアラが訂正する。「この警官たちのなかで、入っていないのに出ていったのは誰か特定すれば、それが犯人だよ。このささやかなスピーチで、あたしはフェル博士の弟子としての地位を確立したんじゃないかな。たぶん、ヘンリー・メリヴェール卿やサム・ホーソーン医師のライバルにもなれた。感心した？」

　ただし、増えた警官などいなかった。

あの殺人事件の後であの部屋を離れた警官はひとり残らず、どこかの時点で入っていく姿がカメラにとらえられていた。それにくわえて、あの現場に招集された警官を記録した、信頼できるリストを各人の警察手帳の情報と突き合わせて確認した。セアラとテスは映像を六回も見て、セアラは見直すたびにいらだちを募らせ、強迫観念を抱き、武装緊急対応班の警官それぞれの容貌、名前、呼び名、それに警察手帳の番号まで覚えるほどになってしまった。テスがまたもや時計に視線を走らせると、もう二時間その部屋にいた。すぐにチームのもとに帰らないと、オズワルド主任警部はいったいテスはなにをしているのかと訝るだろう。

「本当にごめん、テス。あたしがまちがってた」その言葉はセアラの喉に貼りつくように聞こえた。まちがうことに慣れておらず、それを気に入っていないことはあきらかだ。「ドアが突破された後で、犯人が抜けだす方法はない。どうやったかわからないけれど、あんたたち警官が現れる前にもう抜けだしてるね。バルコニー越しに伝っていったとか?」

テスは首を振った。「バルコニーはどこよりも目に見える場所よ。被害者が地面に落下したとたんに、全員の目がバルコニーに吸い寄せられたはず」

「人が空から降ってくれれば、見あげるよね」セアラも賛成した。コーヒーを飲んだところで、携帯電話が鳴ってそれを手にした。顔が真っ青になり、鼻にしわを寄せた。

「どうした?」テスは訊ねた。

セアラはテスに見えるよう携帯電話を掲げた。すべて大文字の**どうして警察署にいるんだ**という言葉が画面を横切っている。

「フランク?」

セアラはうなずいた。ふたたび画面を見おろす。「ああ、もう」

彼女はテスに携帯電話を突きつけ、次に表示された文章を見せた。

**黒い鳩だな。ふたりとも。**

## 12

テスは頭を低くして階段を下り、黒い鳩(ブラック・ダヴ)の暗い地下へ進んだ。先を行くセアラは狭苦しい地下の廊下を左に曲がり、片隅に押しこんであるような重厚なマホガニーのドアを三回ノックした。さらに二回、一回、間を空けてからもう三回ノックする。鍵のまわる音がして、ドアがわずかにひらいた。テスはどういうことなの、と眉をあげた。

「店のサムがあたしたちに鍵を貸してくれてるんだ。プライバシーが必要になったときのために」セアラは説明しながら、上のパブを指さした。この隠し部屋はブライトンの一部の人にはよく知られた秘密の場所だった。パブの下にある細長い部屋で、船の形をまねて設計してあり、すべての壁に絵が飾られ、ここがトイレだった頃の名残(なごり)でむきだしのパイプがまだ見えている。

「サムはあなたたちがこの地下でどんな商売をしているか、知ってるの?」テスはセアラに続いてドアを通りながら訊ねた。

「商売のことはおまえにはなにも関係ない」フランクの声が奥の暗がりから返事をした。

テスはここにたどり着くまでに会見への心構えをしてきたのだが、それでも目の前に立つ彼を見ると脈が速くなった。あの名だたるフランク・ジェイコブズ。並はずれた詐欺師。彼は人を惹きつける魅力の持ち主で、堂々とした存在だった。テスが一歩前に出ると、濃い色の目が射抜いた。テスはなんとか会釈した。「フランク」

部屋にいる全員が、ふたりが十歩ずつ離れて銃を抜くのではないかと予想するように、両者を見守っていた。テスはあたりを見まわし、この場面について頭にたたきこんだ。二十歳ちょっとの男はボーイズバンドのメンバーのオタクの兄めいて見え、テーブル席のひとつに腰を下ろしてノートパソコンをひらき、書類を扇子状に広げ、その隣にレッドブルの缶を置いている。彼は心配そうな表情になってセアラを見やった。彼の向かいにはゲイブが座り、ビロードのスーツはパープルの炭酸飲料（クラッシュ）の色と、ウィリー・ウォンカめいた服装で、両脚と両腕を大きく広げていた。テスが視線を向けると、さりげなくウインクをした。そして片隅にマック・アダムズ。もちろん、最後に会ったときからは老けているが、それほどひどい歳の取りかたをしているというわけでもなかった。テスが初めて父親を見つけだしたとき、マックは親切で、彼女の目の前にまったくあたらしい世界がひらけたことを、フランクよりよほどすばやく理解したようだった。いつも彼のことは好ましく思っていた。もっとも、彼らについて考えてよいなら、彼ら全員を好ましく思っていたけれど。自分が逃げたのは彼らからではなく、彼らの人生の選択からだ。

フランクはテスをじろじろ見てから、ゆっくりと会釈を返した。「テス。元気そうだな」ふたりのあいだの失われた歳月についても、テスの裏切りについてもふれなかった。視線をまっすぐセアラに向けて目を細めた。「どうなっている？」

「セアラがわたしの捜査を手伝ってくれているの」テスがかわりに答えた。「彼女はなにもこまったことになっていない。とにかく、この件にかんしては」あとづけで言いたした。セアラはいつも、なにかしらこまったことになっていそうだ。この職業ではそうなる。

「話すつもりだったんだよ」セアラは少しすねた口調で言う。フランクは顔をしかめた。

「いつ？」

「今夜だったかも？　そう言えば、どうやってあたしたちが会っているとわかったの？　あたしを尾行させてる？」

「特にそんなことはしてないが」と、フランク。テスは彼が嘘をついているかどうか、言い当てられなかった。腹立たしいことに、一度も当てられたことがないのだが。

「嘘つき」セアラがピシリと言った。彼女のほうは当てられる、とはっきりわかった。それも不思議ではない。生まれてからずっと彼と過ごしてきたのだ。それでも、テスは胸が締めつけられるように感じた。この点でも、自分が家族の一員ではないことを思い知らされる。

「彼女の身体はあらためたのか？」フランクが訊ねた。

テスは天を仰いだ。

「この人、盗聴器は身につけてないよ、父さん」

「セアラ」

彼女はため息を漏らし、口の動きで〝ごめん〟とテスに伝えた。テスは両腕をあげ、教わったようにセアラが背中、腕の下、両脇をあらためられるようにした。

「フランク、わたしがあなたを逮捕するんじゃないかとそんなに心配してるなら、どうしてそもそもわたしをここに呼んだの？」テスは訊ねた。

「なにが起きているのか教えてくれ」彼はテスを指さした。「おまえの口から。こっちは生まれながらの嘘つきだ」彼は人差し指をセアラに振った。「父親譲りだからな。だが、おまえなら本当のことを話しているかどうか、わたしにはわかる。フォックス警部、真実がどんなことであろうと、おまえがわたしに喰わせているこのいらだちほどじゃないな。おまえは十年以上もこの家族から作戦中行方不明（MIA）だった。いまになって姿を現したと思ったら、セアラはおまえを追って犯罪現場に行き、警察署をぶらついてる」彼は〝警察署〟という言葉をまずい味がするように言った。「だから、わたしの諜報活動を侮辱するのはやめて、どうなっているのか話したらどうだ。すべてを。初めから」

テスはためらった。フランクの背後で、セアラがテスの脳に説得力のあるストーリーを直接ビームで送りこもうとするように、にらんでいる。ほかの三人の男たちは黙って彼女を見つめた。

フランクは正しい。テスはあまりにも嘘が下手だった。セアラのほうがずっと上手なのに、それでも自分からなにか助けようと動く気配はない。なんだったっけ、フランクの口癖は？

いい嘘は九十パーセントが真実、だったか。そこから始めるのが最適だ。

「よくわかっていると思うけど」テスは切りだした。「グローヴ・ヒルのフラットでの殺人事件のことよ」セアラの口元に力が入るのが目にとまった。「男が喉を切り裂かれた後で、バルコニーから突き落とされた」

「セアラにはアリバイがある」フランクの言葉は間髪を容れず、そしてなめらかだった。〝ノー・コメント〟や〝証拠不足〟というお決まりのフレーズも彼の口からはすらすらと出るだろう。

「発生時刻は話していないけれど」テスはそっけなく切り返した。

フランクは肩をすくめた。「今朝はそのニュースばかりやっていた」

「そう」テスは腕組みをしてフランクをにらみつけた。「どんなアリバイ?」

「ふたりともそういうの、やめてくれない?」セアラがフランクに話す機会をあたえずに割りこんだ。「こんなふうに言い争っても、どうにもならない。あたしは容疑者じゃないよ、父さん。だから、あたしのアリバイを証明しなくていい。テスがあたしに助けを求めたのは、犯人がどうやってあのフラットから逃げたのか突きとめられないから。ドアが内側から板でふさがれていて、廊下の防犯カメラには出入りする人が誰も映ってなかったの。テスはプロのアドバイスをほしがってたんだよ」

真実が九十パーセント。うまい。

フランクはテスを見つめた。「それは本当なのか?」

「全部本当よ」

テスはフランクとマックがちらりと視線をかわすのをとらえた。そして、セアラに問いかけるような視線を投げた。

「なによ？」テスは訊ねた。「なんなの？」だが、セアラも同じように混乱しているようだ。「いまの目つきはなに？」

「フラットは隅々まで調べたのか？」と、フランク。「隠れ場所がないか……あらゆる場所を？」

テスは額に手のひらを打ちつけた。「フラットの捜索をすべきだったと言うの？ しまった！ ほんの一カ月でも刑事学校を休むと忘れるのね」

テスの皮肉を無視して、セアラは父親に向き合った。「あらゆる場所を、と訊いたのはなんで？」

フランクはいまにも口をひらくかに見えたが、思いとどまり、不服そうにテスをにらんだ。

テスはため息を漏らした。「わかったわよ、フランク。あなたはわたしになにも教えたくないわけね。わたしはサツで、あなたは密告屋じゃないんだとか、そういうことだからね。でも、この件に誰がかかわっていそうか知っているんだったら、教えてほしい。心から感謝するから。警官としてではなく……」息を吸って次の言葉をできるだけ静かに、歯ぎしりしながらなんとか口にした。「家族として」

フランクはさらに一拍のあいだテスを見た。その瞬間、テスはフランクが自分をハグしようとしたらどうしようと考えた。

彼はそんなことはしないで、ため息をついた。「少し人に訊いてまわる必要があるな。今回にかぎり、おまえを手伝えないか検討してみるとしよう。この件にセアラをこれ以上かかわらせたくないからだ。だが、次に姿を消した人殺しがいたら、別のつきあってくれるマジシャンを探せ。おまえはこの家族を選ばなかった」

テスは助けを求めてセアラに視線を向けたが、助けてくれる気配は全然なかった。彼の言う通りだった。自分で父親や妹よりも警察を選んだのに、どうしてこれほど彼の言葉に傷つくんだろう？　この歳月のあいだに、自分の選択について疑わなかったと心から言えるだろうか？もちろん、そんなことはない――クリスと破局を迎え、職場の友人たちに見捨てられてからはなおさら。けれど、決断の理由がフランクに受け入れられないことはあきらかだ。

「それはどうも」精一杯クールにそう言った。「それから、心配しないで。この件が終われば、もう顔を見せないから」

## 13

「ショーン・ミッチェル」テスはホワイトボードの前に立ち、被害者の写真を貼った。死してなお人をせせら笑っているような、反吐（へど）の出るその顔を手で覆いたかったが、そんなことをすれば、もちろん疑いを招く。そちらを見ないようにしなければ。「四十一歳。三流のドラッグ密売人で、青少年の頃からのドラッグと暴力の前科あり。暴行の罪で数年ほど服役。この殺人についてただひとつ驚く点は、もっと早く殺されなかったことだけね、正直言って。密売の競争相手とのいざこざの線がとても濃厚」

ブラック・ダヴを後にしてから手の震えがとまらず、まだ少し気分が悪かった。父親と話すのはとてもひさしぶりだった。あの場にみんなが揃っているのを見るだけで、全身をアドレナリンが駆けめぐった。二十二歳のとき、実の父親は著名なビジネスマン――ひとかどの人物だと知り、いい印象をあたえたいと願ってやまなかった相手。その後、ジェイコブズ一家のビジネスの本当の中身を知って……

たしかに若かったけれど、自分は泥棒や詐欺師には生まれついていないとわかるくらいの年齢にはなっていた。でも、セアラに会えてどんなにうれしかったか。異母妹は信頼できるひとにぎりの人たちとだけ孤独な人生を送ってきたのに、そんな人生に疑いや不安を抱いても相談する相手がいないと、はっきりわかった。自分と一緒にまともな人生を送るため、フランクの生きかたとは決別し、堅気(かたぎ)の仕事をするようセアラを説得すると誓った。そんなふうにはいかなかったけれど。

テスはウォーカーが部屋のうしろのデスクに足を乗せている姿に気づいた。なんて無礼な。やれやれ、あいつのことは大嫌いだ。人の注目を集めようとする子供のように振る舞って。できるだけ無視することにした。

「この事件は昔ながらの地道に足を使う手法で解決できる可能性が高いようね、みんなには負担をかけるけれど。聞き込みの範囲を広げるつもりよ。いちばんの目的は誰かに名前を出させること。こうした売人同士の争いでは、最後にはいつも誰かが口を割るものだから。手に入れた名前と証拠を、鑑識が結びつけてくれることを願うわ」テスはため息を漏らした。「はい、ウォーカー警部？」

ウォーカーはほほえみ、まるで二流のセレブみたいに片手をあげた。「ちょっと考えていたんだがな、フォックス警部。犯人が現場からどうやって離れたのか、もう報道されていたっけか？　あんたの最新の仮説は、犯人がフックにつかまってヘリに持ちあげられたというものだと聞いたぞ。または、建物の壁を伝い下りたか、スパイダーマンみたいにな？」

数人ほど苦笑した者がいたものの、テスのチームはにやにや笑わないだけの分別を持っているようだ。

「どれもすばらしい仮説ね、ウォーカー警部。いつもためになる意見をどうも」テスは歯ぎしりをして数を3まで数えた。ウォーカーのせいで冷静さを失うつもりはない。「でも、スパイダーマンにもジェームズ・ボンドにも事情聴取をしたけど、ふたりともアリバイがあったのよね。そうなると、地元のドラッグ密売人のクズだけが目下のところ、わたしたちの第一容疑者になる。それから、まだ」彼がまた手をさっとあげると、テスは制して言った。「犯行後の人殺しの動きについて正確なところはわかっていない。その点は解明中。ほかになにもなければ、わたしは現実世界にもどって仕事をしていい？」

テスはあたりをすばやく見渡した。これ以上、ウォーカーにブリーフィングをじゃまさせる機会をあたえたくない。「十一時に鑑識と、午後は検死解剖(PM)の約束があるの。ついていれば、《イーストエンダーズ》の放送時間には間に合うように容疑者が捕まるでしょう。ぐずぐずしないでいいのよ、ウォーカー警部」

ウォーカーがそれ以上はなにも言わず去って、テスはほっとした。なんとか話をまとめたが、うっかり結局は後悔するようなことを言って、同僚たちに答えづらい質問をされたくない。警察内の誰も、フランク・ジェイコブズがテスの父親だと知らないのはあきらかだが、そのことについて、そして自分と被害者とのつながりについて黙っているストレスは、ずっと増してきている。サセックス警察はフランクが犯罪活動にかかわっていることを何度か証明しようとしたが、彼は警察とはごく親しい間柄だった二十代初めの頃から、いかなる違法行為にもかかわっている形跡をまったく残しておらず、警察は彼が犯罪にかかわっている物証を手にすることが一度もできていなかった。それでも、フランクの身内であることなど誰にも知られたくないのは当然だ。それに、もしもテスが証拠を握りつぶしたと知られれば、クビになる。けれど、フランクがこの殺人になにかしら関係しているという考えがブラック・ダヴを後にして以来、頭にまとわりついていたし、ストレスの度合いも、自分の父親があの男を殺したのだとわかったらどうするつもりだと訊ねるしつこい内なる声のせいで、下がる気配もなかった。

「モーガン部長刑事」サリー・サセックス管区鑑識班のトップ、ダヴィト・シャーはジェロームと固い握手をかわした。腕をぶんぶん振りそうな勢いだった。みんながジェロームに会って大喜びするのはいつものことで、いらだつ気も起こらない。「フォックス警部、また会えてうれしいよ」ダヴィトは会釈し、テスが伸ばした手とちっとも熱心ではない握手をかわした。

「残念ながらたいした情報はない。ホラー映画そのものの犯行だったにもかかわらず、鑑識的に言えば、きみの犯罪現場はわたしの想像するジェロームのキッチンよりきれいだった」

「チャールズ・マンソンの犯罪現場のほうが、ジェロームのキッチンよりきれいだった」テスは小さくほほえみながら切り返した。あきらかにシャーはなにかを気にしているようだ。いつもなら実際の犯罪にからめたジョークはもっと盛大な笑いを取れるのに。「それで、その心は？」テスは訊ねた。「どういう意図なの？」

「ほら、これを見てくれ。Ａ４用紙の片面も埋まっていない」ダヴィトは証拠品記録を差しだした。言う通り、めったにないほどスカスカだ。通常の犯罪現場では――殺人は言うまでもなくどんな犯罪現場でも――血痕の検査結果、指紋の分析、数え切れないほどのＤＮＡの解析が載せられているものだ。テスは小説で起こるような、犯人が自分の身元を完璧に隠し通せた殺人事件にただの一度も出くわしたことがない。それもいままでは、ということのようだ。

「でも、被害者のフラットはとても汚かったのに！」

「たしかに」ダヴィトは賛成した。「でも、あそこで発見された指紋は被害者のものだけだった。唯一の血痕と毛髪は――被害者のものだった。唯一の精液は……」彼は鼻にしわを寄せた。

「被害者のものだった。彼は不快極まる人間の見本だったようだね。しかし、犯人のほうは会

ったこともないくらいきれい好きな人間だった。わたしが物知らずなら、犯罪現場であること
も疑っただろうね」
「わかった。では、実際に残っているのはどんな証拠？」
「鑑識はライトのスイッチとドアでも、ゴミ箱にあったのと同じ物質を発見したんだ」ダヴィ
トはコードと解読できない言葉の行を指さした。「だが、血液ではなかった。血液以外で、ル
ミノール反応で検出されるものだったんだ。この成分から判断するに、ホースラディッシュだ
な」
「ホースラディッシュ？　つまり、ショーン・ミッチェルはサンドイッチを食べた後に、手を
洗わなかったということ？　なんて素敵。これで手がかりがひとつ減ったわ」
「でも、まだゴミ箱という手がかりがある」ジェロームが指摘した。「食べ散らかした者がさ
わっただけじゃなかった。イニシャルのCAがあったじゃないですか？」
「忘れるはずないでしょう？」テスはつぶやいた。「被害者の手にホースラディッシュが付着
していたかどうかは、検死でわかるわね。それにゴミ箱、ドア、ライトのスイッチに付着して
いたものが古いものかどうかも調べて。ほかにわかったことは？」
「バルコニーの掌紋だね。手すりを握ったときのものだ。部分的に被害者のものと一致してい
る。あそこは彼のフラットなんだから、おかしくはないが。いつ残されたものかは不明だ。ひ
とつ気になるのは、バルコニーのほかの部分にはまったく指紋のたぐいがなかったことだ。も
っとあるはずだと思っていたんだが」

「そしてバケツいっぱいの血もあるはずだった」ジェロームが言う。「被害者はそこで喉を切り裂かれたんだから」

「ただし」テスはのろのろと言った。「わたしたちがすべてまちがっていたとしたら？」頭のなかでおそろしい考えが形になっていき、ジェロームを見やった。この犯罪現場はそれらしく見えない。バルコニーには血がなくて……「彼があのバルコニーから投げ落とされたと仮定しているのは、あそこが彼のフラットだから。でも、部屋が違っていたとしたら？　一階上や一階下でもあり得る」そう話しながら、ぞっとする思いに打たれた。「どうしよう、ジェローム。犯罪現場をまちがえてたとしたら？」

「じゃあ、あの通りに面したすべての部屋の捜査令状を取ると？」ジェロームは腰を下ろしている壁にこびりついた苔を容赦なく蹴って落とした。

テスはそういうのはやめてと言いたくて仕方なかったが、無視することにした。まともに考えることができない。自分がまちがった部屋を捜索していたという考えが頭から離れず、記念碑的な大失敗を受け入れようとしている。本当の犯罪現場の証拠はいまごろ、完全にだめになっているだろう――そんなことを考えるのは耐えられない。それでも、鑑識のラボを後にしてから、そのことしか考えられなかった。〝わたしが物知らずなら、犯罪現場であることも疑っただろうね〟と言うダヴィトの声が聞こえるようだ。そう、犯罪現場でなかったとしたら？　あの部屋を後にする人物が防犯カメラにとらえられていないのは、一階上の部屋から歩き去ったからだとしたら？

「検死があと一時間もしないで始まるから、その後でオズワルドと話すしかなさそう。すべての部屋は再調査しないでいいはずよ。目撃者が彼はかなりの勢いで落下したと話しているから、二階は外せるし、たぶん三階もそう。ケイが助けになってくれたらいいけれど。遺体の状態から被害者がどんなふうに落下したか、少しでも助言してほしい。バス停側でバルコニーがある部屋に絞られる。十一室」

「犯罪現場の可能性があるのが十一。オズワルドは大いに気に入るだろうな」

「がんばれ、相棒。わたしも小躍りしたい気持ちってわけじゃない」テスはうめいた。期待してジェロームを見やった。「あなたも検死に参加してくれる？」

「なんでまた。ケイが怖いんですか？」

「どうしてわたしがケイを怖がるのよ？」テスは鋭い口調で言った。ジェロームの視線はぐっと上へ、かつての生え際へと向けられた。彼は一年半前、チャリティのために頭をそりあげ、あろうことか髪のないほうがもっと魅力的だと気づいて、それ以来こうしている。

「みんな彼女を怖がってるから。一日中、死者と過ごして、生きてるおれたちより死者のほうが好きなんですよ。例外は……」彼はぴたりと口をつぐんだが、テスには彼が言おうとしたことがわかった。例外はクリス。

「そうよ、そんなのわかってる」テスは顔を両手でこすった。「みんな聖クリストファーを熱愛してる。わたしが彼を異動に追いこんだんじゃない。去ることを選んだのは彼。クリス・ハート・ファンクラブがそんなに彼を愛しているのなら、いつだって重い腰をあげて会いに行けばいい」

ジェロームはコーラの蓋をねじ開けて泡が落ち着くのを待ってから、ぐいと飲んだ。「まあ、ファンクラブはそうしてるんじゃ？　彼はアイアンマンの退職パーティに来たと思いましたよ？」

アイアンマンは——体内にたくさんの金属プレートと人工臓器が入っていて、空港のセキュリティを通るとき一時間かかるのでそう呼ばれているのだが——二カ月前に退職した。テスも招かれたが——熱意のかけらもなく——期待された通りに出席を断った。そこにクリスも行ったとは知らなかった。

「どういう意味、〝思いましたよ〟って？　参加しなかったの？」

ジェロームはにやりとした。「ええ、行かなかった。団結精神から外れて」

「デートだったのね」

「彼女はアイアンマンより十倍ホットだった。それは否定しません」

「あなたは本物の友達よ、自覚ある？」テスはため息をついてから、深々と息を吸った。

「たしかにあなたの親友はおれだけだな」

テスはうめいた。いまの言葉で最悪なのは、的中している可能性が高いことだ。専門学校時代の友人なら少しいるが、大人になってからの友人のほとんどはクリスの友人でもあった。クリスと別れたとき、まったく変わらない友情で接してくれたのはジェロームだけだ。テスは親指の爪の脇をいじった。まだクリスとつきあっていたら、ショーン・ミッチェルのことを話しただろうか？　彼の友人たちがセアラにしたこと、テスが妹を守るためにしたことについては？　話すのが義務だ。フランクについても話さねばならなかっただろうか？　自分が何者か、家族が誰か、家族がどんな仕事をしているか、そんなことで嘘をつくのが、クリスとの関係でいちばんむずかしい部分だった。うまくいかなかった理由でさえありそうだ。本当は自分が何者なのか打ち明けられないのに、心から誰かに夢中になれる？　数カ月ぶりに、もう少しで結婚する心の準備ができそうだった男とどうしても話をしたくなった。

「でも、連中は三十分も絶頂を感じてられるんですよ！」ジェロームが言った。

「なにが？」テスは混乱した。その興味深いトリヴィアの始まりの部分を聞き逃したようだが、知りたいとは言い切れない。

「豚が」彼はわかりきったことのように言う。「汗もかかず。ショーン・ミッチェルを殺したのが誰であろうと、DNAを残していかなかった。汗もなにもなし。つまり、まるで豚ってことです」

「そうね」テスはうなずいた。思った通り、特に聞かなくてもよいことだった。「それで、検死解剖には来るの、来ないの？　あなたのナンセンスなトリヴィアならケイに関心を持ってもらえるかも」

ジェロームは首を振った。「あなたがオズワルドと話すときのために、おれはグローヴ・ヒルのフラットのほかの住人のリストを用意し、彼らの証言を引っ張りだしておこうかと。検死に付き添って手を握ってもらいたいなら別ですけど？」

「うるさい、ジェローム」テスはつぶやいたが、本当は〝うん、お願い〟と言いたかった。

テスが安置所にやってくると、ショーン・ミッチェルの遺体が解剖台に横たえてあった。ケイの助手がお決まりの事前作業はすべて済ませた後だ。やってきたテスに顔をあげ、ほほえみらしきものを浮かべたが、マスクの奥の表情が本当はどうなのか言い当てられなかった——顔をしかめていることもあり得る。

「鑑識より少しはくわしい情報をもらえるよう祈ってる」テスは言った。「〝会ったこともないくらいきれい好きな犯人〟ほど、刑事の心を怯えさせる言葉はないから」

ケイはたじろいだ。「そうね、あなたが聞きたいことではないわね。ためらいなく言えるのは、落下による深刻な傷がいくつかあること」

「何階から落下したかわかる？」

「それを訊かれると思ったから、勝手ながら現場のフラットを調べさせてもらった」これこそケイがとても有能な理由だった。彼女はいつもこちらの次の質問を予想し、たいていは答えを用意している。「わたしの意見では、四階より低いということはないね。つまり四階からの落下は候補から外せないけれど、五階以上のほうがずっと可能性が高い。参考までに伝えると、被害者はバルコニーを離れたとき、身体はまっすぐで顔は歩道側を向いていたと思われる。バルコニーの手すり越しに持ちあげられたのであれば、ここに傷ができるはず」彼女は側頭部とンを下にして落ちたということを示してる」

肩を指さした。「そのほうが重力の働きと一致するから」彼女は人をかつぎあげ、バルコニーの横手から転げ落とすまねをした。「それなのに、身体の前面と顔に大きな傷があるということは、最終的に顔を下にして落ちたということを示してる」

「彼はどの写真でも仰向けだけれど、おそらく救急隊員が彼をひっくり返して息があるかたしかめたんだと思う。じゃあ、あなたは被害者が自分でバルコニーへ行き、みずから柵を乗り越えたと言いたいのね？」テスはうなずいた。「それで部屋に血痕がなかった説明がつく。ナイフを持った人物が彼をバルコニーの端まで追い詰め、自分で柵を乗り越えさせてから喉を切り裂き、突き飛ばした」

「遺体の状態はそんなふうだと示してる」ケイは同意した。「現場の証拠のほうがそう示しているのかは、わたしには断定できない」

「わかってる、わかってるわよ。ああもう、ケイ、この事件は……」テスはぴたりと口をつぐんだ。かつてはケイにどんなことでも話した。今回の検死が終われば、ふたりはワインをグラス一杯引っかけに行き、内側から板でふさがれたドアを通り抜け、撮られることなく防犯カメラの前をぶらりと通り過ぎた犯人について、テスは愚痴をこぼして嘆けたはずだ。

ケイはため息を漏らした。テスは自分と同じくらい、この病理学者がおかしな事件だと思っているとわかっていた。

「ほかに負傷箇所は？」テスは室内の緊張感がさらに強まる前に訊ねた。

ケイは首を振った。「薬物の濫用、生涯にわたる悪癖の数々、古い傷跡がいくつかあったけれど、あなたの役に立ちそうなものはなにも。報告書用に、それぞれリストにあげて写真も撮った。喉の切り傷は左から右につけたものと思われ、これは被害者の背後にいたのが右利きの人物なら整合が取れる。あるいは前にいた左利きの人物か――もっとも、こちらはこのように深く切るにはずっとむずかしい位置だし、だったら被害者も、もっと身を守る姿勢を取れたはずで――防御創はまったくなかったからね」

「死因は喉を切り裂かれたことだったの？」

「どの傷が実際の死因になったのか、特定することは不可能。バルコニーから落下していなければ、喉の傷で三分以内に死亡したはず。あれだけの出血だと……それに傷口はあたらしいものだった。彼が地面に横たわってから短時間は心臓も動きつづけていた。落下の衝撃と喉の傷は実質的に同時のもので、先に失血死したのか、それとも失血死の前に落下で内臓がやられたのか、断定できない」

「《法医学捜査班　silent witness》では、もっとくわしくわかるのに」

ケイは苦笑いをした。「あのドラマの犯人たちは、はるかに思いやりがある。まず、被害者を一度しか殺さないし」

「ありきたりな殺人事件？　そんなものが存在するのを忘れてた。爪からなにか検出できた？」

「なにも。きれいさっぱりとしたものよ。でも、あなたにどうしても見せたいものがひとつあって」

テスはそれを先に言えと眉をひそめた。

ケイは言い訳するように両手をあげた。「ごめんって。こっちよ」彼女は封をされた証拠袋が積まれたカウンターに近づいた。「ほとんどは、肉眼では見えないものをたしかめるために、拭き取り検査をしたもの。でも、これ――これはあきらかに目についた」彼女は袋をひとつ取りだしてテスに渡した。テスはこれを掲げて顔をしかめた。

「どこで手に入れたの？　これは蛾？　それとも蝶？」

「蝶よ」ケイが確認した。「被害者の口のなかで見つかった」

14

「本当にごめんなさいね、二十ポンド札しかなくて」セアラは申し訳なさそうに見せかけながら、ベーグルマンのレジで紙幣を手渡した。レジの向こうの若い女はほほえみ返した。ブロンドの髪をポニーテールにしてサイドはヘアピンでとめ、あざやかな青に染めた毛先が肩のあたりで揺れている。十七歳ぐらいに見え、たぶん一緒にクラブに行く恋人や友人がいて、金を稼ぐとすぐに服や靴に使っていそうだ。セアラが同じ歳だった頃とは別の世界。

「大丈夫、おつりを出せますよ」レジ係は十ポンド札を一枚、五ポンド札を一枚、二ポンド八十ペンスの硬貨を差しだした。セアラは十ポンド札をしまいこんだ。

「ちょっと待って、あの、ごめんなさい。バッグの底に二十ポンド札が二枚もある——十ポンド札と両替してもらえる?」レジ係はまず十ポンド札を一枚取りだすと差しだした。もう片方の手にセアラの金を持ったままだ。「よかった、ありがとう」セアラは少女が金をかたづけるまで待たなかった。レジ係が両替されるべき金を手にしたままというのが肝心なのだ。

「やっぱり悪いから、これをあなたに返してその二十ポンドをもらうわ、ごめんなさい。面倒なことをして申し訳ないわね」セアラは自意識過剰にくすくす笑い、レジ係がレジから取りだして渡したばかりの十ポンド札を返した。少女はほほえみ、青いポニーテールを振りながら、セアラに最初の二十ポンド札を返した。

「大丈夫ですよ、どうぞ。いい一日を」

「いい一日になりそう。面倒かけてごめんなさいね」セアラは勝ち誇った笑みを見せた。いまではポケットに三十ポンドが入っている。なるほど、これは詐欺のなかでも最短のもので、あちらこちらで十ポンドをくすねて生計を立てたこともないけれど、実質無料のランチという考えは誘惑が大きすぎて抵抗できなかった。イカサマ筋肉をたまには軽く使っておいても、害にはならない。

ドアに向かったセアラは、見慣れた顔が近づいてくることに気づいた。やばい、危ないところだった。テス・フォックスは異母姉ではあっても、永遠に見逃してくれるつもりはないだろう。

「ちゃんと払ったからね」セアラは袋を掲げた。「だから今日は、あんたにいちゃもんをつけられる理由はないから。また会えてよかったよ、刑事さん」

「じゃあ、もう、かかわらないってことね？　父さんがわたしに近づくなと言えば、それを守ると？」テスは心から傷ついたようだ。

セアラは顔をしかめた。厚かましい女だ。

「あんたのほうがあたしたちを避けてると思ったけど？　それとも、あたしは十五年ぶんのメールや電話を見逃した？」

「わたしが去った理由はわかっているでしょう、セアラ」テスはあたりを見まわした。「ねえ、どこかよそで話せない？　ランチにするとか？」

セアラは包装済みのベーグルサンドとポテトチップスが入ったポリ袋をちらりと見た。イカサマ師は無料のランチを断りはしない。

「いいよ」しぶしぶ賛成した。「この店を出て、通りの突き当たりで左に曲がって。そうしたら、次は右に曲がって、まっすぐ進んで通りをふたつぶん横切る。ポコ・ロコって店。誰かに見られたときのために、別々に行くから。あたしの評判に傷がつくもの」

テスが席を見つけて飲み物の注文まで済ませた後で、セアラはポコ・ロコにやってきた。バッグに手を入れると、赤い縁のサングラスをかけて髪に特大の蝶リボンをつけた。

「わたしたち、目立たないようにするんじゃなかったの」テスがつぶやく。

「ミスディレクションはあたしの仕事――あんたのじゃない。あたしは殺人事件をどう解決するのか、あんたに指図しないよ。あれっ……待って……それをやるために、あたしはここに来たんだっけ？」セアラはにやりとした。

「たいへん愉快」と、テス。「あなたのお父さんはわたしの助けになるような情報を見つけたの？」

「なんでいつもそう言うかな。あんたの父さんでもあるんだよ。いつまでも否定はできない」

テスは眉をひそめた。「でも、わたしは否定するしかないでしょ？　警察に父親がどんな職業か知られたらクビになる」

「ねえ、その論法はフェアじゃないよね。あんたは家族を選ばなかったんだから」

「警部のひとりがブライトン・アンド・ホーヴ地区で最高の詐欺師とつながりがあるとわかったら、警察にとってどれだけ決まりが悪いことになるか想像できる？　わたしがかかわった事件はすべて疑問視される」

ふたりは黙りこんだ。テスは暗い部屋に閉じこもって二度と出てきたくないように見える。セアラは同情したかったが、家族としてつきあいを保つほどには大切にしてくれなかったことを恨みたい気持ちもあった。十何年も前のあの一件で、自分がどれだけ徹底的にすべてをぶち壊したのか、気づきはじめていた――姉を失ったことも含めて。

セアラはメニューを手にして、目を通した。この緊張の沈黙を破ることをなにかしたかった。

「バゲットのステーキサンドのフライドポテト添えにする。オニオンリングもつけて。たいして味は期待できないかもしれないけど、これで済まさないと。いつもこういう店にいるところは絶対に見られたくない」

テスは周囲を見やった。低い位置に吊るされたチカチカしている照明、薄暗い片隅、びしょ濡れで、布巾で拭いて絞れば一日に飲むぶんの水が手に入りそうなカウンター。「ここはまさに、あなたたちみたいな人間が気に入りそうな店だと思ったけれど」

「あなたたちみたいな人間？」セアラは眉をあげた。「あたしたちがパートナーになるんなら、エリートぶって話すのを少しは控えめにすることだね。教えてあげると、あたしたちみたいな人間は〝裏通りの安酒場〟より〝ワインバー〟に通うんだから。それに、あたしは四カ国語をぺらぺらと話せるし。あんたたちみたいな人間でそれができるのは何人いる？」セアラは返事を待たなかった。「料理と一緒に赤ワインをグラスでもらう」

テスはカウンターからもどるとセアラにグラスワインを渡し、自分のダイエット・コーラをテーブルに置いた。セアラはコーラのグラスにうなずいてみせた。「当ててみようか、あんたは酒を飲まない。依存症から立ちなおる途中とか？」

「あなたは犯罪小説の読みすぎ」

「かもね。でも、犯罪小説にも、どこかで聞いたような使い古された手口にも飽きてもいるんだよね」

「あなたは抜きんでて優秀な頭脳の持ち主よ、セアラ。それをなにかいいことに使おうと思ったことはないの？」

「あんたがしてるようなこと、って意味？」

「そう、それよ。あなたはわたしたちが重大犯罪班にいてほしい人物そのもの」

「これは仕事のオファー？」セアラはやれやれと首を振った。「最初から、そこがあんたの問題だったんだよ、テス。あたしに会った瞬間から、あたしにとってなにがいちばんいいか、自分こそがわかってると思ったよね。あたしを変えられると思った。実際は、あんた自身が自分は何者かわかってなかったときにね？　そうでなければ、母親のもとを離れ、あんたが存在することさえ知らなかった父親を探しに来ないよね？」

テスは鋭く息を吸いこんだ。「手厳しいけれど、たぶんもっともな意見ね。あなたは正しい。わたしは母親とは全然違っていて、あんなふうになりたいと思ったこともなかった。自分が父親と似ているのか知りたかった」

セアラは鼻を鳴らした。「がっかりしたに違いないね」

「正直に言うと、どう感じたらいいのかわからなかった。わたしの母親はちょっと毒親なんだけど、善悪の区別はつくようわたしを育てたの。そしてあなたに出会ってみたら、それまでのルールがあてはまらないときた」

「わかる」セアラはにっこりした。「あんたもわたしと同じことをやってみたら。いつ逮捕されるかわからないって気持ちは、たとえると最高のセックスみたいなもんよ。さあセックスしてるつもりになってみて」

「愉快ね」テスは答えた。「わたしはルールにこだわる生きかたで結構よ。安っぽいイカサマ師になるために、キャリアを投げだそうとは思わない」

「それは侮辱ととらえていい？　ひとつ、たしかなことがあるよ。いつだって、イカサマ師がその部屋でいちばん賢い人間だからね」

「調子に乗らないの。わたしは一度も詐欺に手を染めたことはないし、そのつもりもないから」

セアラは声をあげて笑った。「ああ、それはイカサマ師の血が身体に流れてるからだよ。あたしたちとたっぷり反発してたら、そのことに気づきもしない」

「それでいいわ」テスはほほえみ、椅子にもたれた。「あなたがそう言うなら」

「自分がそんなに賢いと思ってんの？」セアラは眉をあげ、ハンドバッグからカードを一組取りだした。テーブルに三枚のカードをたたきつける。「ほら。あたしたちの父さんが、あたしに初めて教えてくれたトリック。うちに残ってたら、あんたにも教えたはずだよ。あんたがエースを追いかけられないことに、一ポンドを賭ける」テスにカードを手渡し、調べるように勧めた。ジョーカーが二枚とエースが一枚だ。「初回は賭け金を取らない。練習として」

セアラは腕まくりをして、なにも隠していないことを証明した。三枚のカードをすべて表にして並べ、それらを手にして、テスに見せる。「ほら、エースを目で追って。わかる？」

次にカードを伏せて置き、何度も入れ替えた。相手に甘くならないくらいには速く、テスが目で追える程度にはゆっくりだ。「さて？」

テスは中央のカードを指さした。「これよ」

セアラは勝ち誇った表情でそのカードを裏返した。エースが表になったのを見て、顔を曇らせた。「そうか、これをやるのはひさしぶりだから。もう一度チャンスをちょうだい」カードを裏返し、また入れ替えた。テスはいちばん右のカードを指さした。セアラはカードを全部ひっくり返していき、いちばん右がエースであるのを見て、うなだれた。

「一ポンドの貸しよ」テスはにやにやしている。

「ねえ、もう一度チャンスをちょうだい。あたしが負ければ借りが二倍、勝てば帳消しで。あたしにはやれるはずなんだから、本当に！」

「いいわよ」テスはセアラがふたたびカードを動かすのを見た。エースはあきらかに中央だ。いらいらとため息をついた。「中央。ねえ、わたしは……」

テスは口をつぐんだ。セアラがカードを裏返していくと、エースはいちばん右だったのだ。セアラは椅子にもたれて、今度は心から勝ち誇った表情をしている。

テスはうめいた。「どこにあるのかずっとわかっていて、わたしに大きな賭けをさせようとしたのね」

「もちろん、そうだよ」セアラは答えた。「マジックは早業（はやわざ）やミスディレクションだけじゃないの。あたしたちが自分に語る物語も大事。人生は大きなひとつの物語なんだよ、テス。あんたはあたしについての物語を自分で紡（つむ）いだ——あたしは安っぽい犯罪者で、運試しを信じやすく、傲慢（ごうまん）で、生意気。そしてあんた自身の物語——あんたはヒーロー的な刑事で、モラルと知性を備えてる。物語では善人が勝つことをあんたは期待してる。あたしが二回負けたことで、あんたの物語は真実になり、あんたのほうがあたしより賢くて、あたしは運試しを信じやすいってはっきりしたと思ったよね。あたしたちは、人々が自分について考えてる物語を利用する。人間を観察して読み解くんだよ。あんたが次にどうするか意識する前には、あんたの次の動きがわかってる。つまり、二歩先を行けるって意味だよ。二ポンドは取っておいて——あんたが初めて引っかかった詐欺の思い出として」

テスは椅子にもたれ、息を吐きだした。「ワオ。おかわりを買ってきましょうか？　あなたが救った哀れでうぶな未来のわたしのお金に敬意を表して？」

セアラは満足してうなずいた。「いいねえ」

テスが立ちあがろうとしたとき、セアラは視線をさっとドアに向けた。色あせたデニムのジャケットとブラックジーンズの男が入ってきたところだ。

「チッ」鋭くささやいた。「座って！」

テスはふたたび腰を下ろした。「なによ？」そう訊ね、セアラが急いで背を向けた男を見た。「マックがここでなにをしているの？」

「あたしこそ、知りたい」セアラは歯を食いしばるようにして、つぶやいた。「彼はなにしてるんだろ？」

テスはちらりと視線を向けた。「ちょうどカウンターの前に立って、携帯電話を見ている。あまりうれしそうな表情じゃないわね。いま、バーテンダーを追い返した——長居するつもりではなさそう。あなたたちみたいな人間は、こうした店にいるところを絶対に見られたくないんじゃなかったの？」

「まあ、いつもはそうだよ。つまり彼はたぶん、あたしがしてるのとまったく同じことをやってるってこと——人に見られなくないと願ってる」セアラがすばやく振り返って見やると、マックが携帯電話を怒ったようにポケットに突っこむところが見えた。「彼、帰るよ」と、つぶやいた。ほっとした気持ちはたちまち、好奇心へと変わった。「どういうことだろう？」

「たぶん、すっぽかされたのよ」テスが意見を出した。「どちらにしても、彼はあなたを目にしなかった。飲み物を買ってきましょうか？」

けれど、セアラはすでにバッグをつかみかけていた。

「行こう。なにかが起ころうとしてる」

## 15

パブを後にしながら、セアラは髪の蝶リボンとサングラスをむしり取り、内ポケットから取りだした野球帽に変えた。マックが去ったほうの通りをざっとながめた。

「あそこ」テスはセアラの腕をつかみ、ブラックジーンズが角を曲がって消えたところを指さした。セアラは駆けだし、テスが続く足音をうしろに聞いた。角にたどり着くとセアラはさっと腕を伸ばし、テスが曲がるのをとめた。顔だけ突きだすと、マックが小さくてしゃれた見た目のコーヒーショップのドアを押し開けるのをかろうじて見ることができた——こだわりのファロー&ボールのペンキで塗られた外壁、手書きのロゴがステンシルで飾ってある窓、入り口の前には気の利いた惹句(じゃっく)が客を誘うチョークボードという店だ。マックは窓からずっと離れた席に座り、暗がりで姿は見えなくなった。

「こっちへ」テスはセアラを引っ張って道を渡り、一部崩れかけた壁に向かった。ふたりともそのうしろにしゃがみ、通行人から妙な目で見られた。マックはなにかしらのカップを手に少しずつ飲みながら、新聞を広げた。彼が顔をあげ、セアラはぎくりとした。まっすぐに自分を見たように思ったからだ。そのとき、ちょうどカフェに入った女に気づいた。彼女はドアに背を向けており、長い茶色の髪で黒いレザー・ジャケットとジーンズ姿だが、セアラには顔が見えず、何歳くらいか把握できなかった。身のこなし、髪、服装からするとマックほど年齢はいっていない。たぶん、セアラの年齢のほうに近い。彼女はマックが座っているテーブルへ進んだが、彼は彼女をハグしようとしないし、笑みさえ浮かべていない。彼女は誰？

「あれは誰？」テスがつぶやいた。「あなた、知ってる？」

「よく見えないんだよね」セアラは顔を曇らせた。「でも、会ったことはなさそう」

おたがいについてすべてを知ることが、この一家の流儀ではなかった。自分たちはコントールされたカルト教団かなにかではないのだ。みんなそれぞれ別々の人生がある。それはどんな家族とも同じで、違いはセアラとフランクしか血がつながっていないということだけだ。ただ、たとえおたがいの人生のくわしいことまで知る必要はなくても、極めて親しいつきあいをするから自然と知るようにはなる。たとえば、セアラは父親と同じにマックは本当の家族と連絡を絶っていることを知っていた。彼は結婚したことがない。マックと父親が短い期間つきあった数人の相手について話しているのを耳にしたことならあるが、恋人に紹介されたことはなかった。セアラと同じ年頃に見える女などなおさら。マックに恋人がいるかも、それもひょっとしたら自分が存在を知らなかった娘かもしれないと思うと、自分の祖父に別の家族がいたとわかったような気持ちだ。しっくりこない。ふと、ウェスに連絡し、マックは仕事中なのかたしかめようかとひらめいたが、通りにいるマックを見て声をかけるのをやめたのと同じ直感で、電話を手にするのをやめた。

マックの人生はこの家族と共に始まりそして終わるのだといつも想像していたから、彼の人生にまったく別の一面がありそうだと思うと……とても妙な気持ちになった。

ウェイトレスが女に飲み物を運び、セアラはマックのくちびるの動きを見た。イカサマ師としての能力の一部に、くちびるの動きと表情を読めることがあげられる。マックはこの女と一緒にいてしあわせそうではなかった。顔をしかめたり叫んだりはしていないが、顔に険しさがあり、〝あり得ない〟だとか〝できない〟だとかいう言葉は容易に読み取れ、そのたびにかすかに首を振っていた。マックはなにかについて彼女に断っているが、彼女はしつこかった。顔は見えないけれど、女の肩は前かがみで、一瞬たりとも力を抜かなかった。ああ、この会話の両者の話を聞けたらどれだけのことがわかるか。

女はやってきて十分足らずのうちに、飲みかけのコーヒーカップを押しやり、テーブルに札を一枚投げ、荒っぽく椅子を引いた。立ちあがる。セアラが息を呑んでいると、女が振り返った。ほんの一瞬だけ、かわいらしい猫のような顔立ち、完璧な眉、小さくてまっすぐな鼻を見せてから、女はカフェを出ようとしたのでセアラは壁の裏にしゃがむしかなかった。

セアラは女を尾行したくてたまらなかったが、いま動けばマックがカフェを後にするときに見られる。ちぇっ。女は通りを歩き、セアラが隠れている場所から遠ざかり、右に曲がって消えた。マックはカフェで腰を下ろしたまま、両手で頭を抱え、どうすればいいか全然わからないといった様子だ。セアラにはひとつたしかなことがあった。女と会ったことについて質問してみても、彼は嘘をつく。

「どうなっているのか、話す気があるの？」セアラが壁を蹴ろうとしたら、テスが訊ねた。

「それとも、わたしが知りたくないようなこと？」

「あたしも自分が知りたいかどうかなんてわからない」セアラはうめいた。「クレープでも食べにいく？」

「署にもどらないといけないから」テスは時計に視線を走らせた。「あなたとわたしは抜群のチームだけれど、どちらの将来もわたしの捜査班が発見する情報をつねに把握しておくことにかかっているから」

「抜群のチームって言った？」セアラはテスのほのめかしを無視してにやりとした。「たぶん、まだあんたを女詐欺師にする希望はありそう」

「逆に言えば、あなたを警官にする希望もね」

セアラは顔を曇らせた。「おもしろいこと、言えるようになったじゃない」

# 16

ブライトンの海岸通りに立つ像は絶え間ない風に顔をたたかれていた。彼はタクシーをとめる途中で凍りついたように、片腕を空中にあげている。四歳ぐらいの幼い少女が近づき、おずおずと一歩進んでから足をとめ、また母親にはげまされてほんの少しにじり寄っていた。ふれられそうなくらいのところで足元に置かれた帽子に硬貨を投げ入れると、像はお辞儀をして、腕を下ろしてありがとうのポーズを取った。

少女はキャーッと叫び、これを見ていた少人数の人々は笑い声をあげた。いちばん純粋な我がホームタウン――出し物と楽しみ。

二月のブライトンはほとんどの人が知っているブライトンではない。通りにいるほとんどの人――言い換えると観光客は混みあった海岸通りを見物し、ドーナツと綿菓子、カフェから漂うベーコンのにおいを嗅ぎ、桟橋からの音楽と子供たちの興奮した叫び声を聞く。学校が休みになる時期を除けば、感覚がにぶっていくようにそれも落ち着き、静かになる。子供たちの姿は見えるものの、像を見ていた女の子のように学校に通う年齢ではないか、さぼっているか、〝試験準備休暇〟中の十代の少人数のグループだった。二月でもカモメはまだ頭上を舞っているが、すばしこい目はガードされていないチュロスや、落ちたフライドポテトがないかと見張り、ちょうだいする機会を待ち構えている。

セアラは歩きながら海を見つめた。腕と顔にあたる潮風が冷たい。信頼できる誰かに相談したいけれど、父親というわけにはいかない。携帯電話を取りだしてメッセージを送った。

ヒマ？

ウェスはあっという間に返信してきた。どこで？

ツインズで会おう。

プレストン・パークはかつてプレストン・ツインズの家だった。樹齢四百年でヨーロッパ最古のイングリッシュ・エルムの木だ。でも、いまでは双子のうち一本しか残っていない。二〇一七年の強風で一方の大枝が折れ、幹が完全に空洞になっていることがわかった。ブライトン市議会は双子のあいだに溝を掘るというきびしい決断を下し、つながっていた根を切り離し、空洞の木を刈りこんだ。残った木はいまでも堂々とした様子だが、ずたずたにされた片割れを悲しそうに見おろしている。いつもこんなに悲しい場所はほかに見たことがないと思っていたけれど、それでもお気に入りの場所のひとつだ。六歳ぐらいのとき、ゲイブが一度ここに連れてきてくれて、何時間にも感じられるくらいかくれんぼをして遊んだ。いまなら、ゲイブがセアラを家から遠ざけておくよう言われた理由がたぶんあったのだとわかるが、すべての記憶を犯罪者としての人生のメガネ越しに見ないようにはしてる。

刈られたほうの木をかこむ小さな柵にもたれ、ウェスの到着を待った。暗くなってからだと、柵を跳び越えて空洞の内部によじ登るのもずっと簡単だが、今日は余計な注目を浴びたくない。

やってきたウェスは心配そうな表情をしていた。

「問題ないかい？」彼は訊ねた。

「特にはなにも。相談したいことがあるんだけど」セアラはくちびるを湿らせた。「前後の流れについて質問しないでほしい。いやどんな質問も、かな。本のなかの謎解きだって思って。それから父さんには言わないで」そうつけ足した。

ウェスは肩をすくめた。「いいよ」彼はあっさり賛成した。「でも、フランクに嘘をつくつもりはない。前後の流れは気にしちゃいけない謎解きについて、助けてくれって言われたかとずばり訊かれたら、うんと答えるよ」

セアラはほほえんだ。嘘をついたと父親からとっちめられたくはないだろうに、受け入れてくれた。これから話しあおうとしていることについて、フランクがずばりの質問をウェスにするなんてあり得ないから、それゆえにウェスが自分のために嘘をつく必要はない。いくつか細かなことを省くだけ。

「ありがと」セアラはメモ帳を取りだした。「じゃあ、始めさせて。誰かが殺されたとする。現場で、警察は三カ所だけ血痕を見つける。居間と寝室のあいだのドア、そのドアに近いライトのスイッチ、ゴミ箱。ゴミ箱のだけはにじんでなくて、イニシャルだった。CA。照合できる指紋はなし」期待しながらウェスを見た。「まず、どんなことを考える？」

「どうしてもっと血がないのか？」

セアラはうなずき、自分で〈血はいったい全部どこに？〉と走り書きしたメモに下線を引いた。「それはあたしも考えた。ルミノール反応が出たのはその三カ所だけだったんだ。ほかはまったくなし」

「でも、どうしてそれが血だとわかるんだ？　検査して？」

セアラは顔をしかめた。「拭き取り検査だと思うけれど、ルミノール反応が出たなら血だよね？」

「そうとはかぎらない。なにか食べ物、持ってない？」

「すぐになにか手に入れるから」セアラはいらいらと答えた。「どういう意味なの、そうとはかぎらないって？」

ウェスは食べ物の件で反論したそうだったが、考えなおした。「ルミノール反応が出るものはいくつかあるんだ。血だろ、それに糞便……」

セアラは鼻にしわを寄せた。

「それにホースラディッシュ」

「なんて言った？」

彼は熱心にうなずいた。「ああ、変だろ？　ホースラディッシュ・ペルオキシダーゼはルミノールの酸化を促進するんだ」

セアラはいまの言葉をそっくりそのまま繰り返させて、メモ帳にメモを取り、自分の家族の変な知識の泉に驚嘆した。テスは最初に想定された以上に、あのフラットには血痕が少なかったことを知ってるだろうか。

「わかった、じゃあ、とりあえずこうしよう。血痕が三カ所しかなかった理由は、実際は血痕なんかじゃなかったからで、その痕というのはほかの物質――おそらくホースラディッシュが残した痕だと」眉をひそめてみせたが、ウェスは大まじめにうなずいた。「じゃあ、ライトのスイッチとドアは実際のところ、偶然つけられたものかもしれない――被害者は不潔で食事の後に手を洗わなかった。でも、ゴミ箱のは……故意に残されたもの」

「ゴミ箱（BIN）でないとだめだった」ウェスがヘラヘラ笑いながら、うまいことを言おうとした。「知ってる？　銀行識別番号（BIN）って、三つの単語の頭文字を取ったものだって」彼はセアラの表情を見てしょげた顔になった。「ぼくの知識はお呼びでないか」

　セアラは彼を無視して話を続けた。ほとんど自分に言い聞かせているようなものだ。「だったら、CAの意味は？　それに残したのは誰？　犯人それとも被害者？」

　セアラはテスが前に言ったことを思いだした。〝現実では、犯人は壁に警察へのメッセージを残さないから〟と。

　ただし、あのヒントは警察に向けたものでないのかも。セアラはテスが話していた、スリー・フラミンゴのチラシがダーツで壁にとめられた場面を思い描いた。潜在意識にぴたりと収まろうとするのに、あと少しで届かないものがあった……ドア、ライト……

「ひとつの言葉でなかったとしたら……」そうつぶやき、メモ帳にさらに走り書きをした。

「三つだとしたら……でも、どうして？」

「なんの話をしてるんだい？」ウェスは首を伸ばして、メモ帳をもっとよく見ようとした。

「三つの言葉って？」

セアラはパチンと指を鳴らした。「これだ！　ウェス、あんたは天才！」携帯電話を手にして、狂ったようになにやら打ちこみはじめた。

若きハッカーは人生でこんなにわけがわからないのは初めてという表情だ。「そりゃぼくは天才だけど、こんなに見当がつかないなんてことは――」

「全部わかったら教える」セアラは約束して、メモ帳に慌ただしくメモを取った。ショーン・ミッチェルの殺人が自分に関係あるかどうか判断するには、あのフラットにもどらなければ。

「テス・フォックス警部」セアラはショーン・ミッチェルのフラットの管理人であるフィル・ゴンソールという男に手を差しだし、どうか握られませんようにと願った。本当にとんでもなくいくらい痩せたのっぽで、耳にかけた黒髪にはグリースがべったり塗ってある。セアラは機嫌のいいときでも人にふれるのが好きではないが、こんなにもテカテカしている人ならなおさらだった。彼が握手に応じる間をあたえずすばやく手をもどした。「ミスター・ミッチェルの殺人事件でお会いしましたよね？」姉のふりをして髪をきっちりとポニーテールにまとめ、かっちりしているが粋なパンツスーツという格好だ。このぐらいで彼が信用してくれることを祈った。

フィルは肩をすくめて自室のドア枠にもたれた。そわそわと体勢を変えては室内の様子を見られないようにしているし、まるでずらかる準備をしているように足をもぞもぞさせている。

たぶん、刑事というのはいつもこんな反応をされ、人々はみんな罪人のように行動するんだろう。「名前に聞き覚えはあるかな。でも、あの夜はひどい騒ぎだったからね。どんな用件ですか、刑事さん?」そわそわ、もぞもぞ、そわそわ。

「またミスター・ミッチェルの部屋に入る必要がありまして。対応していただけませんか?」

「わたしが話した刑事さんから、もう警察の調べは済んだと言われましたけどね」フィルは抵抗するように言う。「清掃を始めていいと。昨日の午後に業者を入れましたよ。ひどく汚い状態だったし、公団もできるだけ早く賃貸に出したがっているんで……」

「それは大丈夫ですよ」セアラは安心させた。「清掃を始めていいとはたしかに伝えています。ミスター・ミッチェルの所持品はまだ置かれたままですか?」息を呑み、返事を待った。机が処分されていたら、万事むだになる。あるいは、ゴミ箱、ライト、ドアの痕跡についての考えがまちがっていても。心配の種は尽きない。

「ええ。誰もまだ受けとりに来ていません。どうなっているのか、調べてもらうことはできませんかね? 部屋を空っぽにしないとならないんで」

「ほんの数分ほど鍵を貸してもらえたら、故人の近親者に連絡を取って手配してもらいますよ」勝ち誇った笑みだと自覚しているものを彼に向けた。この男は身分証明書の提示さえ求めなかったから、面倒なことを言わないだろう。懸念すべきはおせっかいな隣人たちだ。

管理人が自室のドアを閉めたとたん、セアラは持ちこんだバッグを開け、クリーム色のブラウスの上にゆったりしたセーターを着て、長いダークブラウンの髪をピンでとめてからブロンドのウィッグをつけ、その上から野球帽をぐっとかぶった。身長についてはごまかすことができないが、ウィッグとゆったりした服なら防犯カメラを見返す者がいても騙せるだろう。姉がたしかめることになっても、これで欺(あざむ)けますように。テスは警官になりすまして犯罪現場に侵入する妹のファンというわけではなく、二週間で二度も逮捕できれば大喜びする様子が目に浮かぶ。このフラットに隠されているものがなんであっても、これだけの手間をかけた価値がないところまる。

「警察があなたを探してましたよ」廊下の向かいのドア口から呼びかけられた。

セアラはびっくりして鍵束を落とすところだった。

「あたしを?」年配の女に顔をしっかり見られないよう、少しだけ振り返って言った。「そんなことはないと思いますけど」

「あら、ごめんなさいね、あなた」女はドアから出てきてセアラの前に立った。もう彼女を避けることはできず、平然と対応するしかない。「彼の妹さんだと思ったの。あなたは彼女に少し似ているのでね。ただ、彼女の髪は濃い茶色で、あなたより長かったわ。それにお顔を見たら鼻も違う。目がずいぶん衰えてきてて」

「あら、心配しないでください。あたしは荷物の運びだしを頼まれただけで。じゃあ、警察は彼の妹を探しているんですか?」

「そうですよ、あなたはお知り合い? 妹さんに、あの感じのいい女刑事さん、フレイヤでしたかね、あの人に連絡するよう言ってあげてくださいな?」

「ええ、彼女に伝えます。ただ、ずいぶん長いこと会ってないんですよ、たしか彼女は旅行中のはずで。警察がどうやって彼女のことを知ったのかさえ、あたしは知らないんです。警察ってとても賢いんですね？」

老婦人はにっこりほほえんだ。「それが、彼女のことを警察に教えたのはわたしだったんですよ。見たことがあるの、そんなに前のことではなかったわ。妹さんはここを訪ねてきてね。あなたのように鍵束を持っていたので、わたしは廊下に出てここの鍵はてっぺんが青いものだと教えたんですよ。彼の恋人だと思ったんですが、そう言ったら彼女は笑って妹だと答えたの。とにかく、そのことを警察に話したら、彼女がもどってきたら、警察に連絡させてほしいって。かわいそうに、お兄さんになにがあったか知りもしないんでしょうね。それで、あなたを見かけたので、妹さんだと思ったの。余計なことをしてごめんなさいね」

「待って」セアラは自宅にもどろうとした女を呼びとめた。「また彼女に会うことがあれば、あたしの電話番号を伝えてもらえますか？　本当に長いこと会ってないので。あたしの名前はセアラ、番号はここに」

「セアラ？」老婦人は繰り返した。混乱しているようだ。「あなたの名前はセアラ？」

「はい」セアラはゆっくりと言った。「どうしたんです、なにかおかしいですか？」

「あの、なにもおかしいとは思いませんよ。とてもありふれた名前ですからね。あら、気を悪くしないでね。同じ名前だというのがおもしろいと、ただそれだけ。でも、もちろん、あなたはそんなことご存じね」

「ええ、おもしろいですよね」セアラはほほえんだ。「同じ名前なんて……？」

「彼の妹さんとね——セアラっていう」

いいい、もちろんだ……もちろん、ここを訪れた女はその名を騙ったただろう。彼女は何者？　セアラに見つけてもらおうとなにかを隠したのは彼女なのか？　ゴミ箱……ドア……ライト。ＣＡ……

フラットのドアを大きく開けると、漂白剤のにおいがすぐに鼻をついた。まだ汚れに覆われたままのカーペット——管理人はすっかり取り替えるしかないだろう——の上をすばやく歩いて机に向かうと、膝をついて端や下に手を這わせ、なにかおかしなところがないか探った。そう時間はかからず、真ん中の抽斗に偽の板を見つけた。隙間に爪を滑らせて板をゆるめていくと、こすれるような音がして外れ、小さくて丸いものが転がりでた。それを取りだし、恐怖におののきながら見つめた。相手にしているのは自分に殺人の罪をきせたがっている何者かだと確信した。いま手のひらの上にある乾いた血に覆われた指輪は、セアラのものだった。

17

セアラは自宅の居間を行ったり来たりしていた。片手に携帯電話、もう片方の手に血のついた指輪を持っている。ショーン・ミッチェルの部屋ではパニックを起こしていたといまさら気づいたが、もう指輪をもとにもどすには手遅れだ。それにどうせ指輪を誰かに発見されるわけにはいかなかったのだから、持ちだす以外に何ができたというのだ？

携帯電話のふたつの番号をいったりきたりフリックし、やがてひとつに決めた。深呼吸をして、父親に電話をかける。それしかない。自分を殺人事件に結びつける直接的な証拠があって、それを犯罪現場から盗みだしたのだ。いつものようになにもかもフランクに話し、助けてもらえるようにしないとならない。たぶん、母親に育てられたならば――リリー・ジェイコブズをしっかりと記憶に残す前に、あんなひどい病気で自分から引き離されていなければ、ここは母親に電話していただろう。あるいは、あの事件の後でテスが去っていなければ、父親よりテスの番号を選んだだろう。ちくしょう、たぶん母親が生きていれば、あるいはテスがふたたび自分たちのもとから去っていなければ、誰もこんな状況におちいっていなかった。でも、こうなってしまった。自宅の宝石箱にずっとあったはずの指輪が、どうやって殺人現場にたどり着くことになったのか、これからそのわけを突きとめなければ。この指輪を手に入れることができるのはごく数人にかぎられていて、それはみんなセアラが家族と呼ぶ人たちだ。だから、現時点で完全に信じることができるのは父親だけだった――父親だけは絶対に自分を裏切らない。

「セアラ？」電話に出たフランクは心配そうな声だった。「問題ないか？」

「父さん、どこにいる？」セアラは薄灰色のスエード生地のコーナーソファに腰を下ろした。

「家で話があるんだ。このあいだテスが話してた殺人の件で……」

「スイートハート、わたしが仕事中なのを忘れていたのか？」

父がこんなに心配そうな声をしているのもふしぎではなかった。セアラが仕事中の父親に連絡を取るのは、悪事が発覚しそうな危機のときだけだ。とはいえ、父親はいったいなにをしてるんだろう。今週はなんの予定も入ってないはず。ジュピター・レストランでの仕事があるにはあったが、まだ実行するという全員の合意が取れていない。そもそもセアラ自身が断固反対していた。まさかセアラ抜きで勝手に始めるわけがないだろう？　最初にマックがあのレストランのことを持ちだしたとき、セアラはその店がチェーン店だと思った。どこかの大企業を相手にするのであり、楽して金持ちになった店主は詐欺にあったことさえおそらく気づかないと。その後、セアラはその店でランチを食べた。オーナーのレミは温かい人柄で愉快だった。セアラの席で足をとめ、その支店をどれだけ長いこと経営してきたか、店を軌道に乗せるため、毎晩、毎週末、いかに家族が一緒になって働いてきたかを語った。それでセアラは帰宅してから企業登記局にたしかめ、レミと家族のそれだけの重労働は報われていないと知った。あのレストランは本当に経営難だった。

「待って……ジュピターにいるの？」

沈黙。

「全員の同意はまだ取れてないと思うけど、父さん？」セアラは鋭い口調で言った。「ジュピターは破産寸前。あの店主は金に余裕はないよ。その店のオーナーはどこかの大企業チェーンとは違う――家族経営なんだから」

父親のため息が聞こえた。「それはもう知ってるぞ、セアラ。マックがこの件では退屈な下調べを全部やってくれた。大丈夫、このレストランには金があると請け合ってるぞ。店主についても噂を聞きつけてきた。金に貪欲（どんよく）で、わたしたちに必要な金を出すだろうと」

「店主は経済的にこまってるんだよ。この金を失えば、彼の商売は破産する」

電話の向こうは沈黙していた。そして、「おまえはなにが言いたいんだ？」

「あたしが言いたいのは」セアラは口ごもってから話を続けた。「この詐欺はやるべきじゃないってこと。別のカモを探せば、同じだけ――いやたぶんもっとたくさん――稼げるよ。この店主が経営難におちいっているなら、金を出すなんてことがある？」

「強欲だから金を出すんだろう、セアラ。わたしたちが出会うどんなカモとも同じだ。いきなりどうしたんだ？」

セアラは正直言うと、自分でもわからなかった。あの店主が破産しそうなこと、すべてを失うだろうことを、突然どうして気にかけるようになったのか。ずっと前に、自分たちは善人ではないという事実を受け入れた。自分たちの幸運は、ほかの誰かの不幸だと。突然、それがとてもいけないことのように感じはじめたのはどうして？　レミに会ったから？　彼がとても親切にしてくれたから？　それともテスが原因？

「どうもしてないよ、父さん」セアラはしっかりした口調で答えた。ソファから立ちあがり、また行ったり来たりして、壁一面がガラスになった窓にもどってきた。ここからの海のながめは心から気に入っている。それなのに、自分がこれだけの富にかこまれていることや、深刻な状況におちいって家族が持てるものをすべて危険にさらしていて、そこから抜けだすチャンスにかけている男から金を奪う詐欺について話すなんて、とんでもないことだと感じるばかりだ。

「それに店主は強欲じゃないよ――必死なの。思っているのとは大違い。あたしはどうせ仕事をやるなら、もう少し努力してもいいと思っただけ。そうだよ、千ポンドよりもっと出せるカモを見つけたほうがいい。この手の詐欺は警察が注意喚起をしだすまでが勝負。どうして、かぎられた機会を小さな魚でむだに使わないとならないわけ？　マックがやろうと言ったから？」

それは父親のリーダーシップに疑問を投げかける卑劣な攻撃で、セアラはそのことを自覚していた。マックは父親がまだほんの若造だった頃、けっして話してくれたことがない理由から自身の父親と縁を切って以来の、親友であり師でもある。父親が知っていることすべてを教えたのはマックだ。父親がイギリス南部で詐欺師として悪名をとどろかせるようになって師を抜いたとき、マックはふたたび自分が上に立とうと努力しなかった。彼は友情の境界線を踏み越えたことはないが、彼が裏で糸を引いているのだとほのめかせば、いまでもフランクの神経にさわる。

「それはどういう意味なんだ？」父親は言い放った。「マックがこのショーを開催していると思っているのか？　わたしが決断を下しているんだ、それはわかっているだろう」

「あたしの立場からはそうは見えないよ。外部からもそうは見えないだろうね。マックは歳を取ってる。ちまちました詐欺を続けて満足し、ちっぽけな家族経営の商売を狙い、一日に千ポンドを稼ぐ。父さんが一万ポンドにならない詐欺ではベッドから起きだそうともしなかった頃を覚えてるよ。フランク・ジェイコブズはフランク・アバグネイル以来の頭の切れるペテン師じゃなかったの?」

電話の向こうで沈黙が続いてから、父親の声が聞こえた。傷ついているが、挑戦的な口調だ。

「セアラ、どういうつもりか知らないが、いまさらこの件を中止にはしない。そんなことはわかっているな——たぶん、自分の立場について、そして自分たちがどう見えているか、あらゆる角度から考えるべきなのは、おまえのほうだ」

通話は切れ、涙を浮かべた目で窓の外を見つめるセアラは取り残された。

## 18

セアラはまるまる十分間も、テスのフラットのドアを見つめていてた。四、七、九分目と、三回背を向けて歩き去ろうとしてから、ついにチャイムを人差し指で押し、またもや立ち去りかけた。中華のテイクアウトのにおいが手に食いこむ白いポリ袋越しに漂ってくる。

ドアはほぼすぐにひらいた。だから、ドアの向こうのフラットは自分の寝室と変わらない広さなんだろうとセアラは想像した。当たっていただけではなく、空っぽも同じだった。まるでテスは引っ越しに備えてでもいるみたいに見えた。あるいは〝こんまり〟式にかたづけてみたら、持っていたものにどれも全然ときめかなかったか。

テスから信じがたいという表情を向けられ、セアラは夢遊病から目覚めた気分になった。

「ここでなにをしているの？」テスはセアラがぶら下げているポリ袋に視線を落としながら訊いた。

「わかんない」セアラは首を振った。「本当にわかんないんだ。あたしは来なかったことにして」背を向け、急いで逃げようとした。運よく、これは練習を積んでいることだった。

「待って」テスの声でびくりと足をとめた。「それはテイクアウト？」

「中華だよ」セアラはゆっくり振り返って答えた。「ビーフ焼きそば、スペシャル・チャーハン、クリスピー・ダック（北京ダック風の料理）」

「エビせんべいも？」

「エビせんべいなしの中華なんてあり得る？」

テスは部屋の外から誰かに見られてでもいるように、左右の廊下に視線を走らせた。「早く入って」

「フォークとかはそこに」テスはセアラにキッチン部分を指さしながら、皿を取りだした。

「それで、ここでなにをしているの？」

セアラはまたわからないと言おうとしたが、それは本当のことではなかった。顔を見られないようにテスから顔をそむけ、焼きそばを皿に盛りつけながらつぶやいた。「父さんと喧嘩した」

「なーるほど」テスはのろのろと言った。「でも、本当はそれが答えじゃないわね」

「自分でもそれはわかってる」

テスはソファを指さし、ふたりで皿をそちらに運び、セアラが持参した中華ビュッフェをコーヒーテーブルいっぱいに並べた。「ここ、本当に狭いね」セアラは言った。「刑事の給料はいいんじゃなかった?」

「貯金のために節約しているの。自分で住宅ローンを組むのは簡単なことじゃないでしょう。待って」テスは身を乗りだしてエビせんべいをつかんだ。「あなたは自分の家を持っているのね?」

セアラは首を振った。「ううん。父さんと暮らしてる。あんたのお母さんは最近はどこに?」

「まだシェフィールドで暮らしてる。どうして父さ……フランクと喧嘩したの?」

セアラはくちびるをかんだ。どう話せばいいのかわからない。父親が手を出そうとしている詐欺をテスにとめてもらうつもりで、このフラットにやってきたのだとは言いたくなかった。切羽詰まって思いついたことだった。ほかにどうすればいいか、わからなかったから。でも、帰宅したテスを見たとたん、そんなことはできないとわかった。フランクをとめたくないからではなく、そんなことをする立場に姉を追いやるなどできないからだ。また姉が救ってくれることを期待するのではなく、自分でレミを助ける方法を見つけ、大人の女としてその結果を受け入れないとだめだ。

それでも、テスの姿を見ると、背を向けて立ち去ることはできなかった。食べ物を手に入れて、ＣＡの文字の謎を解いたとテスに話そうと考えた。父親には喧嘩する前に指輪のことを話そうとしていた。いまでも誰かに話さねばと感じている。でも、テスは自分を信じてくれるだろうか？　それとも逮捕するしかなくなる？

「仕事について意見が合わなかったんだ」そんなところで落ち着いた。「はっきりした理由があって、あたしはその仕事をどうしてもやりたくない」

そのほのめかしは姉妹を微妙な空気にした。仕事となれば、詐欺についてはまったく正反対の立場のふたりだ。数分ほど黙ったまま、並んで腰を下ろしているだけでも気まずさを感じた。

「わたしの母親は病気でね」おもむろにテスが言った。セアラは勘づいた。どのぐらい悪いのか訊ねる必要もなかった。テスが浮かべた苦痛の表情からそれはわかる。

「ああ、気の毒に。シェフィールドに行くつもり？」

「かもね」テスは言う。「行かないかも」口をつぐむ。「行かない」

「どうして――」

「母はわたしに来ないでほしいと思ってる」テスは早口で伝えた。急いで口に出さなければ、話してしまえなかっただろう。「わたしたちはあまり仲良しじゃないの」

「そっか」セアラはもっとくわしく訊きたかったが、無理強いしたくなかった。経験上、人間というのは最初から話したがっているときのほうが、ずっと正直に話すものだ。たぶん、これこそ、テスが助けを求めてセアラを探した本当の理由だが、助けてもらうのは無理だと悟ったのだ。この姉が警察署から居心地のいい日曜のランチにやってきて、セアラや犯罪者の家族と過ごすなんてあり得ない。そんなことできるわけないでしょ？

「自分のお母さんを覚えてる？」テスが訊ね、セアラの考えごとに割りこんできた。

セアラはちらりと目を閉じた。きらめくライトが見え、カーニバルの音楽が聞こえる気がした。子供時代を思いだすとよくそうなる。「よくわかんない。覚えてると思いたい。ときどき、思い出の断片をつかめて、それが本物だったらいいなと願うんだ。公園でブランコに乗って押してもらったり、かくれんぼをして森を走りまわったり。でもね、そういう記憶では母親はいつも裸足（はだし）で、いつも同じ、あたしのお気に入りの写真の服を着てるんだよね。だから、本物なのか想像なのかわからない」

「きっと本物よ」テスは優しく言った。セアラは首を振った。

「あたしはそんなに自信がない」身を乗りだしてフォークをテスに向けた。「あのね、お祭りはあたしの魂にすりこまれてる――目が覚めると、鼻に揚げパンのにおいがこびりついていて、いまでも頭の奥では色とりどりのライトがまたたいてるから、それは本当のこと。ワルツァー（ティーカップを高速にしたアトラクション）の弾む音楽とくるくるまわる十代の子たちの楽しそうな叫び声が聞こえる。綿菓子マシンのピンク、あざやかな黄色のゴム製のアヒル、大きく口を開けたピエロの顔、全部ここにある」側頭部をフォークで軽くつついた。「それなのに、あたしはお祭りに一度も足を踏み入れたことがないんだから。父さんにずっと禁止されてた。たぶん、思い出が一気によみがえるのが、父さんにはつらすぎるんだろうね。あたしには持つことさえ許されなかった思い出。母さんを覚えてるなんて、希望的観測でなかったらなんだって話」

「たとえば、お祭りがなくても、ブライトンはブライトンに変わりないでしょう?」訊ねるテスの声は優しかった。セアラはため息をついた。

「あんたの言う通りだよ。それでも、同じには感じられない。膝に泥がつく感触、空中に漂う踏みつけられた芝生のにおい。こんなのフェアだなんて、とんでもないよ」

テスは悲しそうにほほえんだ。「あなたは三歳だったのよね? お母さんが亡くなったとき」

セアラはうなずいた。「そう」

「本当に気の毒に」

セアラはダイエット・コーラの缶を手にして、肩をすくめた。「ありがと。あんたがどうしてお母さんと話をしないのか、話すつもりはあるの?」

テスは思わず感心して視線を向けた。もちろん、セアラが自分自身の母親の死について素直に話したいまでは、拒否することなんてできない。テスは一杯くわされたのだ。

「どうして母親がわたしと話をしないのか、よ。覚えてる?」

「そうだった。あんた、なにをやらかしたわけ?」

テスはため息を漏らした。「なにもやらかしてない。母親とは特に仲のよかったことは一度もなかった。わたしが実の父親について知りたがるのを嫌って、そのことで喧嘩になったのよ。話したことがあったわね? わたしがここに引っ越したことを母親は絶対に許さなかった。母親よりフランクの近くにいたがったと思われて」

「その通りなの?」

「いいえ」テスは否定したが、答えるときにセアラを見ようとしなかった。セアラが眉をあげてうながすと、ようやくテスは話を続けた。「わたしがブライトンのこんなに近くにとどまっているのは、あなたたちがここにいるからだと、自分では納得したくないみたい。でも、あなたたちのもとを離れて、さっさとどこかに行かなかったもっともな説明がなかなか見つからないの」

「そして、あんたのお母さんは二度ととあんたを許さなかったわけ？」

「あれから話をするたびに、母親はわたしが自分より彼を選んだって決めつけてきた。だから本当のところ、わたしにはもうどちらもいないようなものよ。さっきも話した通り、どちらにしても母親とは仲良くなかった。ずっとどこかよそに居場所があるように感じていたの」

「まだそんなふうに感じてる？」

「わたしの居場所は警察」テスの声があまりにも断固とした調子だったので、セアラは彼女が納得させようとしているのは、セアラか、それともテス本人なのかわからなかった。「わたしにはほかになにもいらない」

「そこで彼はなんて言ったの――」

「おれはあんたの奥さんと寝てきたところさ、ウイスキーを頼む！」

セアラがあっけに取られた表情になり、テスは大笑いした。「ねえ、わたしはジョークのひとつも聞いたことのない刑事だと思ってる？」

「だって、そんなふりをしてたくせに」セアラはうめいたが、やはり笑っていた。

テスが母親について素直に話してからは、会話はずっとなめらかに続くようになった。マジックとイリュージョンの話になり、セアラはジェームズ・ランディ、ロッコ・シラーノ、ヴァル・ヴァレンチノといった偉大な者たち——掟（おきて）を破ってトリックの仕掛けを観客にずばり見せた——の話になるとますます元気になった。彼女の情熱は人に移りやすく、すぐにテスはセアラがマジック・ショーへの侵略を始めた頃の昔話を聞いて大笑いしていた。カップとボールの手品で同業者たちを騙して五十ペンスをせしめたり、自分なりの剣のトリックを考案したときは父親を説得してアシスタントになってもらい、箱のなかに入った彼がホウキの柄で刺し殺されないように慌てるのをながめたり。そうしたエピソードには初めて会った頃に聞いたものもあったが、それでもおもしろかった。テスはセアラの大冒険ならきっと、一晩中でも聞いていられる。いくつかカードのトリックを教わった。警察に入ってから、このように女子会めいた体験をしたことがなく、夜が進むにつれて、セアラの生活の糧（かて）は重要ではなくなっていった。友達ができたような気がした。あるいは妹が。

「捜査はどうなってるのか聞いてもいい?」セアラがしばらくしてから、おずおずと訊ねた。

テスはためらった。

「言わなくてもいいんだよ」セアラが急いで言う。「あんたの立場は理解してる。ただ、助けてあげられるかもと思っただけ」

テスは最新の証拠についてざっと説明した。結局のところ、もっとも重要な情報は情報が欠けているということだが。けれど、ケイが検死で見つけたことを話すと、セアラは活気づいた。

「蝶？」ソファで横座りになっているセアラはまたワインをぐいっと飲んだ。「それって普通じゃないよね？　テレビなら普通だけど――前に男のペニスが切り取られて、喉に突っこまれた番組を見たことがあるけど、現実だとね？」

「ないわね」テスは賛成した。「現実では絶対に普通のことじゃない。でも、この事件に普通のことはひとつもない。あの犯罪現場にはなにもなかったのよ、セアラ。わたしの上司はあの建物のさらに五つのバルコニーに鑑識を送る許可を出してくれた。でも、どのバルコニーからも血の一滴も見つからなかったの。殺人の凶器はないし、血のシミのある衣類もない。本当になにもない」

「わかった。じゃあ、被害者はバルコニーの柵に追い詰められ、乗り越えたとする。うしろから喉を掻き切られ、突き落とされた。それで血がないことの説明はつく？」

テスはうなずいた。「一滴、二滴の血も見つからないのはすごい偶然ってことで納得しなくてはならないけれど、可能性はあるわね。ありそうにないけれど、物理的にはあり得る」

「そうだね。でも、犯人が内側から板で封じられた部屋をどうやって後にしたかっていう疑問がまだ残る。防犯カメラに監視されてるのに」

「ええ、あなたが解決したと思った部分ね？」

「その蝶の絵を描いてくれる？」

テスは驚いて身を乗りだした。ワインを一本ふたりで飲み終えたばかりで、頭が少しふらつき、肘掛けで身体を支えた。「なぜ？　どんな意味があるのか、わかるの？」

セアラは首を振った。「まだだよ。でも、考えてることがあって……あの雨樋（あまどい）について。絵を描いてくれるなら、そのあいだに少し調べてみる」

「了解」テスはあまり失望した口調にならないようにした。その夜、セアラが何度かいまにもなにか切りだしそうになったと思ったのだが、もしかしたらすべてについて、考えすぎているのかもしれない。

「あたしが興味あるのは時系列」セアラは打ち明け話ではなく、そんな話をした。「彼がゴミ箱に文字を書いたのはいつか？　ナイフを突きつけられたときじゃないのは、あきらかだよ。〝ああ、ちょっと待ってくれよ、警察が見つけてくれるよう、きみのイニシャルをどこかに書かせてくれないか？〟なんて言うわけないし。それにたとえ書いたとしても、なんでゴミ箱に？　もっと目につきやすい場所じゃないのはどうして？」

「なーるほど」

「それから彼はナイフを突きつけられてバルコニーへ歩き、手すりを乗り越えた。犯人はそこで身を乗りだし、彼の喉を掻き切って、それから？　口に蝶を押しこんだうえに、バルコニーから突き落とした？　バルコニーにいる時間が一秒でも長くなれば、目撃される時間も長くなるのに。どうして蝶について手間暇をかける危険なまねを？」

「ひとつ忘れていることがあるわね」テスは親指の付け根で疲れた目をこすった。「犯人は目撃される心配はしていなかった。忘れたの、彼は透明人間なのよ？」

# 19

「ボス」ジェロームの声が、テスの頭のなかでせめぎあう考えごとを切り裂いた。目の前のデスクに置いた供述書を読もうと四回目の挑戦をしていたところだった。セアラとのくつろいだ会話で寝るタイミングを逃しつづけ、今朝は疲れ切っていた。「ふたりぶん調達完了」ジェロームは食堂のベーコンをはさんだバップ（バンズ型の柔らかい丸パン）の包みと、ダイエット・コーラを寄こした。「ひどい顔をしてるなあ。ちゃんと寝ました？」

「あなたって、つきあう女みんなにこんなふうな気遣いをするの？」テスは食べ物を見てから、相棒に視線をもどした。彼は〝返事を待ってるんですよ〟という表情で、コートを手にしている。テスはため息をつき、コートに辛辣な視線を向けた。「外まで食事に出る時間なんかない。あなたの頭からはうっかり抜け落ちてるかもしれないけれど、ひとつも有力な手がかりがないのよ。いつもなら、捜査のこの段階まできたら自分たちの追う犯人が誰かわかっていて、あとは面倒なお役所仕事だけになっているのに。わたしは捜査責任者として初めて担当した殺人事件で失敗して警察から放りだされそうなのに、あなたはベーコンをどうぞなんて言うの？」

ジェロームはテスのジャケットを押しつけてきた。「あなたにはおれたちチーム全員がついてるじゃないですか。この犯人を捕まえるためにみんな懸命に働いてる。あなたがサンドイッチを食べれば、この捜査は失敗しませんよ。ほら、ミーティングということにして。おれたちのために見つけておいた場所にぜひ案内したいんで」

　これはテスだけが知っているジェロームの一面だった。テスは長いこと誰にも寄せていなかったような信頼を彼には寄せていて、彼もあきらかにこちらを信頼している。ジェロームが所属している秘密のグループでさえも、彼が本当は何者か知らないのに。もっと言えば、部下である部長刑事の両面を知るのは世界で自分ひとりだけだろうと思っている。

　ジェロームは都市探索者（アーバン・エクスプローラー）だ。無許可侵入や、ときには使われていない建物に忍びこむことも含まれるから、合法とは言い切れない趣味。サセックス周辺で活動するアーベックスと呼ばれるグループの一員で、閉鎖された精神疾患関連の施設や、使用されていない線路、地下水渠（すいきょ）などを探索する……閉じられると、彼らがそこをひらくというわけだ。彼らの冒険はジェロームのサイト、〈きみのいないサセックスより〉に記録してある。つまり、重大犯罪班は州内のどの署を拠点にしようとも、ジェロームはいつもどこかしら静かに食事のできる場所を見つけられるということだった。これは都市部での捜査の役得でもあった。

　本日のカフェテリアはサーカス・ストリートの廃屋となった自動車修理工場で、ブライトン署の目と鼻の先だった。あまりの近さに、実際テスはデスクについたファーラを見分けられた気がした。ジェロームに続いて工場の裏にまわると、割れたガラス戸からＭＤＦボードが一部、引き剝がされた場所にやってきた。

「冗談でしょ？　前回連れていかれたグルメなダイナーで、入り口の回転式バーを乗り越えるだけでもたいへんだったのに。今度は割れたガラスにえぐられて死ぬ危険に立ち向かえって?」

「でも、えぐらえるのがウォーカーの顔だと想像したら」ジェロームはにやりとして、通りやすいようボードを押さえた。テスは中指を突き立て、頭をかがめ、その先の埃っぽい暗闇に入った。

ジェロームは携帯電話のライトをつけ、事務所として使われていた部屋へ案内した。彼があたりを照らすと、テスは床に散らばるポテトチップスの袋やビールの空き瓶といったおなじみのものを目にした。こうした場所を見つける最初の人間にはめったになれない。少なくとも今日は使用済みコンドームは見当たらなかった。「やれやれ、埃で喉が詰まりそう。ここは汚いわね。犯罪現場用の装備を借りてくればよかった」

「次はもうおれと食事に来ないって言うつもりでしょう」ジェロームがからかう。「普通のカフェで問題ないって」

「そんなこと、言うわけないでしょ」テスはまさにその通りのことを言おうとしたのだが、不満がましくそう答えておいた。「ただね、こういう場所のどこかでいつか遺体を発見するんじゃないかって、不安に思いながら生きている。そうなったら、どうすればいいのよ?」

「匿名で通報」ジェロームの返事があまりにすばやかったから、以前そっくり同じ状況におちいったことがありそうだと感じた。あるいはやはり、彼も同じ不安を抱えてはいるのか。「少なくとも、あなたはフラミンゴじゃないからマシですよ」彼はテスに質問される前に話題を変えた。

フラミンゴという言葉を聞いて震えたくなる衝動と闘った。ジェロームはあのクラブのことをなにも知らないんだと自分に言い聞かせる。いつもの彼らしく脈絡のないトリヴィアだ。

「それはどうして？」

「フラミンゴは頭をさかさまにしないと、食事ができない。だから、あんなに首が長いんだ」

「そんなの嘘っぱち」

「本当ですって」

「それにしたって、ここは汚すぎる」

「うーん」ジェロームはテスをじろじろとながめた。「本当に、どうしたのかな？　あなたはいまずいぶんこじらせてるが、それが事件と関係があるとは思えない。署に連れてきたあの女が原因？　人を逮捕するから手伝ってくれと頼んだかと思えば、資料室でその当人にコーヒーを淹れてたでしょう。あれは何者なんです？」

「わかったわよ」ベーコン・バップにかじりついたテスの目は、周囲の暗闇にゆっくりと慣れてきていた。左のデスクは古い新聞や放置された文具に覆われたままだ。ホチキスには誰かが白い修正ペンで名前を書いていた。名前を書くくらいには大事にしようとしたのに、わざわざ持ち帰ることはしなかったようだ。部屋の残りの部分もざっとたしかめた。空っぽのウォーター・クーラー。お決まりの裸の女たちのカレンダーが壁にかけられたまま忘れられている——では、ここの所有者は妻のいる自宅へ持ち帰らないことにしたのだ。持ちこんだり飾ったりするくらい大切だったものが、いまでは打ち捨てられてなにもかもとても悲しげに見える。テスはベーコン・バップを食べた。「彼女の名前はセアラ・ジェイコブズ。逮捕したかったのは、彼女にわたしたちを手伝わせるにはそれしかないと思ったから。そうよ、彼女は女詐欺師だけれど、やたらと賢くもある。驚くような思考回路の持ち主でね。ほかの人とはものの見方が違うの。手品のトリックと探偵小説に取り憑かれてる」

「あなたが彼女を好きな理由がわかるな」

「彼女が好きだなんて言ってない」テスの返事は少々慌てすぎだった。ジェロームはおやおやといった顔をした。

「ほら、テス。自分の話を聞きました？ 声に尊敬する気持ちがにじんでた。それに、おれがここに配属になって以来、あなたが署の誰かについて、仕事とは関係ない言葉を五つ以上、口にしたのは聞いたことがない。それなのに、突然この女にはコーヒーを淹れ、その手を証拠にさわらせたと？ 電話で彼女がなにか言って、あなたが笑うのを聞いたことがありますよ。大きな声で」

テスは頬が赤くなるのを感じた。「まあ、最近ではたいして笑いたくなる機会は多くなかったかも。それからお知らせまでに言っておくと、重大犯罪班のメンバーがわたしを好きじゃないの。その逆じゃないわ」

「実際、誰かにそう言われました？ 自分たちはあなたが好きじゃないって？ ゲスなウォーカーを別にすれば、おれの見るかぎり、誰もそんな者はいなそうですけどね」

「その……ないけど」テスは認めた。「でも、言われなくてもわかるでしょ？　みんないつもウォーカーのバカなジョークには笑って、必要のないかぎり誰もわたしに話しかけさえしない。あなたを除けば」

「ウォーカーのジョークに笑うのは、次にからかわれる対象になりたくないからだ。それに、あなた、自分がとても話しかけやすい人間ってわけじゃないって気づいてます？　あなたが元婚約者となにかしらあって以来、あなたはうちにこもるようになって、もう誰とも腰を下ろして話そうとしないし、社交的な集まりに来るのをやめたって言われてる」

「だってわたしの考えでは――」

「まあ、たぶん、あなたは考えちがいをしてるってことだ」ジェロームはそう言い、テスの肩に手を置こうとしたようが、考えなおした。「みんなクリスが好きだったことはわかってます。でも、みんなあなたのことも好きだった。おれはたまたまこう思ってるんですけど、まだ心の準備ができてないから結婚に踏み切らないと決断するのは、とても勇気がいることだ。そんな行動で誰もあなたを嫌ったりしませんよ」

「ウォーカーは嫌ってるじゃない」テスはむっとしながら言ったが、胸がおかしな具合にどきどきしていた。ずっとまちがっていたのか？　ひとりも友人が残らなかったのは、本当は自分の態度がいけなかったから？

「さっきも言ったことを繰り返しますよ、警部。ウォーカーはゲスだと。別に、オプラのトークショーみたいなお悩み告白はもういいでしょ。このペテン師があなたより優れた刑事だって話の続きは？」

「うるさいなあ」テスはつぶやいた。「まあ、それはともかく、ミッチェルの殺人事件が発生して、彼を殺したのが誰にしても、そいつは密室から逃げたとわかって……」

「あなたはマジシャンを探しにいった」ジェロームが締めくくった。

「そうよ」テスはベーコン・バップの最後の一口を呑みこんだ。「犯罪現場を見てみるよう彼女に頼んだ。それから、あなたがなにか言う前に言っとくけど」急いでそう言った。「鑑識が調べを終えた後だった。彼女はなにもさわらなかったし、わたしは間取りを見せたかっただけ。自分では考えつかないような出口があるか、たしかめるためにね」

「で、彼女は見つけたんですか？」

「防犯カメラについてとびきり優れた仮説を思いついた」テスは答えた。「でも結果にはつながらなかった。でもね、彼女が賢いことは念押ししておく。たいていの人とは発想が違うの。彼女の脳は、常人の脳にはできない方法で物事を結びつけることができるみたいで」

「また同じことを言ってる。あなたが彼女を好きなことはわかってますよ」ジェロームはからかい、暗がりのなかでにっこり笑うところが見えた。テスはこの暗闇で顔が赤くなるのを見られないよう願った。

「好きじゃない」

「好きですよ、彼女のことが大好きだ。いやもっと始末が悪い——あなたは彼女を尊敬してる」

テスは顔をしかめた。彼に嘘をついても意味がない。上司でもないし、恋人でもないのだから。

「わかったわよ——機転の利く人間を相手にするのは楽しいってことは認める」

「おれは傷ついてなんかいませんからね」ジェロームが軽口をたたく。

「ちょっと、言いたいことはわかってるくせに。わたしたちが相手にする犯罪者のほとんどは、まだオムツも外れていないようなギャングの一員で、安心毛布みたいにナイフを持ち歩いているか、妻を殴りすぎた酔っ払いの夫かよ。そこが明確に違う。ただそれだけ」

「彼女をこの事件にかかわらせることはできないって、わかってるでしょう。犯罪者であって、コンサルタントじゃない。もう彼女をあなたのシャーロックにすることはできないんですよ、ワトスン。あの女を本件から遠ざけなければ、あなたは最後にはめちゃくちゃこまったことになりますって」

「ご忠告どうも、ジェローム」テスは昨夜のことを思って顔を真っ赤にした。異母妹と一緒だと沈黙の掟(おきて)をいともたやすく破ってしまうこと。セアラが近くにいると、なんでもどうにでもなると感じられたこと。「繰り返しになるけれど、犯人の脱出経路についての彼女の仮説は外れだった。わたしたちの知らないことは、セアラも知らない。これは絶対だから」

# 20

その赤毛のウィッグはかゆくてたまらなかった。セアラはヘアネットの下に手を突っこんで頭皮をかきむしりたかったが、小さな丸テーブルの向かいに座る中年女に、シラミがいるとだけは思われたくない。ショーン・ミッチェルのフラットで発見したこと——テスの捜査する殺人事件に、おまえは思っていたより深くかかわっているのだとアピールしつづけてくる事実——を考えないために、仕事をすることにしたが、ちっともうまくいかなかった。今日は別人になっても考えを切り離せない。

「赤ちゃんが早くよくなりますように」ほほえみかけると、テーブルの向かいで爪をいじっていた女は驚いて顔をあげた。

「まあ、ありがとう。本当に」

「風邪は永遠には続かないものです」セアラはほんの少しだけ神秘めいた口調を取り入れた。もっと年配の人が相手だと、道化じみたくらい徹底的に霊能者を演じ、水晶玉やらなにやらを使わないといけないこともある。だが、この女は出し物めいた演出をしなくてもこちらに懐疑的だった。〝本物の〟霊能者がブライトンの海岸通りにある打ち捨てられた商店で仕事をするなどとは、おそらく思っていない。その通りだ。セアラは書類戸棚に水晶玉をかたづけておき、たなびく極彩色のいかにもそれらしいローブは黒ずくめの服に取り替え、ミステリアスだがやりすぎにならない雰囲気にした。けれど、長い赤褐色のウィッグをつけたままだったのを後悔している。「でも、この風邪はいつまでも続くように感じているのですね？」

「まあ、そうなんですよ」女は顔をごしごしとこすった。これもまた睡眠不足からくる疲れのしるしだ。それと、袖口についた小さな紫の小児用解熱鎮痛剤（カルポル）のシミだけで、この女の幼い子供が病気で、抗生物質――たいていは明るい黄色――はまだ使えない年齢ということがわかった。「ありがとう」

「でも、こちらにいらしたのは、赤ちゃんの風邪のことではありませんね」セアラはこれみよがしにならないよう、できるだけ親切な口調で言った。「ご主人との関係について知りたいのですね」

これには客もびっくり仰天だ。目を丸くしている。「どうしてわかったんですか？」

セアラは彼女が十五分前、予約の時間に現れて以来ずっと結婚指輪をいじっていること、当座しのぎの待合室に置いたベビー・モニターを見ながら、眉間にしわを寄せて携帯電話で夫に怒りのメッセージを送っていたこと、フェイスブックのページは彼女が思っているほどプライベートなものではなく、友達の友達まで公開の投稿が特に役立ったことを、教えようと思えば教えることができた。女が一週間前に予約を入れたとき――ショーン・ミッチェルの名前を十数年ぶりに聞く前――セアラがまずやったのは、偽のプロフィールを使ってヒラリーの仲のよい友人の友人になることだった。

でも、それだとネタを割ることになるから、ただほほえんで答えた。「だから、わたしのところにいらしたんでしょう。あなたからはたくさんのものを感じますよ、ヒラリー。たくさんの不安を。自分以外のすべての人の心配をしていて、いつになったら自分が心配される番になるのかと思っている。あなたはたとえ問題がなにかはっきりしなくても、答えを探しているのです」

「すごい、当たってます」ヒラリーが答える。

いいえ、いまのはただ母性を語って、バーナム効果（万人にあてはまる記述を自分特有のものだと思いこむ心理）を狙ったのよ、と思ったが、ほほえむだけにした。問題が山積みでも、自分は仕事では一流だ。世界に居場所があり、天職があると知って気分がいい。いまのわたしが本当の自分だ。

ヒラリーが身を乗りだした。「わたしはどうしたらいいんでしょう？」

「あなたには前に同じような状況になったご友人たちがいますね。どうしてアドバイスを求めないのですか？　失敗したように見られたくないから？」

ヒラリーの目に涙があふれた。「わたしはいつもしっかりしていて取り乱さないんです」彼女は認めたが、セアラはすでに髪の完璧なハイライトからそれはわかっていた。根元は地毛が見えていることから、最近は手入れが無視されていることもわかる。きちんとした服装と、どうしても塗りなおしが必要な爪とのコントラストは指摘するまでもない。「わたしには対処できないと友人たちに思われたくなくて。あの人たちが子供を持ったのはずっと若い頃の話ですが、それでも立派に対処したのに」

「あの人たちも対処できていません」セアラは自信満々に言った。自分には子供がなく、マムズネットのサイトで母性のこうした一面――自分自身について絶えず疑問に思ってしまうこと、なにをしても自分はじゅうぶんではないと感じることなど――を理解するにはかなり時間を要した。でも、このリサーチは霊能者としての副業に大いに役立った。このゲームでうまいことやって人に心をひらかせるには、人を理解し、あらゆるタイプの人間に感情移入し、ママ、年金受給者、ビジネスマン、最近家族と死に別れた人が直面する一般的な問題や不安に精通しなければならない。セアラと、時折ブライトンをにぎわすほかのコールド・リーダー――カモのサインを読み取る方法は知っているが、カモがどう感じているのかは知らない――との違いはそこだった。「ご友人たちもまったく同じ問題を抱えていたことはたしかです。特にあなたといちばん長いつきあいのご友人は」

女は混乱した表情になった。「でも、いちばん長いつきあいの友人には子供がないですけど」しかめつらでそう言う。

おっと、調子に乗った。「ごめんなさい、長いというのは年長という意味でした。あなたのご友人グループで最年長の人です」

女は脳内で計算してうなずいた。「シャロン。そうね、彼女には三人の子供がいて、たぶんあなたの言う通りだわ。ああ、あなたってなんでも当てるんですね」

「ありがとうございます。さて、ほかにもひらめいたことがあります。Jという文字。あなたの人生にJで始まる人はいますか？」

「夫の名前がジェフリーです。ただ、綴りはGで始まるんですが」

「そう、その人です」セアラはためらわず答えた。いつもならばこのジェフリーの綴りはGで始まると覚えていたことだろうが、ヒラリーについてリサーチした後にあれこれ起きた。彼女に夫がいると思いだしただけでも自分を褒めたい。失敗して評判に傷をつけないよう、この占いはがんばって成功させないと。「書かれたものを見たのではなく、音として聞いたので。この人はあなたをとても愛していることはわかるのですが、最近は仕事でたいへんなストレスを抱えていて、あなたがどんなことを経験しているのか、しっかり理解できないでいますね」

「そうなんです！」ヒラリーは熱心にうなずいた。「彼の仕事はとてもストレスがたまるので。証券業界にいて、いまの風潮は――」

「だからと言って、あなたを支えない言い訳にはなりませんが、おそらくあなたはジェフリーさん自身に解決すべきことが多いとわかっているでしょう。赤ちゃんの誕生は思いがけないことでしたか？」

「いえ、何年も子供を持とうとしてきましたけど」ヒラリーは答えた。

セアラはうろたえずにほほえんだ。「わたしは、たしかに思いがけないことだったと感じていますよ。ご主人のほうは赤ちゃんが生まれるとは信じていらっしゃらなかったかと。これはご主人にとっても、徐々に学んでいかないとならない経験だったのです。こうしたことでご主人がどれだけ影響を受けたか、理解しようと努力することはできそうですか？　ご主人はどうやら、このあらたな赤ちゃんに押しやられたと感じ、あなたがもう彼のために割ける時間はあまりないと感じているという感覚を受けますね。ありそうな話ですか？」

「ええ、とっても」ヒラリーは顔を紅潮させ、セアラはあの気分の高揚を覚えた。カモの表情が和らぎ、セアラが売りこもうとすることをなんでも受け入れるようになったときと、同じ気持ちだ。

「すごい、エマがあなたについて言ったことは当たっていたわ」ヒラリーが言う。「あなたは本物ね」

五分後、セアラは女を出口まで見送っていた。握手しようと手を差しだしたが、ヒラリーのほうは身を乗りだしてセアラを突きたおしそうな勢いでハグをした。げっそり疲れる一時間だった。ヒラリーがここにやってきた理由の根っこの部分を把握してしまえば、霊能者の占いというよりセラピーのセッションだったが、この仕事はときにそうなりがちだ。これまでにも、夫が浮気していると言ってセアラの肩に顔を埋めて泣きじゃくる女の話を聞かねばならなかったことがあった。〝あなたがそんなご主人と別れて、自立した女としてすばらしい人生を送り、あなたを尊敬して愛してくれる男性と出会うところが見えますよ〟と。あるいは悲嘆カウンセラーになって〝あなたの奥さん／お姉さん／猫はもっといい場所にいるのです。あなたをとても愛していて、あなたにそんなふうに感じてほしいなどとは思っていませんよ〟と声をかけ、またはファイナンシャル・アドバイザーになって〝トップレス書店をひらきたいという夢の資金のためにもうひとつローンを組むのは、人生のこの時点であなたに定められた道ではないようですね〟とも。そうした人たちに嘘をつくのは気が引けなくもなかったが、そうした事実を利用して彼らが夜にぐっすり眠れるようにしてやったのだ。それに一時間につき百ポンドをセアラにくれたとしても、きっとセラピストにかかるより安い。ああいう連中も、どちらにしたってみんなただの知ったかぶりだ。

セアラは古い商店の表と古びた黒いカーテンで仕切られた、奥にある間に合わせのスペースにいた。ここは子供の頃の記憶にある場所だ。夏の観光客が減って冬の損失を埋め合わせられなくなった痛手で店がたたまれているのを見て、一瞬は悲しむことを自分に許してから、小遣い稼ぎと、大がかりな詐欺が進行中ではない期間のお楽しみの機会をつかんだ。

ドアの上のベルが鳴った。

「すみません、飛び込みの占いはしていないのですよ」セアラは顔をあげずに呼びかけた。予約を受けてから下準備するのが流儀だった。霊能者ブレンダには守るべき名声がある。

「自分の姉でも？」

女の声にびくりと顔をあげ、鼓動が速まった。テス・フォックスが待合室に立ち、疑うような視線を向けていた。「今度は霊能者？」

「ビーフ焼きそばであんたがドアを開けてくれるってわかったのは、どうしてだと思う？」セアラは言った。テスの顔にほほえみらしきものが浮かび、セアラは昨夜のことを考えた。まったく別の世界に住むふたりではないように、声をあげて笑いおしゃべりしたことを。

彼女に会えて喜んでるじゃない――その気づきは予想外のものだった。

「どうやって、あたしがここにいるってわかったわけ？　刑事は結局あんたの真の天職だって信じそうになってるよ」

　テスはほほえんだが、答えなかった。

「なんの用？」セアラは訊ねた。「地平線に背が高い黒髪のハンサムが見えるって、言ってほしいからじゃないよね？」

「そんな機会があればありがたいけど」テスが言う。

「いまのジョーク？」セアラはショックを受けたふりをして、ダークブラウンの目を見ひらいた。「まさかジョークが飛んでくるなんて思ってなかった」

　テスは天を仰ぎ、またもや、ほほえみらしきものをくちびるに浮かべた。「ゆうべ、うちにこれを忘れていったから」テスはキャンバス地のバッグを差しだし、セアラは凍りついた。それにはメモ帳が入っている。ゴミ箱のイニシャルについての仮説や、あのフラットの見取り図が書いてあった。

「ありがと」セアラはバッグに手を伸ばし、メモ帳の記述はどういう意味だとテスに訊かれるのを覚悟した。中身を見たに決まってるよね？　セアラ自身ならまちがいなくそうした。

「それからゆうべの料理のお礼も言いたかったの」と、テス。「いい夜だった。おしゃべりが、ということね」

「でも、妙だったよね？」セアラはにやりとした。テスがバッグの中身を見ていないことはあきらかだ。それに彼女はこう言おうとしている――彼女らしく堅苦しいやりかたで――セアラと一緒にいて楽しかったと。

「妙でしかなかった」テスもにやりとした。「でも、いい夜だった」

「だよね」セアラも賛成した。「昔みたいだった。ほら、あたしに生活指導が必要なほどクレイジーなティーンだった頃みたいで」

「生活指導が必要なほどクレイジーな、三十ちょいのいまとは大違い？」テスはそう言い、セアラが霊能者になりすます時間を過ごした部屋を見まわした。

「ねえ」セアラは目を合わせてほほえんだ。「誰だって人格に欠点はつきものなんだからね」

## 21

「さて、わかったことを話して。頼むから、いいことだと言って」

テスは捜査本部にもどっていた。ホワイトボードは朝方よりずっと埋まってきたように見える。立ちあがったファーラは、捜査の最前線にいることが誇らしくもあり、照れくさくもあるようだ。彼女にはショーン・ミッチェルについての情報を順序立てて取りまとめるスキルがあると考えたことは正しかった。二年もあたえれば、自分で捜査を指揮していることだろう。

「聞き込みのメモを読みなおしました」ファーラは懸命に興奮を声に出すまいとしていた。「わたしが隣人たちに聞き込みしたじゃないですか？　ショーン・ミッチェルの隣人のひとり──廊下の向かいに住む年配女性のキャス・フィリップスですが、彼女は殺人の二週間前にミッチェルを妹が訪ねてきたと話していました。ですが、確認してみると……ショーン・ミッチェルは一人っ子でした」

「すごい、よく見つけだしたわね、ファーラ」テスが褒めると、ファーラはにっこりした。

「では、ショーンを訪ねたその女は何者？　それに、妹じゃないのに、隣人に妹だと言ったのはどうして？」

「どうやら、その女はセアラと名乗ったそうです」

テスはあんぐりと口がひらきそうになるのを我慢した。セアラは殺人のすぐ前にショーン・ミッチェルを訪ねたなどと、絶対に話していなかった。それどころか、彼がグローヴ・ヒルのフラットに住んでいたことさえ知らなかったと主張していた。別のセアラというのはあり得る？　ありふれた名前だから、偶然かもしれない。テスは偶然を信じないと言い張るタイプの人間ではない——偶然はいつだって起こるものだとわかっている。でも、これはそういうことじゃないというういやな感覚がある。

「人相はわかっているの？」テスはさりげない口調になるようつとめた。ファーラがメモを読みあげる。

「ダークブラウンの髪、長さはやっと肩に届くぐらい。少しウェーブしていたそうです。とてもかわいらしい目だったと」ファーラはそんな描写は役に立たないと知っているから肩をすくめた。「ああ、それからネックレスをつけていたとのことです。宝石がひとつあしらわれたインターロックの指輪が下がっていたそうです」

「そう、ありがとう」テスはうめき声を抑えながら、妹のネックレスを頭に思い描いた。やはり偶然？　それともセアラがショーン・ミッチェルのフラットに行ったことがないと嘘をついていた？　そうだとしたら理由は？

「わかっています、あまり役に立ちませんよね、すみません」ファーラはボスの反応が短いことを、失望したのだと誤解していた。「もう一度、この隣人と話しましょうか？　ほかに覚えていることがないかどうか」

「そうね、頼むわ、ファーラ。それからジェローム――」

話しかける途中で、電話が鳴りはじめた。「やだな、オズワルドよ」そうささやいて電話に出た。「主任警部？」話を聞いてテスの顔はゆがんだ。「はい、わかりました。すぐに向かいます」

携帯電話をポケットに突っこみ、コートに手を伸ばした。「いまのは忘れて。また殺人が起きた」

## 22

「ヒルトン・メトロポールは」ジェロームが話している。「ブライトンのすべてのホテルのなかで、特に多彩な歴史を持っています」

「凝縮されたバージョンを披露して――あと五分もしないで到着よ」知識を伝授しようという彼をとめる試みは不毛だとわかっているが。

「四〇年代には徴用され、陸軍、海軍、空軍のさまざまな部隊の本拠地に」彼は足をとめることもなく話を続ける。「かなりうるさい常連たちがいて。ウィンストン・チャーチルはオートミール粥にクリームを垂らせと言い張ったし、マレーネ・ディートリッヒは何時でも食べたいときにステーキを注文したんですよ」

「女はステーキを食べる権利を勝ち取ったのよ」

「ここでは犯罪も出番を主張したみたいで。一九四八年にジョン・ジョージ・ヘイグ、別名〝硫酸風呂の殺人者〟がメトロポールからふたりの被害者を拉致(らち)したのちに、ホテルに現れ、彼らの宿代の支払いをして荷物を回収。ディーコン夫妻は生きた姿を目撃されることはないまま、射殺されて硫酸風呂で溶かされました」

「素敵。あなたは観光ツアーをやるべきよ」

ジェロームが請け合った通り、ヒルトン・メトロポールはテスがいつも使っているハブ・バイ・プレミア・インのチェーンとは大違いだった。大理石のエントランス・ホールに足を踏み入れ、マホガニーの受付のデスクに向かっていると、知った顔が出迎えた。ブロードウェイの舞台のキャストがふたたび集合した気分だ。キャンベル・ヒースが会釈する。

「まさか、ここでもあなたが運よく最初の通報を受けたとか？」テスは眉をあげた。

ヒースは〝仕方ないでしょ？〟と言いたげに肩をすくめる。「ショーン・ミッチェルと交友関係のあった人たちに聞き込みをしておったら、通報が入ったと聞いたんです。関連があるかもしれんと思って、できるだけ急いでここに来ました」ヒースはテスの考えを裏づけた。彼のウェールズなまりはふしぎとテスの心を落ち着かせる効果があった。ヒースと知り合って間もないが、自分の仕事をきっちりやるし、頼りにできて、その存在はまわりを冷静にすることもある。彼の散らかり放題のデスクはファーラをきりきり言わせているけれど、チームに彼がいてうれしい。「自分たちの事件はますます妙なことになってきました」彼は言う。「遺体を見ますか？」

テスはうなずいた。「通報者は誰？」ヒースからロビーの隅に隠れた三つのエレベーターへと案内されながら訊ねる。

「受付が999に通報しました。被害者は六階で客が発見。その客がエレベーターを待っておったら扉がひらき、刺されたばかりの傷のある被害者が床に倒れていました」

被害者。予想通りではあったが、彼がうつろな目をしてエレベーターの床に転がっている様子に鼓動が速まり、顔が熱くなった。カラム・ロジャーズ。あの夜、十五年前、テスがダレン・レーンを殺した夜、現場にいたもうひとりの男。

テスは後ずさり、ほかは完璧なホテルの壁紙の透かし模様に集中した。10からカウントダウンしようと、ほかの警官たちの注目をひかないように小刻みに呼吸した。考えこんでいるみたいに映ることを願う。鼓動が落ち着いてくると、こちらをじっと見つめるヒースを振り返った。

「防犯カメラは？」感情の崩壊をどうにか避けたことを顔に出さないようにして訊ねた。

「ロビーのエントランスにも、エレベーター・ホールの出入り口にも設置されています。客に発見される十分足らず前、被害者がひとりでエレベーターに近づくのを、受付係が目撃しています。いまは鑑識が作業中です」

防犯カメラの確認により、カラム・ロジャーズがエレベーターに乗った後、女が大慌てでロビーに駆けこみ、受付のデスクの前で実際へたりこむ瞬間までは六分四十秒だとわかった。ミセス・ベヴァンは四十一歳でITの研修コースのためメトロポールに滞在し、エレベーターを待っていたのだが、おそらく一生、階段を使うことになるだろう。ジェロームがすぐさま割りこんで彼女に事情聴取をしてくれたことにテスは感謝した。感情的になった女を落ち着かせるのは得意ではないが、彼のほうは手慣れたものだった。聞き取れたかぎり、カラム・ロジャーズとミセス・ベヴァンのあいだにつながりはなく、防犯カメラからは、扉がひらいたとき、ロジャーズがエレベーターの床ですでに息絶えていたことはたしかだった。そして彼のほかには確実に誰もいなかった。

テスは顔をごしごしとこすった。どうして自分にこんなことが起こっているのか？　受付係にほほえもうとした——そもそも近頃はどんなふうに名乗っているの？　コンシェルジュ？　フロント？　そんなのこの段階ではどうでもいいことでしょ、テス。自分が役に立たない細かい情報に溺れ、誰がカラム・ロジャーズを殺害したのか教えてくれる鍵を見逃しているように感じる。まず、凶器はどこに？　エレベーターは幅も奥行きもせいぜい六フィート（約一・八メートル）で、ナイフを隠す場所などなかった。あればすでに見つかっているはずだ。凶器が殺人犯と同じように透明でないかぎり。ああもう、この事件はウォーカーに任せるべきだったのかもしれない——結局、自分はこうした役回りに向いていないのだ。

「では、ミスター・ロジャーズはエレベーターに乗ったときは確実にひとりだったんですね？」テスは繰り返した。

「ええとですね、そうとは言い切れません」受付係が指の関節を鳴らし、テスはびくりとした。「ロビーを横切られるときはおひとりでした。けれどエレベーターはそこの大理石の壁の裏ですから、受付のデスクからははっきりと扉が見えないのです」

「では、何者かが誰にも見られずに、ミスター・ロジャーズと一緒にエレベーターに乗った可能性はあると？」

「まあ、そうなりますね。おひとりで入ってこられ、そこを歩いていらっしゃいましたが、わたしが気づかなかった誰かがエレベーター・ホールで待ち構えていたかもしれません。わたしはお部屋までお客様とご一緒しませんので」

テスはショーン・ミッチェル殺しの犯人について振り返った。被害者に手を下す二十四時間前にそのフラットで待ち構えていた可能性のある人物。犯人が同じならば、襲撃の瞬間を待つ忍耐力は確実に備えているはずだ。

「チームから二名、丸一日ぶんの防犯カメラの確認にあたらせますよ。エレベーターがある壁の裏に向かった者たちを、宿泊客リストと照らしあわせるために」ジェロームがテスにつぶやいた。「一時間もあれば、犯行時刻前後にエレベーターでなにがあったのか完全に把握できますよ」

「わかった、ありがとう。では、現段階で考えられる仮説としては何者かがエレベーターで下りてきて、カラム・ロジャーズを刺し、別のエレベーターに突き飛ばして、目撃されることなく六階まで彼をあげたということね？」

ジェロームは顔をしかめた。「理屈のうえでは成り立つかもしれませんけど。その後、第二のエレベーターで自分の部屋の階へもどったというんですね」

「そうよ」テスはうなずいた。絶妙なタイミングに頼る仮説で、実際はそうではないと絶対の確信があったものの、いまのところ、考えられるのはそのぐらいだ。わかっているのは、ロジャーズがあのエレベーターにひとりで乗り、出てくることはなかったということだけだ。

「凶器を見つけないとならないわね」テスは言った。「誰かにシャフトを下りてもらう」


テスとジェロームは、ヒースが鑑識の防護服と手袋に身を包み、エレベーター・シャフトのいちばん底に下りる仕掛けにつながれる様子を見守った。従業員専用の地下フロアにメンテナンスのハッチがあり、ホテルのメンテナンス係が、エレベーターに問題があるときに使用するウィンチとロープを使うといいと申しでてくれた。テスは横から暗い下を覗きこみ、ヒースを振り返った。

「これでいける？」彼女は訊ねた。「投光器が届くのを待ってもいいのよ」

「大丈夫ですよ」彼はテスを安心させ、自分のライトをカチリとつけたり消したりして実演してみせた。「下ろしてください」

ヒースがシャフトを下りると、ライトの光が壁を滑り降りるように消え、暗闇に呑まれていった。テスはジェロームに視線を向けた。「こんなふうに始まるホラー映画を何回見たことがある？」

「ホラー映画というには雷鳴と稲妻が足りないかな」それが彼の答えだった。「そのうえ、彼は胸の大きなブロンドのティーンじゃない。そのほうが絵になる」

「あなたがそんなふうに感じていてよかった」テスは切り返した。「彼がもどってこなければ、あなたが後を追うことになるから」

ジェロームは〝まっぴらごめん〟と伝える声を出した。眉をひそめてテスを見る。「おれみたいにいけてる黒人男が？　あなた、イカれてますよ」

「ボス？」ヒースの声がシャフトの底からあがってきて、テスの鼓動が速くなった。「ありました。ナイフがありましたよ」

## 23

テスがやってきたとたん、部屋は静まり返った。ウォーカーが顔に浮かべた冷笑から判断するに、おそらくテスを笑い者にするジョークでも披露していたんだろう。第二の殺人が降って湧いて以来、どんなことを小声で言いふらしているのか、こちらが知らないと思っている。そういうのは子供っぽいジョークでしかなく、透明人間やマジシャンをからめた軽いジャブのようなものだ。だが、テスを陰湿に傷つけ、愚か者に見せる意図しかない。その原因は本当に破局の後クリスだ。署を去ったことなのか、それとも正式な警部の地位をめぐる競争なのか、あるいはウォーカーが一般論としてテスを嫌っているだけなのか、よくわからない。彼と同じ地位を求めている女ということは、いばりちらしたりちくちく攻撃したりする理由としてはじゅうぶんなんだろう。先にテスが警部になれば、彼のプライドがどれだけ傷つくか想像はつく。

テスは歯を食いしばり、会議テーブルにつく仲間たちにきついコメントを投げないようにつとめた。ウォーカーがいやな奴なのは彼らのせいじゃない。それに、母親はお酢より甘いハチミツのほうがたくさんハエをつかまえられると言ったものだった――母親自身、友人は極めて少ない偏屈な意地悪女だから、皮肉なことだが。

「さて」テスは密集する警官たち――特別捜査班はあらたな被害者が出て人員が二倍になっていた――の前へと進み、みんなに向かって語りかけた。ジェローム は最前列で、ファーラ、キャンベル・ヒース、そしてオズワルドが第二の事件を受けてすぐ送りこんだ六名の刑事たちと並んで座っている。そして、もちろんウォーカー警部。彼は指揮すべき自分のチームがあるにもかかわらずここにいて、エレベーターのなかの不快な屁みたいに取り除くのは困難だ。「最初は誰から?」

テスがデスクの端に腰を下ろしたところで、ヒース巡査が咳払いをした。彼がチームにとどまることが認められてうれしい。どちらの犯罪現場でも貴重な人材だと証明された彼がいてくれてよかった。「掌紋がひとつ見つかりました。血の手形です」

それは予想していなかった。「どこで？　エレベーター？」テスは訊ねながらジェロームを見た。「このこと、知ってた？」

「たったいま知りましたよ、ボス」

テスは赤くなっているヒースに視線をもどした。「続けて」

「エレベーターのなかではありませんでした。ボス。ホテルのエントランスの回転ドアにあったんです」

テスは眉をあげ、すっくと立ちあがった。「なんですって？」

「見つかったばかりなんです。鑑識はエレベーター付近に集中しておったので。犯人が目撃もされんで、血まみれで正面の扉から出ていく方法があるとは思わなかったんですよ」

テスは哀れなこの警官が縮みあがっているような気がした。部屋に入った瞬間、騒がしい会話がぴたりとやんだ理由がようやくわかった。犯人は見られることなくエレベーターに乗ることができただけではなく、大手を振ってエントランスから外に出たのだ。人をおちょくっているのか？

「おそらく、血痕は被害者の血液型と適合するかどうか検査されている最中ね？」テスはこの新情報に困惑してなどいないと言わんばかりに訊ねた。ヒースはうなずいた。「それに警察のデータベースにある指紋と一致するかどうかも？」

「鑑識によると、かなりにじんでおったそうです」ヒースが話す。「使える指紋があるとは思わんそうですが、確認が取れしだい、あなたに知らせるよう頼んでおります」

「ありがとう」テスは後で掌紋の位置について詳細にたしかめることと頭に刻んだ。チームのほかのメンバーをながめた。「次は?」

全員の視線がテスに注がれ、最後にウォーカーが咳払いをした。「えーと、ボス?」

同じ階級なのだから、彼はそんなふうに呼びかける必要はない。彼は人をからかい、楽しんでいる。テスはため息をこらえた。

「あたらしい情報があるの、ウォーカー?」

「いいや、ボス。ちょっと気になったことがあってね。ひょっとしたら、防犯カメラにはエントランスからホテルを離れる者は誰も映っていなかったんじゃないか?」

テスは歯を食いしばった。「そうよ、映っていなかった」

「だったら、どうしてそこに掌紋が残ったと思う? 透明な男が出てったと思うか?」

「あるいは女かよね、ウォーカー。平等と多様性の講習を忘れないで。あなた、今年もまた何度その講習を受けることになったっけ?」

ウォーカーは顔をしかめ、このやりとりを大喜びで見守っていた者たちに忍び笑いがさざ波のように広がった。

テスは指を鳴らした。「さあ、次は誰かと訊いたけど? マジシャンがどうのって軽口をたたこうと思っている人がいたら、わたしがたちどころに消してあげるから」

「容疑者のリストです、ボス」ジェロームがすばやく立ちあがり、付箋を一枚差しだした。彼女はやれやれといった顔を彼に向けたい衝動にあらがった。「残念ながら情報が少ないんで。一年ほどくっついたり別れたりしてる恋人がひとり、家庭を持った過去もなし。故人にからむ被害届はないし、恨みを持つ従業員も、遺産を狙う元妻たちもなし。きれいなものだ」

きれいなもの？　自分の知るカラム・ロジャーズらしくない。もちろん、口に出しては言えないことだ。けれど、どこかの時点で彼の薄暗い過去に捜査の舵を切らねばならなくなるだろう。それがほかに彼の死を望んだのは誰なのか、見つけだすただひとつのチャンスに思えてきた。

「被害者の今日の動きは？」

「昼食時間までは自宅にいて、外で人に会う約束があると話していたそうです。おれたちは恋人に話を聞きました。約束の相手は彼女ではなく、彼がヒルトンにいた理由はさっぱりわからないと。どうやら、彼は部屋を予約してなかったらしい」

「宿泊客リストはある？　彼は載ってない？」

ジェロームはテーブルに広げた書類をあさり、名前の並んだリストを寄こした。紙ナプキンの裏ではなく、少なくともまともな用紙であることに感謝しなければ。「本日、部屋を予約していた客です。ここにカラム・ロジャーズの名前はない」

テスは名前に目を通した。彼の言う通りだ。ロジャーズの名前はどこにも見当たらない。だが、ほかの名前があった。不穏なほどに見慣れた名前が。セアラ・ジェイコブズが、第二の被害者が刺殺された日、ヒルトン・メトロポールに部屋を予約していた。

最悪最悪最悪。

これは偶然ではない。そんなはずがない。リストをそっとジェロームにもどしながら、セアラの名前の上に人差し指を漂わせた。質問したそうに眉をあげた彼に、テスはかすかにうなずいてそうだと認めた。最悪。

「こんなところね」彼女はチームのほかの者に向かって言った。「繰り返すけれど、しばらくのあいだ、詳細は――その、人に話したくなるほど独特なものだとしても――他言しないようにお願いするわね。わたしたちは殺人捜査班であって、マジック同好会じゃない。必要とあらばデヴィッド・ブレイン、ダイナモ、ペン&テラーのコンビのようなマジシャンたちを逮捕してでも、手口を見つけだす。テラーは事情聴取(インタビュー)には〝ノー・コメント〟を返すと聞いたけれどね」

これで少なくとも数人はほほえんだ。「ファーラが仕事のリストを管理しているから、重複しないよう自分がやることにしるしをつけ、なにかわかれば逐一、彼女に報告して。いいわね？」

九つの頭がうなずいた。ウォーカーの頭はじっとして動かない。

「すばらしい。ウォーカー、なにも建設的なことをしないのなら、やかんをコンロにかけていいのよ」

ミーティングが終わって誰もが部屋の外に出たとたん、テスはジェロームを脇に引っ張った。

「わたしはジェイコブズを見つけないと。ここの留守を預かってくれたりしない？」

ジェロームは首を振った。「ひとりで彼女に会うつもり？　だめですよ、テス。彼女が本件に関係していると思うのなら、取り調べに引っ張ってくるべきだ。手順にしたがってね。そうでしょう？　言っときますけどこれはあなたのモットーで、おれのじゃないですからね。彼女は危険かもしれないんだから」

テスはため息をついた。彼は正しいが、セアラが本件に関係しているとはとても信じられなかったし、自分自分のために、ジェイコブズの名前を表に出さないでおきたい。でも、ショーン・ミッチェルとカラム・ロジャーズを殺害した人物が、なんらかの形でセアラと結びついているように見えることは否定できなかった。そうでなければ、どうしてミッチェルのフラットにセアラの名前を残し、ヒルトンにセアラの名前で予約をしたのだ？

「彼女は何者なんです、ボス？　この女は何者で、今度のことにどうかかわってると？」

「いまは説明できない。彼女が人を殺したとはとにかく思えないの。彼女を起訴できる手堅い証拠が手に入るまではしょっぴきたくない」

「そいつはよろしくない考えだなあ、テス。オズワルドに知れたら、あなたの仕事は吹っ飛ぶ。昇進なんか夢のまた夢だ」

テスはいまだに昇進が最大の関心事だと思われていることに、笑い声をあげそうになった。オズワルドに、自分がフランク・ジェイコブズの身内であり、義理の妹を守るために人を殺したと知れたら、失うのは仕事だけではない。自由も人生もおじゃんだ。

「心配してくれて感謝するわ、ジェローム。心からね。でも、殺人に手を染めた者を逃がすことはできないし、わたしたちがセアラ・ジェイコブズを状況証拠で逮捕すれば、真犯人が外を自由に歩くことになる」

　ジェロームはまだなにか言いたそうだったが、小さくうなずいた。「あなたが正しいことを祈ってますよ、ボス。本当に」

　テスはどうしても穿鑿（せんさく）好きな耳を避けたくて、電話をかけるために外に出た。もっとも、覆面パトカーにもたれると、上階のオフィスの窓からウォーカーに監視されているのが見えた。テスがこの捜査を率いていることに激怒しており、つつくことのできる方法を見つけてやろうと躍起になっている。立ち聞きされそうな場所から妹に電話をかけ、そのための弾丸を彼に渡してやるつもりはなかった。

　セアラは最初の呼び出し音で電話に出た。もしかしたら、やっぱり彼女は霊能者だったのかも。

「テス？」切羽（せっぱ）詰まった声だ。「電話したかったんだ。どうなってるの？　また殺人が起きたって聞いたけど？」

　取り乱した声だ。テスが予想していないものだった。テスはクールで生意気な口ぶりのセアラしか知らない。

「うん、そうなの」テスは返事をして、ウォーカーが窓辺から署の出入り口に移動し、さりげなくこちらを観察しようとしている姿を認めた。あたりには誰もいなかったが、それでも声を落とした。「あなたに答えてほしい質問がある。なにかあるたびにあなたの名前が現れるし、わたしは監視されているって、ちょっと妄想を抱きはじめたところ。どこかで会えない？」

「どうかな」セアラは突然、警戒する口調になった。「ストレスにさらされてる口ぶりだね。あたしを牢屋にぶちこむつもり？」

「そうしないようにする。信じてほしい、わたしたちはどちらもあなたをこの事件に結びつけたくはないのだけれど、それでもこうなっている。ねえ、どうなの？　ふたりだけで会ってもいいから。会ってくれないと警部補としてあなたを逮捕するしかないのかも。どうか、そんなことをさせないで」

「わかったよ。でも、父さんの目をくらまさないと。あんたに近づくなって言われてるから」

セアラの口調にまったく悪気はなかったが、テスはそう言われてナイフで刺されるような痛みを感じた自分に憤(いきどお)った。実の父親が自分といっさいかかわりたがっていないと聞き、いまだに傷ついている。自分で決めたことだとこれだけの歳月、自分に納得させてきたのに。「その感情はおたがいさまだから」嘘と自覚しながら、言い返した。「抜けだせたら、メッセージを送ってどこで会いたいか知らせて。この件をかたづけるのが早ければ早いほど、すっぱりと別々の道を歩けるから」

「ボス」テスが疲れた気分で電話を切ると、ジェロームがついてくるように手招きした。こめかみがうずき、緊張で身体がこわばっている。片手をあげた。

「またわたしをとめようとしないで、ジェローム。行くしかない」

「そうじゃなくて。ほら、ロジャーズの恋人ですよ。ファーラが連絡を取ったら、彼女はすぐ署にやってきたんです。あなたが直接話をしたいんじゃないかと思って」

テスは毒づいた。たしかに話をしたかったが、セアラとの待ち合わせにほかの者を送ることなどできなかった。彼女がどんなことで口を滑らせるかわかったものじゃない。

「いまはわたしが署にいないと、その恋人には伝えてくれる？　引き留めてくれたら、一時間でもどるから」

「了解です。でも、できるだけ急いで彼女から話を聞く必要があるのはわかってます？　配偶者、家族――この段階では彼らがなによりも見込みのある線だ」彼の次の言葉――シャーロックかぶれのイカサマ師ではなく――は口にされなかったが、はっきりと伝わった。組んで働くようになって初めて、ふたりのあいだにヒビが入りだしたように感じる。それがいやでたまらなかったけれど、本当の事情は話せなかった。誰にも打ち明けることなどできそうにない秘密なのだ。それでもテスは警部でジェロームは彼女の部下の部長刑事だから、彼は指示通りにしなければならない。たとえ、ことわざのように、わたし自身はやらないけれど、あなたはわたしの言う通りにそうしなさい、と言われていても。

「助言をどうも、ジェローム。わたしは誰が容疑者の筆頭かはわかってる」はねつける物言いにならないようにしようとしたが、彼の浮かべた表情を見ると失敗だった。「ねえ、この手がかりを追わないとならない。ジェイコブズが人を殺していないことはわかっているけれど、この件になんらかの関係があって、それがなにか探りだすしかない。一時間もしないでもどるから、そうしたら一緒に恋人から話を聞く。事件調書を用意しておいてね？」

ジェロームはうなずいたが、やはりテスの決断に納得していないようだった。「手持ちの情報をすべて整えておきますよ、ボス」

ボス、という言葉を強調されたことは無視したが、昇進して間もないのに、早くも権力を振りかざしたことはなにかしら埋め合わせなければならないとわかっていた。急いでいたが、声を和らげようとした。「ジェローム、あなたはスターよ。ありがとう。すぐにもどると約束するから」

## 24

セアラは指輪の入った箱をベッドの下にもどし、壁を向いて寝室の床に座ると、膝を胸に引き寄せた。ミッチェルのフラットで見つけたこの指輪を最後に身につけたのはいつか思いだせないが、自分のものだというのはわかってる。ただひとりの理想の彼氏、ジェファーソンからのプレゼントだ。太いシルバーの二本のリングがクロスしたデザインで、最初にデートした場所の座標が刻印されている。事件の二週間前に何者かが自分になりすました犯罪現場で、ほかの誰かがまったく同じ刻印のあるまったく同じ指輪を残したとしたら、できすぎの偶然だ。

では、指輪を盗んだのは誰？　最後に指輪を見たのがいつか思いだせたら手がかりになるはずなのに、思いだせない。ジェファーソンとの仲が終わってから身につけるのはやめた。あまりにもつらくなるから。でも、宝石箱に入れたのはたしかで、記憶にあるかぎりずっと寝室の棚にあった。そうなると、ショーン・ミッチェルのフラットに仕込むことのできた人間は、ゲイブ、ウェス、マック、あるいは父親に限定される。フランク・ジェイコブズの家に押し入っても形跡も残さないほど冴えた何者かがいなければ。おそらく、この描写にあてはまるのはフランク自身だ。けれど、家族は誰も十五年前の出来事を知らないはずだから、ショーン・ミッチェルを傷つける理由があるのは誰もいない。セアラ本人だけだ。

「セアラ、大丈夫か？」

噂をすればで、部屋のドアの外から父親の声がした。二日前の意見の不一致は完全に忘れられたみたいだ。少なくともフランクの側はということだけど。セアラはいまだに、どう感じればいいのか、わかっていなかった。自分はイカサマ師で、詐欺のスリルを愛してやまないけれど、こんなに後味が悪いことはなかった。これが本当に自分の望んだ人生なんだろうか？　仕事をひとつ終えるたびに、目覚めたばかりの良心と葛藤するのが？　去年、半分血のつながった姉と立場を交換するかと訊かれれば、声が嗄れるくらい笑っただろう。テスの人生は自分のとくらべたら、つまらなくて、孤独で、不毛だと思ってた。それがいままでは、自信がない。頭が、そろそろ変化をもたらして善人のひとりになるべきだと言ってるのかも。

「大丈夫だよ、なんで？」

「街中がこの話で持ちきりだ。また殺人だよ。今度はメトロポールで。それでおまえの様子をたしかめたくてね」

セアラはかたまった。また殺人？　ミッチェルに関連があるのか、それともまったく別の事件？　ブライトンは殺人事件の多い街ではなく、いつもならこんなに短い間隔では絶対に起こらない。テスに電話して、どうなっているのか探らないといけない。聞きだすのだ、被害者がひょっとして……

まるで呪文で召喚したみたいに、セアラの携帯電話が鳴りはじめた。これはテスだとわかった。

「大丈夫だよ、父さん。着替えをしてるところ」そう叫び、すぐに電話に出た。「テス？　電話したかったんだ。どうなってるの？　また殺人が起きたって聞いたけど？」

次なる殺人の捜査でセアラの名前が浮上してきたとテスに言われ、鼓動が激しくなった。まずい、これ以上、自分に不利な証拠が見つかれば、自分でも有罪だと信じはじめてしまいそうだ。テスに会ってその証拠について話しあうと約束したが、姉はかなり焦っているようで、かわりにフランクの弁護士に連絡してくれと言いたかった。フランクがセアラにテスとかかわらせたくないと思っていることを念押しすると、テスは挑発するような言葉を投げてきた。それでも、テスに待ち合わせの時間と場所を送る前に、大急ぎでゲイブにメッセージを送った。機嫌の悪い姉に耐えるしかないのなら、少しでも楽しいものにしたっていいだろう。

## 25

ブライトン・パレス・ピアは署から歩いて十分だが、ジェロームに引き留められたから電話を切って二十分近くかかり、到着したらセアラはどこにも見当たらなかった。テスはため息をついた。またもや、その場しのぎの対応をされて、ずる賢い宝石泥棒にいつもしてやられるドラマのへっぽこ警官みたいに感じる。ピアで売っている食べ物のにおいに吐き気がして、最後に食事をしたのはいつだったかと、ふと考えた。昨日はたしかに食事をしたような？　身体のなかがうめいている。いったい、セアラはどこに？

ちらりと横を見ると、寝袋にくるまった男がいた。地面に新聞を敷き、煙草の吸い殻が即席のキャンプのまわりに散らばって、隣には蓋を外したスタイロフォームの容器がある。

「すみません」テスは呼びかけた。男は振り返らない。「あの、すみません。このあたりで若い女を見かけませんでしたか？　わたしより背が低く、黒っぽい髪なんですが？」

「なぁぁんだって？」男は大きな耳のうしろに不潔な手をあてる仕草をした。

「女ですが。誰かを待っている様子の」テスは時計に視線をやった。待ち合わせの時間ぴったりだから、セアラはここにいるはずだ。もちろん、最初から会うつもりがなかったのなら別だが。あのいまいましい女め。

「なぁぁんだってぇぇ?」ホームレスの男が今度は叫んだ。彼をあてにしても意味がない。セアラを見かけていても、いまどこにいるかを突きとめる助けになるとは思えない。テスは息を殺して妹をののしった。

「そんな言葉遣いをせんでもよかろうに」男は足元に転がった吸い殻を拾いあげた。

「おっと、聞こえたんですね」テスはつぶやいた。

「まあ、わしは耳が聞こえんわけじゃない。その女、見たが」

テスは驚いた。「いつですか?」

「十分くらい前にこのあたりを嗅ぎまわってた。あんたが遅いと言って。誰かを待たせるのは行儀が悪いと言って」

「あの、なかにはまじめに働く日々を過ごす人もいるので」テスは自分の大失敗に顔が赤くなるのを感じた。「ごめんなさい、いまのはあなたへの皮肉じゃなかったんです。待ち合わせをしていた女に言ってやりたかっただけで。彼女に混乱させられていまして」

「別嬪（べっぴん）さんだったが」男はうめいた。

「ええ、そうだとは思いますよ」テスは認めた。「それに賢くて。賢すぎて、人が努力して稼いだお金を巻きあげて生活してるくらい」

「ちょっときびしくない?」男はつぶやいた。ただし、もう声が同じではなく、明瞭で若かった。それに女だ。

「いったい――」

老人は立ちあがると、歳に合わぬ敏捷(びんしょう)さで背筋を伸ばした。不潔な帽子を脱ぐと、ダークブラウンの髪が彼の――いまではあきらかに彼女の、だが――肩に落ちかかった。

「遅刻だよ」セアラ・ジェイコブズがテスの浮かべた怒りの表情を見てにやりとした。「おっさんが言ったように、行儀が悪い」

「なにしてるのよ。それに尻ポケットにいつもホームレスの衣装を入れているの？」テスは彼女の汚れたぶかぶかの服にあきれた視線を向けた。

「そんなわけないよね」セアラはそう言い、耳をむしり取った。「まあ、家を出る前にゲイブが耳をつけてくれたんだ。残りはトムの。彼はここに住んでいて、ランチに行くあいだ、彼のものを貸してくれた。ちょっとおもしろかったでしょ、テス。おもしろいときの感情、覚えてるよね？　ジョークよ、ジョーク」テスが大声で笑いださないのを見て、セアラの表情は曇り、失望したようだった。

テスは鼻にしわを寄せた。「悪臭のするおもしろさよ。彼の名前がトムだってどうして知っているの？」

セアラの失望は混乱に変わった。「本人に訊ねたからだけど」

「もちろん、そうでしょうね」

セアラは肩をすくめた。「わたしは彼にときどきランチをおごるんだ。温かい飲み物だったり、日焼け止めクリームだったりもするけれど。いい人なんだよ、ただ運がなかっただけ。それに彼はあんたに話させてくれた。あんた、あたしが別嬪さんって言ったよね」

「正確には、あなたがそう言ったんだけど」テスは切り返した。「わたしはただ礼儀正しく、あなたに相づちを打っただけ。で、そろそろその変装はやめてもらえない？　そんな様子のあなたとはまじめに話しあえないし、わたしにはやるべきことがあるの」

セアラは寝袋の下からリュックを引っ張りだし、財布をひらくと数枚の紙幣をトムの持ち物の下に入れた。メイク落としシートを出して、顔の汚れを拭き取った。

「捜査があまりうまくいってないって聞いたけど」彼女は気楽そうに話をしながら、若い女へともどっていった。「被害者がどうやって刺されたのか、まだわかってないんだ？」

「マスコミに公表されていない本件の詳細をどうやって知ったのか、訊ねるつもりもないから。ただひとつのすっきりした回答は、あなたがなんらかの形でかかわっている、だけど」

「あんたからすっきりして見えるただひとつの回答だよね」セアラは答えた。「そもそも、あんたが助けを求めてあたしのもとに来たのが原因だよ、あたしの記憶がたしかなら。あんたを助けることしかやってないのに、いまになって、あたしを容疑者みたいに扱ってる」

「あなたが求めているのが口論だったら、わたしには時間がない。部下の部長刑事はあなたを逮捕して、署でいまみたいな質問をするべきだと思っているの。正直言うと、あなたがほかの誰かだったら、わたしもそうしていた。だから、話をすませてしまいましょう。被害者はカラム・ロジャーズだった」

セアラはテスに横っつらをひっぱたかれたような顔をした。「やばい」

「たしかにやばい。事態はさらに悪化したのよ。彼が殺害された日、ヒルトン・メトロポールにあなたの名前で部屋が予約されていた理由を話せる?」

セアラは驚いて顔をあげた。「二件の殺人にあたしがかかわってるのかって、まだ訊ねるつもり? もうそんな質問をしないくらい、あたしをわかってくれてると思ってた」

テスはため息をつく。「そこが論点のようなものよ、セアラ。わたしはあなたをまったく知らないの、本当には」

「気を悪くしないでよ、パ、ー、ト、ナ、ー、。あたしが犯罪現場で本名を使って部屋を予約するおバカじゃないって、よくわかってると思ってたけど」

「わたしもそう思っていた」テスは認めた。「だからこそ、特大の危険を承知でいまここにいるの。何者かが、事件にあなたがかかわっているとわたしに思わせたがっているから。この件であなたに罪を着せたがっている人物がいないか、それを訊ねたくて。わたしがリアリティのある容疑者を早く見つけられたら、あなたを署からもわたしの捜査からも遠ざけておけるかもしれない」

セアラは問いかける表情になった。「あたしの仕事がなにかわかってるよね? あたしは人を毎日怒らせてる。この一年で怒らせたかもしれない人のリストを作ってほしければ、長い紙がいる。たぶん壁紙一巻きくらいの」

「セアラ、怒らせた人たちは別として、カラム・ロジャーズやショーン・ミッチェルとのつながりを知っているのは何人いる? わたしだけだと思いこんでいたんだけれど」

セアラはくちびるの内側をかんだ。「となると、オッカムのカミソリが提唱するのは……」おもむろに彼女は言う。「あんたがあたしをハメるために彼らを殺した」

テスは憤慨して首を振った。「こうなっても、真剣になれないのね！　あなたがふたつの殺人に結びつくただひとりの容疑者になりそうになっても――」

「ふたつ?」セアラはぴしゃりと言った。「どうやって、あたしがショーン・ミッチェルの殺人に結びつくわけ?」

「どうやら、セアラと名乗る人物が彼の殺される二週間前にフラットを訪ねているみたいなの。それだけではあなたを結びつけるには不十分だけれど、ホテルに滞在していた人のリストの確認が始まって、あなたの容貌がミッチェルの向かいに住む女性の証言と一致するとわかったとたん、点と点を結ぶのに長くはかからない。そうなれば、この結びつきをもっと早くわたしが見つけなかったのはなぜか、追及されるでしょうね」

「だから言ってるよね、あたしはヒルトンに部屋を予約してないし、誰も殺してない。全然わからないよ、どうなってるのか。誰があたしをハメようとして……」彼女はさらになにか言おうとしたがためらい、しっかりとくちびるを閉じた。

「それで?」テスは先をうながした。

「続きなんかない」セアラは首を振りながら言う。なにを話そうとしたのか知らないが、あきらかに考えなおしたのだ。「どうなってるのか、さっぱりわからないよ、テス。知ってることは全部話した。誓ってそうだよ」

テスは読心術を使うまでもなく、腹違いの妹が嘘をついているのは見抜けた。

## 26

テスはブライトン署の捜査本部にもどる途中、三階の廊下でジェロームに出くわした。彼は湯気のたつマグカップをふたつ持っていて、テスはそれを見てうなずいた。片方に書いてある文字に気づいたからだ――〈メールでよかったはずの会議をまたひとつ生きのびた〉と。これはテスのカップで、誕生日にジェロームからもらったものだ。「そっちはわたしのために？」

「いいえ」彼は強情にそんな返事をして、すっかりテスを許してはいないと伝えてきた。「待ち合わせはどうでした？」

「ここでその話はしない。後で教える」テスはさきほど急に彼をはねつけた印象を和らげようと、つけくわけた。「ロジャーズの恋人はまだ引き留めてくれてる？」

「彼女はずっとそこにいますよ。あなたにぜひ話をしたいと言って」ジェロームは三番取調室に頭を傾け、テスがドアに向かおうとしたとき、マグカップを差しだした。「それから、これはあなたに。おれはひねくれ小僧になってた」

「いつものあなたにもどってうれしいわね」テスはほほえんだ。「彼女について知っておくべきことは？」

「名前はミリー・ダイアモンド」ジェロームはにやりとして眉をあげた。「なんだかポルノ・スターみたいじゃないですか？　でも、彼女は本当に動揺してるから、たぶん名前がおかしなことは話題にしないほうがいい。朝からずっと泣いていたようで。とても美人で、金を持っていそうだ。よくいる〝ですよね〟と繰り返すタイプでも〝弁護士を要求します〟タイプでもない。あなたがもどってくるのを、じっと待ってた」

「前科は？」

「なし。きれいなものです」

「事件発生のとき、彼女はどこにいたの？」

ジェロームは手にしたメモを見おろした。「彼女はブライトンの転職コンサルタント会社で働いてます。電話で確認すると、彼女は昨日ずっと働いてたとのこと」

「では、彼女は容疑者筆頭というわけではないわね。でも、誰が筆頭なのか知っているかもしれない」

テスとジェロームが取調室に入ると、若い女は立ちあがった。「わたしはフォックス警部、こちらはモーガン部長刑事です。お悔やみを申し上げます」

うなずくミリー・ダイアモンドの目は赤かった。テスは着席し、ミリーにも座るよう合図した。彼女が腰を下ろすと、テスはじっくり観察した。ジェロームの言う通り、美人だった。上背があってほっそりして、バレリーナのように腕と脚が目立つ。茶色の目はとても大きく、牝鹿を思わせる。物腰全体が弱々しく不安そうで、まるでほんの少しの物音にも驚いて慌てて逃げそうな雰囲気だ。明るい茶色の髪を頭のてっぺんでピンを使って団子にまとめている。黄褐色のロングコートの下に、ジーンズと高価な茶色のセーターではなく、バレリーナの黒いレオタードとレギンスでも身につけていそうだ。彼女が涙に濡れるまつげ越しにジェロームを見あげると、彼は女にほほえみかけた。あらあら。

テスは咳払いをした。「お訊きしにくい質問なんですが、カラム・ロジャーズさんを傷つける動機を持っていそうな人物に心当たりはありませんか」

ミリーはテーブルに視線をもどした。「ありません」とささやく。

「誰がこんなことをしたのか見つけださないとならないんです、ミリー。いまとなっては、カラムさんを面倒に巻きこむこともありません。本当のことを話してもらえると、たいへんありがたいんですが」

「話しています」ミリーはそう言ったが、下くちびるをかんでいる様子は嘘をついていると告げている。

テスはしばし黙ったままでいてから切りだした。「カラムさんはショーン・ミッチェルとどのような知り合いだったんですか？」

ミリーは肩をすくめた。「わかりません。その人の名前は、カラムが先週殺された男を知っていたと話すまで聞いたことがなかったので」

「彼はその件で動揺していたように見えましたか？　怯えた様子は？」

「怯えていたとは言えませんけど、上の空でした。長いこと会っていなかったそうで、誰がやったのかふしぎがっていました」

「彼にはなにも心当たりがなかったと？」

「まったく。ショーンはドラッグの密売人で、誰でも彼に手出しする可能性があるって。どうしてそんな人と知り合いだったのか訊ねると、若い頃は自分も揉め事を起こすほうだったけれど、いまではそういうのは全部やめたと話していました。だから、彼はショーンとずっと会っていなかったんです。つきあう仲間を変えたので」

テスはうなずいた。では、ロジャーズはもうドラッグ密売にはかかわっていなかったと。だったらなぜ殺害された？「なるほど、ありがとうございます。部下たちがすでに昨日のあなたのアリバイはたしかめています。職場にいたことはわかっていますので、あなたは容疑者ではありません。カラムさんがヒルトンに向かった理由について、なにか思いあたる節はありませんか？」

ミリーはテーブルを見た。親指の爪のまわりの皮膚をつまみ、鼻をくすんといわせる。「彼が浮気していたのかとお訊きになりたいんですか？」

「浮気していたんですか？」

ミリーは肩をすくめた。「彼にはとてもそんなこと訊けないじゃないですか？　でも、彼がホテルを予約するような理由が思いあたりませんから、浮気のことが頭をよぎらなかったとは言いません。本当のことは知りたくなくて。これって情けないことでしょうか？」

「いえ、ちっとも。思い出を汚したくないのは理解できます。でも同じ女として、あれこれ疑う機会が多いのもわかります。本当だと認めたくなくても」

ミリーは力強くうなずいた。「そうなんです」

テスはため息を漏らさないようにした。事情聴取を終わらせてくれと、ジェロームに視線を走らせた。

「わかりました、ミリー」彼は言う。「あなたがたいへんつらいのは理解していますよ。今日は家で一緒にいてくれる人がいますかね？」

ミリーはうなずいた。

「では、どんなに小さなことでも思いだしたら、知らせてくれますね？」

若い女はテーブルまで目を伏せたが、うなずいた。

「たしかに彼を一度見かけたことがあって」テスたちが立ちあがりかけたところで、彼女はささやいた。「ベーグルマンに行くところを。女と一緒でした。彼を尾けてはいけなかったんです、わたしってバカね。きっと職場の人だったのよ」

「その女性はどんな風貌でしたか？」

「茶色の髪は見えました。上等のコートを着て――繰り返しになりますが、きっとただの同僚だったんです。あなたたちの時間をむだにしたくないわ」

テスはうなずいた。きっと同僚だろう。

「それに一度、彼の電話に届いたメッセージを見つけました。女からです。セアラ・Jという」

ジェロームがテスに視線を走らせる。「セアラ・J?」

ミリーの頬をふたたび涙が伝いはじめた。「わたしに教えないでくれますか? 彼が浮気していたかどうか。もう本当に知りたくないの」

ジェロームが横目で見てきたが、テスは証人の前で表情を読まれないよう闘った。セアラがどうしてカラム・ロジャーズと会っていたのか知らないが、それでホテルの客室の説明がつく。セアラはついに復讐することを決め、自分だと気づかせずにカラムに近づいたのか? なんといっても、彼女は変装の達人だ。それはつまり、セアラがまた嘘をつき、姉へのガードをゆるめたのも、刃で斬りつけるようにして彼女を笑い者にするためだったという意味になる。

テスとジェロームが捜査本部にもどると、ファーラがテスを待っていた。羽をはばたかせる蝶のように写真の束を振りつづけている。

「ボス? 見せたいものがあるんですが、いま大丈夫ですか?」

「もちろんよ、ファーラ。どんなこと?」

ファーラは近くの空っぽのデスクに向かい、写真を扇状に並べはじめた。

「グローヴ・ヒルのフラットに住むショーン・ミッチェルの隣人からまた連絡があったんです。最初は彼女が退屈して事件にかかわりたがっているだけかと思いました。そういう人っていますよね。そうしたら、隣人は数日前にミッチェルのフラットに入っていく人物と話したと言いだしたんですよ。彼の妹と同じ名前の人物です。隣人は〝まあぁ、ふしぎな偶然じゃないですか、でも、誰かに教えるべきだと思いましてね〟と。このもうひとりのセアラが先日、鍵束を手に部屋に入ったそうです。ブロンドの髪、野球帽。ヒースが防犯カメラの確認に向かいまして、もうじき、もどります」

「よくやったわ。ありがとう、ファーラ。でしゃばりな隣人に感謝ね」テスは吐き気がした。ミッチェルのフラットに入るなんてセアラは――今回はセアラだったとして――どういうつもり？　逮捕されたいの？　だとしたら、それは避けられないことになった。彼女はいまやカラム・ロジャーズと結びついてしまったから。これから主任警部のもとに向かい、捜査の初期段階からセアラが事件にかかわっていたことを白状し、彼女を逮捕するだけのじゅうぶんな証拠があるか判断してもらうしかない。初動時の情報を隠していたのが事件にとんでもない悪影響を及ぼしていないことを祈ることになる。

「まだ続きがあるんです。隣人はこのセアラという女が廊下に出てきたとき、たまたま覗き穴の前を通ったというんです。嘘っぱちですよね、覗き穴の前をふらりと通って、たまたまなにかが見えるなんて。しっかりと目を覗き穴にくっつけないと見えません。とにかく、隣人はこの女が廊下に出てきて、なにかを手にしていたと言うんです。きらきらして見えるものを。たぶん指輪のようなものだそうです」

「やれやれ」テスは思わずつぶやいた。それから、「ほかにこのことを知っている者は？」

「誰も」ファーラは眉をあげた。「あなたのせいじゃありませんよ。鑑識がなにか見逃したのなら、それは彼らの責任です」

テスはぼんやりとうなずいた。自分が妹に証拠を盗んで証跡を隠滅することを許したとしたら、それは誰の責任だろう？　この雪だるま式にふくらんでいくトラブルをとめる方法はあるのか、それとも自分はこれまでのキャリアを台なしにしてしまったんだろうか？

## 27

セアラが手を伸ばして小屋のドアの上にある看板を下ろすと、見つけたこの空き家が以前はアイスクリーム屋だったことがわかるはげたペンキと色あせたロゴが現れた。

霊能者だと振る舞うのは不法じゃない。霊能者のサービスに対価を請求することはできる。広告の但し書きに自分の仕事は〈娯楽目的のみ〉と入れておくかぎりは。もっとも、セアラはこの小屋を合法に借りていなかったので、長居はできないということだ。

しゃがんで看板を、それからこの小屋に一時的に置いていたすべてのもの（海辺での霊能者との体験をフルコースで求める人がいた場合に備えたいくつかの小道具。アマゾンで買った七・九九ポンドの水晶玉、ケンプタウンの店で買ったタロットカード、幽霊の起こす風が必要な場合に備えての送風機）を入れていると、聞き慣れた声がして飛びあがった。

「またカラム・ロジャーズと連絡を取るようになったことを黙っていたのはなぜ？」

セアラは息を整えた。「連絡を取るようになってないからだよ」そう答えながら、振り返ってテスと顔を合わせた。姉は頭にきているようだった。このところ、姉のさまざまな感情を見てきた。そのほとんどは自分に向けたものだったが、激怒した姿は見たことがなかった。

「嘘おっしゃい。あなたは彼と会っていた」

「誰が言った？」

「彼の恋人。自分に隠れて彼がセアラという女と会っていたと話してる」

「たぶん、そうなんじゃない」セアラは肩をすくめた。「でも、それはあたしじゃなかった」

テスはため息をついた。「あなたとこの滑稽なタンゴを踊るのにはもううんざりよ、セアラ。わたしが情報を得ても、あなたは自分につながりがあることを否定するか、罠にはめられたと言い張る。間抜けみたいにあなたを信じたら、さらにあなたに通じる情報が発覚して、またさっきの繰り返し。あなたは現場から証拠を盗んだ。防犯カメラにはあなたの映像がある。それでも、この件でも罠にはめられたと？」

「どういうこと？」

「あなたは現場からなにか盗んだ。わたしにカメラを返すときにSDカードを盗んだことは言うまでもない」

ああ、やばい。生まれて初めて、言葉に詰まった。

「フランクの家の捜索令状を取った。部下たちが向かっているところよ。あなたが盗んだものが見つかるかしらね？」

セアラは姉の腕に手を置こうと伸ばした。テスはびくりとして一歩下がった。「テス、お願いだよ。説明できるから」

「正式にはフォックス警部。それから、あなたに説明できるとは思わない。犯罪現場から証拠を盗んだのよ。あの部屋をあなたに見せただけでも、わたしはクビにされるかもしれないと気づいてる？」

「あたしが侵入したときはもう犯罪現場じゃなかったけれど、まあ、どうでもいいよね」

「いいこと、これがあなたの問題なのよ。何事も真剣に受けとらない！　本当に自分のことしか気にしないんだから！」テスが両手を振りあげ、セアラはたじろいだ。けれどテスはまだ気がすんでいなかった。「人生をこの仕事に捧げているの！　この仕事をやるために、実の父親をもっと知るチャンスも諦めた。わたしにあるのはこの仕事だけ――それなのに失業しそうだと心配してるのも、あなたにとっては大笑いの対象なのね？　あなたにとってはそれでいいでしょうよ、自分のことしか気にしないんだから。あなたは人をペテンにかけて騙す人生を送っているけれど、わたしはこう思っていた。〝テス、あなたになにがわかるの。本当の彼女は思っているほど悪くないかもしれない。生意気なことばかり言って、モラルなんかどうでもいいっていう態度の裏では、まともな人間かもしれない〟と。でも、やっぱり犯罪者だとわかった。これはわたしが自分の勘を信じなかった報い。疑わないことであなたを有利にさせた報い。信じたかったという理由だけで――」

「どうどう、とまれ！」セアラは口をはさんだ。姉に負けないくらい声が強くなった。「ちょっと待って！　会いにきてくれとあたしから頼んだんじゃないよ。あんたが自分であたしの人生に割りこんできたんじゃないの、あんたの仕事をあたしにさせるために。一度も言ったことはないからね、〝お姉ちゃんお願い、あたしをもっといい人間にして〟なんて。必死に家族を求めていたのはあんた。あんたがあたしをほうっておけないのは、こっちのせいじゃない」

言ってはいけないことを言ってしまった。口からいまの言葉が出たとたんに、それがわかった。テスの表情は一気に暗くなった。胸の奥にある思いをこれほどはっきりと突きつけられ、深く傷つけられたことがなかったのはあきらかだ。テスが腰の横につけた無線機がガーと言ったとき、セアラは安堵したくらいだ。テスはベルトから無線機を外した。セアラにも無線が聞こえた。「ありました。ベッドの下です」

テスはがっかりしたような顔を作ってセアラを見た。「ベッドの下？　本当に？　犯罪の達人セアラ・ジェイコブズがそんなところに？」その言葉はカミソリの刃のように鋭かった。「殺人容疑であなたを逮捕します。あなたは黙っていることもできますが、のちにあなたが法廷で頼ることになる事柄を質問されて答えなければ、不利になる可能性もあります」

テスはセアラに手錠をかけ、ふいに疲れを感じた。この一週間でトータル十二時間しか眠っておらず、そのほとんどはソファで事件調書に覆われてのものだった。車で署にもどるあいだ、セアラは口答えもせず、ただのひとつもジョークを言わなかった。諦めた様子で黙ってまっすぐ前を見ているだけだ。この瞬間が訪れるとわかっていたに違いない。犯罪現場から彼女が盗んだ指輪はあきらかに本人にまつわる品だ。そうでなければ、なぜ盗む？　それに彼女がショーン・ミッチェルの死に関与しているならば、同様にカラム・ロジャーズの死に関与している可能性もある。残るただひとつの疑問は、彼女がテスも道連れにして破滅させようと、あのグループの三人目になにがあったのか暴露するかどうかだ。

ただし、テスにはなにかがしっくりこなかった。たぶん、自分の家族がそこまで悪人ではないというただの希望的観測だろう。自分はこざかしくて愉快なスリのドジャー（ディケンズ『オリバー・ツイスト』の登場人物）ふうの妹のキャラクターに調子に乗せられたのだろうが、セアラが冷血な殺人犯だとはどうしても信じられない。それに、犯人が両方の現場からどうやって逃げたかまだわかっていないだけではなく――逮捕という観点からはそこは関係ない――セアラがひとつの殺人のみならず、ふたつの殺人で証拠を残すほど愚かだとは思えなかった。恋人を殺すつもりなのに、本名を使ってホテルの部屋を予約したのはなぜ？　それに指輪が都合よく犯罪現場で抜け落ちた最後の事件はいつのこと？　現実ではそんなことは起こらないはずなのに。鑑識が見つけられなかったのならば、極めて巧みに隠してあったに違いない。まるで警察ではなく、セアラ自身に見つけさせる意図があったみたいだ。ショーン・ミッチェルとカラム・ロジャーズを殺害したのが誰だとしても、なんらかの理由があってふたつの犯罪にセアラを結びつけたがったのであり、テスはその人物に翻弄されている。そう暗く考えながら、セアラを勾留する手続きをした。けれど、個人的な意見は関係ないというのが現実だ。セアラのかかわりをあきらかにする証拠が出たと話したとたん、オズワルドは逮捕状を出した。証拠が重要なのだ。警察は証拠を追い、記録し、解釈する。証拠を無視することはできない。これはテスがどうこうできることではなかった。まだ犯人は捕まっていないとあらゆる感覚がそう叫んでいても、証拠に結びつく女を逮捕すれば終わりだ。テスはセアラが動機について沈黙を貫くことを強く願うしかなかった。さもなければ、結局ふたりは再会することになる。檻のなかで。

ブライトン署の留置場はドラマ《第一容疑者》のものとそっくりだとわかった。モクレンが描かれた四面の煉瓦(れんが)壁、ヤグルマソウのように青く、キットカット並みの厚さのマットレスを載せた板があり、ここに入る者が取り乱してなんでも自白したくなる設計だ。セアラは署に到着すると父親に電話をかけたが、出なかったので、かわりにマックに連絡した。いつもならば父親が口にするであろう、とんでもないことだ、信じられないなどとひとしきり騒いだ後で、マックは弁護士のウェイン・カストロに連絡を取ると約束してくれて、留置原則の二十四時間が経ちしだい、できるだけ早く釈放させるし、午前中ずっと姿が見えないフランクに連絡を取ってみるとも言った。セアラはまだ待たされている。おそらくゲシュタポのお決まりのやり口の一部で、取り調べの前にこちらの気持ちを折ろうとしているのだ。逮捕したときのテスの表情は、セアラが知るべきことをすべて物語っていた。彼女はあたしが有罪だと思ってる。あたしが人殺しであり、残りの生涯を刑務所で腐るのを見たがってるんだ。これが警官の姉を持つ報いだ。血は水より濃いなんて、本当に笑える? テスもおそらく毒づいてるんだろう、セアラがどんなことを事情聴取で話すのかそわそわして。よし、冷や汗をかかせてやろう。

「指輪は机のなかにあったの」セアラはフォーマイカの椅子から身を乗りだして言った。居心地悪そうに身じろぎをしており、テスは取調室にいる彼女がいかにも場違いだと思った。妹を刑務所に入れ、それっきり彼女のことを忘れてしまいたい自分がおり、別の自分——もっと大きな部分——は妹をハグしたがっている。フランクはどこに？　ここに来ないなんて彼らしくない。かわいい娘のために、持てる力と影響力を振りかざし、全力を尽くしていないなんて。なにもかもが、テスをますます神経質にさせた。

「あたしたちで最初にあそこに行ったときは知らなかったんだよ、本当に。抽斗の奥の偽の板の裏に隠されてた。一インチ（約二・五センチ）くらいの空間に。指輪しか隠せないような大きさの場所だよ」

「最初は見つけられなかったのに、どうしてそこにあるとわかったのよ？」テスは訊ねた。

「ドアとゴミ箱の文字の謎を解いたからだよ」セアラが答える。「ライト、ドア、ゴミ箱と言葉を書き殴ってたんだ。そうしたらウェスが三つの単語がどうのって言ってね。そのとき、あるアプリについて思いだしたんだよ。とびきり天才的なアイデアで、その名は——」

「ワット・スリー・ワーズ」テスは続きを言った。「特定の座標を固有の三つの単語で表すアプリで、緊急時には自分の位置を特定してもらうためにその言葉を救急隊に伝えることもできる。わたしたちも一、二回使ったことがあるわよ。でも、あなたが机になにかあると知った説明にはならない」

「いま話したアプリでライト、ドア、ゴミ箱と打ちこめば、正確に特定の位置が出せる手がかりになるんじゃないかって、ひらめいたんだ。それでやってみた」

「それで？」

「スコットランドの適当な地名が出てきた。全然意味のない場所が」

テスはため息を漏らした。「わたしは定年まで二十年しかないんだけど。それまでに話のラストまでいくことを願う」

「忍耐だよ、ワトスンくん」セアラは言い返した。「それで、ゴミ箱についていたのはただの汚れじゃなかったことを思いだしたんだ。二文字だった。ＣＡ。そうなると、ゴミ箱（BIN）という単語と合体させると……」

「キャビン（Cabin）になる」

「正解！　このアプリにライト、ドア、キャビンと打ちこむと、ルイシャム・ロンドン自治区のキャットフォードにあるダヴェンポート・ロードと出てくる」

「めちゃくちゃ遠くね。そこまで行ったの？」

セアラは顔をしかめた。「どうして行かなくちゃならないわけ？」

テスは妹を見つめ、しばし頭のなかがどうなっているのか理解しようとした。犯人が残した三つのでたらめな単語から正確な位置を割りだしたと説明したばかりなのに、なぜその場所に行くのかと訊ねるなんて？

「次の手がかりを見つけるためよ」テスはのろのろと説明した。

セアラが鼻を鳴らす。「バカなことを言わないでよ。スカベンジャー・ハント（借り物競走に似た、物を集めるゲーム）じゃないんだから。これは単語のゲームだよ。ダヴェンポートを別の単語に言い換えると？」

テスは携帯電話に手を伸ばした。

「検索なんかしないで。二分間を節約してあげる。ダヴェンポートは机だよ（イギリスでは小型で蓋付きの書き物机を指す）」

テスは信じられずに彼女を見つめた。「わたしをクビにするつもり？　主任警部のもとに行ってこう言えと？　ショーン・ミッチェル殺しの犯人はホースラディッシュを塗ってあなたに単語ゲームを仕掛け、あなたにそれを解決させ、犯罪現場で自分をおとしいれる証拠を見つけさせようとしたって？　ほんの一瞬でも思わないのかしら、主任警部があなたはとんでもないでたらめを言っているんだと決めつけるとは？　あなたが指輪の見つかる場所を知っていたのは、自分でそれを犯罪現場に置いてきたからだと言われないとでも？」

セアラはしっかり目を合わせてきた。「そんなふうに言われると、あんたの考えのほうがちょっとだけ説得力あるかも」

「ええ、そうよね？」

「でも、あたしの導きだしたことが真実だよ」セアラがやり返す。「それに、この発見は警察にとってもやっぱり価値があるんじゃないの？」

「それがわかるのは」テスは辛辣な口調で言った。「証拠と事実によって裏づけが取れたとき」

「そう言えば」と、セアラ。「ミッチェルの手首をしばっていたロープについての検査結果は鑑識から出た？」

「まだだと思う」テスはうっかり答えたが、言いたした。「あなたには教えられない。逮捕されている身なんだから」一度口をつぐんでから訊ねた。「なぜ、そんなことを?」

セアラは皮肉な笑みを浮かべた。「あたしが本当に容疑者だったら、これ以上なにか話す前に弁護士を待つべきだよね」

テスはため息をついた。「ロープについてどんなことを言いたかったの、セアラ?」

「なんでもないかもしれないけど」そう答えるセアラの口ぶりは腹立たしいほどさりげない。「この密室殺人の謎全体を解く鍵かも」と、肩をすくめる。「でも、あんたの上司の主任警部はあたしのでたらめな仮説なんかいらないんだよね、忘れたの?」

## 28

「危険、立入禁止か。幸先がいいわね」テスはスプレー塗料で煉瓦壁にでかでかと書かれた警告を指さした。

「あいつらはどこでも壁にこいつを書くんですよ」ジェロームはそう言うとテスの手を取り、錆びたスチール階段を誘導して下りた。「そこは踏まないように」

「勘弁して、ランチ・デートの後で破傷風の注射が必要になるのは初めてよ」テスは手すりにもたれてから自分の失敗に気づき、両手をパンパンと合わせて数年ぶんの埃と錆を振り払った。

ジェロームはポケットから布を取りだして巨大なスチール・パイプの表面を拭くと、そこに乗りあがった。その布をテスに投げてきたが、テスは眉をひそめた。

「わたしは立ったままで大丈夫、ありがとう」

　その声は誰もいないショアム・セメント工場の壁に響いた。この場所がかつては産業界の巨人だったなどとはいまでは信じがたいけれど、長さ三百五十フィート（約百七メートル）の円筒窯(ロータリーキルン)や口を大きく開けた配管からは、なおもかつての全盛期の姿は窺える。現在はどこもかしこも景気よく埃で覆われていた。水漏れが壁を伝い、汚物色の錆のシミの模様ができているし、鳥の糞が床と機械全体に散らばっている。注意をうながす掲示が腐蝕した釘からぶら下がっているが、何年ものあいだ危険を警戒すべき人間はいなかったように見えて、じつにむなしい。まばゆい日射しが割れた窓越しに入って、空中を舞う埃の粒子を照らし、この場所全体に世界に見捨てられた気怠(けだる)い趣(おもむき)を添えている。

「お好きにどうぞ」そう言うジェロームはここにいると警察署やバーにいるよりずっと彼らしく見えて驚いてしまう。彼は本日の差し入れランチを差しだした。ツナマヨとサラダのバゲットサンド。次回は自分が食べ物を持参することと心に刻んだ。

　ジェロームは歯でバゲットの包みの端を破り、かぶりついた。テスは彼の動物めいた食べかたに舌打ちした。たまにふたりはつきあいの長いカップルのように感じられる。ただし、性的に惹かれたり、いちゃついたり、カップルが普通に楽しむようなあれこれをしたりといったことをスキップし、〝相手の食べかたにいらだち、セックスはしていない〟段階に直行したみたいだった。

「ジェイコブズのことをどう考えてます？」ジェロームは袖で口元を拭きながら訊ねた。テスはまだ自分のサンドをついばんでもいないのに、彼があっという間にランチをたいらげようとしていてびっくりする。

じつはセアラが自分の家系図という木の枝なのだとは、まだ打ち明けるときではなさそうだ。

「彼女は犯人ではないと思う」冷静な声を保ちつつ答えた。「主な理由は、彼女に不利な証拠はせいぜい状況証拠であること。セアラという何者か、あるいはセアラという名だと主張する何者かがショーン・ミッチェルのフラットを訪れ、彼女の名前がヒルトンの宿泊者名簿にある。まさにそれだけなのよ。犯行時間にどちらの殺人でも現場で彼女を目撃した証人はいないし、いまのところ、DNAの証拠もない。そうよ、たしかに彼女はショーン・ミッチェルのフラットに押し入ったけれど、彼女が泥棒だということは最初からわかっている。それで彼女が殺人者ということにはならない」

「ただし、例の指輪が彼女のもので、そこにミッチェルの血痕が残っているとしたら、強力な証拠になる」

「まあね」テスは考えこんだ。「そしてそれは、とても都合のいい話だと思わない？　最初の現場で彼女は指輪を隠し、第二の現場では自分の本名を使って部屋を予約した。ほかはなにもかも準備万端で完璧、ほかになんの手がかりもないのと同じだというのに。二点だけがセアラを指さしている。わからないのよね、わたしがかかわってきたどんな事件とも違う」

「そのうえ、あなたは彼女が好きだし」ジェロームがつけ足す。彼はパイプから下り、テスが彼めがけて振りまわした腕をよけた。

「わたしは彼女が好きじゃない」

「まあ、六時間後には彼女を起訴するか釈放するか、どちらかになる」ジェロームが念を押す。

「だから、あなたの凄腕ペテン師についてすぐにでも心を決めないと」

「彼女が謎をどれだけあっさり解いたか話したでしょう。感心しなかったとは言わせないから」

「もちろん、感心しましたよ。もしおれが『テイク・ア・ブレイク』の賞金を勝ち取ろうとするのなら――」

テスは鼻を鳴らした。「あなたは『テイク・ア・ブレイク』を読んでない」

ジェロームは肩をすくめる。「あの女性誌にはいい話が載ってるんですよ。とにかく、おれがパズルを解きたかったら、まずあなたの女ペテン師に連絡する。でも、おれは殺人事件を解決したいんだ。二件の殺人を。となると、連絡すべきは……?」

「ゴーストバスターズ?」テスは言ってみた。

「おれたちですよ、テス。連絡すべきはおれたちだ。おれたちは訓練を受けてきたじゃないですか? それに警察および刑事証拠法(PACE)みたいに面倒なガイドラインがありますよね? あれは理由があって存在してるんだ。あれにしたがって誰がやったのか見つけだせば、有罪はほぼ約束される。あなたの友達のホームズは、確保された犯罪現場を荒らすときにそんな細々(こまごま)したことを心配する必要はないが、おれたちには必要がある」

「たしかに」テスはため息を漏らした。「あなたが正しいのはわかってる。わたしはオズワルドと話して、起訴するには証拠が足りないと言うつもりよ。だからあれこれに振りまわされるのをやめて、事実に集中しないとならない。あの男たちの死を望んだのは誰なのか、見つけだすから。手口、動機、機会があった人物を」

そして自分が容疑者リストに載らないようにしなければ。

## 29

セアラ・ジェイコブズが勾留されてあと六分で二十二時間というとき、ブライトンの市中心部でまた殺しが発生したというニュースが飛びこんできた。キングズ・ロードのオールド・シップ・ホテルでの射殺事件で、二週間足らずのうちにブライトンで第三の殺人が起きたことになる。人気のある小説を読んで世間の人が信じこんでいるのとは違って、ブライトンはイギリスの殺人における首都ではない。先週だけで、〝BN〟というブライトン郵便番号エリアにおける去年の殺人事件の総数に達した程度なのだ。ブライトンにはシリアル・キラーがいて、被留置者がちょっと犯罪活動するために警察の監視の目から抜けだし、自発的にもどってきたのでないかぎり、犯人はセアラではない。

遺体は午後三時三十分に発見された。五十代の男性で、朝食後のどこかの時点でベッドで撃たれた。同じくらいの時刻にセアラ・ジェイコブズが〝ノー・コメント〟を貫く三回目の取調べを受けていたことをテスは知っている。セアラについて時間がなくなりつつあることも知っていた——妹を起訴するまで二時間足らずだ。

この被害者の身元はテスにとって謎だった。十五年前の犯罪の関係者として思いつくのは二名だけで、いまはどちらも死んでいる。次は誰だと判明するんだろう？　またもや自分と結びつく人物？

「同じ犯人みたいですね、ボス」ジェロームが言う。彼はスターバックスのカップを両手に持ち、リンボーダンスを踊るようにバランスを取りながら助手席に乗った。

「どうしてわかるの？　報告では射殺ということだった。手口が違う」テスは運転席に滑りこんだ。

「決めつけるのは早い。現場にまず到着した巡査と話をしたんですけどね——」

「またヒースじゃないでしょうね？　ひょっとしたら、彼が殺人犯なんじゃないかって思いはじめてきた。三件の殺人にいちばんつながりがあるのは彼よ」

「いや、今回はケントという名の巡査で。通信指令センターへの通報によると、部屋に押し入るしかなかったと。内側からロックされてたので」

「ホテルの部屋だから、閉じれば勝手にロックされるでしょ」

「この部屋はドアの内側にチェーンがかかってたんです」ジェロームはしかめつらを作ると、

肘をあげて迫ってきそうな一撃から身を守るふりをした。

「もう、勘弁してよ」テスは毒づいた。終わりはあるのか？「発見者は誰？」

「接客マネージャーですね。被害者がチェックアウトしなかったので、部屋に向かってみるとチェーンがかかっていた。メイドがマネージャーを見つけ、彼が修繕スタッフにドアを開けさせると、被害者がベッドに横たわってるのが発見されたと。頭部を撃ち抜かれてた」

「隣に通じるコネクティング・ドアがあったとか？」

ジェロームは肩をすくめた。「現場そのものについての情報はなし。でも、廊下に防犯カメラがある。マネージャーに映像を確認する準備をさせるよう、ケントに頼んでおきましたよ。現場は保存され、あなたが見るまではほかに誰も入りません。鑑識とケイも向かってますよ」

「ご苦労さま」テスはため息をつき、今度はなにを見つけることになるのか考えた。というより、いったい誰を見つけることになるのか。ひとつたしかなことがある。現場に到着してセアラ・ジェイコブズが鑑識班に混ざっていたら、密室で自分の頭を撃ち抜いてしまうだろう。

「テス・フォックス警部です」テスは現場で出迎えてくれた心配顔の男に手を差しだした。彼はたぶん四フィート八インチ（約百四十二センチ）ぐらいで、テスよりちょうど一フィート（約三十センチ）背が低かった。急いで歩く様子は、走りまわるトガリネズミを連想させる。茶色のツイードのスーツでも、この齧歯類めいた印象を払拭するにはまったく役立っていないが、彼の表情は温かく開けっぴろげで、アニメの親しげなネズミに近いイメージだ。「あなたがマネージャーですか？」

男はうなずいた。「ティモシー・テイラーです。でも、どうかティムと呼んでください」すぐに逮捕されると思ってでもいるような表情をしている。

「ありがとう、ティム。宿泊記録にある名前を教えてもらえますか？」

「ええ、もちろん。名前は……」彼は小さな字でなにやら書きつけた手首をたしかめた。「ルカ・マンシーニです」

ルカ・マンシーニ。聞き覚えのある名前だが、少なくともセアラ・ジェイコブズではなかった。大急ぎでファーラあてのメッセージを打ちこみ、彼女について調べるように頼んだ。結局セアラに結びつくことがないよう祈るばかりだ。

「すばやい対応に感謝します、ティム。事件のあらましは聞いていますが、あなた自身の言葉で説明してもらえますか。のちほど部下のひとりに正式な供述書を作らせます。何度も繰り返させることになって、すみませんが」

ティムは熱心にうなずいた。「平気です。ええ、お気になさらず。午後二時三十分頃、チェックアウトしていないかたがいらっしゃると、清掃担当の客室係から連絡がありました。想像される以上によくあることです。寝過ごしたり、ときには正式にチェックアウトしないまま、ドアに〈起こさないでください〉の札を残して去ってしまったりと。チェックアウト日の正午を過ぎると、客室係にはとにかく部屋に入るよう言っています。それでたいていはお客様も部屋を空けてくださるものです。ただ今回は、ドアにチェーンがかかっていたもので、ミランダは入ることができませんでした。彼女はわたしのもとにやってきて、わたしがその部屋のドアをノックしました。五分ほどそちらの紳士と話をしようとがんばりましたが、なんのお返事もありません。ドアを開けたところ、あきらかにチェーンのために引っかかりましたが、お部屋のなかに叫ぶことはできました。それでもお返事はありません。そこで、チェーンを外すためにアンディを呼びに行ったのです」

「アンディというのは修繕スタッフですか？」

ティムはうなずいた。「ええ」

「わかりました、どうも」テスはメモ帳に情報を走り書きした。「彼がチェーンを外して――その続きは？」

「それからわたしは部屋に入り、遺体を見つけました。ひどいありさまでした、大量の血で。あんなに血が出るものだとは思ってもいませんでしたよ」

「ええ、さぞかしショックを受けられたことと思います。救急隊員に診てもらいますか？」

ティムは首を振り、テスはうなずいた。

「わかりました。それで、あなたがいちばん先に部屋に入ったんですね？　それはたしかですか？」

「足を踏み入れたのはわたしだけです」ティムが保証した。「アンディは外にとどまっていました。彼には無線でフロントに連絡し、救急車を呼んでもらうよう頼みました。彼はドラッグの過剰摂取かなにかだと想像したんじゃないでしょうかね。ここで自殺があったのは初めてではありませんので」彼は声を落とした。「ここだけの話、だからアンディは部屋に入らなかったんじゃないでしょうか。彼は少々、繊細なほうなので」

「目にして、とても楽しいものじゃないですからね」テスは答えた。「配慮に富む行動をありがとうございます。その男性に近づきましたか?」

「いいえ」ティムは不安そうだ。「近づくべきでしたか? 脈拍をたしかめようとも思ったんですが、どう見ても死亡していたので——あんなにたくさんの血が……」

「いいえ、あなたの行動はまったく正しいものでした」テスは安心させた。じつにたくさんの人がヒーローを演じようとして、結局は犯罪現場を隅々まで踏みにじり、あらゆる場所に血痕を広げて証拠を破壊してきた。捜査を始める前から対処すべき問題がひとつ減ったことには感謝だ。できれば、救急隊員たちも同じように注意してくれていればいいが。「そして救急車がやってきたと。隊員たちの前に誰かが部屋に入りましたか?」

「いいえ」ティムが答える。「スタッフの誰にも、あの光景を見せるつもりなどありませんでした。それに、救急隊員のうちふたりだけがまず部屋に入りました。彼らはまた姿を見せると首を振りました。彼らにできることはなにもないと」

ブライトンの救急隊員が自分たちのやるべきことをわきまえていて本当にありがたい。被害者が死亡していると直ちに察知し、犯罪現場を保存するために人員を最小限にとどめたのだ。

「どうもありがとうございます、ティム。本当に助かりました。もう一度、いま話してもらった通り——できる範囲で——繰り返してもらうことになります。部下が細かいところまですべて正確に記録できるように。ミランダとアンディに話を聞く必要があるんですが、どこにいるかご存じで？」

ティムは誇らしそうに胸を張った。「ふたりを別々の場所で待機させましたよ」犯罪ドラマを見慣れている人物だ。「ミランダは最初に到着した巡査と一緒に向こうにいます。アンディはコーヒーを取りにいきましたが、すぐにもどるよう伝えてあります」

「すばらしいですね、ティム。もしもこの仕事が合わないと感じたら、警察に応募してくださいね？」

マネージャーはテスが胸に刑事バッジをつけてくれたかのように、満面の笑みを見せた。ほら、テスはその気になれば〝人づきあい〟がうまくもなれるのだ。

「ジェローム」テスは彼がどこかと振り返ると、ケント巡査と話していた。「ティムをどこか静かな場所に連れていき、完全な供述書を取ってくれる？」

「もちろん」ジェロームはじゃまが入ってうれしそうだ。「向こうに行きましょう、マネージャー」

「ケント巡査、わたしはテス・フォックス警部。本件の捜査責任者よ」テスは呼吸をして、ジェロームがあれほどこの場を離れたがった理由がわかった。すえた汗のにおいがこの巡査にはまとわりついていて、まるで……まあ、とにかくとんでもない悪臭だ。この出会いを楽しいものでなくていいから短くしようと決め、次の殺人現場に駆けつけるのはヒースであることを願った。「あなたがここに到着したのは、救急車の前、それとも後？」

「ほぼ同時でした、奥様（マーム）」

「わたしをそんなふうに呼ぶ必要はないわ」テスはほほえみ、わずかに一歩下がった。「テスで大丈夫。では、救急隊員が部屋に入ったのは……？」

「自分より先です」ケントが請け合った。「彼らが生存の兆候がないか確認し、部屋を後にしてすぐ、自分は部屋を封鎖し、応援を呼びました。それから廊下も封鎖し、ほかの客が部屋から出ないようにしました。少しだけ詳細を聞きましたよ、マネージャーのティム・テイラーから――ダーツの選手みたいな名前ですよね？　それからモーガン部長刑事と話をしたところ、防犯カメラの映像を確保しろと言われ、下のフロントに連絡したら、準備しておくと言われました」

「そして、あなたはこのフロアにとどまっていた？」

「ええ、マーム。いえその、はい、という意味です。部屋はほとんどが空いているようです。あっちにいるホランダー巡査が誰もここに入れないようにしているし、自分は部屋にいる数人が廊下に出ないようにしてました」

「よくやったわ、ありがとう」

　しかし、テスは犯罪現場が保存されていることは、この状況を少しも好転させないだろうという予感がしていた。ここまでの二件と同じ犯人ならば、自分たちにできることはなにもないし、なにかやっても救いにはならないだろう。

# 30

スタッフの話によると、ルカ・マンシーニは午後四時三十分にチェックインしていた。部屋から下りて夕食をとり、バーで一杯飲んでからもどり、次に下りてきたのは朝食どきだった。防犯カメラは彼がレストランに入り、午前九時にふたたびもどっていくところをとらえている。廊下のカメラに、九時六分に部屋に入る姿が映っていた。九時三十六分に、清掃スタッフのひとりがドアをノックしたところ返事がなかったので、室内に入って清掃しようとした。チェーンがかかっていたので、彼女は去った。

被害者は十一時がチェックアウト時間で、この部屋は次の客のために準備を整えなければならなかった。次の勤務時間帯の清掃スタッフが部屋に入ろうとしたが、ドアはやはり閉まっていた。部屋から返事はない。彼女はマネージャーに話を通し、彼はしばらく思案した後、修繕スタッフにドアのチェーンを壊させ、ベッドに横たわる被害者を見つけた。顔を一発撃たれ、近親者でも身元確認が不可能な状態になっていた。

オールド・シップは五階建てのホテルで、被害者の部屋は最上階だった。白い廊下を歩きながら、テスは真新しいペンキの壁に並ぶ額縁入りの絵画をながめた。ごく最近、改装されたらしい。ここに向かう途中、ジェロームにこのホテルについて少し調べさせた。極端に高級ではないが、安いベッド・アンド・ブレックファストの宿でもなかった。主に休日をブライトンの魅力で満喫したい観光客にサービスを提供するホテルだ。フロア自体は封鎖されているが、カラム・ロジャーズの殺人とは異なり、犯罪現場はこの部屋のみに限定されるから、テスは必要以上にホテルそのものを封鎖しない決断を下した。警察に入ってからホテルでの死亡事件に二回かかわったことがある。ひとつはドラッグの過剰摂取で、もうひとつは夫にコルク抜きで繰り返し刺された女性だった。どちらのときもホテルは営業を続け、ほとんどの客は幸いにも客のひとりに異変が起きたとは気づかなかった。たいていの場合、客のひとりが死亡していると経営陣に知らせるのは客室係だ。その点では本件に異例なところはなかった。

四二二号室のドアはわずかにひらいたままになっており、テスはドアを守る巡査に警察手帳を振ってみせた。彼はうんざりしたような態度で横にどき、手帳をちらりと見ることもなかった。どうしてそんな必要がある——殺人事件が起こり、彼は重大犯罪班を待っていたところ刑事にしか見えない人物がやってきたのだから。テスはちょっとむかついたがくちびるの内側をかみ、犯罪現場に簡単に人を入れようとしたことについて呑気(のんき)な巡査に説教するのを思いとどまった。ブライトン署の巡査たちにいけ好かない女だと知られるだけで、そうでなくとも自分自身の班でそうした評判はもう広まっている。

寝室はヤグルマソウの青と白の壁紙が心地よい配色の内装で、華麗な金箔(きんぱく)の額縁に入ったブライトン・ピアの大きな版画が、ドア正面の角度のついた壁に飾られていた。右手に、浴室に通じる別のドアがあり、白く塗られて落ち着く感じだ。この部屋の穏やかで平和な雰囲気を壊すのはただひとつ、ドアの左手にある整えられてない大きなダブルベッドの上半分を覆う、濡れて輝く真紅のシミだけだ。白いキルトをあしらったヘッドボードに血飛沫が点々と付着して垂れている。まるで、誰かがミルクシェイクの蓋を外したまま、強く振ったかのようだ。ここにジーンズとネイビーのポロシャツ姿のぐったりとした男性の遺体があり、顔があったはずの場所にぽっかりと黒い穴があいている。

「ひどい」テスは思わずつぶやいた。鑑識の到着前にひとつでもリスクのある行動をしたくないから、ドアでとどまった。救急隊は現場をいっさい乱していないようだが、それも当然だった。ここには救うべき命がない。それはあきらかだった。ベッドの陰惨な光景から目を逸らしながら、メモ帳を取りだしてざっと部屋の見取り図を描いた。ドアの正面の壁にある窓のブラインドは四分の三が下ろされ、浴室のドアが少しひらいている。少し横を向き、修繕スタッフのアンディが肩から体当たりしてチェーンをちぎって割ったドア枠の写真を撮った。「そのまま廊下で待機して」とジェロームに指示した。彼は口答えしなかった。テスはあたりを見まわしてため息を漏らした。

「ホテルの部屋のチェーンをかける人ってまだいるの？」

ジェロームの声がドアの外から聞こえる。「彼はなにかをおそれていた。誰かをなかに入れずにおこうとした」

セアラならなんて言うだろう？

〝何事も決めつけて仮定しないことだよ〟

「あるいは、誰かをなかに入れたままにしておこうとした」

よし、とテスの声はセアラの声に説いた。わたしはこの男性が殺害されたと仮定している。視線を下に向けて部屋を横切り、足元のものをなにも見逃さないよう注意し、ベッドの下を隠す飾り布をめくった。下に銃はない。ボールペンを手にすると、頭部が半分しかない死者に注目しないようにして、掛けぶとんを持ちあげ、被害者の両手をあらわにした。やはり銃はない。のちほど鑑識に徹底的な調査をさせるが、この部屋に銃がないことに喜んで賭ける。彼が自分で顔を撃ってから起きあがって凶器を窓の外に投げたのでないかぎり、殺人と考えて大丈夫だ。

では次は？

〝あんたは出口が一カ所だけだと考えてるね〟——これもまず大丈夫だ。窓と浴室をたしかめると、窓はペンキで隙間が塗りこめられ閉じられた状態で（これについてはホテルとして安全対策の規定なのかどうか、確信は持てなかったが、これで話は単純になった）、シャワーブースから外に出る秘密のドアもなかった。修繕スタッフの器用なアンディと小柄なティムが警察を呼びに行くまで、犯人がそこに隠れていなかったと言っているのではない。防犯カメラを隅から隅までたしかめないと。

「ボス、鑑識が到着」ジェロームが呼びかけた。

〝決めつけてるよ〟と、頭のなかの声がたしなめる。〝あんたは犯人がワードローブにいないって決めつけてる〟

その考えが頭のなかでふくらみ、部屋から転がるようにして廊下に出た。ジェロームがこれを見て眉をあげる。

「なにかあった？」テスは無邪気を装って訊ね、部屋へと手を振った。「いまから部屋に入ってワードローブをたしかめて」

ティムが親切に提供してくれた部屋は（警察がほかの客の目に入らないようにするためらしい——上の客室に死体があったという考え以上に、十二・九五ポンドのコンチネンタル・ブレックファストへの興味をなくすものはない）ふたりが肩を寄せ合って立つのがやっとの広さだった。上階の惨事についてどうすべきか、ここで内輪で話しあうのだ。壁には金属の棚が並び、さまざまな封筒やホチキスが収められているが、ふくらませるパイナップルの飾り物や、脚が一本折れているのか、壁に向かって小便を引っかけているポーズなのか判然としないトナカイの置物といった品もあった。時計はとまっていて、黒い三角帆の船の置物の隣には〈エルトン〉と名前が入った青いプラスチックのランチボックス、ターディスのミニチュア。テスは部屋にあるもののリストを頭のなかで記録していった。児童書に出てくる忘れ物の部屋のように見えるが、いまのところはどうでもいい。テスは頼りのメモ帳を取りだし、棚にもたれてぐらつかないかたしかめ、ジェロームに視線を投げた。

「誰に話を聞いた？」

ジェロームは自分のメモをたしかめた。「マネージャーのティム、それと客室係のレディ、あるいは清掃係のレディ。政治的に正しい呼びかたはどうなんでしょう。なんて呼べばいいんですかね？」

「ミランダ」テスは答えた。「彼女はどんな話を？」

「ティムと同じです。部屋を掃除しようとドアを開けたら、途中までひらいたけれどチェーンがかかっていた。呼びかけたが、返事はなし。チェックアウトを三時間以上過ぎていたので、ティムに知らせて自分の仕事を続けたと。死体が発見されたとき、彼女はその場に居合わせてません」

「この男性の部屋に〈起こさないでください〉の札は出ていたの？　わたしが到着したときはなかった」

「おれも見てませんよ」ジェロームもそう言う。

「ティムに訊いてみて」テスは頼んだ。「ホテルの部屋で人を殺したなら、少しでも逃げるための時間がほしいはずよ。〈起こさないでください〉の札を出したくなると思うけれど。指紋があるかもしれない。わかってるわよ」ジェロームの表情を見てつけ足した。「見込みは薄いって。でも、鑑識にドアから落とされた札についてた指紋を一組見逃してほしくないもの。とにかくティムにたしかめて」

「承知しました」

「ありがとう。フロントは？」

「フロントの女性に話を聞きましたよ。昨日被害者がチェックインしたときは違う男性スタッフが接客したんで、おれたちと話をするよう、彼女から連絡してくれるそうです。被害者を見ていないので、システムに登録された情報しかわからないと言うだけで」

「わかった、ありがとう。ほかには？」

「ええと、わかっているのは被害者のフルネームと住所だな。ダブルの部屋に泊まってましたが、予約にあるのは彼の名前だけ。予約はブッキング・ドットコム経由で一週間前に入ってるんで、使用されたクレジットカードの情報をたどるようメモしておきました。アナベルは」彼は美味なるもののようにその名を口にして、眉をあげた。「とても協力的で、彼がチェックインした前後の防犯カメラの映像をＵＳＢに落としてくれてるところです」

「どの範囲を映したもの？」

「エントランスから廊下を。前の宿泊客がチェックアウトした後で、あの部屋に入った者がいたら見つかるはずですよ」

「よかった。運がよければ、被害者がやってきたときのはっきりした映像が手に入るわね。彼が誰かと話しているのを目撃している客を見つけるのに役立つ。きっと、〝協力的なアナベル〟がその点でもあなたに協力してくれるんじゃないの、モーガン部長刑事？」テスはほほえんだ。「鑑識が部屋を調べているところで、ここでわたしたちふたりが揃ってぶらぶらしていても意味がない。ジェローム、アナベルとの作業が終わったらもどってきて。一緒に映像を確認しましょう。わたしはケントをここに残らせてほかの客に話を聞かせてみる。ヒースほど期待はできなさそうだけど。それから、あなたでも誰でも、犯人が被害者を撃って部屋を去るとき、どうやってドアのチェーンをかけたかを探りだせたら、一週間ぶんの夕食をおごるから」

ファーラはテスたちがいつ署にもどるかと待ち構えていた。

「どんなことがわかったの?」テスは彼女が浮かべた表情を見て訊ねた。この被害者は何者なんだろう?

「ジェロームから電話連絡のあった身元をデータベースで調べました。前科なしです」

テスはため息をついた。「やってみる価値はあったと信じたいところね」

「それがあったんです」ファーラは書類を掲げた。「ほかにわかったことがあったので。ルカ・マンシーニに前科はありませんでしたが、彼の名前が捜査中の事件に関連して浮上しました。わたしたちの事件です」

テスは書類を手にした。「ショーン・ミッチェル事件。そうよ、聞き覚えがあると思った!彼の照会先ね?」

ファーラがうなずく。「ええ。そして本物のルカ・マンシーニは十年前に亡くなっています」

「なるほど」テスは廊下を見まわした。「つまり、これは偽名。目下、ふたつの事件を結びつけるただひとつの接点ね。ありがとう、ファーラ。よくやったわ」

彼女は笑顔を見せた。「ブッキング・ドットコムにも連絡しました」

「あなたは働き者ね」テスは感心した。

「できるだけのことはしています。残念ながら、詳細を教えるには令状が必要とのことでしたが。ただ、安心材料はありまして、わたしが話した男性の担当者によると、令状が取れればすぐ情報は出せると言っていたことです」

「そうね」テスはジェロームに視線を向けた。「わたしはオズワルドに連絡するから、そのあいだにあなたは――」

「その必要はありません」ファーラが口をはさんだ。「すみません、警部。オズワルド主任警部がブリーフィング・ルームであなたを待っているんです。また殺人が起きたと聞いて、こちらに来られて」

「どんな様子？」テスは訊ねた。

ファーラの表情は誤解しようがなかった。彼女は声を落とした。「ここだけの話ですよ？ジャニスがハンドバッグに千ポンド使ってから、お揃いの財布も買ってくれって頼んだときのことを覚えてます？」

「最悪」どこまでもついていない一日だ。テスはうなずいた。「ありがとう。お願いしていい？　三つの事件のすべての記録を調べ、類似点がないか相互に参照して調べてほしいの。事件同士を結びつけるものなら、どんな点でもいい。被害者たちが同じメーカーの靴を履いていたとかなんでもいいから、すべてを知りたいの。すぐになにか見つけだせなければ、わたしたちみんな月末にはホテルで働いているかも」

## 31

オズワルド主任警部はテスがもどると予想して、すでにブリーフィング・ルームから人払いをしていた。テスがドアを軽くノックすると、彼はうめいた。「入れ、フォックス」足を踏み入れると、彼は壁に貼られたさまざまなメモや図表、その脇のいくつものホワイトボードの走り書きを見ているところだった。「座れ」そう指示された。

テスは腰を下ろした。

「これはまずいな、テス」彼は首を振ったが、テスはまだフォックス警部とよそよそしく呼びかけられていないことを、いいしるしだと受けとった。鼻の下を親指と人差し指でつまむようにして、手のひらで口元をさすっている。これは彼がストレスを受けるといつも無意識でやる仕草だ。いつもより顔色が悪く、いままで見たことのないクマが目の下にできている。「一カ月もしないうちに三件の殺人だ。どういうことになるか、わかっているかね?」

「いいえ、主任警部」いまはこれだけ多忙だと予算が足りませんと、うぬぼれた軽口をたたくときではない。オズワルドに合わせるしかない。テスは越えてはいけない一線をわきまえていた。いまは少し申し訳ない気持ちだ。こちらが犯罪現場で忙しくしているあいだに、彼は上司やマスコミからテスを守ってくれている。以前はつねに栄光の役職だと思えていたが、もう彼の立場になどなりたくなかった。

「シリアル・キラー」立ち聞きされていないかと心配しているように、彼はその言葉をささやいた。「マスコミがこの事件について知れば、シリアル・キラーによる犯行だという見出しが書きたてられるぞ。彼らは第三の事件を待っている。グーグル検索すれば、きみが三つの事件を手がけるはずだと予測変換が出るほどだ。この第三の事件が知られれば、とんでもない騒ぎになる」

では、主任警部が気にしていたのはこれか。野放しのシリアル・キラーを望む警察などない。どういうわけか、市民の頭のなかではシリアル・キラーという存在は、三つの異なる無関係な殺人事件より始末が悪いのだ。後者は三人の犯人を意味するのであっても。ふしぎな話だ。

「主任警部、わたしは……」

「事実――わたしがマスコミにあきらかにしたい事実は、最初のふたつの殺人については容疑者を確保していることだ。しかし、いますぐ彼女を釈放することになるのであれば、そうした発表はしたくない」

テスは深呼吸をした。「まちがった人物を逮捕したと考えています。三つの殺人には関連があり、真犯人はセアラ・ジェイコブズがやったとわたしたちに思わせたがっているのではないかと」

オズワルドは大きなため息を漏らした。「きみがそう言うのではないかと心配していた。どんなふうに見えるかわかるかね？　わたしたち警察がこんなことを引き起こしたように見えるのだ。ジェイコブズにすべてのエネルギーを注いでいるあいだに、真犯人が大手を振って歩き、またもや殺人を起こしたようにな。つまるところ、それが真実なんだろう?」

「それはアンフェアですよ、主任警部。わかっているはずです。わたしたちふたりでジェイコブズの取り調べをするあいだ、捜査班のほかの者たちは被害者ふたりが気分を損ねたか、怒らせたかした人物、あるいは過去にどちらの被害者に対しても恨みを抱いた人物を容疑者から除外できるよう、たいへんな量の仕事とずっと格闘していたんです。想像はつくと思いますが、ミッチェルやロジャーズがつきあっているような――あるいはつきあっていたような人々は警察と話したがらないので」

「このふたりがある一時期に知り合いだったという事実を別にすれば、彼らの殺人につながりがあるという証拠は実際に握っているのかね? そして、この三番目の殺人はそもそもどういう関連があるのだ?」

「この三つの事件すべてにつながりがあります」テスは言った。

「つながり? 一貫性があるというのか? 場所、手口、被害者の年齢は異なっている――たしかに全員男性だが、それはあまり重要ではないぞ。絶対に同一の犯人によるものだと言える根拠はなんだね?」

「そうですね、最初のふたりに過去にドラッグ関連の罪状があることと、ほぼ確実に知人同士だったという事実のほかには、殺人の時期が近いこと、三人とも〝不可能〟犯罪で殺害されていることです。そして第三の被害者は、ショーン・ミッチェルが賃貸申込書の照会先として使った偽名で部屋を予約していました」

オズワルド主任警部は目を見ひらいた。デスクの奥に向かって腰を下ろすと、ふたたび鼻をつまむ仕草をする。「つまり、手堅い証拠はなにもないのだな?」ゆっくりと言う。「特に第三の被害者——射殺事件はまったく別件の可能性もあるのだな?」

「主任警部、そうは思いません。手口は同じです。部屋は内側からロックされていました」

「その点は誰にも知らせる必要はないな。いまはまだ」オズワルド主任警部は答えた。熱心さを帯びた口調になり、細い希望の糸が長くなってきたという感じだ。「今度のは射殺事件であり、最初のふたつの犯罪のようにナイフはかかわっていない。その観点から見れば、完全に異なる手口だ。最初のふたつの殺人についてはすでに確保している容疑者がいるから、今度の事件は異なる犯人によるものだとマスコミには知らせればいい。暴力的な犯罪がまたひとつ起きたが、シリアル・キラーではない」

「でも主任警部、関連する点が……」

「ただの偶然かもしれないじゃないか」と、オズワルド。彼はボールペンを手にすると、それでデスクをコツコツとたたきはじめた。「いいかね、ここはじつに狭い世界だ。人々は知り合い同士で、聞いたことのある名前ばかりだ。今度の事件を無関係なものとして扱えば、実際に犯人を起訴できるまでマスコミはシリアル・キラーだと騒がないでくれるだろう」彼はいまではテスにというより、自分に言い聞かせるように話していた。「ただし、第三の事件は別のチームに担当させなければならないがね」

そういうことか。オズワルドが上層部と会った直後に、自分が呼ばれた理由はこれだったのだと気分が沈む。マスコミに素敵な発見をされないよう、反則の〝神の手〟を発動し、それぞれの事件を別個のものとして扱うというこの突然の決定。

「わたしを事件から下ろすなんてできませんよ」テスは反対してもなにも変わらないと知りつつ反対した。「わたしは最初から懸命に働いてきました。ウォーカーは人を小馬鹿にするだけで……」テスは泣きべそのような声になる前に黙った。

名誉のために言っておくと、オズワルドは申し訳なさそうな表情になっていた。「きみには捜査中の殺人が二件あるだろう、フォックス警部。きみを下ろすつもりなどない、負担を分散させるのだ。きみとウォーカーで情報は共有すればいい。外部には、先のふたつの事件は別件として捜査されると見せるだけだ。シリアル・キラーなどいないと」

ええ、そしてジェフ・ウォーカーが先に三つ目の事件の被疑者を逮捕すれば、彼はこの三件がすべてつながっていると真っ先に言いだす。彼がテスの事件も解決するときの表情が目に見えるようだ。警部補として初めて捜査を担当した殺人事件なのに、テスが失敗したところから彼が引き継いでかっさらう。テスの死体を乗り越えて。

「ウォーカーがここに到着したら、本日集めた情報をすべて彼に手渡すように」オズワルドが言った。「それからきみの容疑者は、勾留期限を九十六時間に延長しておいた」

「どうも」テスは返事をすると、こう言いたさないよう舌を歯に押しつけた――余計なことをしていただいて、と。きみを事件から下ろすが、心配しないようにですって。それにきみが有罪だとは思わないと言ったばかりの人物について、さらに数時間をかけて取り調べすることができるぞ、ですか。「もう下がっていいでしょうか、主任警部?」

「ああ」ため息を漏らしたオズワルドはふいに八十歳ぐらいに見えた。また口をひらいたとき、彼の声は穏やかになっていた。「いいか、ウォーカーが人でなしだとわたしは知っているが、あれはいい刑事だ。この射殺事件について、確実にすべて彼に引き継ぐように。実際、力を発揮しないともかぎらない。いまでもわたしは熱烈にきみを応援しているぞ、テス」

今回は黙っていることなどできそうになかった。口をひらけば取り返しのつかない言葉が飛びだしそうだ。できるだけ急いで立ちあがると、なにも言わずにその場から去った。

## 32

「わたしたちは射殺事件から下ろされた」テスは背後のブリーフィング・ルームに通じるドアが閉まっていることをたしかめながら、宣言した。ジェローム、ファーラ、キャンベル・ヒース巡査の三人が集まり、テスとオズワルドとのミーティング後の説明を待っていたところだった。

ファーラがテスにマグカップを押しつけた。「緑茶です」彼女はそう言った。テスが驚いて見やると、ファーラはとまどった様子だった。「あなたは普段コーヒーを飲まないことに気づいていました。先日一緒に出かけたとき、緑茶を注文されていましたよね。だから、買ってきたんです。お好みの種類ならいいんですが」

テスはなんと言えばいいのかわからなかった。この二週間のさまざまな思いを経て、泣きたいところだ。ウォーカーに事件をひとつとられてもどってきたばかりだから、なおさらだ。同じ女であるファーラにこれがどれだけありがたいか伝えたくて、ありったけの気持ちを込めて言った。「ありがとう、ファーラ。心からありがとう」

「射殺事件から下ろされたって、どういう意味です？」ジェロームが訊ねて、テスの注意力がもどってきた。「あれはおれたちの事件のひとつだ。同じ犯人の仕業ですよ。間抜けでもそれがわかる」

テスは首を振った。「上層部は市民にそう思わせたがっていないの。市民に無関係な事件だと思わせたがってる。ブライトンにシリアル・キラーがいるという集団パニックを起こさせたくないから。こんなことを言っても意味はないかもしれないけれど、わたしたちだけじゃなく、オズワルドもこの件についてもう口をはさめないみたい。ウォーカーが担当することになる」

三人の顔を見て、この仕打ちも報いられたような気がした。テスはその瞬間、自分のチーム——少なくともこのチームの一部——はジェフ・ウォーカーに対して自分と同じように感じているとわかったのだ。

「いいこと」彼らが全員いっせいにしゃべりだすと、テスは手をあげてとどめた。「わたしもあなたたちと同じくらい頭にきているけれど、ここに突っ立って自分たちを哀れむ暇はない。

ウォーカーがあのドアから入ってきたとたん——正直、彼がすでにここにいないなんて驚きだけど、それは主任警部のおかげだと思う——第三の事件でわかっていることをすべて彼に差しださないといけないし、彼がわたしたちに続報を伝えてくれるほど特に協力的だとは思えない。彼はすべてを紙で保存し、秘密主義でいきそう。だから」ここでファーラに視線を向けた。「手持ちの情報をすべてコピーできそう？　大急ぎで？」

「尻に火がついたようにやります」ファーラはテスが伸ばした手からメモ帳を受けとり、テーブルからジェロームのものを拾いあげた。

テスはヒース巡査を振り返った。「キャンベル——受付に下りて、ウォーカーが到着したら知らせてくれる？　できれば彼を引き留めて。わたしたちがまだこの件で動いていると知られたくないから」

キャンベルはまるで前線を守れと命令されたかのようにうなずいた。「了解です、ボス」

テスはチームに対して押し寄せるような愛着を感じた。ファーラが仕事に取りかかろうと背を向けたところで腕をつかんだ。「この措置がおおっぴらになったとたん、情報は全部ウォーカーに入ることになる。被害者は一時間のうちに病院に運ばれるはずよ。わたしたちが事件を下りたと知られる前に病院に向かい、監察医と話せる？　被害者がどんな所持品を持ってチェックインしたか知りたいの。具体的には、財布を持っていたかについて」

「任せてください」ファーラは事件の書類を腕いっぱいに抱えて立ち去ろうとしたが、ためらったように振り返り、テスに耳打ちした。「ここだけの話ですが、警部、あの人でなしのウォーカーは大嫌いです」

テスはあんぐりと口を開けた。「ええと、そうよね」口ごもった。ファーラはウインクを寄こした。彼女がドアの外に出たとき、テスは呼びかけた。「それから緑茶のお礼をもう一度言っておく」ファーラは片手をあげ、急いで去った。

「で、おれたちはどうします?」ふたりきりになるとジェロームが訊ねた。

テスは部屋を横切り、片隅のパソコンに向かった。「USBをウォーカーに渡す前に防犯カメラの映像をコピーしないと。事件のすべての鍵が映っているはずだから」骨董品のパソコンは起動するまでに普通の三倍の時間がかかるように思えた。テスがドラッグして防犯カメラの映像を別のファイルに移していると、無線機がガーと鳴った。

「ボス、ウォーカーがいまからそっちにあがります」

「ありがとう、キャンベル」テスは答え、進捗状況のバーを見つめた。二十、三十、四十パーセント。ジェロームを振り返った。「彼を引き留めて」

ジェロームが部屋を後にして、ブリーフィング・ルームの透明な上半分越しに、オフィスにやってくるウォーカーを呼びとめるのが見えた。早く、早くと必死に祈った。五十、六十、七十五パーセント……

ウォーカーの頭のてっぺんがドアに向けられたとき、ちょうどバーが百パーセントになった。ファイルをだめにしないことを祈って、パソコンからUSBを引き抜き、封筒のなかにもどした。そこでウォーカーがノックをせずにドアを開け、ファーラがその背後の仕切りのないオフィスに駆けこむところが見えた。

「ジェフ、ここに来てくれて本当にありがとう」テスは強調して言った。

ウォーカーは驚いた表情になった——彼が予想していた歓迎の言葉ではなかったのだ。「あんたのチームがこんなに話し好きでなけりゃ、もっと早くここに来れた。オズワルドからいい知らせを聞いてないのか？」

「知らせ？」テスは無邪気に知らないふりをしてみせた。

ウォーカーは最初に知らせることができると知って目をきらめかせた。「おれはあんたから射殺事件を引き取る。ちょっとばかり忙しいと聞いたぞ。ほかの二件でまだ誰も起訴していないとか」

ウォーカーの背後でドアがすっとひらき、紙の束を抱えたファーラが入ってきた。紙束をそっとテーブルに置くとテスに親指を立ててみせた。

「ああ、その知らせね」テスはにやりとした。「オズワルドから聞いていないの？ その事件をあなたに渡すのはわたしのアイデアだった。ほら」テスは彼を押しのけ、ファイルをつかむと差しだした。「あなたのためにたいへんな仕事をやっておいた。いまからデスクについて、すべてのピースがどうあてはまるのか推理できるわよ。心配しないで、あなたが十ピースのジグソーパズルにしか慣れてないのは知っているけれど、きっと大丈夫」

ウォーカーは得意げにほくそ笑み、いつもよりさらに魅力的ではなくなった。「いいか、おれがこの事件を解決したら、あんたのも手伝ってやるよ。ちょっとばかり助けを求めるのは恥ずかしいことじゃない」

テスが窓越しにちらりと見ると、ジェロームとキャンベルが彼女を待っていた。ファーラが遺体と同時に病院に到着しようと急ぐ姿を想像する。「心配は無用よ」ウォーカーとすれ違って部屋の外へ向かう。「必要な助けは全部揃ってる」

## 33

二時間近く経ってファーラはそっとオフィスにもどってくると、テスにうなずいてみせてから、まっすぐブリーフィング・ルームに向かった。ウォーカーはテスが手渡した書類を読みふけっていたが、ぱっと顔をあげた。テスは彼に作り笑いをしてから、部長刑事に続いた。

「どんなことがわかった?」

ファーラは顔をしかめた。「被害者は身分証明書を持っておらず、身元について監察医が確認できた証拠もまったくありませんでした」

テスはため息をついた。「わかった、チャレンジしてくれてありがとう」

「チャレンジしただけじゃないんです」ファーラはほほえみ、テスに書類を手渡した。「帰りに鑑識に寄ったら、あなたにこれを渡すよう頼まれたんです。ウォーカーが射殺事件を担当するというお達しを受けとらなかったようで」

「そして、あなたのほうから教えることもなかった？」テスはにやりとして、手にした書類に目をやった。「指紋！　すごい、鑑識にしてはすばやい仕事。ファーラ、お手柄——」指紋が一致した名前を目にして、褒め言葉はくちびるの上で消えた。

「これはなにかのまちがいのはず……」

ファーラが首を振る。「まちがいじゃありません。彼をご存じですか？　どうやらこのブライトンでは大物らしいですね。不動産業の。鑑識の話では、彼は組織犯罪とつながりがあるけれど、それを証明できたことがなかっただけと。すべて辻褄が合うようですね」

だが、テスは聞いていなかった。胸が上下している。自分が吐くのか倒れるのかわからない。ファーラが異変に気づき、テスの脚から力が抜けたとき、身体を支えてくれた。「ジェローム！」ファーラが叫んだ。

テスは部屋を影が急いで横切ったと思った。たぶんそれがジェロームだったのだが、なにもかもがぼやけていた。目を閉じなければ、そして気を強く持たなければ。そんなはずはない。こんなことが起こるわけがない。オールド・シップ・ホテルで死体となって横たわっていた男が、鑑識がいま指摘している人物だなんて、まさか。父親が死ぬはずがない。でも、そこにはっきりと書いてある。第三の被害者はフランク・ジェイコブズだった。

「どういうことか、洗いざらい話す気はありますか？」そう訊ねるジェロームの声は優しかった。

ふたたび脚に力が入るようになると、テスは最近しっかり食事をしていなかっただけだから大丈夫だとつぶやきながら、どうにかトイレに駆けこんだ。腰を下ろしてできるだけ声を抑えて三十分のあいだ泣いてから、顔を洗って出てくると、ジェロームがぬるくなった緑茶を手に待っていた。空いた取調室に連れていかれ、こうしてふたりは座り、テスは壁を見つめている。

「話せそうにない」かすれたような声しか出ない。いまのは本当だ。こんなことを誰に話せると？　話せる人は誰もいないし、テスとフランク・ジェイコブズとの壊れた関係を理解できそうな人もいないし、ハグをして慰めてくれる人もいない。本当はフランクの愛と褒め言葉をなによりも求めながら、ずっと懸命に警官の仕事をしてきたというのに、生物学的な父親から姿を見るのも耐えられないほどの恥ずべき存在だと思われていたと知り、心が粉々になったと打ち明けられる人もいない。

「あなたならできる」ジェロームがはげます。「あなたがどんなことを言っても、おれはショックを受けない。おれは長いこと警官をやってたし——」

「フランク・ジェイコブズはわたしの父親だった」テスは彼の言葉をさえぎって言った。

ジェロームの目は滑稽（こっけい）なほどに見ひらかれ、テスは泣いたせいで顔がこれほど痛くなければ笑ったことだろう。

「いまなんて、テス？　不動産王のフランク・ジェイコブズ？　でも、彼は——」

「犯罪者とされている」テスは続きを口にした。「本当にそうなの。そして彼は今日の午後の射殺事件の被害者でもある」

ジェロームはゆっくりと息を吐いた。「ふう、テス。心からお悔やみを。こいつは……なんというか……」

「複雑？」

「ええ、複雑だ。あなたたちふたりは連絡を取りあってたんですか？」

テスは首を振った。それはもちろん真実だ。けれど、すべての真実をジェロームに話すことができる？　フランクと仲間のために動きはじめたが、好ましくない真実が判明したうえに、とんでもなくまずいことが起こったなんて。好ましくない部分をそぎ落としたバージョンを話すことにした。とにかく、こうであればとテスが願ったバージョンを。

「父さんが――母親の夫という意味ね――死んだとき、母さんはフランクがわたしの本当の父親だと話したの。見つけだして、彼に会った。わたしを彼の家族として歓迎すると言ってくれて、もうひとり娘ができてとてもうれしそうだった。そのとき、彼に警官になる訓練を受けていると話したの」もちろん嘘だが、これは必要な嘘だ。テスは男を刺し殺した後に初めて警察にくわわる決意をしたのだが、ジェロームが知る必要のないこともある。

ジェロームは彼の濃いブラックコーヒーとまちがえてテスの緑茶をうっかり飲んだときを思いださせる顔をした。「どんな反応が？」

「ああ、温かい反応よ。彼はこれ以上ないくらい誇りに思ってくれた。わたしが彼を逮捕しなければならなくなるときを、特に楽しみにしてくれて。だから、そこはなんの問題もないと思う」テスの目はまた涙でうるんできた。

「待ってくださいよ、そうなると地下の留置場にいるセアラ・ジェイコブズは……」

「腹違いの妹。あなたは刑事の素質があるわよ、ジェローム・モーガン」

「こいつはまずい」

テスはため息を漏らし、勢いをつけてテーブルから立ちあがった。「たしかに、こいつはまずいわ。わたしは父親が死んだと彼女に伝えないとならない」

## 34

テスはもう一刻もむだにできなかった。チームにはフランクの殺人についてしっかりブリーフィングをおこない、全員がそれぞれの仕事を進めていると信頼していた。けれど、この件を先延ばしにすればするほど、むずかしくなる。ごまかしてどうなる？　先延ばしにすればするほど、ウォーカーが被害者の身元を見つけだす見込みは大きくなるのだから、この知らせをセアラに伝えるのは自分でなければ。

永遠に思えるぐらいの時間が過ぎてから、ドアのガラス窓に人影が見えた。そのドアが内側にひらき、セアラが現れ、かすかなほほえみを浮かべた女性警官に付き添われていた。セアラがいつものように軽口をたたいたに違いない。テーブルについたときの、セアラの淡々としてよそよそしい表情を見て、テスはひどく後悔した。セアラは向かいに腰を下ろした。

「なによ?」彼女はすぐに言った。「なんで弁護士はここにいないわけ？　なぜあたしを釈放してないの？　そろそろ二十四時間だよね、どうなってる?」

「延長が認められたの」テスはささやくように言った。「カストロには知らせてる。彼はわたしがあなたと話すことに賛成した。つまり、わたしが何者か、彼は知っているということね?」

「彼はあたしの父親の弁護士。あたしたちのことなら、なにもかも知ってるよ——いや、ちょっとかな。心配いらないよ、彼はあんたをチクったりしない。でも、あたしのことは釈放してよ、ここにいたって、あんたの役には立たないよね、テス。あたしがミッチェルもロジャーズも殺してないのはわかってるでしょ。あたしが指輪について本当のことをすっかり話さなかったから、怒ってるだけだよね」

「セアラ」テスはどう切りだせばいいのかわからなかった。苦しくてたまらない。「セアラ、話したいのは事件のことじゃないの。父さんについてなの」

セアラは混乱した様子だ。「逮捕でもした？　待って、あんたいま、父さんって呼ばなかった？　いったい、どうなってるわけ?」

「今日、オールド・シップ・ホテルで発砲事件が起きたの。撃たれた男性は即死。フランクだった。本当にごめんね、セアラ。父さんは死んだ」

言葉は聞こえたけれど、意味がわからなかった。死んだ？　父さんが死ぬわけない。考えただけでもバカバカしすぎて笑いそうだった。そもそもテスは自分たちの父親が何者かわかってるの？　フランク・ジェイコブズはそこらの二流の犯罪者みたいにホテルの部屋で撃たれたりしない。この国で生まれた最高レベルの詐欺師だ。サセックス警察の連中を束にしたよりも頭がいい。テスの周囲の間抜けどもが揃いも揃ってまだ生きているのに、父さんがどうやって死ぬと？

「セアラ、聞こえた？　本当にごめん」

セアラはぶちまけた。「あんたね、自分がどんなまちがいをやらかしたか気づいたら、自分がバカ丸出しに思えるよ。人違いしてるに決まってる。だいたい、父さんが自宅から二分のホテルでなにをしてたっていうわけ？　女と会ってたなんてありそうにないし」

「ごめんね……」

「それはやめて！　あたしに謝るのはやめて、かわいそうな死人のかわいそうな本物の家族が誰なのか探しにいきなよ。そしてできれば、そいつがホテルの予約に父さんの名前を使った理由も見つけだして」

「予約にあったのはフランクの名前じゃなかったのよ、セアラ。指紋で確認しないとならなかった。わたしだって信じられない。彼に嫌われていたのは知っているけれど、それでもわたしは——」

セアラはさっと顔をあげた。「嫌われていた？　父さんはあんたを嫌ってないよ、テス。誇りに思ってる。逆に父さんはあんたの理想の父親じゃない自分を嫌ってるんだよ。あんたは、昔は父さんにもあった善良な部分を思いださせるんだね」

テスは椅子にもたれ、鋭く息を吸った。「彼はわたしを恥じていると思ってた。もうなにも言えない」目には涙が浮かんできた。

「本気で父さんだと信じてるんだね？」セアラは訊ねた。「本気で父さんが死んだと思ってる？」

テスはうなずき、その頬を涙が伝いはじめた。ありがたくもオズワルドがこの会話を録画しないことに同意してくれた――これは正式な事情聴取ではなく、たとえセアラでも父親の死を知るときはプライバシーをあたえてやるべきだと訴えたのだ。本当は、このときばかりは、世界中の誰よりもこの女と気持ちをひとつにしていたかった。

「マックに電話していい？　彼からウェスとゲイブに伝えてもらわないと。それだけでいいから。あたしたちにはほかに誰もいない」セアラはかろうじて言葉を絞りだし、なんとか考え、呼吸しようとした。父さんが、死んだ？　そんなことあり得ないけど、そうは言っても、テスは確信がないのにこんなことを話す？　それとも、これはすべて、こちらに尻尾を出させようとする罠だったりして？　留置場に入れられてもう丸一日を過ぎ、ウェイン・カストロに繰り返していいと許された言葉は〝ノー・コメント〟だけで、頭がおかしくなりそうだった。そこに今度は、ここでじっと天井のひび割れを見ているあいだに、テスから父さんが死んだと言われるなんて？

「ほかに誰もいない」セアラはまたそう言い、自分の人生はずっとテスの人生と同じように孤独だったのだと突然、気づいた。「あたしたちだけだった」

## 35

テスはトイレまでセアラに付き添うと外で待ち、彼女が気を静めるまで、ささやかながらひとりになる時間をあたえた。セアラは最新の射殺事件の容疑者から完全に外れたから、勾留期間の延長を見合わせ、起訴されることなく釈放するよう提案できるはずだ。けれど、オズワルドがこの件と先立つふたつの殺人につながりがないふりを続けるならば、おそらくうまくいかない。それでも、人生最悪のときにセアラが家族と過ごせるようにここから出してやりたかった。

五分後、姿を現したセアラの顔は涙に濡れて光っていた。なにやら決意したようだ。「誰がこんなことをしたのか見つけだすと約束して。あたしたちの……」彼女は廊下で誰かに立ち聞きされているかもしれないと思いだし、あたりを見まわした。「あたしの父さんに。それから、関係があるのか知りたい。例の男ふたりに起きたこと、それにあたしたちが昔――」

テスはセアラが自分たちふたりの罪を明かすことを言う前にさえぎった。腕をつかむと、立ち聞きなどされない留置場にすばやく連れもどした。「真相を突きとめるから。約束する」

「だったら、あたしを釈放して」セアラは返事をして、テーブルに肘をついて頭を抱えた。

「あたしがこんな事件に関係してるっていうこじつけを取りさげてくれたら、あんたを手伝える。頼むから、テス。あたしに協力させて」

「きっと釈放するから。主任警部にはあなたはかかわっていないと思うってすでに伝えてあるの。彼は取り調べのために勾留期間を延長したけれど、すべて政治的なもので、彼は三つの殺人にすべてつながりがあると市民に思わせたくないのよ。あなたはブライトンの人々が〝シリアル・キラー〟と叫ばないよう、目くらましとしてここに入れられてる」

セアラはため息を漏らして顔をあげた。「ごめんね、テス。わかってくれるよね?」その声には後悔があふれていた。彼女が壁の時計をちらりと見やると、テスはじわじわといやな気持ちにむしばまれた。

「なんの謝罪?」テスは警戒した口調で訊ねた。「ねえセアラ?」

「あたしたちが正反対の立場でごめん。あんたの人生はこんなふうにアホらしい決まりと手順にいつもしばられていて気の毒だよ。父さんもあたしも、あんたが望むような人間じゃなくてごめん。あんたをどんなトラブルにも巻きこみたくないし、失業させたくないけれど、あたしはあんたの世界とは無関係。父さんを殺した人間が外にいるのに、ここにじっとしていられないよ。あんたのあがめる市民を騙せるように、それだけの理由で。わかってくれる?」

「うんとは言えないけれど」テスはゆっくりと答えた。妹と目を合わせると、不安と怒りに満ちていた。後悔とむきだしの痛み。その瞬間、火災報知器の音が部屋全体に反響し、セアラがなにをするつもりか完全に理解した。

# 36

「これはあなたの仕業(しわざ)じゃないと言って」警報が建物じゅうに鳴り響くなかテスは言った。

「本当にごめん」セアラはそう言ってからテスの側頭部を殴りつけ、テスは床に倒れた。

セアラはボクサーではない。テスは一分もしないで意識を取りもどすとよくわかっているから、急いで動かないとだめだ。姉のジャケットを脱がせ、ハンドバッグから警察手帳を奪い、留置場のドアの外に出ると、すでに人だかりがしている出口を見やった。

一本の手が彼女の腕をつかんだ。「こっちだ」マックが鋭くささやき、長く誰もいない廊下を引っ張っていく。突き当たりに非常口があり、その前に巡査がひとり立っていた。

セアラはテスの警察手帳をさっと彼に見せて叫んだ。「フォックス警部よ、どいて！」幸運にも、彼はフォックス警部の人相を知らなかったらしく、さっと横にどいた。ドアが背後で閉まると、テスの叫び声が聞こえたように思ったが、想像だったかもしれない。

エンジンをかけっぱなしにしている車に近づいた。ウェスが運転席にいる。マックが助手席に急いで座り、セアラはバックシートに飛びこんだ。「出して」ドアをたたきつけて閉めると、ウェスはためらわなかった。セアラを後部で横倒しにして彼は急発進し、警察署とテスから遠ざかった。

安全な場所まで来るとセアラは座り、マックは身体をひねって視線を寄こした。

「電話での話は嘘だと言ってくれ」彼はせがんだ。

「なんだよ?」ウェスが訊ねる。「なんの話?」

「父さんだよ」セアラはマックとしっかり目を合わせたまま言った。「テスから父さんが死んだと言われたところ。本当なの? 今日、父さんと話をした人はいない?」

マックが首を振った。「連絡をつけることができなかったよ」かすれたような声しか出ていない。「街で騒ぎが起きているのを見たし、また殺人があったことはわかった。彼にずっと電話をかけつづけていたんだが……」

セアラはマックがつらそうな目をしているのを見て、ショーン・ミッチェルのフラットに偽の証拠を置いたのはマックかもと考えたことをひどくうしろめたく感じた。マックは父親の師匠であり、兄に近しい存在だった。断言はできないけれど、ひょっとしたら父親には実の兄がいるかもしれない。娘が生まれる前に父さんは両親と口をきかなくなっていて、いくら訊ねても、絶対に親の話をしてくれなかった。いまでは、訊ねる機会もなくなってしまった。

ウェスはスピードをゆるめた。「ええっ? いや、彼のことは昨日見かけたよ。まさかそんな……どういうことだい?」

「本当に悲しいよ、ウェス」セアラの頰を涙が転がり、むせび泣きそうになるのをこらえた。

「誰かが父さんを撃った。それしか知らないんだ。もっとくわしく聞きだしたかったけれど、あそこから逃げだすのが先だったから。それにあんたたちがふたりとも大丈夫かも確認したかった」

「いまなによりも重要なのは、自分のやるべきことを知ることさ」そう話すマックが懸命に考えていることが伝わってくる。「こんなことをやったのがどいつか見つけだすのはもちろんだが、いちばん知るべきなのは動機だ。そして自分の身の安全を確保すること。次はわたしたちの誰が狙われてもおかしくない」

「なにを考えてるの？」

「隠れ家がばれてるという証拠はないから、プランにしたがってあそこにずらかるべきだな。そのうえで、情報提供者たちとの接触を試みて、情報を集める……」

「話があるんだ」セアラは口をはさんだ。「白状しないといけないことがある。ほかのふたつの殺人について」

「ほかのふたつの殺人？　父さんに起きたことと関係あると思うのかい？」ウェスが訊ねた。

セアラは彼がフランクを父さんと呼んでも、テスのときほどショックを受けなかったが、それでも息がとまりそうになった。泣かないようにくちびるの内側をかんだ。二度と父さんに会えない。父さんは死んでしまった。

「関係あるとわかってるんだ」自分の声を信頼できると思えるようになってから、口をひらいた。「警察の留置場で一日を過ごすと、どれだけ考えが進むか、おかしなくらいだよ。警察は刑事たちをあそこに入れればいいのに。仕事がもっと早くできそう。あたしはあのふたりを殺したのは誰か、そしてどうやったかわかったから」

テスは息を吸いこみ、目を開けた。頭が万力で締めつけられたようで、口のなかは唾液であふれている。吐きそうだ。片手をついて横向きに転がると、身体の重みで手首がねじれた。自分の骨から胸の悪くなるようなピシリという音。腕全体に痛みが走り、吐くことから叫ぶことへと思考の焦点が変わった。あたりを見まわす。火災報知器の音がまだ脳内で鳴り響いている。セアラの姿は消えていた。

「くたばれ！」テスは毒づき、大丈夫なほうの手を使って身体を起こすとテーブルにもたれた。右手首は痛みでうずいているが、そのことを考えている暇はない。冷静になってよろめきながら留置場の外に出ると、署員たちが手錠をかけた逮捕者たちを移動させていた。「彼女をとめて！」誰にということもなく叫んだ。「ああ、もう！」

警察受付の正面ドア越しに、車が高速でUターンして走り去るのがかろうじて見えた。非常口で待っていたに違いない。テスは無線機をつかんだ。「ジェローム？」

「おれは外ですよ、ボス。大丈夫ですか？」

「いいえ、ちっとも大丈夫じゃない！」テスはほぼ叫ぶようにして言った。「セアラよ――逃げた。手の空いた人員を全部、付近の捜索にまわして。彼女を見つけられなければ、わたしはおしまいよ」

## 37

市の中心街を後にしたとたん、セアラは疲れ切って眠りについた。目が覚めると、見渡すかぎり緑にかこまれた高速道路だった。もうフランクの隠れ家があるケント・ダウンズ（ケント州の特別自然美観地域）まではそう遠くない。警察の留置場から逃げだし、見つからない場所にとりあえず無事に隠れられるのは奇跡のように感じる。詐欺に取り組んでいるときの高揚と同じタイプの感情だ。父親がいなくても、今後この気持ちをまた感じることはできる？　それとも、もうすべてが崩壊してしまったんだろうか？　最後に隠れ家へと車で向かったときの記憶が、疲れて混乱した頭に貨物列車並みの勢いでぶつかってきた。父親が運転し、十一歳のセアラは助手席に座って、冒険のような休暇にわくわくしていた。さらに数年してからようやく、あれは休暇なんかじゃなかったと気づいた。父親はなにかから逃げていたのだと。ただし、正確にはどんなことだったのか、探りだせなかったが。

「ときには数週間の脱出だけが必要なこともあるのさ」あのとき、古くて傷んだコテージの前に車をとめると父親はそう言い、わずかな手荷物を車から下ろした。「ここは逃げるにはぴったりの場所だ。おまえ、わたし、マックおじさんだけがここの存在を知っている」コテージはもう自分だけのものだと気づいてセアラの目はうるんだ。フランクと一緒にここへ逃げることは二度とない。

コテージは記憶にあるよりはるかに荒れた状態だった。外壁はペンキがうろこ状にはがれ、庭は雑草だらけになって、右の壁のほぼ全体がツタに覆われていた。十一歳の目を通すと謎めいて異国風に見えたけれど、いまでは悲しげで忘れられたように見える。家はここを聖域にした男の死を悼(いた)んでいるように思えた。

「ボロ家だなあ」ウェスが言うと、セアラは理不尽にもむかついた。まあ、ほんの数秒前に同じことを考えてたけれど、それとこれとは話が違う。

「きれいだよ」セアラがぴしゃりと言うと、マックがちらりと視線を寄こした。

「大丈夫か、セアラ?」マックとウェスが警察署に来る前に車へ投げこんでいた逃走用バッグを下ろしていると、そう訊かれた。歯を食いしばってうなずいた。絶対に泣きだしたりしない。泣けば、とまらなくなる。

「平気。まずかたづけよう」

テスと、そしてまさにこの瞬間におこなわれている大々的な捜索について考えた。怒り狂うフォックス警部が指揮していることは疑いようがない。セアラと仲間たちを吊るし、タールを塗って羽毛をつけて報復するために（かつておこなわれていたさらし刑）。それでも、囚(とら)われてじっと待っていても父親のためになにもできなかった。逃げるしかなかった。

ウェスとセアラはマックに続いて玄関からかびくさい廊下に入った。マックがブレーカーをいじって電気を通そうとする。ウェスがみんなのバッグを居間に運び、自分のリュックを椅子に投げると埃が舞いあがった。

「ここ、めっちゃ寒いな」彼はぶつぶつ言った。

「おい、そこでなにをしているんだ？　こっちに来い」マックが指示した。セアラとウェスはとまどって顔を見合わせ、彼に続いて広くて古めかしいキッチンに足を踏み入れた。アガ・ストーヴまであって、天井から銅の鍋類が吊るされている。これほど古い家のにおいがしていなければ、居心地がよくて趣を感じたことだろう。

しかし、マックはキッチンで足をとめなかった。鍵束を手にしていて、パントリーのドアを開けだした。ドアが大きくひらくと、缶詰、パスタ、なにかわからない容器でいっぱいだった。マックがいちばん隙間のある棚を引っ張ると、前にひらき、別のドアが現れた。こちらはダイアル錠がついていた。その先は階段だった。マックは深呼吸をして、下へと姿を消した。セアラはウェスに肩をすくめてみせると、後に続いた。

「ちょっと」セアラは階段のいちばん下でささやいた。「マック、ここはなに？」

ターディスに入りこんだ気分だ。コテージの幅いっぱいを使った部屋で、複数のドアからさらなる部屋があるとわかる。突き当たりの隅には、壁付けの巨大なフラットスクリーンのテレビをかこむしゃれたソファと椅子。右手には真新しいキッチンがあり、カウンターには箱に入ったままのコーヒー・メーカーが置かれている。目の前の壁沿いの書棚にはセアラのお気に入りの本がすべて収まっていた。父親の家で箱に入れたままになっていたと思っていた本たちだ。部屋の中央には大きなオークのテーブルと六つの椅子があった。

「お父さんは最悪の事態になったとき、きみが逃げこめる場所を持たせたがっていた」マックは答えた。「最悪の事態になったと言ってよかろう？　さあ、きみたちの部屋に案内しよう」

「あたしたちの部屋？」セアラはバカみたいに言われたことを繰り返した。「上にあるのは？」

マックは笑い声をあげた。「最近では、上はただの目くらましだよ。納屋に傾斜路があって、地下のガレージのようなものに通じている。回転台に車が一台載るのがやっとの広さだ。そこに車を移動させ、玄関に鍵をかけてしまえば、どれだけ警官がここにやってきても、わたしたちの真上を歩くことになる。この地下は完全な防音になっているんだ。ここで大音量の音楽を流してパーティ騒ぎをしても、キッチンでは誰も気づかないだろうよ」

「父さんはいつ……ううん、それはいいや。父さんはどうやってこんな改装をさせたの？　作業員がたくさん必要だったはずだけど。父さんが誰かを信用したなんて驚き」

「この町の外の者たちを集め、息子が大学からもどったときにびっくりさせたいと説明したんだ。彼らが住み込むための小さなフラットも準備して。彼自身もあれこれ作業したんだよ。道路からは見えないから、工事がおこなわれているとは誰も気づいてないだろうね。注意深かったよ、きみのお父さんは」

長生きするほどは注意深くなかったけどと、セアラは苦々しく考えた。

「じゃあ、その部屋を見ようよ」

セアラの部屋はシンプルだが洗練され、クイーンサイズのベッド、ワードローブがいくつか、専用のテレビ、飲み物を準備するコーナーがあった。モダンなホテルの部屋のようだった。ただし、隅の書棚にはミステリ小説がずらりと並んでいた。

「上出来だよ、父さん」セアラは息を吐いた。

「なかなかだろう?」

「どうして父さんはこの場所のことをあたしに話さなかったの?」

マックは肩をすくめる。「話すつもりだったとは思うよ。きみがここを必要とするときが訪れたらね。おそらく、自分でここをきみに披露したいと思っていただろう」声がしゃがれ、彼は咳払いをした。「荷ほどきをするんだ——車をかたづけて鍵をかけてくる。それから話しあわなければ」

## 38

「では、わたしは停職にならないと?」テスは二回、同じ質問をした。頭がまだ少し痛むから、正しく聞き取れていると確認したかった。オズワルドはもどかしそうにため息をつくと、デスクにあるものを動かしはじめた。まずい、いらついてきたようだ。

「頭を殴られたからといって職員を停職にはしないものだからな、フォックス警部」彼はテスの顔を見あげた。「きみが停職になりたいのならば話は違うが、どうなんだ? わたしには想像もつかないようなルール作りゲームでもしてるのかね?」

「いいえ、主任警部」テスはつぶやいた。

「では、よろしい」オズワルドは立ちあがった。「わたしはここにいるのが好きではない。わたしにあたえられたこの小さな偽オフィスも、非番に出てこなければならないのも好きではない。エドワード・ストリートの角にある防犯カメラで、ジョン・ストリートから去っていった車の候補は三台に絞りこめている。サセックス内の全法執行機関に捜査指令を出した。質問だ――セアラ・ジェイコブズは三人の被害者のうち誰かを殺したと考えているかね？　ひとりでもいいが？」

「いいえ、主任警部」テスは答えた。「ひとりも殺していません」

「よろしい」オズワルドはがっかりした表情になったものの、うなずいた。「彼女を発見して殺人容疑者を野放しにしていないと市民を安心させるのも重要ではあるが、きみには逮捕すべき犯人がまだいるわけだ。オールド・シップの遺体と関連がなければ、犯人は二名かもしれん」彼は片手をあげた。「きみがそのように考えていないことは、わかっている。フォックス、きみがすぐさま本件の捜査にもどれそうならば、わたしは今回の騒動について新聞発表の草案を書こう。非番の日だがな。きみが帰宅して回復につとめたいのならば――」

「いいえ、本当に大丈夫ですから。お気遣いなく。第二の現場について、まだじっくり目を通せていない鑑識結果がたくさんあるんです。凶器がショーン・ミッチェルに使用されたものと同一ではないかと期待しています」

「わたしは凶器に持ち主の名前が彫ってあることを期待しているが、それが無理ならば、くっきりとした指紋でも構わない。よろしい、マスコミに発表する価値のあることがわかれば、知らせてくれ」

高速で飛んでくる弾丸を避けているような気分で捜査本部にもどると、チームの者たちが集まっていた。六つの心配した顔がテスのほうを向いた。

「大丈夫ですか、ボス？」キャンベルが訊ねる。

「ちょっと痛むけれど大丈夫よ、ありがとう」

「クビじゃない？」ジェロームが片眉をあげた。

「クビじゃない」テスは請け合った。全員がため息を漏らした——いまのはほっとして？　みんな喜んでいるように見える。ファーラはにっこりして、ハイタッチしようと手を伸ばし、テスは笑いながらそれにこたえた。「で、わたしが大目玉をくらっているあいだに、あなたたちは働いていたはずよね？」

ジェロームが紙を一枚差しだした。「セアラとフランク・ジェイコブズの協力者とわかっている者たちの自宅は、すでに捜索しましたよ。問題は、わかってはいたことですが、フランクは仕事相手についてはつねにひどく用心深く、いたるところに不動産を所有していることで」

「なるほど。ひとつ話しておきたいことがあるの。わたしはセアラ・ジェイコブズが今回の事件では誰も殺害していないと考えていて、それはオズワルドも同意してる。だから、彼としてもセアラとその一味の捜索に制服警官をあてることは問題ないから、そのあいだにわたしたちは真犯人探しにもどりましょう。カラム・ロジャーズについて、鑑識結果はもどってきた？

検死解剖の予定時刻はわかる？」

「明日の正午です。わかってますって、そんな目でおれを見ないでくださいよ。ケイはいま、鈍的外傷の講義で不在なんです」

「ショーン・ミッチェルの喉から発見された蝶についての情報があります」ブライトン署からの助っ人、ハリス刑事が口をひらく。「アデルファ・カリフォルニカ、別名カリフォルニア・シスターです。カリフォルニア原産で、オレゴンやネヴァダにも生息しています。アメリカ合衆国のかなり北西ですね。イギリスには生息していません」

「わかった。たまたま、口に入ったということじゃなさそうね。『羊たちの沈黙』みたいにサイコな意味が？」

「あっちは蛾でしたが、象徴的というのは同じですよね。たぶん、変化についてのメッセージではないかと。ミッチェルは犯罪者としての人生から抜けだそうとしていたとか」

「あるいは、ハエをつかまえるために蝶を呑みこんだのかもね」テスは立ちあがり、歩きまわった。「彼がどうしてハエを呑みこんだのかわからない、きっと彼は死んでしまう、とでも言いたいとか」（童謡〈ハエを呑みこんだおばあさん〉からのもじり）いらだちが態度に表れるようになってしまった。どの証拠を合わせても、なにも導かれないようだ。それに〝シスター〟という言葉はもう一生ぶん聞いた。いや……それがミッチェルの殺害犯の狙い？　またもや、テスの妹（シスター）を指し示そうとした？

「犯罪者としての人生から抜けだそうとしてたならば、妙なやりかただな」ジェロームの言葉で、テスの考えごとは中断された。「彼とつきあいのある三人の話では、彼はすごい借金をしてたらしいですよ。三件の暴行に関与し、ドラッグ密売人らしからぬ借金をこしらえて」

「それは殺しのターゲットにされる格好の理由に聞こえてしまうけれど」テスはいまだにこれが犯罪者の裏世界での抗争であれと願い、蝶が〝シスター〟という名だったのは偶然だと祈ることを自分に許した。「でも、誰もくわしいことを話せない？」

「仲間内の噂さえないですね。犯人について、誰も心当たりがないんだ。わかっているかぎりでは、ロジャーズのほうは組織犯罪に何年もかかわってなかったくらいなんですよ」

「警部」ファーラが口をはさみ、携帯電話の画面を指さした。「これを見たほうがいいです」

「これはいったいなに？」テスは身を乗りだして、予約の確認画面らしきものに目を通した。

「火災報知器が鳴る直前にブッキング・ドットコムに令状を送ったんです。二件のホテルへの支払い情報の詳細について。ヒルトンの宿泊者名はセアラ・ジェイコブズ、オールド・シップはルカ・マンシーニ――フランクの部屋ですね。どちらもクレジットカード払いで、名義人は――」

「ミリー・ダイアモンド」テスは締めくくった。「行くわよ、ジェローム。嘆き悲しむ恋人を訪ねる必要があるみたいね」

# 39

テスとジェロームはローディン・ヴェイル沿いの家の前で車をとめた。モダンな白い建物で、完璧な海の景色を望むことができる。テスは到着までに調べ物をして、ここが六十五万ポンドでダイアモンド夫妻に売却されたことを見つけだした。おそらく、ミリーの両親だろう。高級そうな玄関ドアに通じる階段をあがっていると、ジェロームが低い口笛を吹いた。

「ダイアモンド夫妻はなかなか金を持ってるみたいだ」そんな彼の声を聞きながら、テスはチャイムを押した。

「それにひょっとすると、透明になれて壁抜けができるサイコパスな娘がいるかも」テスは息を殺して言いたした。

数分後、玄関ドアを開けたのは上背があってすらりとした女で、黒っぽい髪を乱れたポニーテールにまとめていた。絵の具が飛びはねた大きめのシャツを着て、片手で筆を握っていた。いかにもミリー・ダイアモンドの母親のように見えた。

「ミセス・ダイアモンドですか?」テスは訊ね、女の肩の向こうの白い壁と板張りの床の廊下をちらりと見た。

「はい。どんなご用件でしょう?」

「フォックス警部とモーガン部長刑事です。お嬢さん――ミリーさんでしたね？――とお話ししたいのですが」テスは警察手帳を掲げた。

女は不安そうなしかめつらになった。「エミリーですね。帰ってくるのは……ええと、いま何時ですか？」

テスは腕時計に視線を走らせた。「五時十七分です」

「十分、たぶん、十五分したら帰るはずです。どんなことでしょう？　あの子はこまったことになっているんですか？」

「まだよくわからないのです」と、テス。「いくつかお嬢さんに質問したいんですよ。家のなかで待たせてもらえますか？」

「もちろんです」女は横にどいてテスたちを通した。「よろしければ、キッチンへどうぞ。わたしはアトリエに寄って、これを脱いできます」彼女は大きめのシャツを指さした。「どうぞ、お座りになって」

彼女に続いて広々として仕切りのないダイニング・キッチンに足を踏み入れた。白い大理石がふんだんに使われ、クロームの調理道具が並んでいる。ミセス・ダイアモンドは朝食用カウンターの前のスツールふたつを指さした。「すぐにもどりますから」

「彼女は娘に警告するつもりだと思います？」女がパティオに通じるドアから裏庭のサマーハウスのような建物に向かうと、ジェロームが訊ねた。

「そうは思わない」と、テス。「まちがっているかもしれないけれど、嘘をついているようには見えなかった。どんな用件なのか、彼女はちっともわかってなさそう」

「かわいそうに」

ミセス・ダイアモンドは二分ほどしてふたたび姿を見せた。大きめのシャツは消え、紺色の長袖Tシャツとジーンズ姿になっていた。「すみません、お待たせしました。気をつけないとどこでも絵の具をつけてしまうので、ジョンがカンカンになるんですよ」

「ジョンというのはご主人ですか？」

ミセス・ダイアモンドはうなずいた。「わたしの名はパトリシアです。警察のかたがお見えになるなんて、穏やかじゃないわ。なにも教えてくれないんですか？　わたし、心配したほうがいいのかしら」

「エミリーさんはボーイフレンドのことを話していませんでしたか、ミセス・ダイアモンド？そのボーイフレンドは二日前にヒルトン・メトロポールで殺害されたんです。ナイフで刺されて」

パトリシアは真っ青になった。「もちろん、それはニュースで見ましたけど、エミリーはなにも言いませんでした。いえ、あの子にボーイフレンドがいることさえ知りませんでしたよ」

テスとジェロームは顔を見合わせた。昨日会ったとき、ミリーがどれだけ取り乱していたか考えた。あの状態でどうやれば自分の母親に気づかれずにすんだんだろう？「お嬢さんはまったく動揺していませんでしたか？　警察署に出向いて供述書を取られた話はしなかったんですか？」

パトリシアが答える暇もなく、玄関ドアがひらく音がした。「帰ってきましたよ」パトリシアが言う。

テスとジェロームはふたりとも立ちあがった。ミリーが自分たちを見たとたん逃げだそうとした場合に備えたのだ。

「エミー？　母さんはここよ」パトリシアが呼びかけた。「それからね――」テスは必死になって首を振り、続きを言わせなかった。女の目は不安で見ひらかれた。ようやくいまになって、ことの重大さを思い知ったようだ。

「おやつがあるわよ、だったらうれしいけれど」ミリーは全員がキッチンで立ち尽くしているのを見て、顔を曇らせた。「あら、ごめんなさい。お客様だとは気づかなかった」

「お客様じゃないのよ、エミリー。警察のかた。どうも、あなたのボーイフレンドについて話をしたくていらしたみたい」

ミリーは混乱した表情だった。テスは理由がはっきりとわかった。目の前に立つ若い女はカラム・ロジャーズの恋人だと名乗った人物ではなかったからだ。テスはこの人物に会ったこともなかった。

「じゃあ、その女性がわたしの名前と住所をあなたたちに騙(かた)ったというんですか？」

最初のショックが薄れてエミリー・ダイアモンドは自分が逮捕されるのではないと気づいたところで、母親はやかんをコンロにかけ、お茶会をひらくみたいにペイストリーやビスケットを並べはじめていた。テスはこの家では〝普通の〟お客様にこういうふうなもてなしをするのだという印象を持った。ミントティーを口に運ぶエミリーの手はまだ少し震えていた。偽のミリー・ダイアモンドより少し背が低く、少しぽっちゃりしている。髪こそポニーテールにしているが色は同じで、目も同じ深みのある茶色。違いは大きさが並みなだけだった。偽ミリーの大きくうるんだ目を覚えている。目の大きさは偽装がむずかしい。

「こちらが手元にある彼女の情報です」テスがメモを渡すと、本物のエミリー・ダイアモンドはすばやく目を通した。「あまり、くわしくはありません。彼女は容疑者ではなかったので。証人として供述書を作るために自分から訪れたんです」

「ここに書いてあることは全部本当です」エミリーは確認した。「その、彼女はわたしじゃないので本当じゃないんですけど、わたしについての情報はどれも正しいです。誕生日、職場。すごくいやな気分」

「ここにあるのはあなたのクレジットカードの情報ですか?」テスはファーラがブッキング・ドットコムから受けとったメールのプリントアウトを差しだした。

エミリーはバッグに手を伸ばし、財布を取りだした。「はい——ああ、いやだ、彼女はわたしのカード情報を盗んだんですか?」若い女は泣きだしそうに見えた。母親が手を伸ばし、彼女の手に重ねた。

「心配いらないわ、母さんがすぐにカード会社に連絡を入れてとめてもらうから——」

「じつは、それをやめていただきたくて」テスは申し訳なさそうに伝えた。パトリシアは混乱しているようだ。「カードをとめると、偽者だとばれたことがわかって彼女を警戒させる結果にしかなりません。彼女の動きを監視できたほうが捜査にとってずっといいんです。この女を捕まえるために利用することができるので。こちらでクレジットカード会社には事情を話しておきます。特別な不正使用対応チームが置かれているので、警察に協力してもらえるんです。あなたがたに請求が行くことはありません」

パトリシアはうなずいた。「わたしたちにお手伝いできることはなんでもします」

「ありがとうございます。おふたりにとってどれだけショックだったかはわかりますが、これからたくさんの質問をしなければなりません」

「恋人が刺されたことで証人として供述するために現れたとおっしゃいましたね。先日、ホテルで発見された男性のことかしら？　彼女がやったと考えているんでしょうか？」

「申し上げた通り、彼女は証人としてわたしたちを手伝っただけなんです」テスはできるだけ冷静な声を出した。必要以上にこのかわいそうな女性を怯えさせたくない。「彼女にはアリバイがあり、〈レンジ・リクルートメント〉に連絡したところ、そのアリバイは裏づけられましたが、あきらかに……」

「それはわたしのアリバイでした」エミリーが続きを引き取った。「つまり、その日、働いていたのはわたしだった。ということは、彼女にはアリバイがない」

「その通り」テスは同意した。「どう考えても気になります。それから、あなたは本当にカラム・ロジャーズとは面識がないんですね？」

テスはふたたびテーブル越しにロジャーズの写真を滑らせた。エミリーは首を振る。「まったく見覚えがありません」

テスは彼女が事実を語っていると確信した。

「問題のミリー・ダイアモンドが見せたパスポートはほぼまちがいなく偽造でしょう」ジェロームがここで口をひらいた。「でも、出来のいい偽造だった。どこで作られたものか、おれたちのチームがたどっているところです。おそらくあのパスポートで飛行機には乗れなかっただろうが、ほかのことならたいていはうまくいったはずだ。銀行口座の開設や運転免許証の取得。しっかり見るべきなのに窓口ではちらりとも見ないようなもの。クレジットカード以外に偽パスポートでなにか入手していないか見つけだします。この女性が身元証明書としてパスポートを提示したとき、警察署の受付担当さえも、彼女はただの証人だからと思っていてちっとも疑わなかったくらい、彼女はあなたに似ている」

「ああ、本当にいやな気分です」エミリーは頭を抱えた。「わたしの全人生が盗まれた気がします」

「心配しないで」テスは彼女を安心させた。「この女が何者なのか見つけだします。捕まえますから」

# 40

「彼よ」テスは画面のなかで、廊下の端に現れた男を指さした。「よし、二十四時間、巻きもどして。ミッチェルのフラットにあった防犯カメラのことを覚えてる？　彼が死亡する二十四時間前に故障してたやつ」

ジェロームは時刻表示をゆっくりと巻きもどし、フランクが事件当日の朝に朝食をとりに部屋を後にするところ、その前夜、部屋にもどってくるところ、夕食をとりに出かけるところ、そしてチェックインする姿を見守った。さらに映像が前日、現場の部屋が清掃される様子を映しだすと、ジェロームは一時停止してフランク・ジェイコブズが最後に部屋に入るところまで早送りした。

「ありがとう、これで部屋のなかで彼を待ち構えていた者はいないとわかった」テスがジェロームに合図すると、彼はふたたび再生を始めた。フランクの客室は廊下の中程で、カメラから姿ははっきり見えるものの、彼がドアを開けたときに室内が見えるほど近くはなかった。次に近づいてきたのは客室係で、廊下に並ぶ各部屋をかたづけていく。彼女はフランクの部屋にやってきて、ドアを押し開けようとしたが、ドアはチェーンでとまった。彼女はもう一度押してみてから、次の部屋に移動した。

「じゃあ、チェーンはすでにかかっていて、フランクからの返事はなかったのね。もう死亡していた？　何時？」

「九時三十六分。まだ検死解剖の情報にはアクセスできないんで、死亡推定時刻はわかってないですね」

ジェロームは防犯カメラの映像を早送りしたが、客室係が去った瞬間から午後のシフトの客室係がノックするまで、フランクの部屋のドアに変化はなかった。誰も入らず、誰も出ていない。第二の客室係が去り、十五分後、接客マネージャーのティムが姿を見せ、その後修繕スタッフのアンディが現れて、力ずくでドアを開けた。

テスは椅子にもたれてため息を漏らした。「つまり、犯人はドアからは入っていない。窓もペンキで隙間が塗りこめられている。隣に通じるコネクティング・ドアもなければ、人が通れる通気口もない。室内に銃はないから、自殺のはずもない」

「でも、ひとついいことがありますよ、ボス」ジェロームがにやりとした。

「この事件についていいことなんか、ただのひとつも見えないけれど」

「おれは見えます。いまじゃ、ウォーカーの事件だ」

テスはほほえんだ。「そうね、言えてる。きっと彼は当たり散らしてるわね。ちょっとコーヒーでも差し入れして、透明人間について気の利いたジョークでも言ってやろうかな」

ブリーフィング・ルームのドアがひらき、テスは急いで防犯カメラの映像を閉じた。まだフランクの殺人を捜査しているのをウォーカーに見つかることだけはごめんだ。

「ああよかった、あなたね」ドア口にファーラが見えるとテスは言った。「入って。本物のエミリー・ダイアモンドはどうだった？」

「彼女は午前中ずっとここにいました、ボス」と、ファーラ。「知り合いをほぼすべて網羅するリストを作ってくれましたよ。フェイスブック、インスタグラム、スナップチャットのフレンドたちも。容疑者の写真を見せたら、彼女にはかすかに見覚えがあると。自宅前の通りの突き当たりで、赤い車から降りる姿を数回見たと考えているようです」

「ロジャーズの車？」

「おそらくは。偽ミリーがダイアモンド家の住所を使っていたのならば、彼はたまに自宅近くで彼女を降ろしたはずですし」

ジェロームが言いたす。「ロジャーズの同僚の話では、ダイアモンドの両親はとても信心深いと言ってたらしい――本物のダイアモンドと一致しない数少ない例だな。もちろん、偽ミリーは彼を自宅に招いて両親に会わせることはできなかったんで、言い訳をしないとならなかったわけだ」

「でも、ロジャーズの両親は彼女に会ったとか？」

ファーラはうなずいた。「一度だけ。偶然だったようです。ロジャーズの両親の話では、彼女は愛らしくてとても魅力的だったそうです。それから、彼の友人たちは偽ミリーについてなにも知らないも同然で、彼女は友人たちをまじえた場に来ることはほとんどなく、セックスフレンドに過ぎないんじゃないかという印象を持ったそうです」

「ロジャーズのソーシャルメディアは？」

ジェロームが含みのある笑みを見せた。「ここからおもしろくなるんですよ。彼女はどの写真にも——といっても正確には四枚だけですが——はっきり映ってなくて、映っていても顔は髪でよく見えないか、そむけている。ロジャーズは世界有数のソーシャルメディアの使い手じゃなかったって感じですね」

「とにかく、写真は全部プリントアウトして。どこかでチェックイン機能を使っていない？写真にジオタグは？　ふたりの動きを完全にプロファイルしたい。この女をどこかの時点の防犯カメラでとらえられるようにね。きっとそれができれば、彼女が本当に住んでいる場所まで追える。ほかに彼女の写真は全然ないの？」

「署の受付の防犯カメラからのものだけ。でも、まあ悪くはない写真ですよ」彼は印刷された用紙を差しだし、テスはそれを隣のホワイトボードに貼った。

「ちょっと待って」ファーラが身を乗りだした。写真をトントンとたたく。「見覚えがあります」

「彼女は署に来ていたからね」テスは出かけようとあれこれバッグにしまった。途中でキャンベルに連絡し、謎の女についてもっとくわしいことがわかったかどうか確認しよう。「でもあのとき、あなたは聞き込みで外出していたと思ったけれど」

「いえ、署で会ったのじゃありません。別のところで見覚えが」ファーラがパチンと指を鳴らした。「ああそうだ！　彼女が何者か知っています」

## 41

三人でオークのダイニングテーブルをかこんだ。マック、ウェス、セアラだ。マックは外に出て秘密のガレージに車を動かし、家の鍵をかけ、コテージには誰も人が住んでいないように見せかけていた。彼はテーブルにウイスキーのボトルを置くと、それぞれにグラスを渡した。無言でそれぞれにワンショット注ぐと、自分のグラスを手にした。セアラとウェスも同じようにする。

「フランクに」彼はそう言い、グラスを掲げた。

「フランクに」ウェスが繰り返す。

「父さんに」セアラはつぶやいた。たがいにグラスを合わせ、琥珀(こはく)色の液体を一気に飲んだ。ウイスキーが喉の奥を焦がし、セアラはぶるりと震えた。

「さて」儀式が終わるとマックが切りだした。「知っていることを話してもらうときだな」

セアラはうなずいて深呼吸をすると、すべてを話しはじめた。死亡したミッチェル、ロジャーズ、そして彼らの仲間のダレン・レーンを一万ポンドの詐欺にかけてあくどい商売から手を引かせようとしたのが十五年前。マックは彼らの名前を聞いて鋭く息を吸ったが、なにも言わず、詳細な話に耳を傾けるだけだった。テスから行くなと強く引き留められたのに、セアラは取引をまとめるために彼らとスリー・フラミンゴで会う約束をしたこと。詐欺だと彼らは知っていたのだとすぐにあきらかになり、セアラは殺されるか、さらにひどい目にあうかというところだったが、ほかのふたりがいないあいだにテスがダレン・レーンの首にダーツを突き刺し、施錠されていない非常階段から妹を引きずって逃げ、その後もどった男ふたりはセアラたちが姿を消したと知ったこと。テスはレーンの動脈にダーツを刺したので、友人たちが彼を助ける間もなく失血死したこと。ただ実際は、救急を呼びもしないでふたりは逃げたに違いないと、のちにテスとセアラは気づいたのだが。彼が発見されたという報道が出たのは、耐えがたいほど長い一週間後のことで、腐れ縁の恋人から失踪届が提出されてからだったのだ。そしていまになって、そのふたりの男たちが殺され、それぞれの犯罪現場とセアラを結びつける手がかりが残されている。

「まじか」話が終わると、ウェスはふうっと息を吐いた。「テスが人を殺したって？」

「あたしの命を救うためだよ。やるしかないことをやってくれたの。テスが殺してなければ、死ぬのはあたしのほうだった」

「それはわかるよ」と、ウェス。「ただ、そんな重荷を抱えて生きるなんて、彼女はどんなにつらかっただろうと思っただけさ。すごくいい人だからね」

レーンの死に関して、テスよりは楽に生きているから自分はいい人間ではない、とほのめかされて気に入らなかった。レーンからささやかれた、彼らが売っているドラッグの依存症にされたのちに受けるという仕打ちのことを考えると。たとえテスの助けなしでセアラが逃げていたとしても、レーンは次に自分に逆らったと見なした女に好き放題していただろう。テスはおそらくあの夜、法ではまずできないような方法でひとつ以上の命を救った。

「だから彼女は去ったの」セアラはうなずいた。「ファミリーの誰かの命を救うため、また人を殺さなくちゃいけない立場にはいられないと言って。あたしのせいで彼女は去ったのに、父さんには自分を嫌ったせいだって思わせた。でもミッチェルやレーンが利用するような被害者たちを助けるために警察に入るって彼女は言ったの。正しい方法で被害者たちを助けるって」

マックがセアラの肩に手を置いた。「きみのお父さんは誰よりもきみを愛していた。たとえ彼は真実を知っても、一人前だと自分に証明するためにきみに危険を冒させてしまったことや、きみにしっかり目を光らせていなかったことで、お父さんはおのれを責めただろう」

セアラは鼻をくすんといわせ、小さな感謝の笑みを向けた。「いまでも信じられない、父さんが死んだなんて……」

「そうだろうとも」マックがささやいた。「そうだろうとも、スイートハート」

彼らは無言で座っていたが、ウェスがおずおずと咳払いをした。「じゃあ、最近ブライトンで殺された男たちっていうのが……?」

「……あの夜、スリー・フラミンゴにいたほかのふたりよ」セアラは認めた。

ウェスは顔をしかめた。「そいつらは悪人だったみたいだね、セアラ。もっと早く殺されなかったのが驚きさ。それに今回の件がきみの過去と関係あるかどうか、怪しいと思うんだが」

「あたしもそう思ってた」セアラは賛成した。「現場に隠されてた、乾いた血にまみれたあたしの指輪を見つけるまでは」

　マックはわずかに口をぽかんと開けた。「なにを見つけたって？」

「そう言いたくなるよね。あたしに罪をなすりつけようとしたんなら、なぜ警察が見つけられもしない場所にうまいこと隠したのと思った。でも、それだけじゃない。ショーン・ミッチェルが殺される前に犯罪現場を訪ねて、あたしの名を騙った人がいたんだ。そしてスリー・フラミンゴのチラシと……ダーツを残した」

　ウェスは魅力的な顔をしかめた。「例のダーツじゃないよね？」

「そうじゃないとは思う」と、セアラ。「でも、あり得ない話じゃなさそう。犯人がダレン・レーンと十五年前の犯罪現場にどれだけ近づけたかしだい」

「でも、この男たちを殺したのは誰かわかったって言ったよね」ウェスが言う。

「わかったと思う」セアラはレポート用紙の紙を一枚取った。「ただ、名前まではわからない」紙に長方形を描き、バルコニー、机、ドア、窓を記した。「これはショーン・ミッチェルのフラット。外のここは……」セアラは玄関前のスペースに色をつけた。「……彼が殺害された後、二十四時間ずっと防犯カメラに映ってたんだ。あたしの情報源から、防犯カメラのループ録画は確認されたと聞いた。なにも見つからなかったって」

「きみの情報源とは？」マックが眉をあげて訊ねた。

「あたしはテスと一緒に働いてたから」そう言うセアラの口調は、警官と協力するのが賢明かどうかを議論したくないと告げていた。ウェスを見やると、彼はただ両手をあげただけだった。

セアラと言い争うつもりはないのだ。彼はいつもセアラの味方だったし、いまとなってはフランクがこの件でなんと言うのか心配する必要もない。「でも、防犯カメラは二十四時間前に故障したから、誰も部屋に入ってないという保証はできない。でも、誰も外に出てないことはわかってる」

「そこからは誰も外に出てない」ウェスが訂正した。

「そうなんだよね」セアラはおとなしく認めた。「だから、外に出るほかの方法を探そう。どう考えてもバルコニーが有力候補。でもバルコニーから犯人が下りたことを証明する防犯カメラはない。ただし、ミッチェルが歩道に落ちたすぐ後には、まさに何十人もの目撃者が集まって見あげてた。犯人が目撃されなかったと、ちょっとだけ仮定してみようか——どこに行くと思う？　隣のフラットには鍵がかかっていて、押し入った形跡はなかった。なんとかしてお向かいに行けたとしても、あのお年寄りのレディは、血まみれの人殺しを部屋に招いて自宅にかくまってくれそうにない。たとえ強要されてたとしても、そんなことが起きたのに、彼女がそれ以来その騒ぎを全然話さないままだとは考えにくい。ゆえに、とりあえずバルコニーは考慮から外すつもり。だから次は通気口」

セアラはフラットの奥の壁にバツ印をつけた。

「犯人が子供でないかぎり、この通気口から出入りするのはまず無理よね。ここも脱出経路からは外す。あとはどんな可能性が残る？」

ウェスは考えこんでずっと図を見つめていた。手をあげる。「一、犯人は警察が到着したときまだ室内にいた」

「いいアイデアね」セアラはうなずいた。「あたしが最初に考えたのもそれ。フラットは徹底的に捜索されたようだけど、そんなことにたいした意味がないのはわかってる。犯人が警官に変装して、突入してくるチームを待ってたのはあり得る？　まぎれこんで単純に歩き去ったとか？」

「そのはずだよ」マックが椅子にもたれて言う。「わたしたちなら、そうするだろう」

「そうだよね」セアラは同意した。「だからこそ、犯人がもっと頭が切れたとわかって、ちょっと落ちこんだんだ。あたしは十回以上も防犯カメラを確認した。入ってないのに、出てった警官はひとりもいない。フラットを後にした人物はみんな身元の確認が取れるんだよね。フラットの捜索が終わった後でもだよ――犯人が警察から隠れる方法を見つけてたときのために、あたしは念のためにそれも調べた。そうなると残る可能性はひとつだけ」

「どんなものだい？」

セアラはフラットの外の位置を指さし、大きなバツ印をつけた。ウェスとマックはますます混乱した表情だ。

「犯人は一度もフラットに入らなかった」

# 42

会議テーブルをかこむ全員が期待のまなざしをファーラに向けた。

「いまなんて言った？」テスは自分の耳が信じられず訊ねた。

「彼女が何者か知っています」ファーラはそう繰り返した。

学生時代かなにかの知り合いだったとファーラが気づいてくれた、などという幸運があり得るだろうか？

「ミッチェルの遺体が発見された後、彼女に話を聞きました。彼女は現場に最初にいた人——第一発見者です。フランス人女性で、たしかテントの片隅で大泣きしていました。ただし、あのときは暗い赤毛でしたけど」

「いいえ」テスは首を振った。「勘違いよ。ここで事情聴取したのはカラム・ロジャーズの恋人——少なくとも本人はそうだと主張していた。それにミリー・ダイアモンドだと名乗り、いつわりの照会先を伝えた。でも、絶対にイギリス人だったわ」

「ごめんなさい、警部。でも、やっぱり彼女ですよ。わたしたちが到着したとき、救急車の隣に立って体調の確認をされていました。とても震えていて、血まみれで。バスを待っていたら、すぐ隣に彼が落下してきて、脈を確認しようとして喉が切り裂かれていると気づいたという話でした。彼女が悲鳴をあげて、誰かが救急車を呼んだんです。彼女はショック状態でしたけど、わたしは絶対に顔を覚えています」

「では、彼女はある殺人事件の第一発見者で、次の事件では被害者の恋人だったと？　彼女は身元をいつわって、国籍も変えたの？　とにかく彼女を見つけないと」テスは息を殺して毒づいた。「まちがいなく、犯行にかかわっている」

「でも、どうやって？」ジェロームが訊ねた。「どうやって彼をバルコニーから投げ落とし、目撃されることなく数秒で階段を下り、彼の隣で第一発見者になれたんでしょう？　彼に続いて飛び降りて、見事着地したなら別ですけど」

「彼女が絶対に殺したとは言ってないけれど、なにか知っているわね。まずは、この件をチームに周知させて。ほかに彼女を見た者がいないか知りたい。彼女の最初の供述書を引っ張りだして、情報を確認して。この女が本当は何者か知りたい。よくやったわ、ファーラ」

「ありがとうございます、警部」ファーラはためらった。「あの、こんなにおかしな事件はなかなかお目にかかりませんし、警部がとてもいい仕事をしているのは自覚されていますか？」彼女は話したことを後悔するように、突然、とまどった表情になった。

　テスはどう答えればいいかわからなかった。頬が燃えるように感じ、口ごもりながらどうにかありがとうと告げると顔をそむけ、自分が泣きださないことを祈った。咳払いをした。「わたしはもうひとりのエミリー・ダイアモンドの供述書を読みなおす。ええと、いい仕事を続けるのよ、みんな」

できるだけ急いで部屋を後にするとき、全員の視線を背中に感じた。

エミリー・ダイアモンドのふりをした女について集まった追加の情報を精読している途中、巡査がドアから顔を突きだした。「報告書が二通届いています。ひとつはショーン・ミッチェルの毒物検査で——死亡する前にかなり中毒性の高いドラッグを使っていました」

「予想通りね」テスはうなずき、手を伸ばして報告書を受けとった。「もうひとつは？」

「カラム・ロジャーズの寝室の指紋分析結果です。部屋にある指紋は本人のものばかりでしたが、ひとつだけ、ベッド支柱の下部に別人の指紋がついていました。結果をご覧になりたいですか？」

「データベースと一致するものがあったの？　時間を無駄遣いしないで、結果を知らせて」テスは巡査から報告書を受けとって一瞥した。「えっ。冗談よね」

「興味を持たれると思っていました」

テスは報告書を見つめた。いちばん上にある名前はセアラ・ジェイコブズだった。

43

「そいつは天才だな」セアラが仮説のあらましを伝えると、ウェスは感嘆した。「彼女がそれだけのことをやり通せたと思うかい？」

「彼女が誰か全然わかんないから」セアラは打ち明けた。「やり通せたかも全然わかんない。でも、あたしにとって、すべてがぴたりとはまる仮説はそれだけ。彼の手首に巻かれたロープ、喉を切られたこと、口のなかの蝶。どんな意味があるのかまだわからないけれど、手口はたぶん……こうじゃないかな」

「じゃあ、これからどうする？」

セアラは深呼吸をした。ふたりがいまから言う考えを気に入らないことはわかっている。脱走のために大胆不敵な仕掛けを実行したばかりなのだから。「この情報を警察に知らせて、あとは任せるべきだと思う。うん、せめてテスには」

マックはうんざりした表情だった。首を振るとセアラに指を突きつけた。「きみはここから離れるんじゃない。隠れ家（セーフハウス）と呼ばれるのには理由がある。ここならきみは安全（セーフ）だからだ。フランクの第一の掟（おきて）——警察とはかかわらない。この人物が本当にきみをおとしいれたいのならば、わざわざこんなことをしないでひと思いに傷つけるだろうに」

「じゃあ、どうするの。あたしはここで一生暮らすわけ？　地下シェルターで？　警察が捜索に飽きてあっさり諦めるなんてことないよ。殺人の容疑者なんだし、あたしたちの知るかぎりだと、容疑者はあたししかいないんだから」

「だから警察署に堂々と出向き、この男たちがどうやって殺されたか教えてから、しかし自分はやっていないと誓うのか？　頼むよ、セアラ。フランクが墓のなかで嘆く」

「じゃあ、あたしにどうしろって言うの、マック？　父さんがあたしにしてほしいことは――ここでほかの誰かが解決してくれるのを待つこと？」

「まさにそれだよ」

「ふうん、生きてるあいだもあたしは言うことを聞かなかったから、いまでも父さんは無視するもんだと思ってるはずだよ。それに、あなたには本当にあたしの味方をしてほしい。敵になるんじゃなくて」

マックは床を見つめた。「敵になるはずがないだろう」彼の声は静かなものだった。「だが、警察が別の容疑者を捕まえるまではここにとどまるよう説得しなければ、きみのお父さんの親友とは言えないからな」

セアラの胸は悲しみと愛情でいっぱいになった。いまではマックが父親がわりのようなもので、彼と言い争い、彼に異を唱えるのは苦しかった。

「あたしにはやるべきことがあるんだよ、マック」

彼は鼻から大きく息を吸い、数秒とめてから、むずかしい決定を下すかのように吐きだした。

「いいだろう。きみが言われた通りにできないのならば」そう言ったときの彼はまるでセアラを誇りにしているようだった。「この女をわたしたちで捕まえよう。わたしたちに手伝わせてくれ。どうだい？」

それをやり遂げるには、セアラが父親のアドバイスなしに実行するなど想像もしなかった、何重もの仕掛けがある詐欺が必要だ。セアラが餌を撒く役割を担うしかないが、助けがいる。

詐欺師の血が身体に流れる者——セアラ、そしてフランクと同じように。

「あたしたちには姉さんが必要だよ。彼女抜きでは、やるつもりないから」

## 44

黙って腰を下ろし、とても長いこと目の前の写真を見つめていたので、オフィスのテスのまわりのセンサーライトがすべて消えてしまっていた。この女、いわゆる偽のダイアモンドは本当にジョーン・ミッチェル、カラム・ロジャーズ、フランク・ジェイコブズを殺したんだろうか？　見ただけでは、あの女が冷血な人殺しだとは誰も信じようとしないだろうし、ミリー・ダイアモンド、もしくは赤毛のフランス人目撃者エミリー・ジャスパー、あるいは最近彼女が名乗っているのがどの宝石の名でも（ジャスパーは碧玉の意味）、彼女を起訴するならば、議論をはさませる余地のない証拠がいる。けれどそんなものはひとつもない。いまだに、彼女がどうやって殺人を実行し、煙のように消え、なんの形跡も残さなかったのか確信が持てていない。手口、居場所、大切な動機を示せなければ、この女を確保できるかなどと心配するのはただの先走りだ。このままでは有罪にできはしない。

　署までやってきて事件の担当捜査官と話すと言い張ったミリー・ダイアモンドのことを思い返した。なぜ、あんなことをしたんだろう？　途方もないリスクだ。第一の殺人事件から誰かが彼女のことを見分けるかもしれないし、しくじればゲームはそこで終わる。よほど自信があったのか、そうでなければなにかの理由でどうしてもテスと直接会いたかったに違いない。殺人犯がなぜだか捜査に潜りこむことはめずらしくないと、わかってはいる。たとえばイアン・ハントリーの場合は、彼が手にかけた行方不明の被害者たちについての捜査を自身が導くことで、自分に目を向けさせたようなものだった（十歳の少女二名が犠牲になったソーハム殺人事件）。でも、今回は違う気がする。ミリー・ダイアモンドは目的があって署にやってきた。セアラの関与を示唆するために訪れたんだろう。彼女との事情聴取から聞きだせたただひとつの情報がそれだから。カラム・ロジャーズがセアラという人物と浮気していたこと。

よし、では最初のふたつの殺人は、セアラに結びつけるためにおこなわれたという仮定をもとにしてみよう。テスには不明だが腹違いの妹がかかわる理由があることは容易に想像できる。セアラを刑務所送りにするために二件の殺人を起こしたくなるほど、あの子が誰かを怒らせたという理由が。疑問は残る。だったら、セアラが身柄拘束されているあいだに第三の殺人を起こしたのはなぜ？　それにフランクを殺したのはなぜ？　フランクだけはセアラが死を望むとは絶対に思われない人物なのに。

テスは捜査本部にひとりでいて、ドアがひらいて照明がぱっと灯ってもほとんど気にしていなかった。ジェロームが隣にやってきて初めて、顔をあげた。

「また殺人事件が起きたと伝えにきたのなら、消え失せて」そうつぶやいた。

「まだ起きてない」ジェロームが切り返す。「でも、ファーラが友人や家族の供述から見つけたことがありますよ。ロジャーズの友人のひとりが、ミリーをグローヴ・ヒルで降ろしたことを思いだしてる」

テスの心臓が飛びあがった。「ショーン・ミッチェルのフラットの前？」

ジェロームは首を振った。「だったら、楽勝だったな。あの通りの突き当たりで彼女を降ろしたと話してますね」

「わかった、誰かをそこに向かわせ、片っ端からドアをノックして彼女の写真を見せて。彼女を見つけたいから」

「で、セアラ・ジェイコブズのほうはどうです、ボス？　この件にどうあてはまるんですかね？」

「彼女はどこにでも顔を出すけれど、どこにもいないのよ、ジェローム。彼女はそんな感じ。彼女の実体を見つける件は、少しでも進展はあったの？」

「まだなんの情報もないですね、ボス」

テスはため息を漏らした。「わかった、ありがとう。なにかあればすぐに連絡して」

彼が部屋を後にすると、テスは壁に貼られた五枚の写真を見あげた。三人の被害者とふたりの容疑者。一枚は本物のセアラ・ジェイコブズ、妹のもの。もう一枚の写真は二年前にスリで逮捕され、指紋を採られ、セアラ・ジェイコブズと名乗った女のものだ。現在はミリー・ダイアモンドとして知る女だが、もちろん、それさえも彼女の本名ではない。

「あなたたちはグル？」低い声で写真に訊ねた。「わたしを騙そうとしているの、妹よ？　それとも、偽ダイアモンドがわたしたちふたりを出し抜こうとしている？　だとしたら、次はどうなるの？　彼女の目的はなに？　あなたの人生を踏みにじり、わたしの事件を未解決のままにして夜の闇に消えるの？　それとも、ずっと前にわたしたちがダレン・レーンにしたことを世間の人たちに話すつもり？　これは偽ダイアモンドの復讐？」

テスはいままでその考えを思いつかなかったことに仰天した。最初の二件の殺人とダレン・レーンの結びつきを誰にも悟られないことばかりに集中し、彼の家族を自分自身で調べることなど考えもしなかった。セアラとほぼ歳の変わらない謎の女――テスがレーンの命を奪ったときは十代後半にはなっていたはずだ。ひょっとして、レーンの姉妹とか？　恋人の可能性だってあるのでは？　たしかに、十五年間は復讐を待つには長い時間に思えるけれど、今度の件の計画は、あきらかにじっくり時間がかけられている。友人を放置して死なせたカラムとショーンを責めたのかもしれない。実際にレーンを殺したのは誰なのか、彼らから真相を聞きだし、これが彼女のねじれたゲームつまりレーンの復讐をする方法になったのでは。それが本当ならば、彼女を捕まえることはテスとセアラにとって最悪の行為になる。

ポケットの電話が鳴った。「フォックス警部です」

「あんたに会わないと」

テスはすぐさまその声に気づいた。セアラ。「いい心がけね、どこにいるの？　パトカーを迎えにいかせるから」

「ショーン・ミッチェルを殺したのは誰なのかわかったという自信があるんだ。それにたぶんカラム・ロジャーズも。ただし、彼女が本当は何者なのか、そしてどうしてそんなことをしたのかは、わからない」

「それはわたしも同じ。ほかにどんなことがわかったの？」

電話では沈黙が続き、セアラが息を吐く音が聞こえた。「ワオ。あんたのこと、見くびってた。どうやってわかったわけ？」

「全貌はまだ……」

「彼女は何者？」

「それもはっきりとはわからないけれど、仮説があるの」と、テス。「あなたは？」

「まだだね」セアラは打ち明けた。「でも、見つけだすつもり。そして、この女があたしに罪をなすりつけようとした理由も。あんたの仮説にその点は含まれてるの？」

「ええ。そして、わたしたちのどちらにとってもいい結果にはならないもの。自首するために電話してきたの？　いまのところ、これ以上あなたが罪をなすりつけられないためにわたしにできるのは、あなたの身柄を拘束することだけだから」

「そういうわけじゃない。頼みがあって電話してる。父さんがどんなふうに死んだのか正確に知りたいんだ。証拠を全部見たい」

「あなたは逃亡中なのよ、セアラ。警察にふらりとやってきて、事件調書を見たいというの？」

「それは無理だよね。こっちに持ってきてほしいんだ」

「じゃあ、わたしが警官たちを引き連れて現れ、あなたを逮捕してはいけない理由を納得いくように教えてくれる？　こっちはあなたに頭を殴られ、もう少しで失業しそうになったんだけど」

「姉妹はいつも喧嘩するものだから？」

「やりなおし」

　セアラはため息を漏らした。「あんたはあたしが犯人じゃないってわかってるからだよ、テス。たとえあたしがミッチェルとロジャーズを殺したって信じていても、父さんを殺さないことはあんたもわかってる。でね、この女がどうやったのかあたしは話してあげられる。力を合わせたら、彼女が本当は何者か、きっと突きとめられるって」

「それでも、わたしがチームを引き連れて現れ、あなたを逮捕しないってどうしてわかるの？」

　電話の向こう側では間が空き、テスは一瞬、セアラに電話を切られたかと思った。

「わかってないよ」セアラはそう答え、初めてテスは妹の震える声を耳にした。「でもあんたが真犯人を見つけたがってると信じることにしたからってとこかな。あたしは誰かを信じることにしたみたい。ひとりではやり遂げられないよ」

　今度はテスがためらう番だった。妹については愚かな決断ばかりを繰り返してきた。今度も同じことをしようとしているんだろうか？　ため息を漏らした。

「またわたしを殴るつもり？」

「たぶんやらない」

　テスはほほえむべきか、金切り声をあげるべきか、わからなかった。「どこで会いたいの？」

# 45

カフェの奥の席にいても、セアラは海から吹く風や空中に漂う潮の香りを感じることができた。留置場や地下の部屋にくらべると歓迎できるひとときだ。ブライトンにもどり、父親がいないことを思いだすばかりの憂鬱(ゆううつ)な隠れ家を後にして気分がいい。

テスがやってくる姿を目にしたときになって、自分が無意識にいちばん逮捕されやすい席を選んでしまったと気づいた。姉がチームを引き連れていたら、逃げる術(すべ)がない。これはテストだった。テスが逮捕しようというのなら、戦うつもりはない。もう戦うべき目的がなにも残っていなかった。でもひょっとしたら、残っているかも。それを見つけだす方法がこれだと思う。待ち合わせ場所は考え抜いて選んだ。この海岸通りのカフェは、テスからセアラたちの人生にこれ以上かかわりたくないと告げられた店だった。テスが境界線を越えて法の向こう側に行く前に最後に会った場所だ。今度も同じことが起きるんだろうか?

テスが店に入ってきた。彼女はカフェをざっと見渡し、やけにけばけばしいブロンドのウィッグ、特大のサングラス、真っ赤な口紅のセアラに少しして気づいた。おもむろにテスは眉をひそめ、セアラのボックス席にやってきた。ここまではひとりで。

「今度の見た目は気に入った」そう言い、セアラの向かいに座った。

「外に騎馬隊がいる?」セアラは訊ねた。

「いるべきなのだけどね」と、テス。「頭に脳みそが半分でもあれば、サセックス警察の全員を外に待機させていた。あなたを見逃すことで、わたしがどれだけこまったことになるか、少しでも考えているの?」

「それは心から申し訳ないと思ってるよ」セアラは心臓の上に片手をあてた。そんなこと思っていなかった。こうするしかないから、こうしたまでだ。いつかはテスもわかってくれるだろう。

「あなたがちっとも申し訳ないと思っていないのはほぼ確実だけど、わたしがここに来たのは魔法にかけられるためでも、騙されるためでもないから。今回ばかりは、あなたが無実だと信じるようになったから来たの。それにフランクにこんなことをした真犯人を見つけたい」彼女の声は少し切れ切れになった。

セアラは手を伸ばし、姉の手に重ねた。「あんたが父さんをよく知ることができなくてごめんね、テス。父さんは誠実で、愛情深くて、思いやりがあって、親切だったって、あんたがもう知ることができなくて本当に悪いと思ってる。それになによりも、あたしのせいであんたがあたしたちから離れることになってごめんね」

テスは小さな嗚咽を吐きだし、涙が次々と頰を伝いはじめた。セアラは黙って腰を下ろしていた。感情というものがすべて干上がっている。目の前で泣かれてどうすればいいのか、全然わからなかった。立ちあがって姉をハグすべき?　ええと。

テスのほうが反応は早かった。目の前のテーブルからナプキンをひとつかみ手にすると、涙を拭き、鼻をすする音を抑えようとした。それなりに落ち着くと、セアラに手を振ってみせた。

「わたしをここに呼びつけた理由を聞かせて」

セアラは口をひらいてなにか慰めの言葉をかけようとした。でも、また口を閉じた。自分の限界はわかっている。かわりに、地下シェルターでマックとウェスのために書いた見取り図を引っ張りだした。「あたしたちが探しているのは何者かわかってる?」

「第一の殺人現場にいた女に少し疑問を持っているの。彼女はカラム・ロジャーズの恋人としても署に現れ、彼の殺人にあなたがかかわっているとほのめかした。その後、わたしの部下のひとりが、彼女はショーン・ミッチェルの殺人で通報を入れた女だと気づいた」

「彼女はダレン・レーンの関係者?」セアラは訊ねた。

「そんな印象ね」と、テス。「結局、わたしがたどり着いた結論がそれよ。彼女はわたしたちが彼を殺したことを見つけだしたけれど、これだけ何年も経ったからそれを証明できない。だから、同じぐらい罪があると思っているほかの人々を殺害し、わたしたちに罪をなすりつける。まあ、あなたに、ということね。ロジャーズとミッチェルはわたしがあの場にいたことも知らなかったくらいだから、ほかの誰かが知っているとは思えない」

「じゃあ、あんたが捜査を指揮する最初の事件が、あんたと因縁がある相手が被害者だったというのは偶然と……」セアラがダーツを首に突き刺す動きをすると、テスは顔をしかめた。

「まあ、その点は少し気になってるけれど」

「それに、彼女がどうやってあたしの指輪を手に入れたか、まだ説明がついてないよ」

「彼女は泥棒なのよ、セアラ。詐欺師。父さんはこの数年に清掃業者を雇わなかった？　電気修理業者は？　セックスワーカーは？」

セアラはうんざりした表情を作った。「勘弁して、あれこれ想像させないで。あり得るよ。うん、そういうことのはず。だって、そうでなければ……」

「あなたのクルーのひとりが彼女を手伝ったことになる」

「あたしたちはクルーじゃない」セアラははねつけるように言った。「それはあんたもよくわかってるくせに。あたしたちは家族。家族だからね」

「わかったから」テスは押しとどめた。それからバッグに手を入れ、写真を一枚取りだすと、テーブル越しに滑らせた。「これがミリー・ダイアモンド。別名エミリー・ジャスパー」

セアラはじっくりと写真を観察した。ロングのダークブラウンの髪、牝鹿（めじか）のような大きい目、小さく繊細な鼻。会ったことがあるバーテンダーとか、掃除スタッフとか、飼育係とかではないか、思いだしたかった。

「ロジャーズの寝室で見つかったただひとつの指紋は、警察のデータベース上のセアラ・ジェイコブズという人物のものと一致したの。そのファイルを確認して、見つかったのが彼女の写真。ロジャーズの恋人を名乗り、ショーン・ミッチェルの殺人事件では第一発見者だったまさにその女」

「ショーン・ミッチェルの自殺事件」セアラは訂正した。

テスは顔をしかめた。「自殺？　彼が自分の喉を掻き切って、バルコニーから落下したと言ってるの？」

「ううん」セアラはのろのろと言った。姉の顔を見つめた。信じてくれるだろうか？　「彼女はミッチェルがドラッグで前後不覚になったとわかるまで待ち、それから彼がバルコニーからロープを使って雨樋（あまどい）を滑り降りるまで見守っていたと言ってる。彼女が深い切り込みを入れていた雨樋は、彼の体重に耐え切れずに折れて、さあみなさんご覧あれ、となった」

テスが目を丸くした。謎が解けたという顔を見て、セアラはほほえんだ。

「天才」テスは息を吐いた。「ミッチェルが目の前で瀕死になっているところで、彼女は喉を切って口に蝶を押しこんだのね」

「袖口に隠した引込式ナイフを使ったというのがいちばんありそう」セアラは認めた。「それから彼女はそのロープを使ってミッチェルの両手をしばった。ロープを処分したり、説明をつけたりしないでいいように」

「どうして彼女はミッチェルが飛び降りるとわかったの？」

セアラはしばし黙りこんでから話しはじめた。「情報にじっくり目を通してて思いついたことがあったんだ。ウェスが裏を取ってくれてるところ。証拠がないと、ちょっとだけあり得ない話に聞こえるんだよね」

「この謎解きのそれ以外は全部、ありきたりだものね」テスが棒読みで言う。

「言いたいことはわかるけど。いまはまだウェスからの報告を待ってる。でも、雨樋に切り込みを入れたのは彼女だって納得してくれるでしょ。ミッチェルがロープに体重をかけたら折れると知りながらね。そして彼女は犯行の前にあたしへのメッセージを仕込んで、指輪を偽の証拠として隠した」セアラはふたたび写真を見た。「この女の逮捕はいつのことだったわけ？」

「二年前、ここブライトンで」テスは答えた。「スリで逮捕されている。一度きりの犯行ね。そしてセアラ・ジェイコブズと名乗った」

「あたしの指紋はデータベースになかったって言ったよね。どうして、あんたがあたしを逮捕したとき、この情報は出てこなかったんだろ？」

「このファイルにあるほかの情報はどれもあなたと一致しなかったから。写真も、誕生日も、指紋も、最新の住所も違った。彼女は逮捕されたとき、あなただとは、つまりフランク・ジェイコブズの娘だとは主張していない。同じ名前を告げただけ。なにか理由があって、どれだけ短期間でもいいから、あなたの名前を捜査に浮上させたかったのね。ロジャーズの寝室にあった指紋があなたのものと比較されれば、あなたは容疑を免れることになる。彼女の狙いはあなたの名前に注目を集めることだけだったみたい」

「彼女がレーンの関係者なら」セアラは考えこんだ。「復讐を決心するまでにこれだけ時間がかかったのはなんで？　二年前でもレーンが死んでから十三年だよ」

「いい質問ね」と、テス。「それに、彼女がわたしとレーンのかかわりを知らないとしたら、警部補になって数カ月して彼女が復讐することにしたのはただの偶然？」

ふたりは一瞬、黙りこんだ。ここまでの仮説は多くの点で受け入れられるが、すべてを解き明かすには足りない。

「彼女がどうやってカラム・ロジャーズを殺害したのか話す気はあるの?」テスが沈黙を破って言った。

「あるよ」セアラは咳払いをした。「毒殺だね」

テスはショックを受けて目を見ひらいた。「なにを言ってるの? ロジャーズは刺し傷がある状態で発見されたんだけど」

「検死報告書は届いた?」セアラはコーヒーに口をつけ、ウェイトレスに合図した。「ねえ、ジェス。いつものクレープをもらえる?」

「ピーナツバター?」

「うん。おまけでいちごを散らしてくれてもいいよ」

「お安いご用よ」

セアラはテスに向きなおった。「で? 届いてる?」

テスは首を振った。「すぐにでも届く頃だけど」

「受けとれば、カラム・ロジャーズは刺し傷で死亡してなんかいないってわかるから。そんなに深い傷じゃなかったんだよ。だから、あたしの仮説はナイフになんらかの毒が塗ってあったというもの」

「刺し傷は死亡するほど深くなかったと、どうしてわかるの?」テスは質問したが、セアラが正しいとわかっていた。すぐさま気づいた、出血があまりに少なかったことに。あの傷は深いものに見えたが、前にも刺傷事件を見たことがある。もっと深く刺された被害者だったが生きのびた。ロジャーズはすぐに発見されたのだから、なおさらだ。

「死ぬくらい深い傷なら、エレベーターに歩いて乗ることなんかできなかったはずだからだよ」

テスはしばし考えてからその言葉に納得した。頭がめまぐるしく働いているから、口は追いつくために必死になっていた。「エレベーターに乗るときには、すでに刺されていたと」

「ありがとう、ジェス」セアラは差しだされた皿を受けとり、クレープにフォークを突き刺して口に詰めこんだ。「ああ、最高。それに、エレベーターに乗ったときに刺されたんじゃないこともたしかだよね。彼は六秒ぐらいひとりだった。エレベーターに乗ってた犯人が彼を刺して降りるまで三秒、せいぜい四秒しかなかったはず。それに、誰かがどうにかしてシャフトからエレベーターに下りてきたとしても、抵抗したはずだと思わない？」

「でも、彼がすでに刺されていたのなら、人に気づかれたはずよ。それに本人がフロントに駆けこまなかったのはどうして？　助けを求めそうなものでしょう？　ただエレベーターに乗って死んだのはなぜ？」

セアラはフォークでテスを指さした。「自分を刺した人間に恋してたからだよ」

テスは深呼吸をした。「まさか、偽のミリー・ダイアモンドがどこかホテルの外で彼を刺し、ロジャーズは客室にもどって自力でなんとかできると考えてエレベーターに乗ったけど、ナイフの毒で死んだということ？」

「そうだよ」セアラはテスが完全に筋道の通ったことを言ったように請け合った。

「実際、それは防犯カメラの情報に一致する」テスは不本意ながら認めた。「彼の歩きかたはぎこちなく見える。そう、痛がっているみたいにね。それに胃のあたりから腕を離すことがなさそうだった。正気とは思えない行動だけれど。それから、エントランスのドアの血痕――」

「あれはロジャーズがやってきたときのものだった。犯人が出ていったときのものじゃなくて」セアラが締めくくった。

「彼がホテルに入る前に刺されたことと、ナイフに毒が塗ってあったことを受け入れるとしても、あなたが説明していないことがある。彼女はどうやってエレベーター・シャフトにナイフを入れることができたの？　彼女が腕の立つことはわかっているけれど、捜査の真っ最中にホテルにやってきてシャフトにナイフを捨てられたとは思えない。ロジャーズがやってきた瞬間から、わたしたちが到着するまでの防犯カメラの映像はすべて確認したんだから。ミリー・ダイアモンドのふりをした女はどのカメラにも映っていないの」

セアラはごくんと呑みこみ、四口でクレープをたいらげた。「まさしくね。あんたは、ロジャーズがやってきた後はすべて確認した。その前はどう？」

「ロジャーズが彼女を追ってきたと思っているの？」

「そう思ってるよ。彼女はロジャーズを刺してから、ホテルにやってきた。エレベーターで緊急用のハッチがあるスタッフ専用フロアに下りた。ナイフを処分し、一階にもどる。一方、カラム・ロジャーズはミリーがいるはずと考え、自分の部屋に行こうと別のエレベーターに乗りこむ。彼女のほうは一階でエレベーターを降りてホテルを離れ、そのあいだにカラム・ロジャーズはエレベーターのなかで息絶える」

「そんなのわかるわけない」

「ほんとに。で、そっちはなにをしてくれる?」セアラはクレープのおかわりをするか考えながら訊ねた。

「なにをって?」テスは訊ねた。

「決まってるでしょ——あんただったら、わざわざここまで足を運んで殺人を二件解決してやって、見返りになにも期待しないわけ?」

「見返りに、あなたを逮捕しない」

「あたしがやってない殺人の罪で逮捕しないでくれるんだ。あんたって太っ腹すぎるよ、テス。あんたにどれだけ感謝してもしきれないよね?」

テスはため息をついた。「いいでしょう、なにを期待しているのかはっきり言って?」

「ふたつあるんだ」セアラは指を二本あげながら言った。「あたしたちの父親がどうやって死んだのか正確に知りたい。つまり、現場を見たいって意味だよ。それからあんたには家族にまたくわわってもらいたいんだ」

46

家族にまたくわわるって。

「冗談でしょ」

テスはまず衝動的に立ちあがって去ろうと思った。この十五年というもの、頭のなかで何度もこの会話を繰り返し、自分で離れた家族にふたたびくわわり、頼りにできる愛する人を手にすることを想像した。けれどそのたびにいつも同じ結論に達した。この仕事はテスにとってあまりにも大切なものだった。でも、それを口に出し、期待する目のセアラに伝えるとなると……想像のなかで伝えるほど簡単ではなかった。ため息を漏らした。

「前にもこの会話はしたでしょう、セアラ。わたしは警官。余暇として週末に銀行強盗をして過ごせない。わたしは選択をすませた」

「仕事があんたの選んだものってこと？　あたしたちより？　際どい状況だって自分で言ってたよね！　あんたの父親が誰かばれたら、どっちにしても警察から蹴りだされるよ。追いだされる前に、いま辞めればいい。お願いだから？」セアラの声はひび割れ、突然、また小さな妹になったように見えた。

テスはなんと答えればいいかわからず、首を振った。答えを探しだす前に、セアラは弱い自分を見せるのをなんとかこらえたようで、片手をさっとあげた。「ちょっといい？　そんなの忘れて。あんたは何度も自分の言い分をはっきりさせてきた。でも、あたしの話を聞いてよ。一時的にくわわるというのはどう？　あんたと同じくらい、あたしたちもこの女を捕まえたいんだから。あんた以上かも。彼女が父さんを殺したのなら……」

「あたしたち？」テスの鼓動が速くなってきた。「マックはなにがあったか知ってるの？」

セアラは目をそむけた。「マックとウェスはすべて知ってる」

「すべてって、そのままの意味？」胸がずしりと重くなった。これはすべての終わりの始まりだ。ミリー・ダイアモンドと同じではないか。彼女の本名がどんなものにしろ。古い言い伝えが頭によみがえる――三人ならふたりが死ねば秘密を守れる。秘密をふたりだけのものにすることがテスとセアラにとっての利益になってきたが、これからはそうもいってられなくなりそうだ。ダイアモンドを逮捕したら、二件の殺人の動機を話すのはまちがいない。でも、彼女を逮捕しなければ、テスのことを人殺しだと知っている詐欺師の一味から目をつけられる。

「もう黙っていられなかったんだよ」と、セアラ。「あいつらは誰にも話したりしないよ、テス。あたしたちのどちらも売ったりしない」

「なにかで逮捕されたとき、そう言えばとある警部の弱みを握っていると気づくまでの話よ。あのねえ、セアラ。よくもそんな考えなしになれたね？」

「あいつらはそんなことしない。あんたはあたしたち家族の一員なんだから」

テスは両手に顔を埋め、叫びたい衝動にあらがった。テスは一員ではない。これからも絶対にそうならないとセアラが気づくまで、何度こんなことが続く?

「いいでしょう」テスは深呼吸をした。「あの人たちが知ってしまったことは、わたしにはどうすることもできない。この件でわたしがあなたに協力したら――いや、まだ賛成してないからね――どうしようと思っていたの?」

「父さんが殺……あんなことになった場所を見たい」と、セアラ。「ゲイブがあたしを変装させてくれるよ。あんたでもあたしを見分けられないから、あんたの同僚たちだってみんな無理だろうね。立ち入るときはあたしをあのホテルの顧客マネージャーとして記録に残し、なにか訊かれたら、あたしは客室内のいくつかの品の場所を確認するんだとあんたから言えばいい」

テスはため息を漏らした。こうしたことはひとつとして、予想していなかった。最初の殺人現場のテントに足を踏み入れて被害者を目にした瞬間から、この事件全体はらせんを描くように自分の手に負えなくなっていき、一緒にキャリアを呑みこんでいきそうだった。もうどちらが天国でどちらが地獄かわからない。「あなたをあそこに入れることはできない」

「どうして?」

「たとえ入れることができるとしても、わたしはもうフランクの事件の担当じゃないから。主任警部は最初の二件とは関連がないと扱っていて、いまのところ関係があるとわたしは証明できない」

セアラは伝票を指さした。「まあ、それでも行こうよ。ドアを守る制服たちはあんたがもうSIOじゃないって知ってると思う? 誰も制服たちにはなにも知らせないよ」

「制服たち？」テスは笑い声をあげた。「上級捜査官（SIO）？　気をつけなさい、わたしたち警察みたいな口のききかたになってきてる」

「でも、あたしは正しい」

テスはやれやれと首を振った。「あなたにあたえるのは最大で十分間。それにずっと鷹みたいにあなたのことを見張っておくから。あなたがなにかにさわったら、逮捕する。もう一度」

「前回はあんたにとってそりゃうまくいったもんね」セアラはそう言わずにはいられなかった。

「減らず口をたたくのはやめて。二時間後、クイーンズ・ロードのコミュニティ・キッチン近くの駐車場で待ち合わせ。捜査本部のチームに情報共有しないといけないことがあるから。あの女はいまごろ外国に高飛びしているかもしれない」

「してないよ」と、セアラ。

「どうしてそんなに自信が？」

「彼女はあたしに強烈な印象をあたえたがってるから。彼女がミッチェルとロジャーズを殺したことはわかってる。あたしは彼女が父さんも殺したと思うから、それも証明してやるつもり。彼女は三件の殺人であたしに罪をなすりつけたがっているし、黒幕は彼女だってあたしに知らせたがってる。事件はまだ終わってないよ」

「ひとりの人間が抱くにしてはたいへんな恨みね」テスは言った。「でも、あなたに会ったら意外でもないけど」

セアラは顔をしかめた。「なんで遊び仲間と仲良くしないわけ？」

# 47

午後は日射しがまぶしい天候に様変わりし、セアラは父親が殺された場所をたしかめるために車を走らせた。いきなり喉に悲しみがこみあげてきて、息がつまりそうになる。両親をなくしたいまは、ふたつの美しく、創造性があって、冒険心に富んでいた両親の魂をしのぶだけだ。もちろん母親のことも恋しいけれど、その思い出はとてもぼんやりしている。一方で、父親を亡くしたことはなにもかもに深い亀裂を入れ、ときには現実から完全に切り離されてしまうように感じる。夜の暗闇に放りだされてドアをバタンと閉められたみたいに、徹底的にひとりぼっちにされたようだと。ふたつの三日月形の爪痕が残るくらい手首をぎゅっとつねった。しっかりしなければ。日射しは自分のやっていることは正しく、これが取るべき道だと念押ししてくれるようだった。父さんなら、いまは嘆くのではなく行動するときだと言っただろう。嘆きのときはいやでも訪れ、それはきびしいものになるとわかってる。

クイーンズ・ロードの北にある駐車場に車を入れると、テスが覆面パトカーで待っていた。それを見ただけでむずがゆくなる。ここから海岸通りまで歩けば、警察へのアレルギー反応を出さずにすんだのに。

「あたしの車で行っちゃだめなの？」セアラは開けた窓越しに呼びかけた。テスが眉をつりあげた。「そんな地味な車、あきあきしてない？　息抜きに車を変えるっていうのは？」

テスは助手席のドアを開けて押さえ、乗るように首をかしげて合図した。

「わかったよ。ここに置いてるあいだにあたしの車になにかあったら……」

「通報すればいい」姉が浮かべているのは不敵な笑み？

「まず煙草はどう？」セアラは断られるものと思ってパケットを差しだした。テスは一本とライターを受けとり、車体にもたれた。

「すごく変な気分なんだ」セアラはテスと一緒に車に乗りながら言った。

「わかる。父さんだったと知ってからここにもどるのは初めてよ。本当に見たいのね？　見取り図を描いてあげることもできるけど」

「ううん」セアラは首を振った。「自分の目で見たい。念のために」

テスは横目で見たが、なにも言わなかった。

「その、あんたが見逃したものがないか念のために……」セアラは言いだした。

「ええ、わかってる」テスはまた不敵な笑みを浮かべた。「さあ、行きますよ。殺人の捜査中なんだから」

短い距離を車で走りながら、セアラは切りだした。「あんたが去ってから、うちの猫をテスって呼んでたんだよ」

「猫？　本当に？　感動した。その子はいまどうしてるの？」

「車に轢かれた」

テスは鼻を鳴らした。「こういうことの経験があまりないようね？」

「こういうことって？」

「あのね」テスは手を振った。「人と世間話をすることよ」

「あたしには、犯罪現場に向かう途中で会話できる腹違いの姉妹はたくさんいないから」セアラはそう切り返した。「たいていは、あたしと……」自分がなにを言おうとしたか気づいて口をつぐんだ。あたしと父さんだけ。ふたりは気まずく沈黙した。

フランクが泊まっていたホテルの部屋に通じる廊下は現場保全テープで立入禁止になっていたが、それを除けばこの建物で殺人があったとにおわせるものはほぼ皆無だった。通常営業中だ。ブライトンのような場所では、どんなホテルでも長く閉めておくことは不可能だ。警察に元通りに営業させるようあらゆる方面から圧力がかかったことは疑いようがない。

「記録を残したり、変装したりする必要はないの」テスはほっとした口調で言った。「鑑識官はすべて仕事をすませたから。この部屋はできるだけ早く清掃され、また使われることになる。いつもだったら、いまごろはもう終わっているはずだけれど、ウォーカーが手口を見つけだすまでは清掃を始めてもらいたくないと支配人に言ったのよ」

「まあさ、密室状態で人が射殺された客室に列をなして泊まりたい客なんかいないよ」

「驚くわよ」テスは顔をしかめた。「奇術探偵ジョナサン・クリークみたいなタイプもいるのよ。謎解きに取り憑かれたオタクが――」

「落ち着いて」セアラは片手をあげて制した。「ここにいる雇われ助っ人を侮辱しないように注意」

「びっくりよね、あなたはそれだけ推理ものが大好きなのに、警官として訓練を受けようと思わなかったなんて」

セアラは忍び笑いを漏らした。「ああ、たしかに。受けてたら警察学校の発表会に父さんを呼ぶことができたかも」

「発表会なんてそんな呼びかたはしな……あのねえ。もういいわ。入りましょうか」

「待って」セアラは客室に入ろうとするテスの手を押さえた。「まずはいくらか情報を知っておきたい。仮説はいらないよ、事実だけ。ここでどんなことが起こった？」

「ねえ、あなたはこんなことをしないでいいのよ」テスはそっとセアラの腕を握った。「警察で最後には彼女を見つけだせる。探しているのがどういう人物かはわかっているんだから」

「そしてあんたは彼女を有罪にできるわけ？　陪審員に彼女が実際にどうやって殺害したか説明できなくても？　いいや、無理だよね。あたしが解明してみせる、いいよね？　怒らせるつもりはないけれど、もしも安置室に横たわっているのがあたしだったら、父さんは警察が真相を見つけだせるなんて思わないはず。だからあたしはそんな父さんを失望させるつもりはない」

「あなたね、〝怒らせるつもりはない〟と言っても、実際は全然フォローできてないって気づいてる？」

セアラは肩をすくめた。

「そう」テスはそっけなく言うと、ここまでわかっている事件の詳細を伝えた。

セアラはずっとおとなしく耳を傾け、ときどきうなずいた。

「コネクティング・ルームはないんだよね？」

「あったら、あなたがここにいると思う？　バルコニーも、人が通ることのできるような通気口もない。窓は隙間がふさがれていて、換気用の上の細い部分しかひらかないから、目立たずにそこからよじ登ってくるのは不可能。これが深夜の殺人だったら、侵入経路と考えたかもしれないけど。でも、これは昼間の事件で、この客室は海岸通りに面しているの」

「彼女はなにもかも計算してたんだ」セアラはつぶやいた。

「どういう意味？」

「彼女がこの部屋を予約したとして――そうだと思うけど――意図的に確実に外から見える部屋を押さえたんだよ。廊下側が通りに面している部屋もここにはたくさんあるでしょ。彼女はそういう部屋も頼めたはず。それにこのホテルにはコネクティング・ドアで直接隣にいける部屋もあるよ。つまり彼女は、自分が出入りするのは不可能だったたって、あたしたちに知らせたかったんだ。ほかの二件と同じく」

「なるほど、頭にとめておきましょう。部屋に入る心の準備はできた？」

セアラはうなずいた。「この目で見たいものがあるんだ」

ふたりは部屋に足を踏み入れた。ドアを開けたとたん、血と、なにかツンとくる柑橘系のにおいが鼻についた。部屋に入った瞬間、探していたものが目にとまり、セアラは父親がどうやって殺害されたかわかった。枕を覆う錆色の血——自分の父親の血——がどうしても視界に入り、とっさに逃げだしたくなって背を向け、この場で闘争するか逃走するか葛藤した。この部屋から離れろと本能がささやく。けれど、なんとかその場に立ちどまり、深呼吸をした。こんなにきびしい現場は初めてだ。早く終わらせないと……どんな現場も比べものにならない。

「大丈夫？」テスが訊ね、ほんの一瞬、セアラはハグされるかと思った。テスは身動きできず、ほっとしたのかがっかりしたのか、自分でもよくわからなかった。このとき以上にハグが必要だったことも、絶対にハグしてほしくないと思ったこともなかった。

「大丈夫」なんとかそう答えた。「もうじゅうぶん」

「えっ？」テスは混乱した表情だ。「もうわかったの？」

すばやくうなずいた。口をひらいてもうまく話せるかわからなかった。喉に生温かくこみあげるものがあり、口は唾液でいっぱいだった。「あの絵よ」

ふたりで足を踏み入れると、左にダブルベッド、その両脇にナイトテーブル、右に浴室のドア、ベッド左の壁に窓という間取りだった。ベッドのすぐうしろのアルコーヴにワードローブが置かれ、入り口ドアの向かいの壁には少し角度がついている。ブライトン・パレス・ピアの版画がこの角度のついた壁に飾られていた。

テスは顔をしかめて、大きな金箔の額縁に収まった版画に近づいた。ブライトンのホテルによくある標準的な版画を入れるにしては大きすぎるし、ごてごてしすぎている。

「糸があるはず——とても丈夫な、たぶん釣り糸のようなものが、底の部分に」セアラは言った。テスはすでにラテックスの手袋をはめて額縁の周囲をなぞっていた。すぐに底からぶら下がる糸が見つかり、姉妹は顔を見合わせた。「額縁の底にはおそらく鋭いものがあるから、気をつけて」セアラが注意した。テスは額縁を壁から外し、ベッドに置いた。

「普通、こういう重厚な金箔の額縁に収まっているのは？」セアラは訊ねた。

「どうだろう」と、テス。「油絵、でなければ鏡とか？」

「それだよ」セアラは版画にふれるようテスにうながした。「覆ってるのはガラスじゃない。版画のフィルムで覆ってるだけ。画面保護フィルムみたいな、表面がガラスっぽく見えるやつ。ほら」

セアラは版画の端をめくってみた。なにが見つかるかわかっていたが、まちがっているかもしれないと心のどこかで思ってもいた。見たところ筋が通る。父さんが殺されたのはこの方法しかないけれど、凝りすぎともいえるほどあざやかであり、あまりに必然性に欠ける手口でもあった。謎の女が父さんを殺したければ、彼の自宅でもやれたはずだ。住まいがどこか絶対に知っていたはずだし、ホテルの部屋よりもっとたくさんのことを知っていると賭けてもいい。それなのに、どうしてこんなショーボートじみた演出を？

すべてがあきらかになり、テスは小さく息を吸った。カーテンが引かれたとたん、魔法使いはただの普通の男になる。ただし、この場合は女だった。そして冷血な殺人者でもある。

セアラが額縁のなかに仕込まれていた版画を取りはずすと、その下の鏡があきらかになった。長きにわたってごまかせるようには見えないが、真相の謎解きをむずかしくする程度の役には立っていた。

「では、彼女は版画のフィルムで覆ったのね。でも、このことと彼女が出入りした方法とのつながりがわからないんだけど。それに、どうして彼女が鏡を覆ったかもわからないまま」

「こっちから見て」セアラはテスの肘をつかみ、ドアのほうに導いた。テスを廊下に残し、チェーンをかけながら室内から声が聞こえるようにした。「ちょっと待っててね。そのままで……いいよ、ドアを開けて」

チャイムを鳴らすと、ドアが二インチ（五センチ）ひらいてからチェーンでとまった。「次は？」

テスがため息をつく。

「隙間から覗いて」

テスは隙間に目をあててうめいた。

「なにが見える？」

「ベッド」

「ビンゴ」セアラはドアを閉めてから、ふたたび大きく開けた。鏡はドアの向かいの角度のついた壁にもどされ、ほぼ閉じたドアからでもベッドが完璧に見えるようになっていたのだ。

「では、部屋に入る必要はなかったと」

「ないよね。このチェーンの長さの隙間があれば、銃を差しこんで、ピンポイントに狙える。この現場は完璧に計算されてた」

「彼女が部屋に入っていないのなら、どうやってその後、鏡を覆ったのよ？」

セアラはまた鏡を下ろした。「誰かに何百万ポンドも支払わせた後で、バンクシーが自分自身の絵をシュレッダーにかけたのと同じ方法だよ。額縁の内側に仕掛けが」額縁の前面を小刻みに揺らして外した。てっぺんと下の部分にローラーが仕込まれていた。

「彼女はどこか外からつかめるように壁沿いに釣り糸を這わせた」セアラは説明した。「父さんを撃ってから釣り糸を引っ張ると、ローラーで版画が下りてきて鏡を覆ったわけ。ほんの少し揺らせば、このちっぽけなカミソリが額縁の底で釣り糸を切ってくれるから、目につかないようにはできる」

「防犯カメラで客室係が部屋を確認した時刻から六時間後に接客マネージャーがドアを開けるまで、誰もこの廊下を通っていないとわかっていて……ちょっと待って、客室係だったということ?」

セアラはほほえんでうなずいた。「あの日、ドアに近づいたのは客室係たちだけだったと言ったよね。複数の客室係。でもさ、お客があの日にチェックアウトする予定だったなら、朝の係はチェックアウト時間を過ぎるまで普通は部屋に入ろうとしないよ。出発の朝に清掃は入らない。二度掃除する意味はないもの。でも、問題の客室係はドアを開けようとする正当な理由があるただひとりの人間。しかも目撃した人たちから無視されそうなただひとりの人間だよ。カメラをもう一度確認すれば、きっと彼女はドアを開けるとき身体でドアを隠して、銃を押しこめるようにしてるよ。そして鏡で照準を合わせて撃ったわけ」

「フランクが動くことも、起きあがることも、抵抗することもなかったのはどうして?」

「彼女は客室係だけじゃなくて、給仕係にも変装してたから。あの朝レストランでフランクにコーヒーを出してる。二秒あればできただろうね。ほかのスタッフに見られることもなく客室係のジャケットを脱ぎ、テーブルに近づく。コーヒーを注いで、誰にも気づかれないままレストランを去る」

「眠らせる薬を盛ったのね」

「父さんはどうしようもなく眠気を感じて横になる。彼女は予想した時間をおいてから、バーン」

「そうね、全部きれいに説明がつく」テスはため息を漏らした。両手で顔をさすった。

「そんなことあるわけないでしょ」セアラはぼやいた。

「えっ？　どこの説明がつかないの？」

セアラは目を見ひらいた。「ひとつも！　あんたは死体はここ、犯人はここ、このピースはここにはまるってちょっとしたジグソーパズルみたいに見てる！　でも、あたしたちの父さんのことをわかってないよ。まずお目にかかれないくらい頭のいい男が、殺人犯じゃないかって疑ってる人物に会うためにホテルに向かい、しっかり部屋を確認もせず、朝食後に眠気を感じたのに、ホテルを後にしてタクシーで家に帰らないで、彼女が計画した通りにベッドに横たわったって？　父さんのことがわかっていれば、ジグソーパズルは手つかずも同じだってわかるはず」

「わかったわかった」テスはうなずいた。「たしかに、まだ突きとめないといけないこともある。でも、これで捜査を進めることができるようになった。防犯カメラから客室係の静止画を手に入れて、ミリー・ダイアモンドかどうかたしかめましょう。この件をほかのふたつの殺人にはっきりと結びつけることができれば、最終的に彼女が何者か突きとめたときに起訴する資料になる」

「あたしはマックと話して、父さんがどうしてこんなに間抜けなことをしたのか突き詰めてみる。それに父さんのスマホも調べる」

「それはわたしたち警察が保管しているでしょう」テスが注意した。「鑑識が回収してるわ」

「あんたたちはスマホを一台確保してるだけ」セアラは眉をあげた。「被害者が誰か忘れないで。なにかわかったら教えるから」

「絶対に教えてよ。それから潜伏したままでいること。あなたはまだ勾留から逃亡中なんだから。あなたとグルだと知れたら、わたしのキャリアは終わる」

「でも、もちろんその容疑を晴らすため懸命にがんばってるところだよね？」

「もちろん。でもその主張が通るまでは、おとなしくして目立たないように」

「仰せのままに、ボス」セアラは敬礼した。テスは彼女が一言も忠告に耳を傾ける可能性はないとわかっていた。

## 48

叱られるより沈黙のほうがまずい。

オズワルド主任警部の首から上全体が、見たこともないくらいピンクに染まっていた。何度か話そうとして考えなおすというのを、一分おきに繰り返すだけだ。心臓発作でも起こすのではとテスが心配になってきた頃、ようやく口をひらいた彼の声は低く、ゆっくりしたものだった。

「これは――なにかの――おふざけか。そうだろう？」

身がすくんだ。セアラの仮説はチームの者たちに――とりわけオズワルドには――受けがよくないとわかっていたが、これほどの拒絶反応は予想していなかった。オズワルドはデスクのホチキスを手にしてから、もとあった場所の少し右に置きなおした。手を忙しく動かしているのは、テスの首を絞めないためだと思えてならない。

「主席警視のもとに向かい、この女は被害者がすでに死亡した後に殺したと言えというのかね？　そしてもうひとりの被害者については毒殺で、刺されたと周囲に気づかれないまま彼女を追ってホテルにやってきたのだと？」

「これらの殺人の手口はこうとしか考えられないからこそ、このような推理をお話ししていると思われないのですか?」テスは懇願するような口調で訴える自分にうんざりした。そもそも、ここにやってきたらセアラの仮説をいたってまじめに真剣だと思わせるように話し、オズワルドがよくやったと背中をぴしゃりとたたき、正式に警部として昇進させるしかなくなるよう進めるつもりだった。テスに人の心は読めないが、そうなりそうにはなかった。「ケイと話をしました」と続ける。「あらゆる物的証拠は、いまお話ししたことにすべて一致すると語っています。この女がいずれの犯罪現場にもいたことは偶然ではないと確信していますし、こう言ってはなんですが、彼女が男だったならば、主任警部も同じように考えられたはずですよ」

オズワルド主任警部はいまにも反論するかに見えた。けれども呼吸をぐっととめたので、テスは彼が10まで数えているのだと察した。数え終えた主任警部は一度うなずいた。きっとまた〝日常の性差別〟のリーフレットについて考えているんだろう。テスをじっと見つめるのは、〝図星ですね〟と叫ばれるのをおそれているからかも。やがて彼は言った。「よろしい。きみの説が正しく、この〝ミリー・ダイアモンド〟は極めて知性の高い女暗殺者のような人物だと仮定しよう。彼女を見つけるにはどのような計画を練ったらいいのだ?」

テスは深呼吸をした。仮説をほのめかしただけでこれだけ怒ったのだから、次の提案をどう思われるか、わかったものではない。

「手を貸してくれそうな人物がいます」

オズワルドはため息をついた。「頼むから、ジェイコブズだと言わないでもらいたい」

「じつはそうなんです、主任警部。犯人と目される女は、セアラ・ジェイコブズと一連の殺人事件につながりがあるよう警察に思わせたがっていると思われます」

「セアラ・ジェイコブズは目下、野放しのままだよな?」

「ええ」

「では、きみから逃げた容疑者であり、現在も逃亡中の者が、この犯罪がどのようにおこなわれたかきみに語ったと言うのかね? そしてきみは彼女を容疑者から外したいと? このような犯罪の手口にそれほどくわしい人物が、じつは真犯人だとは思わないのか?」

テスの顔は真っ赤に燃えるようだった。「主任警部、実際のところ、そうは考えていません」

なんとオズワルドはますます疑うような表情になった。

「お気持ちはよくわかります」テスは急いで話を続けた。「けれど、本件ではセアラ・ジェイコブズが犯罪とはなんの関係もないと本気で信じているんです。主任警部はわたしを信頼するか、本件からわたしを外すか、どちらかになるかと。彼女の手助けがなくては真相を探ることはできないと思いますので」テスは顔をしかめ、最後の部分がやりすぎではないことを祈った。

オズワルドは一瞬、責任から逃れるために、テスを事件から外すどころか、警察いやこの国から追いだしたそうに見えた。諦めとしか思えないため息を漏らし、肩をがくりと落とした。

「言っておくが、わたしは愚かではない、テス。もうひとりの警部補に引き継ぐと言われたにもかかわらず、きみはオールド・シップ・ホテル事件の捜査を続けているだろう。さらにきみはジェイコブズに知らせるべきではない捜査の情報を漏らすという大きなリスクを冒した。だがじつのところ、これはくだらない競争ではないから、誰が真相を突きとめるかは、わたしにとってはどうでもいいことだ。だから、この女をどうやって捕まえることができると考えているのかわたしに説明し、セアラ・ジェイコブズを信じた自分が正しいことを祈ったほうがいい。もし、この殺しに彼女がかかわっていることと、にもかかわらず犯罪現場を彼女が踏みにじるのをきみが許したことが判明すれば、本件はきみが警部補として手がける最初にして最後の殺人事件となるからな」

テスは自分のデスクにもどったが、まだ脈が速かった。あの会話はもうひとりの警部補が相手ならばまったく違ったものになっていただろう。しかし、オズワルドはテスを信頼してくれているらしい。もはや自分に見合っているとは言い切れない信頼だが。捜査を始めてすぐなら、それまで望んでやまなかった昇進に自分はふさわしいと誓えただろう。いまではそんな自信など持てない。

「ホテルから続報は?」ジェロームに訊ね、これ以上落ちこまないようにした。前に進まねばならない。真相を突きとめるしかないのだ。

ジェロームはデスクの書類をあさり、ファイルをテスに押しやった。「鏡と額縁を回収させましたよ。指紋検査では発見ゼロ。額縁内部に隠されたからくりは複雑なものだったんで、ブライトンにそうしたことに明るい人物がいないか調べさせてます。それから、インターンのひとりに、この二カ月にわたるあのホテルの宿泊客リストに少しでもおかしなところがないか、チェックさせてます。犯人の女はどこかの時点で現場の客室に入ることができ、部屋の間取りを把握し、給仕係と客室係の制服を入手、それに鏡がすぐには目につかないようインテリアにうまくなじませる方法を知ってた。あの部屋でしばらく過ごしたに違いないって思ってますよ。次は防犯カメラ映像をさかのぼることになりますが、さらに時間と人手が必要になりそうだなあ」彼が眉をあげてみせると、テスはうなずいた。

「わかった。オズワルドに話をつけてみる。ロジャーズの現場の鑑識結果は？」

「ナイフには指紋なし。毒殺っていう仮説に乗っ取り、拭き取りサンプルを毒物検査にまわしてます。防犯カメラは、ロジャーズがホテルに到着する数分前にダイアモンドをとらえてます。手袋をはめてましたね。髪が顔にかかってますが、インターンは彼女でまちがいないと考えてる。身長や体格が同じだから。ただし、これは参考程度の情報ですね——法廷で通用するはずがないから」

「インターンはホテルから立ち去る彼女の姿は見つけたの？」

ジェロームは首を振った。「問題はそこで——女はエントランスから出てない。ホテルを離れる彼女の姿はまったく見つけられないんです」

テスはため息を漏らした。「そこは大きな問題じゃないと思いたい。よくやってくれたわ、ありがとう。なにかわかれば知らせて」

「きっと彼女を捕まえますよ、ボス」ジェロームはにやりとした。「絶対にミスをしないほど腕のいい人間はいない、ですからね」

## 49

セアラにはわからなかった。父さんは絶対にミスをしなかったのに、死んでしまった日にはありとあらゆるミスをした。ホテルのコーヒーを飲み、眠気を感じたのに、セアラかマックに迎えに来るよう頼むかわりに二度寝した。自殺したも同然だ。でも、父さんに自殺願望はなかった。じゃあ、あのホテルで会うつもりだったのは誰？　つきあっている相手？

海の空気はすがすがしかった。顔に飛沫（しぶき）がかかり、湿った指先の下の岩をしっかりつかむことになった。陸地の端からその先の広大な海原を見渡すことくらい、頭を空っぽにしてくれるものはない。マリーナを訪れて柵を乗り越えるたびに、前へと身を躍らせたくなる自分がどこかにいた――ただし、すぐ下の冷たそうでそそられない、岩に打ちつけては白い泡が立つ灰色の海ではなく、海辺からはるか沖の青い海に入り、交互に腕を前へ前へと伸ばして泳ぎつづけ、自分だけの無人島にたどり着きたい。たぶん、今日こそがその日だ。結局、自分にとってここになにが残ってる？　父さんは死んでしまった。父さんがいなければ自分が何者かもわからない。

顔にかかるしょっぱい海の飛沫と涙が混じったが、わざわざ拭おうとはしなかった。父さんはいつも自分たちのやっているゲームで感情はなにも解決しないと言っていた。セアラはとても長いこと行動を優先して気持ちというものを押しやって過ごしてきたから、いま胸につかえている気味の悪い石のようなものを悲嘆という感情だとろくに認識できなかった。重く、セアラを引きずり倒そうとするもので、このままどこまでも引っ張られていると、また立ちあがることができるだろうかと思ってしまう。

「きみのお父さんはここが好きだったな」

背後からこの声が聞こえるんじゃないかと予想していた。振り返る必要はない。泣いているのを見られたくなかった。彼が泣いているとしたら、そんな彼も見たくない。

彼が柵を乗り越える音がして、隣に存在を感じた。深く考えずにその肩に頭を預けると、彼はそっと肩に腕をまわした。心地よく黙りこんでしばらく座っていた。ふたりともいまの自分たちを作った男がいない人生を静かに考えていた。

最初に口をひらいたのはマックだった。「教えないとならないことがある。ふさわしいタイミングでお父さんがきみに伝えたがっていたことだ。いまがそのときだと思う」

セアラは身体を固くした。本能的に彼が話そうとしていることは世界を変えるものだとわかった。おそらく、父さんについての思いを永遠に変えるようなことで、だしぬけに知りたくなかった。

「お父さんはきみのお母さんをとても愛していた」彼の声はわずかにひび割れ、少しためらいがあった。「きみとお母さんが彼の世界だった」

「マックはどうやって父さんと知り合ったの?」セアラは急に、マックがどんなことを話そうとしていようとも、知るのを遅らせたくなって訊ねた。彼が首を振るのを感じた。

「それはまた別の機会に話そう。人に自慢できるようなことではないんだが、あの選択を後悔してもいない。そのおかげで、わたしの人生にきみたち三人が現れたんだから、後悔などしない……ただそれを話すのは今日は違う。今日はきみのお母さんについて話をしなければ」

お母さん。知らないも同然なのに多くの点で、主にその不在によって、セアラの人生をかたちづくった女。

「どんな人だったの?」

「彼女はすばらしかった。きれいだったよ」マックがこれほど愛に満ちた声で話すのは聞いたことがないような気がする。「そばにいるだけで、雲が晴れて雨がやむような気持ちにさせる女だった。人の心を読む方法を知っていて、心がどんなふうに動くのか学ぶことに夢中だった。そしてきみのお父さんを心から愛していた。彼女の近くにいると、ふたりの近くにいると、太陽を直接見ているようだった。危険だが、目を逸らせない存在だ」

「父さんは母さんをそんなに愛してたんだ」

「そうさ。きみを愛していたのと同じくらいに」

また涙があふれてきてそっと頬を伝っていく。嗚咽は早く、激しくなっていき、ついには息をするのもむずかしくなった。マックはなにも言わず支えるだけで、セアラが嘆きを眼下の岩に流し切るまで待っていた。

「彼からはお母さんについてすべてを聞いたよ。出会いについても。若く、十代で恋に落ちたが、どちらの家族からも反対された。おそらく、そのせいもあってますます激しいものになったんだろうな。きみのおじいさんは彼が誰とどこに行くのか把握しなくては家から出そうとしなかった。お母さんの家族は——まあ、旅まわりの連中にとって、町の人々に惚れるというのは感心することではなかった。〝家持ち〟とあの連中は呼んでいたな。だが、ふたりは激しい恋に落ちたんだ。きみのお母さんは自分たちの仲間となって旅まわりの人生を送るようフランクに頼みこんだが、彼はふたりのためにいい仕事について人生を築きあげると決めた。祭りで余興をやる者と出ていけば、ふたりはそれ以上の人生を望めなくなるとわかっていたんだ。彼は当時それこそがお母さんの願いだと気づいていなかった。彼女は旅まわりの人生を愛し、移動を続けることが身体にしみついていた。

フランクが行動を共にしようとしなかったから、彼女は激怒した。それまでにないような喧嘩をした。もちろんフランクはその喧嘩がどんな意味を持つことになるか、わかっていなかったんだ。その年の祭りと共に彼女が去るとき、フランクに二度ともどらないと言った。フランクは一年待ちつづけ、ふたたび祭りの季節になったが、きみのお母さんはそこにいなかった。彼は片っ端から人に訊ねたが、彼女のことなどそもそも知らないとみんなに言われたんだ」

セアラはこの話なら全部知っていた。テスが姿を見せたとき、父さんは母さんと離ればなれになっていた時期の話をしてくれた。

「でも、母さんはもどってきた」セアラは言った。

「二年後、彼女は真夜中にフランクの家の戸口に現れた。ただし、彼女は前と同じではなかったと、きみのお父さんは話していたよ。彼女はかけらを失っていた。彼女のなかにあった小さな明かりが消えてしまったみたいにな。その頃にはお父さんはいい仕事について、弁護士になる教育を受けていた。彼の父親のように」

セアラは強いショックで前に滑り落ちそうになった。「おじいちゃんは弁護士だったわけ？」

「わたしが出会った頃は、検察官になっていたよ」と、マック。少し声がしゃがれている。「とても優秀で、引退する日までやり手だった。とにかく、お父さんはリリー・ダウズがふたたび姿を見せた日に全世界がまた始まったように感じたんだ。ふたりのためにフラットを見つけ、そして結婚した。やがて、お母さんは何年も前に彼が祭りで恋に落ちたあの輝くような少女にもどったんだ。離れていた二年間になにがあったのかけっして話さず、彼のもとにもどらないよう、家族に遠くへ連れていかれたとだけ語った。お父さんが事情を知ったのは亡くなる二週間前だった。ミッチェルが殺害される三日前のことだ」

セアラには訊きたいことがたくさんあった。母親について、あるいはマックが好感を持っていて尊敬さえしていたように語った検察官である祖父について、そして父さんについて——セアラが生まれる前はかたぎの仕事を望んでいた？——けれど、敢えてなにも言わなかった。これこそが待ち望んだときだったから。父さんが自分に隠しつづけていたこと——おそらくは死の原因がわかるのはいまだ。父さんが致命的なミスをすることになった理由がこれからわかる。

「お母さんを遠ざけたのは彼女の家族だった」ついにマックが言った。「フランクが彼女と一緒に行くことに賛成さえしていれば、あるいはせめてあの喧嘩さえなければよかったんだがな、セアラ。あの夜、彼女がフランクに告げなかった旅まわりについてきてほしかった理由。それは妊娠していたことだった。家族はお母さんから赤ん坊を取りあげ、おばの子供のひとりとして育てたから、フランクは存在さえ知らなかったんだ。何年も経ってから彼女がフランクのフラットに姿を現すまで」

「誰が現れたって?」セアラはささやいたが、突然、それが誰なのかはっきりわかった。大きな茶色の目の女を見たことがある。とても見た覚えのある目だったのは、セアラ自身の母親の目だったからだ。

「ジュリア。きみの姉さんだ」

## 50

テスとセアラが並んで黙って立っていると展望台が上昇を始め、ふたりともマックの明かしたことの重みを考えていた。未来的なガラスのポッドがゆっくりとせり上がっていき、ふたりはブライトンのスカイラインをながめた。南岸全体とその向こうのサセックスがパッチワークのキルトのように目の前に広がっている。セアラはガラスに手を押しつけ、そのすぐ下におでこをつけた。i360の展望台ポッドにはオープン以来数十回は乗っている。これで上昇すると世界を後にするような感覚があり、まるでスピリチュアルな経験のようだった。ブライトンの多くの人々は、これは目ざわりな存在で、砂から突きだした銀色のタワー、そしてビーチから高みまで観光客を運ぶ宇宙船のようなポッドをブライトンの海岸線の胴枯れ病だと考えているが、セアラは本気でなにかに集中したいときはいつでもここで、世界から切り離されてはるか上にいる気分にひたるのだった。

「一杯どう?」テスはポッドの中央でカーブを描くバー・カウンターを指さした。

「もちろん」セアラは答えた。「度数の高いのをお願い」

今回テスは反論せず、セアラはまた眼下の人々をながめた。蟻のように慌てて走りまわり、日常生活を送る、高みから見られていると思いもしない人たち。彼女はあの下のどこかにいる。姉がそこにいる。あたしの父さんを殺した女。

マックはあれ以上のことを話すことができなかった。父さんは女のことを嘘つき呼ばわりして追いだしたのだ。警察か詐欺師のおとりだと言ってありとあらゆる非難をしてから、立ち去るように命じた。マックによると、ショックからそんなことをしたのだろうが、父親のことを理解しているつもりのセアラにすれば、苦しみから出た行動だった。愛しいリリーがそのような秘密を彼に隠していたという苦しみ。セアラとテスに目撃された日、マックがカフェで会っていたのはジュリアだった。彼女は、フランクに話をして自分は本当にあなたの娘だと言い聞かせてくれと頼みこんだ。マックは彼女が本当にリリーの娘だと信じたが、フランクの意志に反対するつもりはなく、彼女を会わせようとしてフランクとの関係を危険にさらすつもりはないと答えた。考える時間をあたえろとマックはジュリアに告げた。そうすれば、彼は考えをあらためる。けれど彼は死んでしまった。

テスが隣にもどってきた。右手にシャンパンのボトル、左手にグラスを二個。「別にお祝いしているわけじゃないけれど……」

「開けてよ」と、セアラ。

「じゃあ、あなたのお姉さんに」テスは聞いたばかりの情報を受け入れようとした。「わたしの腹違いの妹に。まさかだわ」

「彼女がどこで蝶を手に入れたか突きとめたよ」セアラは言った。「知り合いがいてね。彼はぱっと見は変人ぽいけれど、蝶の専門家なんだ。〝シスター〟の蝶はイギリスには生息してないって」

広い銀色の展望台は地上四百五十フィート（約百三十七メートル）という最高点でとまり、周囲の数人が息を呑んだ。

「それもただの専門家じゃない」セアラは話を続けた。「すべての販売業者に連絡を取ってくれたんだ。六週間前に発送されたものだった。住所を手に入れたよ」

テスは目を丸くした。「どうして言わなかったの？」彼女は携帯電話を取りだしたが、電波が入らなかった。「住所はどこ？」

「むだだよ」セアラは答えた。「あたしたちで行ってみた。ミリー、エミリー、ジュリア――本名がなんだろうと、その住所にいたんだとしても、とっくに姿を消してた。彼女はバカじゃない。それどころか、めちゃくちゃ頭がいい。あたしよりもね」

「そんなこと言わないで」テスはセアラと同じように、しょげて見える。「あなたが全部見破ったのに。彼女の手口を」

「マックは事故だったたって思ってる」セアラは言う。「殺人は殺人で、彼女はたしかにあそこまでしっかり計画はした。でも、彼女は父さんを殺すつもりなんかなかったたって、マックは言うんだよね。彼女のことをずっと知ってたのに、あたしたちに教えなかった事実を自分でもとにかく信じたくないんじゃないかな。あたしたちがランチした日にマックが会ってたのが彼女。すぐ隣にいたのにマックは彼女を行かせた」

「だったら、彼女が殺害するつもりだったのは誰だとマックは考えているの？」

セアラは眼下の凍てつく波に乗りだした、勇敢なあるいは愚かなふたりの子供を見つめた。声は聞こえないけれど、足から波にもっていかれたときの悲鳴を想像したとき、子供たちは急いでビーチにもどった。

「父さんの昔からのライバルのひとり、ハリー・ダーウェント。女からオールド・シップ・ホテルの一泊無料宿泊券があたったと連絡があったぞって、うちに知らせてきたの。彼は詐欺だと見抜いてあたしたちを疑った――長年ハリーといざこざがあったからね。全然深刻じゃないものだけれど、あたしたちがハメようとしてるってハリーが思うくらいの敵対関係にはあったんだ。父さんは女の申し出を受けるよう彼に伝えて、自分がかわりに行くことにしたの。マックの考えでは、この時点でジュリアかもしれないと思った父さんは対決しようとしたんじゃないかって。彼女は父さんとハリーが入れ替わったことさえ知らなかったはずだってマックは言うんだよね。ベッドにいたのはハリーだと思いこんでたって」

「わかったはずだけど——薬を盛ったときに。見ればあなたの父さんだってわかったでしょう」

「ほかにもホテルに泊まってた三人の客が、朝食の後で眠くなってベッドで横になったって言ってるんだよ。ひとりはチェックアウトしそこねた。彼女はコーヒーがまだ調理場にあったときに薬を入れたんだって、あたしたちは考えてる。彼女を見つけるまではわからないことがたくさんあるね」

「彼女のほうが見つかりたいと思ってなければ、見つけられそうにないけれど」

セアラはシャンパンを飲んだ。i360はゆっくりと下降を始め、地上へ、自分たちが探す殺人犯をどうやって見つけたらいいのかさっぱりわからない捜査が待つ場所へともどっていく。でも……

「実際、彼女は見つかりたがってるよ」セアラは言った。「でもあんたにじゃない——あたしに。考えてみて。彼女があたしたちをしばらく観察してたのはまちがいないよ。二年近く前に逮捕されて指紋を採られたとき、あたしの名を騙ってる。一年のあいだロジャーズとずるずるデートを続けてるんだから、少なくともそれだけの期間は本物のエミリー・ダイアモンドについて情報を集めたことになる。そして準備を整え、父さんに会いにいく。きっと、プランを実行しないでいいよう願ってたはず。自分を受け入れ、家族の一員にするよう父さんを納得させられれば、誰も殺さないまま目的は達成できる。人が死にはじめたのは、フランクが彼女を拒絶してからだった」

「だからなに？」と、テス。「それでどんな違いが生まれるのよ？」

「話は全然違ってくるよ。あたしの家族の注目を集めるために二年のあいだ計画してきたんなら、いまさらやめるはずないよね？」

テスが話そうとしたが、セアラは手をあげてさえぎった。

「待って、もう質問はなし。あたしに考えがあるけれど、まず家族と話したいんだ。あんたも来る？」

## 51

秘密の部屋の天井は、上のブラック・ダヴ・バーで地下での集まりなど知るはずもないバンドが演奏する震動で揺れていた。テーブルをかこんで五人それぞれがにらみあい、背後のドアには鍵をかけ、それぞれがいったいどんなことになるのやらと考えていた。

「チームにはジュリアという名前から連想するすべての呼び名で捜査させたけれど、成果はなかった」と、テス。「まだ発見できていない偽の身元を十五個くらい持っているんでしょう」

「ジュリアはリリーが名づけた名前だ」マックが声をあげる。「だから彼女が現れたとき、本当のことを話しているとわかったんだ。リリーは以前、ひいおばあさんがフランス人で名前はジュリアだったと話していたからな」

「それなのに父さんは彼女を信じなかったたってわけ？」

「フランクが言うには、彼女は詐欺師で、それまではそのリサーチをやってきたんだと。だが、彼女はいろいろ知っていたのさ。いろいろなことをね」

「いろいろなことってなによ？」セアラが嚙みつくように言う。

「それに知っていることと言えば」テスが口をはさんだ。「ミッチェルがちょうどあの日、あの時刻にバルコニーから飛び降りるとジュリアはどうやって知ったの？」

セアラはちらりとマックを見た。「仮説がある」そう言いながら、テスの視線を避けた。「でも、まだ確認を取ってるところなんだ。ちょっとめずらしい手口で、しかも、あきらかにあたしの得意分野。あたしの考えが正しければ、最初に思ってたよりも彼女は危険だよ」

しかし、セアラは怯えているようには見えなかった。それどころか、容疑者の巧妙さに感心しているみたいだ。テスは感心などしていなかった。いままでよりもストレスが増えて心配になった。セアラやその家族と協力することに同意したのは、彼らがこの女を見つけるための情報を持っていたからだが、たぶんそろそろ、本来の場所に軸足をもどす頃合いだ。そう、警察に。この分かれ道が平坦だといいのだが。

「ねえ、セアラ」テスは自分のチームをどう説得すればいいかわからぬまま言った。ストレートな物言いをしたくなかった。まったく、なんて臆病者なんだろう。「重大犯罪班にまた任せるときだと思うの。待って――」口をはさもうとしたセアラを制した。「あなたのやってくれたことに感謝してないというわけじゃないの。本当に感謝してるから。あなたがいなければ、どういうことなのか真相の半分も突きとめられなかった。でも、あなたは嘆くあまりに――」

「あんたは嘆いてないの？」セアラは鋭い口調で言う。「父さんのことなんかどうでもいいから？　あんたの理想の完璧な父親じゃなかったから？」

テスは手で押されたかのように、後ずさりをして、背後の木製テーブルに脚をぶつけた。

「いたっ、もう！　言いがかりがすぎる。フランクに対する感情はあなたほどまっすぐなものではないかもしれない。でも……」そこで一同を見まわし、突然、姉妹の話を聞いている者たちがいることを意識した。「ここで話すのはやめておく、いまは。あなたが嘘をつかなければよかったけれど……」

「あんたは、あたしを逮捕したんだよ！」

「あなたは犯罪現場から証拠を盗んだのよ！」

「あんたも盗んだじゃない！」

「そんなんじゃ、きみたちふたりはシャーロックとワトスンなんて言えないな」ウェスが割って入った。「言い争ってもどうにもならないよ。この女はいまごろバーレーンに向かってる途中かもしれないのに、どっちがウザいって思う権利があるかなんてことで喧嘩してさ」

セアラはため息を漏らした。「彼の言う通り。あのさ、助けを求めてあたしたちの世界を訪れたのはあんただよ、テス。あたしを見つけだしたとたん、鏡のこっち側に足を踏み入れて、それ以来、全部がぐちゃぐちゃになってる。もう最後にどうなるかわかんないけど、あんたのやりかたに頼ってたら、解決にはたどり着けないよ。詐欺師を捕まえるには詐欺師として考え、詐欺師として行動するべし、って言われてるのは知ってるよね。詐欺師の二歩先、できれば四歩先を行かないと。証拠を見つけ逮捕状が取れるのを待ってたら、なにもできない。ウェスが言うように、あたしたちが話をしてるあいだにも彼女は本当に国外に出て、二度と見つけられなくなるかも。でも、あんたのほうがあたしたちにくわわってくれるんなら、力を合わせて捕まえられる。あたしたちはチーム。そこにあんたが仲間になってくれさえしたら、失望させたりしない。それは否定できないでしょ」

テスはくちびるの内側をかんで深々と息を吸った。家族のこうした一面をずっと長いこと否定してきたというのに、いま自分はここにいる。一味のひとりのようなものだ。マックに視線を走らせると、彼はウェスとゲイブの少し前に立っていた。つねにおたがいを守れるようにしているグループ。うらやましくて胸が痛む。自分がずっと求めていたのはこれでは？　家族では？　息を吐きだした。直感が告げているのはなんだろう？

「わたしの直感は……最初にあなたを否定しないで信用していたら、わたしたちはきっと……」

「友達になれてた？」ウェスが口をひらいた。

「姉妹になれていた」テスは訂正した。「そうしたら、わたしたちの父親はまだ生きていたでしょう。そのことでわたしを許してくれるならば、この女を捕まえるためにどんなアイデアがあるのか聞きたい」

「そんなふうに思ってくれてうれしいな。もう作戦を始めた後だから。ジュリアが接触しそうな人に片っ端から彼女の写真を渡したよ。わかりやすいメッセージとともに。うちのファミリーは人を増やすことにした、あたしたちにはイリュージョニストが必要だって。面接は明日、旧リパブリック・オフィスでやる」

計画は単純だった。フランクの死はまだ一般に公表されていないから、セアラはブライトンの犯罪者界隈(かいわい)に自分たちがイリュージョニストを募集しているという知らせを広める。自分たちを殺すにしても仲間になるにしても、姉ジュリアが見逃せない絶好の機会を狙って。ジュリアが面接に現れたら、セアラは彼女が父親を殺害したという自白を引きだしさえすればいい。ミッション完了、MI5からスカウトが来てもおかしくないお手柄だ。

「こいつはまずいアイデアだな」マックはセアラの表情を見て、両手をあげた。「わたしたちは警察とかかわらないと言ってるだけだ――掟(おきて)のひとつだからな」

「彼女はただの〝警察〟じゃないよ、マック。あたしの腹違いの姉。そしてフランクの娘だよ。それにあたしは彼女を信頼してるんだよね」セアラは残るふたりを見やった。「あんたたちふたりの意見は?」

「その彼女もこの部屋にいるんだけど」テスは言った。

ウェスは肩をすくめた。「判断するのはぼくの役回りってわけじゃないよね」

「あたしたちのために判断してくれてた人はもういないよ」セアラの声は意図したより少々鋭くなった。「あの女――あたしたちを出し抜けると考えてるジュリアのせいで。あんたがどう思ってるかよく知らないけれど、あたしは彼女を捕まえたい。裁きを受けさせたいもの」

「彼女を捕まえるために警察はいらないよ」ゲイブはセアラの視線を避けて言った。「自分たちで捕まえられる」

「そのあいだに彼女は何人殺す？　あたしたちの良心を曇らせるのにあとどれくらいの死が必要？」

「何人死のうがわたしの良心にはなんの影響もない」と、マック。「人殺しを捕まえるのはわたしの仕事じゃない」彼はテスに向きなおった。「わたしたちが提供した情報を持ってチームのもとにもどり、きみの仕事をしてくれ」

テスは顔を平手打ちされたように感じた。自分はやはりこのチームの一員にはなれないと自覚しておくべきだった。受け入れられることはない。

「警察でやればよかったと思う」テスの声はひび割れていた。「わたしが自分でやればよかった。彼女をもっと早く捕まえていたら、たぶん父さんはまだここにいた」

「だからなんなんだね。いまになってわたしたちは警察に協力すべきだと？　きみの父親が墓場でひっくり返るぞ」

「父さんが墓場で何回転したって、知らないよ」セアラは我慢できなくなり、はねつけるように言った。まだ父親に怒りを感じる。父親はいまもこの場にいて墓場から仕切っている。「父さんが決断しようとしたとしても、ジュリアの罠に飛びこむ間抜けなまねをするべきじゃなかったよね。父さんは自殺したのと同じ。それに警察に協力するんじゃないよ、あたしたちに協力してもらう。あたしたちでジュリアを引きこみ、警察が逮捕する。あたしたちが手助けしないと警察は彼女を逮捕できないことも、警察がいないとあたしたちだって、そんなにすばやく彼女を捕まえられないのはわかってるよね。誰かもっといいプランがあるなら、喜んで聞く。ないんだったら、あたしたちはこの案で行く」彼女はテスに視線を移した。「起きたことであんたを責めてないからね、テス。あたしたちの誰ひとりとして。あの女が賢かった。たぶん、あたしの出会った誰よりも。まじで、彼女があたしを逮捕させようとしてなかったら、あの女に仕事を持ちかけてたかも」

テスはこれを聞いて笑いそうになった。「現実は、あなたは敵である警察と組もうとしている」

セアラは投げやりなポーズを見せた。「まあね——あんたがうまくカードを切れれば、かわりにあんたに仕事を持ちかけるよ」

テスは鼻を鳴らした。「死体になってもお断り」

「あんたが死体になるときはあたしも死んでるよね、あたしたちが捕まえるより早く彼女があたしたちを捕まえたら」

52

「こんなの、だめです」そう言うジェロームを無視して、テスはバッグに事件調書を突っこんだ。彼は捜査本部の外を指さした。ファーラとキャンベルが入室の許可が出るまでじっと待っており、おそらく何事だろうと訝っているはずだ。「事情が複雑なのはわかりますが、あなたにはここに優秀なチームがいるんだ。忠誠心のあるチームが。彼らはあなたのために懸命に働いてきた。テス、彼らの忠誠心の見返りとして締めだすなんていけない」

テスは手をとめ、背筋を伸ばして相棒である部長刑事を見つめた。みずから科した孤独の刑のあいだもずっとジェロームだけが友人、ただひとりの気を許せる人間だった。そして彼は正しい。チームのみんなは忠誠心があり、オズワルドの指示に逆らうよう頼んだときでさえも、ウォーカーに気づかれないようフランクの殺人について捜査を進めていた。

「彼らを締めだしはしない」テスは必要なものを集める作業にもどった。「手がかりを追っているだけ」

「ひとりだけでですか。自分のチームにも、上司にも、自分がなにをするつもりか言わないで」

「責任者は誰だと思っているの、モーガン部長刑事？」テスは思わず口走った。ジェロームが目を丸くする。テスはため息を漏らした。「ごめんなさい、いらいらしてて。でも、あなたの言う通り。チームはわたしが必要としたときに支えてくれた」すべてセアラのやりかたで行く必要はない。テスは良識のある警官で、忠誠心のあるチームがいる。いざ大詰めとなって彼らを締めだすことはできない。またもため息を漏らした。

「みんなを呼んで」

テスは真実の一部をチームに伝えた。大まかにだが、この作戦にオズワルドの許可がもらえる程度のことを。以前ミリー・ダイアモンドとして知られていた女は、ショーン・ミッチェル、カラム・ロジャーズの死における第一容疑者だ。テスは故意にフランク・ジェイコブズをリストから外した。そうしなければ、ジェフ・ウォーカーがテスの作戦にしゃしゃり出てくることになるだろう。彼はついでにフランクの不法な稼業も暴いて手柄にしようとしており、セアラを勾留しておけなかったことで頭にきていると聞いた。だからテスはオズワルド主任警部とチームには、匿名情報源からの話で、本名はなんであれダイアモンドが旧リパブリック・オフィスにやってくると信じる理由があると伝え、逮捕状を取った。あとは指示を待つチームにその建物に向かうよう伝えるだけだ。テスがセアラのチームと協力していることや、建物内部にセアラ本人を含めた一味がいることは教えなくても問題ない。セアラは暴力をふるって逃亡した罪でまだ指名手配中だから、テスのチームが踏みこんだらすぐ姿を消すようにすると約束ずみだ。そのほうが全員にとって楽である。

「これがわたしたちの探している女よ」テスは確認のために、セアラのふりをして逮捕されたときのジュリアの写真を車の後部座席に向けて掲げた。大きな牝鹿(めじか)のような目がやはりもっとも目立つ。

前方に立ちはだかる旧リパブリック・オフィスが目に入る。「彼女は三人を殺害したと考えられ、危険でとても賢い人物と警戒してかかるべきよ」

「彼女はここでなにをするつもりなんでしょう?」ファーラが訊ね、放置され荒廃したそびえ立つ建物に疎ましそうな視線を投げ、鼻にしわを寄せた。窓は割れ、取り急ぎそこを覆ったゆるい板は風でガタガタと揺れ、内部が見えそうな亀裂には外側からポリ袋が詰めこんである。車に乗って外にいるというのに、ファーラが埃のせいでむずがゆくなっているとわかった。い監視しているとまたひとりの男が建物に近づき、チャイムを鳴らして室内に消え、テスたちが到着して三十分後には三人目の男が入っていった。テスは本当にセアラのクルーに仲間入りした者がこれだけいると知って感銘を受けた。いますぐにこの建物を封鎖すれば、ブライトンの組織犯罪の多くを阻止することができるだろう。けれど、今日はもっと大きな魚をフライにしてやる。

テスの心を読んだかのように、ファーラが訊ねた。「どうして何人も出入りしているんでしょうか? なにか違法なことでも?」

「採用面接のようなものみたい」テスは言った。うっかりなにか漏らさないよう、敢えてジェロームのほうは見なかった。自分たちは通りの角に待機し、建物の正面と左面を監視している。キャンベルと助っ人の刑事ひとりが裏手と右面を監視中だ。ジュリアが建物に入ったら、上階の部屋に彼女が入ったというセアラからの合図を待つだけだ。いくらジュリアでも姿を消せない高さだ。

「あの、あれは彼女では!」ファーラが通りの端を指さした。女が建物のほうへ歩いてきて、メガネ越しに倉庫の表の番地を見ている。ダークブラウンの長い髪はつややかなポニーテールにまとめられ、彼女が歩くとかすかに弾んだ。黒縁メガネで特大の目が余計に大きく見え、メガネの上をかすめる前髪だけが、前回彼女を見たときの外見とは異なるものだった。最初に登場したとき、ショーン・ミッチェルのフラット前の通りでは赤毛だった。タイトスカートを穿いているが、きびきびと建物の入り口へ歩いていく。

「いますぐ拘束できますよ、ボス」ジェロームが言った。「ああいう服ではすばやく歩けても、おれより速くは走れない」

「計画を守って」テスはそう答えた。セアラにジュリアとの時間をあたえなければ、いつまでもこのことを言われる。妹はこの女に投げかけたい質問がいくつもあるのだから――それはテスも同じだが。

「でも、ボス――」ジェロームが話しはじめた。

テスは彼をにらんだ。「計画を守ってと言ったはずよ」

「さて」セアラは男の身分証明書を受けとり、彼に視線をもどした。「エライアス・ランス?これは本名?」

「まさか」ランスは小さく信頼のおけない目で見つめ返した。本当に人を増やすにしても、絶対この男にしてはならない。ペテン師の軍需品倉庫でなによりも重要な武器は、その部屋でただひとりの信頼できる人間みたいに見えることだ。セアラがウェスに視線を走らせると、彼はあり得ないくらい大きな耳の小柄な男がカップ&ボールのマジックをする様子を見守っていた。

キュート。探しているのが子供向けのエンターテイナーならば。

あたしたちは本気で人を探しているんじゃないから。父さんのかわりはいない。

今朝までは、ブライトン周辺にどれだけのイカサマ師や奇術師が暮らしているか実感できてはいなかった。それを知られただけでもこれは有益な試みであり、なかにはとても気の利いたイリュージョンもあった。あんなに巧みにおこなわれるのは見たことのないエルムズリー・カウント（カードマジックの技法）のバリエーションや、さすがのセアラも再現がむずかしそうなまったく音をたてないリッフル・パス（カードマジックの技法）などだ。けれど、いまのところジュリアは姿を見せていない。

「そうよね」セアラは腰を下ろし、ランスには向かいに座るよう合図した。「なにができるの？」

「ものを盗むのさ」ランスは答えた——そんなの当たり前でしょ。「財布とかを」

「そう。ねえ、探しているのはイリュージョニストだと宣伝しておいたんだけど」セアラはドアのほうを見た。テスとそのチームを計画に引きこむ条件のひとつは、ジュリアが現れないかぎりマイクをオンにしないことだった。このエリアのこそ泥たちをみんな怒らせるつもりはない。それでもいつ何時(なんどき)、サセックス警察が踏みこんで応募者たちを一網打尽にしないかと思わないでもなかった。「うちにスリは大勢いるの、悪いね」

「あんた、わかってないよ」ランスは答えた。「あんたを見るだけでものを盗めるんだ」彼は両手を合わせて指先をあごに当てると、便秘気味みたいなしかめつらをした。「ほら、たったいまあんたのスマホを盗んだ」

　セアラはポケットに手を入れて携帯電話を取りだすと、テーブルの彼の目の前に置いた。

「このスマホ？」

　ランスは眉間にしわを寄せ、自分のポケットに手を入れた。小さな名刺を取りだし、それを目の高さにあげた。〈ご応募どうも。次はがんばれ！〉と書いてある。彼はうめき声をあげ、セアラはほほえんだ。

「お疲れさま」

「待ってくれ！　どうやって……？」

　セアラは引き取るように合図し、ランスは立ちあがると顔を曇らせて去った。セアラはため息を漏らし、眉間を揉んだ。絶望的だ。ジュリアは訪れない。考えつくかぎり最高のシナリオは午前中がむだになることで、最悪のシナリオは計画に気づかれてジュリアがベネズエラ行きの飛行機に乗ったとわかることだ。〝撤収〟の合図をウェスに送ったとき、携帯電話が振動した。マックだった。彼は上階の空っぽのオフィスという、通りを網羅する見晴らしのいい場所にいた。

　彼女がやってきた。

# 53

セアラは深呼吸をして、ノックの音を耳にして気を引き締めた。いよいよのときで、窓の前に立ち――ジュリアが一緒にいるというテスへの合図――呼びかけた。「どうぞ」ついに鷲が舞い降りた。

ジュリアの逮捕時の写真はあきらかに写りが悪かった。実物の彼女は小柄だがしなやかで、セアラのようなアスリート体型だった。なめらかな肌にはシミひとつなく、赤いくちびるが青白いキャンバスを背に目立つ。長くつややかなダークブラウンの髪をポニーテールにまとめ、メガネの奥にありながら、こんな大きな目をした人間は初めてだった。容姿にこれだけ人目を引く特徴があるというのに外見を変えることができるとは、イリュージョニストとして技能がある証だ。変装全般における鍵は記憶に残らないこと。変装していないジュリアに対面したいま、二度とこの顔は忘れられそうにない。

「名前は？」セアラはさりげない、できれば退屈した口調を保つようにして訊ねた。こうしたやりとりは数え切れないほどやってきて、じつにたくさんの人格になりすましてたくさんの嘘をついてきたが、こんなふうに感じたことはなかった。ここまで大きなものがかかっていることはなかったから。デスクのいちばん上の抽斗に視線が泳ぐのをとめなければ。保険証書を入れた場所。それは父親にもらったリボルバー、絶対に使わないと誓ったものだ。今日、その誓いを破らないですむことを祈る。

ジュリアのためだけに、上階のこの部屋を選んでおいた。残りの応募者はすべて一階の受付に使っている場所で面接したが、ジュリアは上階に案内される手はずになっていた。造りつけの棚と、埃(ほこり)が厚く積もってテーブルクロスをかけたように見えるデスクがひとつあるだけの七階の部屋だ。ジュリアもこの部屋からは逃げられない。隠れる場所もない。

テスとチームは建物の外で待機し、こちらの合図を待っている。テスは情報屋としてうまくセアラをこの作戦にかかわらせられたから、いやな気分どころではなかった。ジュリアが現れて逮捕されれば、セアラは密告屋になるが、父親が生きていたらこんなことに賛成しなかったとわかっている。セアラとクルーがジュリアを逮捕させる罠をかけたことが漏れれば、評判は台なしだ。いったい自分はなにをしてるんだろう？

とはいえ、自分たちは危険な女を相手にしている。殺人はカードゲームではない。これはやらなければならなかったこと。ジュリアが三人を殺したかどうか確認しなければならない。とりわけ、動機を知りたい。

「ルビー・ソルター」ジュリアは片手を差しだしたが、セアラは握手しなかった。ジュリアはほほえんだ。「特別な能力を持つ人材を探していると聞いたけれど」

「あんたにやれるとは思わない」セアラは拒絶するように言った。「ごめんなさいね。でも、マジシャンの最高のアシスタントにはなれるよ、きっと」

ジュリアは笑い声をあげた。低い声で、少し警戒心を解かせるものだった。彼女は〝ガラスの破片がチリンチリンと鳴るような〟笑い声をしていると予想していたのに。父さんにいつも小説の読みすぎだと言われたものだった。

「せめてなにか披露してもいい？　それとも本を表紙で判断するように決めてしまった？　あなたはそんな人じゃないと思ったけれど」

その通りだ。セアラは外見で誰かの価値、知性、あるいは潔白かどうか判断するボンクラではないが、それでも冷血な人殺しを見つめているのだとは信じがたかった。自分とここまで違いが出るなんて、この女はどんな経験をしてきたんだろう？　それとも、ジュリアのほうが自分よりずっとフランク・ジェイコブズに似てるということ？　きっと彼女ならば自分たちが標的にした相手について、フランクを質問攻めにしたり、モラルについて考えろと迫ったりしなかっただろう。とどまった娘がジュリアだったならば、フランクはどんな人間になっていただろう？　見つめあっているこの女はセアラ自身の暗黒の分身なんだろうか？

「一本取られた」セアラはようやくそう言った。「じゃあ、やってみて」

「ポケットを調べてみたら？　そこに財布があるでしょ？」

セアラはため息を漏らした。本当にがっかりだ。父親を殺した女が二流のスリだとわかるなんて。ポケットから財布を取りだしてテーブルに置いた。「たしかに財布があるけど」

「消えてないの、まいったわ」ジュリアはにやりとした。「じゃあ、わたしのポケットにはあの可愛らしい名刺が入っているはずね」彼女はポケットをひっくり返し、空っぽであることにショックを受けたふりをした。「やだ、待って！　名刺はどこにいったの？」

　彼女は合図としてセアラの財布に視線を送った。反応しないでいると、彼女はもっと大げさに同じ動作を繰り返した。「ここはあなたが財布をひらくところよ」と、ささやく。

　セアラはさっと財布を開けた。カード入れのひとつから長方形の白い名刺が覗いている。苦笑いした。「なるほど、手際がいい。あんたはあたしの興味を引いた」デスクの前の椅子を指さした。「腰を下ろして、あんたのことを聞かせて、ルビー」

　セアラが名前を呼んでも、彼女はその皮肉に反応しなかった。

「わたしは旅まわりの者たちと育った」ジュリアは指示された通りに座りながら語った。セアラはデスクをまわって向かいに腰を下ろし、銃を隠した抽斗にまた視線を走らせた。「母親が町の人間と駆け落ちしてから、大おばに育てられたの」

　セアラはかろうじて驚きを顔に出さず、ただうなずいた。「続けて」

「十六歳になって祭りの世界を離れた。住む場所を転々として、渡り歩き、スリや路上のイカサマ賭博をやっているうちに、マジシャンに雇われた。本当よ」セアラが眉をひそめるのを見て彼女は急いで言いたした。「わたしがマジシャンの最高のアシスタントになれると話していたけれど、あれは正解。そうだったの。最高のアシスタントだった。小柄で痩せてるから、彼の仕掛けに身体が引っかかることも、頭を切り落とされることもなかった。それにすばしこい」

「じゃあ、なんで辞めたわけ？」

「家族を見つけたかったから」

その言葉は彼女の狙い通りの場所に命中し、セアラは初めて、向かいに座る女は姉なのだと実感した。実の肉親。テスに見捨てられて以来、とにかくきょうだいがほしかった。自分が暮らしているクレイジーな生活について話せる相手が。父さんがジュリアをこばんでいなければ、状況はどれだけ違っていただろう。まず、父さんは生きていたはずだ。そしてセアラは孤独じゃなかった。テスを取りもどすことはできなかっただろうが。

それに、どうしてフランクは家の戸口に現れたジュリアを自分の娘ではないと拒絶できたのか、どうしてもわからなかった。両親ふたりの優れた部分をあわせもった人なのに。母親の写真から見てとれるボヘミアン的な美しさ、それに父親の強さと才覚。ジュリアはセアラをどう思っているんだろう。セアラは母親と父親の影の薄いイミテーションである一方、ジュリアは本物の長所を備えているのはまちがいない。ジュリアのように三件の殺人なんか、自分にはやり通せなかったはずだ。セアラはフランクから直接、いくつものイリュージョンや路上のイカサマ賭博を教わったにもかかわらず、本物のステージ・マジシャンと仕事をしたこともなければ、ジュリアのように自活に追いこまれたこともない。ブライトンを離れたこともほぼないが、ジュリアのほうは国中を旅したに違いない。セアラは妹としてがっかりされる立場なのだろうか？

「家族？」

「ええ。でも、家族を見つけた頃には母親はいなくなっていたの。でも、まだ妹がいるとわかった」

「うらやましい。この商売では家族がいると妨げになるって気づいてる？　あたしたちのほとんどは孤独で、おたがいしかいないわけよ」こう話しながら、懸命に冷静な声を出すようつとめた。この真実はつらい思いをして悟ったものだ。

「わかってる」

セアラは一瞬、ジュリアの目に浮かんだ苦しみは本物だろうかと考えた。だが、話の続きに耳を傾けた。

「でも、そんなことは関係ない。父はわたしといっさい、かかわろうとしなかった。わたしが娘だとは信じないと言われてね。でも、妻に嘘をつかれていたこと、何十年もわたしについて秘密にされていたことを認めたくなかっただけだと思う」

「お母さんにも理由はあったんじゃないかな」セアラはつぶやいたが、それはマックから話を聞いて以来、ずっと繰り返している疑問でもあった。なるほど、ジュリアが生まれたときのリリーは若かったから、旅まわりの家族がリリーのために養子に出したのは理解できる。でも、セアラが生まれた後はどうなの？　ジュリアは三歳だったはずで、父親は弁護士になる教育を受けている最中だった。両親はもう子供じゃなかった。どうしてリリーは娘に接触しようとしなかった？　余命が長くないとわかったときでさえ、父さんに真実を話さなかった。そこが理解できない。

咳払いをした。「どうしてあたしたちと働きたいの？」

「あなたたちが最高だからよ」賞賛の気持ちがジュリアの声にあふれた。「おばのもとから逃げた後、一緒に仕事をしたハーロウというマジシャンがわたしを気に入って、イリュージョンについて知っていることをすべて教えてくれた。彼はメンタル・マジックが得意だったの、わたしの母親もそうだったと聞いてた。わたしは時間をかけて学んだわ。そんなとき、ハーロウと働いていると知ったおじがやってきたから、また逃げた。イカサマ師のグループに入って、そこで短時間の詐欺について彼らが知ってることは全部教わった。でも、最高のトリックについて本気で知りたければ、フランク・ジェイコブズに教わらなければというのは誰でも知ってることよ。彼は誰も内輪に入れず、家族だけでやってる。そんなとき、彼が人を探していると聞いて……これだけがわたしの願いだったの。あなたたちのような家族が」

じゃあ、彼女はホテルの部屋で死んだのはフランクだと知らないわけだ。マックが考えたように、結局事故だったのだ。ジュリアは嘘いつわりなく、父親のもとで働こうと応募しているつもりだ。フランクと顔を合わせたらどうなると思ってるんだろう。フランクは一度ジュリアにドアを閉ざしてる。二度目はまったく同じ反応をされるはずがないと思えるのはどうして？

「待って、あんたの母親はメンタリストだったの？」

ジュリアはうなずいた。「祭りでその仕事をしてた。わたしの父の元にもどるために家出をするまでは。読心術や催眠術が得意だったのよ。母は〝霊能者〟だった」ジュリアは〝霊能者〟という言葉を強調した。

「それは知らなかった」セアラはつぶやいた。

「あなたが知っているわけがないでしょう?」ジュリアが言う。愉快そうな笑みが顔に広がった。「彼女はわたしの母だから」

「じゃあ、あんたはフランク・ジェイコブズと働きたいわけ?」セアラは突然、この女が母親について自分よりくわしいことに怒りを覚えた。「なら、言っておくことがあるよ」声はとげとげしくなり、言葉は鋭くなった。「あんたがまだ知らないなんて驚きだけど、遠からず知れ渡ることになる。フランク・ジェイコブズは死んだ。もういない」口に出すとまた心が痛んだ。「ホテルの部屋で撃たれたんだよ。あたしたちのライバルのひとりがフランクをそこで罠にかけたと考えてる。だから、クルーに空きが出たわけ。あたしの父さんのかわりを探してる」

ジュリアは凍りついた。悲鳴をあげそうな表情だ。顔は真っ青になり口をわずかに開け、呼吸が速く鋭くなっている。　勘弁してよ、ここで吐かないで。

「ねえ、大丈夫? 誰かに連絡する? 下にうちの者がいるから、あんたをどこかに送らせることも――」

「いいえ」ジュリアは肩で息をした。「大丈夫よ。ただ……」彼女はデスクの端をつかんで腰を浮かした。「ごめんなさい」そして一気に口走った。「これはひどいまちがいだった。わたしはあなたが探している人間じゃない」

セアラは抽斗を開けて銃を取りだすと、テーブルに置いて銃口を目の前の女に向けた。その上に手を重ね、必殺の武器から姉へと視線を移す。「あたしが探してるのは絶対あんただね。座って、ジュリア」

ジュリアは言われた通りにして、銃を見つめながらセアラの前の椅子にゆっくりと腰を下ろした。セアラは身を乗りだし、テーブルの下側にガムテープでとめられたマイクのボタンを押した。これから話すことはすべてテスも聞けることになる。

「じゃあ、わたしが何者かわかってるのね」ジュリアは小さくうなずきながら言った。テーブルにすべてのカードが並べられたいま、先ほどより落ち着いたように見える。「ほかにどのくらい知っているの？」

「なにもかも。それが望みだったんだよね？　あたしがすべてを解き明かすことを望んだ。あの蝶はなんと〝シスター〟という名だった。机に隠した指輪？　あたしの名前で予約したホテルの部屋？　ねえ、あたしを殺人犯にするつもりだったわけ？　それともそっちはただの副産物？　家族のなかのあたしの場所を乗っ取りたかった？」

「バカなことを言わないで」と、ジュリア。「あなたに不利な本物の証拠がないことはわかっているでしょう。鑑識結果ではなにも出ていないから、まともな弁護士なら――特にあなたの素敵なカストロだったら警察に負けるはずがない。わたしはあなたの注目を集めたかっただけ」

「へえ、その目的はしっかり達成したよね」セアラは言った。「あたしは殺人容疑で逮捕された。親切にも残してくれたいくつもの手がかりから、どうやってあたしが解き明かせると思ってたのか、聞かせてほしいものだけど？　気づいてないかもしれないから言っておくと、あたしはサセックス警察重大犯罪班の一員じゃないんだよね」

ジュリアは鼻を鳴らした。「それは初耳」

「まあいいよ」セアラは譲歩した。「でも、こんな流れになったのはまぐれだし、偶然だった。あたしが犯罪現場に入りこめなかったら、あんたのささやかなナゾナゾを誰が解けると思ってたの？」

「あなたはどうにかして方法を見つけると踏んでいた。でも、そうならなかったとしても、それは大きな問題じゃない」彼女は肩をすくめた。「指輪やほかのものはすべて、見映え狙いのささやかなおまけ。とにかく、テスは現場を見たらあなたのことを思い浮かべるはずだと絶対の自信があった。言うまでもないけれど、わたしは謎解きの道中に〈セアラを見つけろ〉か〈ジェイコブズなら手助けできる〉と伝える標識やポスターを九つも置いているの。彼女は絶対にあなたに連絡するはずだった。ショーン・ミッチェルの自宅の棚にあった三冊だけの本は、セアラ・クラークの『パズル・キューブ』、セアラ・ジェイコブズの『スロークッカー・クックブック』、チャールズ・ジェイコブズの『方程式を解いて世界を救え』だった。彼女にはあなたに通じるこだわりの餌を撒いたの」

「そんなことまでよくやるよ（ジーザス・クライスト）」

「そうじゃなくて、わたしの名はジュリア・ジェイコブズ。もっとも母さんの姓で育ったけれどね。この二年間というもの、わたしはあなたの世界に溶けこみ、フランクに名乗りをあげて家族の一員になるときを待っていた。ねえ、彼はわかっていたのよ。わたしが話していることはすべて真実だと。血のつながった彼の娘だとわかっていたの。でも、あまりに不安でわたしを受け入れられなかった。あなたがどう思うか、あなたがなにを知ることになるのか不安だったから。だから、わたしは目にしたもの、見つけたことすべてを使って、あなたのために復讐をして、自分がどれだけやれるかを彼に証明した」

セアラは録音機器が隠されたデスクの隅をちらりと見た。まずい、復讐という話題から離れるようジュリアを誘導しなければ。三人を殺害したと自白させるだけでよいのだ。自白したらテスが突入してきて、ジュリアが自分たちのなによりも暗い秘密を暴露する前に引き継いでくれる。

「じゃあ、あんたはこの男たちを殺したんだね？　それに父さんも？」

「フランクは事故だった」そう言うジュリアの目は涙できらめいていた。「でも、ほかのふたりはあなたのためだった。すべてあなたのため」

## 54

「あたしのため？」セアラは思わず、この言葉をひとつ残らず伝えているマイクをチラ見しそうになったが、なんとかジュリアに視線をとどめた。セアラに罪をなすりつけ、自分もろとも地獄に引きずりこもうとしているのなら、いろいろ考えなおさないと。

「あなたの注意を引きたかった。あなたの家族の一員になれるくらい優れていると証明するために。いやわたしの家族によ。テスがあなたを見つける役に立つ人たちに情報をばらまいておいた。あなたが同じ時間帯にメロン・ドロップをおこなっているのを三回見たことがあったの。その時間にノース・ストリートへ行けば、遅かれ早かれあなたを見つけられると人からテスに伝わるようにした。でも、テスがあなたに自分なりの小芝居を打つとは思わなかったわね」ジュリアは眉をあげてみせた。「あなたに起きたことに偶然がひとつでもあるとまだ思っているの？」

セアラは椅子にもたれた。束の間、この女の傲慢さに呆然となった。「あたしとテスが出会ったのは、あんたが導いたからだと言ってるわけ？　あたしがテスの小芝居を見ることさえなかったとしたら？」

ジュリアはほほえんだ。「あなたはこのちょっとした罠のために募集をかけるとき、イリュージョニストを探していると言ったでしょう。あなたはまちがっていた。わたしが知っているのはイリュージョンだけじゃないからね、セアラ。そして自分が誰を相手にしているか、まだ全然わかっていないこともはっきりしている」彼女がレザー・ジャケットの内ポケットに手を入れようとしたので、セアラは凍りついた。テーブルに載っている銃のことは完全に忘れていた。ジュリアは両手を宙にあげ、人差し指でジャケットをひらいた。

「携帯電話を出すだけ」彼女はそれを取りだしてテーブルに置いた。「これまでに詐欺の途中で集中を切らしたことはあるの、セアラ？」

セアラは顔をしかめた。「いったいなんの話」

ジュリアが携帯電話のどこかを押すと、《グレイテスト・ショーマン》の歌が流れはじめた。セアラの脳内でなにかがはじけた。「〈ジ・アザー・サイド〉という曲」ジュリアが情報を出した。次に口をひらいたとき、声は完全に変わっていて若い子になっていた。「必要なときに見つからないんですよね。もう学習して、リュックのこっちじゃなくて反対側（ジ・アザー・サイド）か、ジャケットのポケットかどこかに入れたと思うでしょ」

聞き覚えのあるセリフだが、どこで聞いたのかあてられない。そのとき……

セアラは指を鳴らした。「あたしがフリードマンを待っているとき、あんたは店の入り口に来た。メロン・ドロップのペテンのとき、最初にテスと出くわしたときに」

ジュリアはほほえんだ。「反対側？　ジャケット？　フォックス警部のパートナーがジャケットから携帯電話を取りだしたとき、あなたはどこを見ていた？　たぶん……道の反対側、ジャケットに手を入れた男では？」

あの日のノース・ストリートでの場面を思い返した。テスに目をとめた瞬間、道の反対側を見たのはなぜ？　その瞬間につぶやかれた、ほんのいくつかの言葉がそうさせた？　だとしたら、正気の沙汰ではないあの仮説は正しかったことになる……

「あんたはショーン・ミッチェルの心を操ってバルコニーからジャンプさせた」

「そっちのほうが簡単だったくらい」ジュリアはしかめつらをした。「あきれるくらいバカな男よ。あいつはあのとき、ドラッグのやりすぎで、現実とそうでないことの区別がつかなくなっていた。でも、ずっと自分を追っている連中がいることだけは彼もわかってた」

「あんたは彼のフラットの通気口にスピーカーを仕掛けた。昨日ウェスが見つけたよ。防犯カメラを故障させたのはそのためだった。興味本位で訊くけど、どうやったわけ？」

ジュリアはふたたび携帯電話をスワイプした。たたきつける音が部屋を満たす。ドアを激しくノックする音だ。そして複数の声が表に出てこいとショーンに叫んでいる。続いて長く甲高いブザー音、そしてぐっと柔らかな声。〝ただひとつの出口はバルコニーを乗り越えること。雨樋を使え。奴らからは逃げられない。ただひとつの出口……〟さらにブザー音がして、また騒がしい声とノックの音。

セアラは首を振った。「そんなことが本当にうまくいくなんて、信じられない。あんたが幻聴を使って、彼をジャンプさせたんじゃないかって疑ってたけれど、まさか」

「それ単体ではうまくいかないわね。何カ月もブザー音で誘因をすりこみ、誰かが彼を追っているという妄想で満たさないと。彼はすっかりハメられた。ドアを板でふさいでいたのを見たでしょう。誰かが押し入ろうとしていると確信していたからよ。わたしは最高の人物に教えを受けた」

「そんなメンタリストの戯言なんて信じたことがないよ」セアラは言い放った。

ジュリアは両腕を広げた。「それでも現にわたしはここにいるし、あなたもここにいるじゃない」

「別に感謝しないけど。あたしは殺人罪で逮捕されたんだよ、忘れた？　刑務所にぶちこまれてたかも」

「でも、警察はあなたの勾留を続けることはできなかった。わからないの？　わたしたちは同じよ、あなたとわたしは。ソウルメイトね」

「ただし、あたしは人生で人を殺したことなんかない」

ジュリアはセアラの言葉に反論したそうに眉をひそめたが、その点にはふれなかった。「あの男たちは死んで当然だった。あなたを殺そうとしたんだから」

「あんた、どうしてそのことを知ってるわけ？　なにがあったか誰も知らなかったのに」

「家族全員がずっと知っていたことよ。フランクが黙らせたの。マックからそう教えてもらった——彼を怒らないでよ。わたしは飲み物に薬を混ぜたうえで、とっておきの尋問テクニックを使ったから。あなたにもメンタリズムを教えてあげられる、とても便利よ。ロジャーズたちを殺さないようフランクを説得しなくてはならなかったとマックは話していた。だからフランクはあれだけ注意深くあなたを守ろうとして、交際相手に探りを入れたの。あなたたちふたりとも、あの男たちが死んで喜んだはずよ」

ああ、話がどんどんおもしろくなっていく。

「あんたはとんでもないサイコパスだよ」セアラは吐き捨てるように言った。「あたしは人を殺させるほど誰かを憎んだりしないよ。たぶん、あんたは別として」

ジュリアはセアラの言葉が実際に身体のどこかを突いたようにひるんだ。

「わたしはできる、とあなたに認めてほしかっただけ。わたしはただ——」

「あたしに殺人の罪をなすりつけることが、家族の再会にうってつけの手段だと思ったわけ？」

「言ったはずよ、あなたを逮捕させたくなんかなかったと！　あなたの注意を引きたかっただけ。あの男たちはちょうどいい標的だった。あなたがわたしのやったことを見てくれたら、乗り越えて家族になれると思った。あのバカなメスがあなたを逮捕するなんてわたしにどうやって予想できたというの？」

テスは絶対にそんなじゃない。フォックス警部はいまごろ、顔を真っ赤にしているかもしれない。少なくとも、ジュリアはテスとの家族としてのつながりについてはふれなかった。ジュリアが話しすぎて、テスが失業することになる前に、終わらせなければ。

「そう言えば、どうやってあたしの指輪を手に入れたの？」セアラはテスから話題を逸らした。

「マックよ。あれは母親の指輪で、自分も同じものがほしいんだと彼に言ったの。彼は信じてくれた。フランクもわたしのことを信じるに違いない、見ただけでリリーの娘だと、はっきりわかると言ってね。母さんがセアラにあげたのと同じ指輪を残されていると言えば、フランクだってもうわたしをこばめないとマックに伝えた。母さんがあの指輪を見たこともなかったなんて、マックは知らなかった。あれはあなたが恋人からもらったのよね？」

「もうあたしたちには母さんも父さんもいない」そう言うとセアラの喉は締めつけられるように感じた。「知らなかった？　母さんも死んでる。癌で。あたしが三歳のとき」

ジュリアは混乱した表情で首を振った。「フランクがそう言ったの？　それは嘘よ」

「残念だけど本当だよ」セアラは答えた。「いまはあんたとあたしだけ、姉さん」

ジュリアはその言葉をじっくり考えてから、立ちあがった。母親が死んだと聞かされてあらたな力を手に入れたかのようだ。きっと、もうなくすものはなにもないと知ったからだろう。ジュリアにはもう誰もいない。

「結構。あなたはわたしを捕まえた。これからどうする？　わたしを騙すつもり？　あなたは密告屋になったの、セアラ？」

それはセアラも自分に十回といわず訊ねた質問だったが、父さんを殺した女から言われると、神経にさわって頭のなかのなにかがプツンと切れた。テーブルの下に手を伸ばし、マイクのワイヤーを引っ張り、送信を遮断した。マイクが動いていないと気づいたとたん、テスは突入してくるだろう。二分しかないが、それだけあればじゅうぶんだ。

「そんな口のききかたをしないで。あたしのことはなにも知らないくせに」

ジュリアの目がきらりと光り、その瞬間、彼女はフランクそっくりに見えた。「そこはあなたがまちがっているわね、親愛なる妹よ。あなたがいう家族の誰よりも、あなたのことを知ってる。あたしたちは血がつながっているし、あなたが自覚しているよりずっと似た者同士なんだから」

「あたしをそんなによく知ってると思ってるわけ？」セアラがさっと立ちあがると、椅子がうしろに滑っていった。あっという間にセアラはジュリアの背後に立ち、首に銃を突きつけていた。「わかった。十秒あげるから、あたしがこの引き金を引いて正当防衛に見せかけるのを思いとどまることを言ってみて」

セアラはジュリアが家族の情の方面から訴えると予想していた。〝自分たちにはもう、おたがいしか残っていない〟というようなたわけごとで。きっと、愛しているとかなんとか言うんだ。本当に彼女がセアラと似ているのならば、そう言ってみて、こっちが怖じ気づくことを願うだろう。たぶん、テスとチームがあのドアから突入してきて、セアラは本当に逮捕される。なにもかも失うだろうが、ここまで来ると、もうどうでもよかった。

けれど、この姉が自分よりずっと賢いことを忘れてしまっていた。

「人の心に影響をあたえ、その選択を予想する方法をわたしが誰から学んだと思っているの?」ジュリアはそう訊ねた。マックの言葉がセアラの脳内を駆け抜ける。〝人の心を読む方法を知っていて、心がどんなふうに動くのか学ぶことに夢中だった〟と。

ジュリアはほほえんだ。「父さんは詐欺の達人だったかもしれないけれど、母さんはメンタリストだった。母さんがすべてをわたしに教えてくれた。わたしたちの母親は死んでいないし、居場所も知ってる」

## 55

音声が途絶え、テスは驚いてジェロームを見やった。「完全に切れたの?　信号が届かなくなった?　いったい何事?」

赤いライトが点滅し、装置から警告音が鳴りはじめた。

「回線が切断されました」ジェロームは車のドアを開けた。「なにかがおかしい」

「建物に入りましょう」テスは助手席から降り、無線機に呼びかけた。「キャンベル、聞こえる？　そちら側でなにか動きは？　回線が切れたの」

「誰も出入りしていません、ボス」応答があった。「ずっと入り口を見張ってます」

建物へと走っていると、ウェスが小さなカートを引いて現れた。

「どうなってるの？」テスは訊ねた。「音声が途絶えた」

ウェスは混乱した様子だ。「さあ。ぼくはマジシャンや奇術師候補をオーディションする体で、一階にいたんで。セアラはひとりでジュリアと上階にいるよ」彼は心配して眉をひそめた。「音声が途絶えたって？　じゃあ、彼女は殺人犯と一緒で、どうなってるのか誰も聞けないってこと？」

テスは彼を押しのけて建物に入り、チームも後に続いた。足取りに呼応して鼓動が脈打ち、ドタドタと階段をあがると一歩ごとにがらんとした階段室に足音が響く。

「何階ですか、ボス？」ジェロームは駆けあがりながら訊ねた。

「七階だ」マックの声が彼らの背後から聞こえた。「頼むから、急いでくれ」

オフィスに通じるドアを押し開け、テスはそこに顔を出した。「なにがあった？」そう訊ねて誰もいない部屋に視線を走らせた。

セアラがデスクの端をつかみ、立ちあがってきた。側頭部がずきずきしているから、すでにアザになりかけていることはまちがいない。

「彼女はあたしを襲ってきたんだよ」セアラは言った。「一分くらい気絶してたみたい。彼女を捕まえた?」

「捕まえたかって? 彼女を見てもいないのよ。すれ違ってもない」テスはジェロームを見やった。「すれ違ったなんてことがある?」

「そうに決まってるよ」セアラがぴしゃりと言う。「ほかの出口は窓だけだし」

ジェロームは部屋を横切り、窓の外を覗いた。「下まで六十フィート(約十八メートル)だ。バルコニーも見当たらない。窓から逃げたなんてあり得ない」

「たぶん誰かが彼女を受けとめたとか」

ジェロームはセアラにさっとしかめつらを向けた。セアラは彼とは親友になれそうもないという印象を抱いた。

「ジェローム、下りてファーラと合流して」テスは指示した。「わたしたちはほかのオフィスを調べる。応援を呼んだほうがいいわね。殺人容疑者が逃亡中なんだから。できるだけ多くの人員を集めて。ジェローム、あなたは捜索を仕切ってちょうだい。すべての庭、空き家、駐車場を確認して。このオフィスビルにチームを入れて、現場を封鎖させて。もしも犯人がここにいるならば、追い詰めたい」

ジェロームはうなずいた。「了解、ボス」

「それから、マスコミ用の声明の下書きを頼むわ。市民にもこの女を探してほしいから。記者会見の手配をして。わたしはオズワルドに連絡しないといけない」

ジェロームはうなずき、廊下を走っていった。セアラは去っていく背中に〝いい子だね〟と叫びたい衝動と闘った。

彼が去ると、テスはセアラに向きなおった。めずらしく無表情だ。セアラは怒るものと予想していた。

「彼女にはじゅうぶんな時間があったみたいね？」テスが訊ねる。

セアラはまばたきをした。「なんのための、じゅうぶんな時間？」

「逃げるための」と、テス。セアラは一歩下がった。「あのちっぽけなケースに身体を曲げて入るのは快適じゃなかったでしょうね」テスは話を続ける。「マジシャンのアシスタントだけができるようなトリック。ウェスに階段六つぶんも彼女を抱えて下りさせたんでなければいいけど」

セアラの舌は上顎に貼りついたように思えた。おそらく生まれて初めて、彼女は言葉をなくした。

「知ってたわけ？」セアラはようやく、どうにか口をひらいた。「どういうこと？」

「甘いわね、セアラ。詐欺師をペテンにかけるには、つねに二歩先をいかないとだめなの——できれば四歩先を。わたしにも詐欺師の血が流れているんでしょ、忘れた？」

セアラが混乱している様子を見て、テスはイヤフォンを掲げた。「わたしはこの部屋を盗聴していた。ほかの者たちはあなたの隠しマイクの音声を聞いていたけど、それはあなたが襲われる直前に都合よく途切れた。でもわたしだけはその後どうなったか聞いていたの」

セアラは石壁にもたれた。鼓動が激しい。「彼女があのケースに入ってるのを知ってた？ なんでウェスにそのままカートを引かせて彼女を逃がしたわけ？」

テスはしばらく無言だった。手にしたなにかを見つめている。セアラはそれが警察手帳だと気づいた。やがてテスは口をひらいた。

「わたしが彼女をもっと早く捕まえていれば、わたしたちの父さんはまだ生きていた」

セアラは言葉をかけようとしたが、テスがそれをとめた。「やめて。あなたがわたしを責めていないことはわかっているけれど、それでも自分を責めずにはいられない。わたしがフランクをよく知ることができなかったのは、自分が頑固で、ありのままの彼を受け入れようとしなかったためよ。あなたもお母さんのことを知らずに育ったけれど、あなたにはなんの落ち度もなかった。だから答えてもらう権利があると思う。わたしは一瞬のうちに判断しないとならず、そして本能にしたがった。この判断のために彼女がまた人を殺したら……」

「彼女はそんなことしなそう」と、セアラ。「ミッチェルとロジャーズを殺したのは、あたしたちに忠誠心を証明したかったからだと言ってた。彼女を信じるよ」

「では、あなたのお母さんが生きているという件についてはどう？ それも信じる？」

セアラは肩をすくめた。苦しそうな目になっている。「わかんない。父さんがなんで嘘をついてたかわからないけれど、ジュリアが本当のことを話してる可能性が少しでもあるんなら、あたしは母さんを見つけないと」

テスは妹を引き寄せ、セアラはハグされるままになった。ごく自然に感じられた。自分の姉。やがてテスは肩に手を置いたまま少し身体を離した。

「それで、お母さんを見つけたらどうなるの？　あなたはジュリアをわたしたちに引き渡してくれる？　そのくらい単純な話？」

セアラはうなずいた。「彼女はあたしたちの父さんを殺した。そのつもりだったにしろ、そうじゃなかったにしろ、許せないよ。彼女に結果と向き合ってもらわないと」

「それが本当だと願っているからね、セアラ。わたしは永遠に彼女を逃がしておくつもりはない。あなたがお母さんを見つける時間を少し稼いであげただけ。ジュリアは三人を殺害したんだから、やったことの罪は償わないと。それもできるだけ早く」

「わかってるよ」セアラはきっぱりと言った。「わかってるんだよ、テス。あたしだって彼女には罪を償ってもらいたい。約束するから」

だが、セアラは口ではそう言いながらも、ことはそう簡単に運ぶだろうかと考えていた。いつの日かふたりの姉たちのどちらかを選ぶ必要に迫られるのかもしれない。そのときが訪れたら、正しいほうを選べるだろうか。

# 謝辞

本書を世に出すまでに長い時間がかかったので、お礼を言うべきなのに記憶から漏らしてしまった名前もありそうだが、ベストを尽くして感謝を伝えたい。

まず、十年ものあいだずっと支えてくれたエージェントのレティシア・ラザフォードに。執筆の契約をした心理サスペンスではなく、《奇術探偵ジョナサン・クリーク》ミーツ《華麗なるペテン師たち》のような、やりたい放題のとても愉快な密室ものというアイデアを携えてアプローチしたとき、別のエージェントを見つけるよう言われるものとなかば思っていた。逆に、わたしは自分が高望みをしているかもしれないと感じているときでさえ、彼女がその企画に向けてくれた熱意と愛情に驚かされた。あなたがわたしにアイデアをもたらし、原稿に手を入れ、はげまし、わたしのためにほかの人に頭を下げてくれたことは疑いようがない。ありがとう。

それからシアラ・マクエリン、そのメールの内容は五十パーセントが支払いで五十パーセントは納税申告書で、わたしの生活と税金面を守りつづけてくれてありがとう。それから、わたしの本をより広いオーディエンスに届けてくれるレイチェル・リチャードスンにお礼を。

HQのチームに。もちろん最初は素敵なシセリー・アスピナル。まわりを巻きこむ笑顔と『スリー・カード・マーダー』だけでなく、セアラ、テス、その友人たちの世界まるごとに果てしない熱意を向けてくれた。そして、なにかを成し遂げるには村ひとつの人手が必要と言うが、HQには都市がある。シーマ・ミトラ、カースティ・ケープス、ベッシー・マンセル、ケイト・オークリーは、わたしに執筆スケジュールを守らせ、人に会う予定でカレンダーを埋め、本書の表紙の装丁を進めてくれた。すばらしい校正をおこなってくれたケイティ・ラムズデンもありがとう。

ブライトンのブラック・ダヴの〝カウンターの向こうの女性〟には、〝秘密の〟部屋について歴史を教えてくれたことに（そして幽霊話を聞かせてくれたことに！）感謝を。本書についてたくさんのおしゃべりに耐え、セアラが生活の糧にしていることの関連書を貸してくれた（そしてわたしは返していないことに気づいた）ケリー・フラヴェルに。それからスリー・カード・モンテについて学ばせてくれたコンテンツを持つすべてのユーチューバーたちに（わたしに実演してくれとは言わないでほしい、丸ぽちゃの指はストリート・マジックには向いていない）。

書影と発売日の発表、ブログ・ツアーを魅力的に、そしてすばらしいものにしてくれるブロガーと雑誌の特集記事ライターに感謝を。とても全員の名は挙げられないが、あなたたちは本当にこの仕事を価値あるものにしてくれている。ニーナ・ポッテルとテレサ・ニコリック（発売日だと思いださせてくれる）に特別な感謝を。

執筆は孤独な長い仕事になり得るが、幸運にもわたしは犯罪小説を書いているがゆえに、たいへん特別な人々の集団から絶え間ないサポートと甘やかしを享受している。危機のときにいつもそばにいてくれて、わたしが仕事を、家の掃除を、眠ろうというときにもそばにいてくれるルーシー・ドースン、スーシ・ホリデー、キャット・ダイアモンドに特別な感謝を。いつまでも目覚めるとあなたたちが絶え間なく散策してくれていますように。またジョー・ジョーンズ、セアラ・ベヴァン、ローナ・ハウンセルというわたしの個人的なチアリーダーたちほど心強い存在だった人たちはいない。支えてくれた人たちを挙げつづけることはできるし、刊行までの道のりで家族と友人からはサポートだけを受けたことはわかっている――実際、たくさんの人たちがわたし自身より早く、わたしはやれると信じてくれた――けれど、音楽はフェイドアウトし、幕が閉じようとしている。母さんと父さんに感謝を。あなたたちを心から愛していて、あなたたちは最高で、わたしを立派に育ててくれた。

最後にもちろん、アッシュに感謝を。少なくともわたしの著書のタイトルを三つは知っていて、ほかの誰よりもわたしに耐えるという仕事をこなしている人だ。コナーとフィンに感謝を。あなたたちがいなければ、わたしの家はもっとかたづいて冷蔵庫にはもっと食料が入っていただろうが、わたしの心は空っぽになっていただろう。みんな大好きよ。

そして本書を購入して読んでくださった人たち、さらにここまで目を通してくださったことにも感謝を。

# 訳者あとがき

バディやコンビものの作品はふたりの設定にギャップがあればあるほど、いい。まじめ君とうっかり君、手練れ（てだ）の先輩と初々（ういうい）しい後輩（この形容は入れ替わるとまた味わいがある）、侵略した側とされた側。本書『スリー・カード・マーダー』は正反対の姉妹が語り手で、姉は警官、妹は詐欺師だ。

しかも、本書の特徴はそれだけではない。不可能犯罪の巨匠ジョン・ディクスン・カーのファンにもぜひぜひ読んでいただきたい密室殺人ものでもあるのだ。

舞台はイギリス有数の海辺の行楽地ブライトン。最初の被害者はなんと空から降ってくる。地面にたたきつけられたその男は、バス停前のフラット五階の自室から飛び降り自殺を図ったかと思われたが、喉がぱっくりと切り裂かれていた。それなのに被害者の部屋を調べると、そこには誰もおらず、玄関ドアは内側から封じられているなど、逃走ルートも見当たらない。さらには血痕らしきものもなく……。

捜査を担当するのは重大犯罪班（イースト・サセックス州、ウエスト・サセックス州、さらにはサリー州において、主に殺人事件の捜査を担うスペシャリスト）のテス・フォックス警部補だ。三十代後半、正義感の強いまじめな性格である。彼女はさまざまな事情で家族や友人と疎遠になっており、この行きづまりを打開するには仕事で成功するしかなかった。しかもこれは昇進間もない彼女が初めて指揮する事件で、さらに正式な警部へと昇進する格好のチャンスでもあった。

しかしそんなテスを打ちのめす事実が判明する。被害者は彼女が記憶から消したいあの事件――警察に入る動機となったうえ、どうしても明るみに出すことはできない事件の関係者だったのだ。そして本件は捜査陣にとって悪夢のような不可能犯罪であるという予感。こうなると、捜査を進めるには絶対に話を聞くしかない人物が頭に思い浮かぶ。縁を切った腹違いの妹、セアラ・ジェイコブズである。

三十二歳のセアラは父フランクが率いる詐欺師集団の中核メンバーだ。すりかえ、早業(はやわざ)なんでもござれ、変装も得意なイリュージョニストである。古典ミステリが好きで謎解きが大好き、頭の回転が速く、陽気でふざけてばかり、人生はゲームといったふうに生きている。テスのように善悪について悩むこともない。司令塔として大がかりな詐欺の指揮を執るようにもなっているが、街なかで当たり屋のペテンを仕掛けたり、会計時にいんちきしたりといった現場のスリルこそが詐欺の醍醐味(だいごみ)だと思っている。自由に生きているように見える彼女だが、秘密厳守の稼業のため交友範囲はほぼ身内だけで、じつは孤独だ。幼い頃に母を亡くしている彼女は十五年前に、それまで存在を知らなかった姉テスと出会って大喜びした。けれど、みずからの軽率な行動が原因で、姉とは袂(たもと)を分かつことになってしまった。自分が悪いとわかっていても、

〝姉に捨てられた〟と思わずにいられない。でもいまとなっては、稼業の掟として警官の姉とかかわるわけにはいかないのだ。

一方のテスもあの犯罪王フランクが父だなどと警察内部の者たちに知られれば、いや、今回の被害者と自分とのかかわりが暴露されただけでも、昇進どころか人生の終わりだ。セアラに接触するのもリスクになるが、背に腹はかえられない。

かくしてふたりは再会を果たすが、刑事と詐欺師では考えかたがあまりにも違っておたがいに反感を覚える。しかし、事情を知ったセアラも、それならば自分たちを守るために協力するしかないという点では意見が一致し、姉妹で事件に取り組んでいく——。


本書の読みどころはなんといっても、ミステリ好きなら誰でも心躍る〝密室もの〟の部分だ。正反対の立場にある姉妹の設定が効いていて、しっかり者のテスが警察ならではの捜査力を生かして証拠固めをし、才気煥発でひらめきに優れたセアラが推理をするという役割分担になっている。不可能犯罪にしか見えない事件をこの姉妹がどう解いていくのか、読者のみなさんもぜひ推理してみてほしい。それから密室だけではなく、思いもよらない展開も待っているのが『スリー・カード・マーダー』の鍵でもあるので、お楽しみに。

謎解きと同じくらい、セアラのおこなう何種類もの詐欺のシーンもミステリファンには楽しんでもらえそうだ。本書の状況は主人公の姉妹にとって結構危機的なのだけれど、セアラの言動のおかげで大笑いのシーンもある。

テスは不器用で、友人と呼べるのは直属の部下で癖の強いイケメン部長刑事くらいだ。そのうえ手がけるのは透明人間による犯行とささやかれる難事件なのに、昇進のライバルであるもうひとりの警部補は隙あらばテスの気持ちを削ろうとしてくるなど、味方がほぼいない状況である。一方、怖いものなしのセアラは信頼できる〝ファミリー〟にかこまれているが、友人らしい友人はおらず、孤独を感じている点では姉と同じ。ふたりとも相手の生きかたには感心していないけれど、交流を続けるうちにいつしか互いに影響を受けていく。そんな姉妹のかかわりの変化についても、注目だ。

舞台であるブライトンという街にもご注目いただきたい。個人的に地方色の豊かな話が好みなので、街のさまざまな描写は文字で読んでも観光気分になれて、訳出に際して調べものが楽しいったらなかった。

そんな本書はすでにテレビ放映権がアメリカを拠点とする製作会社ガスピン・メディアに購入されており、連続ドラマ化が予定されているから、そちらも大いに期待したい。

このように愉快で新しい不可能犯罪ミステリを送りこんできた著者J・L・ブラックハーストは、八冊の心理サスペンスを上梓しているジェニー・ブラックハーストの別名義だ。

彼女はブライトンからは少し離れた中西部の内陸の町シュロップシャーで生まれ育った。読書、それも古典ミステリと不可能犯罪ものが大好きで、ミステリ談義を楽しみ、自分でも創作しながら成長したようだが、作家というのはロックスターのような夢の存在で、地に足の着いた職につかねばと考えていたそうだ。職業心理学の修士号を取得し、衣料品店のマネージャーに。ところが二〇一一年、息子が生後一ヵ月のとき人員整理され、自分のアイデンティティを取りもどしたくて、本格的な執筆活動を開始。努力は実り、消防署の管理アシスタントとしてふたたび働いていた二〇一四年に *How I Lost You* でデビューを果たす。同作はニールセン賞銀賞に輝き、イギリス国内におけるＫｉｎｄｌｅのナンバーワン・ベストセラーとなったほか、ドイツではシュピーゲル誌のベストセラー・リストにランクインした。その後、専業作家となり、現在もシュロップシャーで夫、ふたりの息子、二匹のビーグル犬と暮らしている。

本シリーズは、今年の九月、本国で第二弾の *Smoke and Murders* の刊行が予定されている。イギリスには十一月五日、十七世紀の火薬陰謀事件に由来して各地で焚き火と花火の祭典ボンファイア・ナイト（ガイ・フォークス・ナイトとも）を催す伝統があり、テスの管轄には国内最大規模の祭典で有名な街ルイスがある。この祭典において焚き火で燃やされたガイ・フォークス人形のなかから遺体が発見され、ふたたびテスとセアラが謎解きに取り組む、という内容とのこと。なにそれおもしろそう。あとがき後派（あと）のみなさんはうなずいてくださるだろうが、訳者も続きが気になって仕方がないので、この二作目を読める日を心待ちにしているし、読者のみなさんにも早くお届けしたいところだ。

最後に、今回も的確なサポートでお世話になった東京創元社の編集者の桑野崇氏、本作を象徴する三枚のカードが踊る素敵なカバーをデザインしてくださった中村聡氏、日本版の本作りにかかわったみなさんに心からの感謝を捧げる。

二〇二四年二月

## 著作リスト

J・L・ブラックハースト名義

Three Card Murder（二〇二三、本書）

Smoke and Murders（二〇二四、刊行予定）

ジェニー・ブラックハースト名義

How I Lost You（二〇一四）

Before I Let You In（二〇一六）

The Foster Child（二〇一七）

The Night She Died（二〇一八）

The Perfect Guests（二〇一九、別題 Someone Is Lying）

The Girl Who Left（二〇二一）

The Hiking Trip（二〇二三）

The Summer Girl（二〇二三）

検印
廃止

**訳者紹介**　西南学院大学文学部外国語学科卒。英米文学翻訳家。カー「帽子収集狂事件」、ブラウン「シナモンとガンパウダー」、グレアム「罪の壁」、タートン「イヴリン嬢は七回殺される」など訳書多数。

スリー・カード・マーダー

2024年3月29日　初版

著　者　J・L・ブラックハースト
訳　者　三角和代（みすみかずよ）
発行所　（株）東京創元社
代表者　渋谷健太郎

162-0814/東京都新宿区新小川町1-5
電　話　03・3268・8231-営業部
　　　　03・3268・8204-編集部
URL　http://www.tsogen.co.jp
DTP　フォレスト
暁印刷・本間製本

乱丁・落丁本は、ご面倒ですが小社までご送付ください。送料小社負担にてお取替えいたします。



ISBN978-4-488-21706-8　C0197

名探偵の代名詞！
史上最高のシリーズ、新訳決定版。

# 〈シャーロック・ホームズ・シリーズ〉

**アーサー・コナン・ドイル◎深町眞理子 訳**

創元推理文庫

シャーロック・ホームズの冒険
回想のシャーロック・ホームズ
シャーロック・ホームズの復活
シャーロック・ホームズ最後の挨拶
シャーロック・ホームズの事件簿
緋色の研究
四人の署名
バスカヴィル家の犬
恐怖の谷

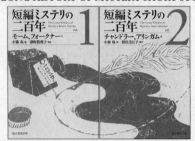